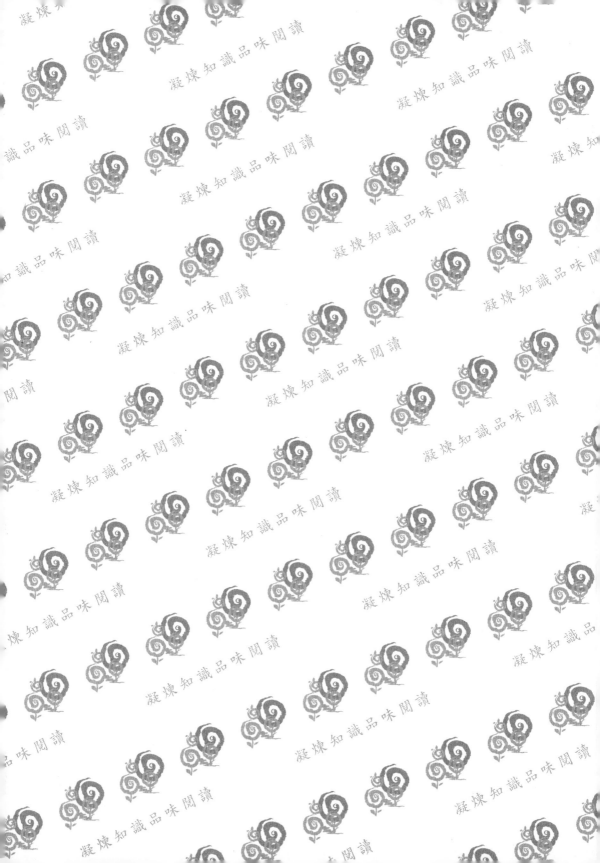

圖解系列

圖解

大考子集古文

精煉閱讀寫作，探解試題

簡彥姈／著

閱讀文字

理解內容

觀看圖表

圖解讓
經史子集
更簡單

五南圖書出版公司 印行

自
序

　　文學一直是我的最愛，愛讀、愛寫、愛與人分享，從小夢想著盡快擺脫那些冰冷的數字、惱人的程式，只想終日徜徉在文學的鳥語花香裡，一字一句，一句一字，編織著屬於年少的美麗遐想……

　　大學就讀中國文學系初步落實了我的夢想，從此立志做一個永遠的「中文人」，一股腦兒投入古典文學的懷抱：經典、史傳、諸子、文集，琳瑯滿目，引我駐足品賞，流連忘返；孔孟、遷固、老莊、李杜，和藹可親，邀我燈下談心，一見如故。──我就這樣與中國文學結下了不解之緣。

　　之後，無論寫小說、當編輯，都與中國文學血脈相連。偶爾援引一二經史典故，化用二三子集名句，對我而言，是再稀鬆平常不過了。彷彿所有古人古事都任我挑選，取之不盡，用之不竭，──古有明訓：「貧者因書而富，富者因書而貴。」慶幸自己是個「富有」的「中文人」！

　　重返校園攻讀碩、博士班，只想再度擁抱中國文學的絕代風華，用研究的角度，更精準地剖析它的真、善、美。期間我有幸拜在　邱師燮友門下學習，老師是著名的國學大師，學問根柢深厚，引領我登堂入室，一窺中國文學的宗廟之美、百官之富。

　　目前我講授「大一國文」、「歐蘇文賞析」、「小品文選」等課程，樂於與學生們分享最愛的中國文學。課餘閒暇，或因備課之需，或為興趣使然，

閱讀始終不出傳統圖書分類「經（儒家經典）」、「史（歷史傳記）」、「子（諸子哲學）」、「集（文學總集和別集）」的範圍，《十三經注疏》、《史記三家注》、《老子》、《莊子》，以及《昭明文選》、《文心雕龍》等書，總是占據書架上最醒目的位置，垂手可得，隨取隨讀，百讀、千讀非但不厭倦，反而愈讀愈有滋味。

去年暑假期間，與五南圖書出版公司　黃文瓊主編會晤，得知公司正規劃出版《圖解經史子集》系列書籍；我十分感興趣，便一口答應承接這項令人振奮的工作。如今經過一年的筆耕不輟，塗塗改改，總算不負所託，可以如期交稿了，欣喜之情，溢於言表。

本書分為上、下兩冊，摘錄近年來各類升學、公職考試、教師甄試、大陸高考等熱門經典、史論、諸子、文集各 50 篇；每冊含兩大類，凡 100 篇。《圖解大考經史古文：精煉閱讀寫作，探解試題》，精選歷屆大考熱門經典文 50 篇：《詩經》6 篇、《尚書》1 篇、《禮記》5 篇、《易傳》1 篇、《穀梁傳》1 篇、《左傳》10 篇、《論語》14 篇、《孟子》8 篇、〈大學〉1 篇和〈中庸〉3 篇。再嚴選歷屆大考熱門史論文 50 篇：《國語》2 篇、《戰國策》2 篇、《史記》17 篇、《東觀漢記》1 篇、《後漢書》2 篇、《三國志》1 篇、《三國演義》3 篇，《晉書》、《南史》、《宋史》、《臺灣通史・序》各 1 篇，魏徵、駱賓王、白居易、李煜、范仲淹、歐陽脩、馬致遠、方孝孺、唐順之、梁

自序

辰魚、丘逢甲之作各 1 篇，蘇洵、王安石文各 2 篇，蘇軾文 3 篇。深究鑑賞每篇範文之後，隨文附上歷屆大考重點詳析，次以圖解方式闡明文章的內容思想、篇章結構、藝術手法等，有效提升您的閱讀素養、國學興味；且不時指點相關的寫作絕技、名言佳句等，點滴精進您的作文實力。書末附有「近年大考精選題【經典篇】、【史論篇】」，讓您掌握各類大考命題的趨勢，知己知彼，百戰百勝。

> 按：史論篇標註色塊部分原屬於傳統四部分類法的另一類，本書為了敘述方便，故將之列入此篇中，為了避免混淆視聽，特此提示。詳細情況，請參見「附錄四：經史名篇之出處」及「附錄五：經史子集分類法」。

　　《圖解大考子集古文：精煉閱讀寫作，探解試題》，細選歷屆大考熱門諸子之作 50 篇：《管子》1 篇、《晏子春秋》2 篇、《老子》3 篇、《孫子兵法》2 篇、《墨子》4 篇、《列子》2 篇、《莊子》11 篇、《荀子》3 篇、《韓非子》6 篇、《呂氏春秋》4 篇、《淮南子》2 篇，《說苑》、《孔子家語》、《孔叢子》各 1 篇、《顏氏家訓》3 篇、黎靖德《朱子語類》2 篇、黃宗羲《明夷待訪錄》與朱柏廬《朱子治家格言》各 1 篇。再慎選歷屆大考熱門文集之作 50 篇：孔子、屈原、王粲、諸葛亮、曹丕、曹植、嵇康、王羲之、丘遲、吳均、王勃、元結、劉禹錫、蔣防、杜牧、范仲淹、歐陽脩、劉基、王守仁、屠本畯、湯顯祖、袁宏道、蒲松齡、張潮、方苞、紀昀、錢大昕、龔自珍、王國維作品各 1 篇，陶淵明、李白之作各 2 篇，韓愈、柳宗元文各 4 篇，《世說新語》3 篇，王安石文 2 篇、蘇軾文 4 篇。深入賞析每篇文本之後，

隨文附上各類大考試題精華，次以圖解方式說明文章的思想情意、謀篇布局、藝術技巧等，藉此增進您的閱讀涵養、國學況味；且不時提點相關的修辭絕技、名篇範例等，逐漸累積您的作文能力。書末附有「近年大考精選題【諸子篇】、【文集篇】」，讓您洞悉歷年大考出題的導向，身經百戰，無往不利。

子集 自序

> 按：文集篇標註色塊部分原屬於傳統四部分類法的另一類，本書為了敘述方便，故將之列入此篇中，為了避免混淆視聽，特此提示。詳細情況，請參見「附錄四：子集範文之出處」及「附錄五：經史子集分類法」。

張潮《幽夢影》云：「讀經宜冬，其神專也；讀史宜夏，其時久也；讀諸子宜秋，其致別也；讀諸集宜春，其機暢也。」我個人以為：清晨，宜讀聖賢經典，句句警策，可奉為一天立身處世的圭臬；上午，宜讀諸子學說，腦力激盪，將迸出意想不到思想的火花；下午，宜讀歷史傳記，佐以佳茗，細數朝代興亡的經驗教訓；黃昏，宜讀古人文章，把酒臨風，借他人酒杯一澆胸中塊壘；睡前，宜讀名家詩詞，含英咀華，帶著古典悠悠的情韻進入夢鄉。總之，無論身處何時何地，一卷在手，保證樂趣無窮！

本書寫作期間，感謝 文瓊主編的關懷備至，感謝 邱師變友、 嚴師紀華的支持與鼓勵，以及家人的無限縱容，讓我得以一字一句，一句一字，繼續編織著文學的美麗夢想……

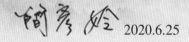 2020.6.25

圖解大考經史古文：精煉閱讀寫作，探解試題

自序

第 1 章　經典篇

第 2 章　史論篇

附錄

第 3 章　諸子篇

第 4 章　文集篇

附錄

主要參考書目

20 天，讀懂經、史、子、集

上冊

講授內容	文學花絮

講授內容	文學花絮

第 6 講 今者項莊拔劍舞，其意常在沛公也
《史記‧項羽本紀‧鴻門宴》

 劉邦：
哥騙吃騙喝，還騙到一位美嬌娘

第 7 講 小子不敏，請悉論先人所次舊聞
《史記‧太史公自序》

 司馬遷：
李陵是冤，我更冤哪！

第 8 講 殷憂而道著，功成而德衰
魏徵〈諫太宗十思疏〉

 魏徵：
信不信由你？
皇上還有些怕我

第 9 講 憂勞可以興國，逸豫可以亡身
歐陽脩〈五代史伶官傳序〉

 敬新磨：
俺呼皇上巴掌，
還受賞呢！

第 10 講 孟嘗君特雞鳴狗盜之雄耳，豈足以言得士？
王安石〈讀孟嘗君傳〉

 靖郭君：
海大魚是啥咪？給我講清楚、說明白

20 天，讀懂經、史、子、集

下冊

	講授內容		文學花絮	

第 16 講

 親賢臣，遠小人
諸葛亮〈出師表〉

 諸葛亮：
老闆三次上門來
請我，大牌吧？

第 17 講

 況脩短隨化，
終期於盡
王羲之
〈蘭亭集序〉

 王獻之：
桃葉啊桃葉，
我划船來接你

第 18 講

 黃髮垂髫，
並怡然自樂
陶淵明〈桃花
源記〉

 陶淵明：
兒啊，可不可以
爭氣點？

第 19 講

 其受之天也，
賢於材人遠矣
王安石〈傷仲永〉

 王安石：
我人髒，
脾氣又拗！

第 20 講

 一人飛昇，
仙及雞犬
蒲松齡〈促織〉

 王生：
哥桃花正旺，怎
會死到臨頭？

第3章
諸子篇

橘生淮南則為橘，
生於淮北則為枳，
葉徒相似，
其實味不同。
所以然者何？
水土異也。

UNIT **3-1**

終身之計，莫如樹人

子集

圖解大考子集古文：精煉閱讀寫作，探解試題

管仲（719B.C. ～ 645B.C.），姬姓，管氏，名夷吾，字仲，安徽潁上人。周穆王的後代。為中國古代著名的軍事家、政治家、經濟學家。相傳他是《管子》的作者，其實該書乃稷下道家推尊管仲之作集結而成。書中涵蓋各種學術思想，是後世道家、儒家、名家、法家、農家、兵家、陰陽家等思想的源頭，所以屬於「子部」。《漢書‧藝文志》將它列入道家，《隋書‧經籍志》、《四庫全書》歸為法家。無論如何，《管子》內容宏富，思想多元，是研究先秦學術思想重要的典籍之一。

姑舉〈權修〉為例，開篇云：「萬乘之國，兵不可以無主；土地博大，野不可以無吏；百姓殷眾，官不可以無長；操民之命，朝不可以無政。」強調一個國家之中，軍隊要有統帥，土地要有官吏，官府要有常法，朝廷要能發布政令。

「欲為天下者，必重用其國；欲為其國者，必重用其民；欲為其民者，必重盡其民力。無以畜之，則往而不可止也；無以牧之，則處而不可使也。遠人至而不去，則有以畜之也；民眾而可一，則有以牧之也。」想治好天下，必須借重本國的國力；想治好國家，必須重視國內的人民；想治好人民，必須倚重民力不使之耗盡。此處提出「以民為本」的思想，呼籲為政者當愛惜民力，要能養活人民、治理人民，人民才會近悅遠來，政令才得以貫徹施行。

何況「地之生財有時，民之用力有倦，而人君之欲無窮。以有時與有倦，養無窮之君，而度量不生於其間，則上下相疾也。」財富、民力都是有限的，而國君的欲望卻無窮無盡。如此一來，君、民之間如果沒有一個合理的限度，朝野上下就會互相產生怨懟。於是，出現臣弒其君、子殺其父的情形。「故取於民有度，用之有止，國雖小必安；取於民無度，用之不止，國雖大必危。」國君如能珍惜民力，知所節制，再小的國家也必定安寧；相反的，如向百姓征斂無度，不知節制，再大的國家也必定危亡。

「一年之計，莫如樹穀；十年之計，莫如樹木；終身之計，莫如樹人。一樹一穫者，穀也；一樹十穫者，木也；一樹百穫者，人也。」以為教育乃終身之大計，培育人才不僅對個人、國家的發展影響深遠，甚至對整個人類文明的進步，都扮演舉足輕重的關鍵。上古時代，由於知識長期為貴族所壟斷，所以說「舉事如神，唯王之門」，教育雖然具有如此神效，但只有王者之門才能辦到。自教育普及之後，一切皆改觀了，人人都可以受教育，亦人人必須受教育。

「凡牧民者，使士無邪行，女無淫事。士無邪行，教也；女無淫事，訓也。教訓成俗，而刑罰省，數也。」舉凡治理人民，應使男人沒有邪僻的行為，女人沒有淫亂的事情。男人不行邪僻，靠教育；女人沒有淫亂，靠訓誨。當教訓形成風氣之後，刑罰便減少了，這是自然的道理。

《管子・權修》

百年大計在教育

一年之計，莫如樹穀；十年之計，莫如樹木；終身之計，莫如樹人。一樹一穫者，穀也；一樹十穫者，木也；一樹百穫者，人也。我苟種之，如神用之；舉事如神，唯王之門。（《管子・權修》）

計：打算。／樹穀：種植五穀。／樹人：培育人才。／穫：收穫。／苟：如果。／如神用之：將有神奇的效用。

大考停看聽

為一年打算，不如種植五穀；為十年打算，不如栽種樹木；為一輩子打算，不如培育人才。一種一收的，是穀物；一種十收的，是樹木；一種百收的，是人才。我們如果注重培育人才，將有神奇的效用；做起事情如有神助，但只有王者之門才能辦到。

管仲其人

管仲（719B.C.～645B.C.），姬姓，管氏，名夷吾，字仲，安徽潁上人。周穆王的後代。為中國古代著名的軍事家、政治家、經濟學家。

相傳他是《管子》的作者，其實該書乃稷下道家推尊管仲之作集結而成。

《管子》一書

書中涵蓋各種學術思想，是後世道家、儒家、名家、法家、農家、兵家、陰陽家等思想的源頭，故屬於「子部」。

《漢書・藝文志》將它列入道家，《隋書・經籍志》、《四庫全書》歸之為法家。

無論如何，《管子》內容宏富，思想多元，是研究先秦學術思想重要的典籍之一。

《管子・權修》

為政任官

* 「萬乘之國，兵不可以無主；土地博大，野不可以無吏；百姓殷眾，官不可以無長；操民之命，朝不可以無政。」
・ 強調一個國家之中，軍隊要有統帥，土地要有官吏，官府要有常法，朝廷要能發布政令。

民本思想

* 「欲為天下者，必重用其國；欲為其國者，必重用其民；欲為其民者，必重盡其民力。」
・ 提出「以民為本」的思想，呼籲為政者當愛惜民力，要能養活人民、治理人民，人民才會近悅遠來，政令才得以貫徹施行。

重視教育

* 「一年之計，莫如樹穀；十年之計，莫如樹木；終身之計，莫如樹人。一樹一穫者，穀也；一樹十穫者，木也；一樹百穫者，人也。」
・ 以為教育乃終身之大計，培育人才不僅對個人、國家的發展影響深遠，甚至對整個人類文明的進步，都扮演舉足輕重的關鍵。

UNIT 3-2
怪哉！雨雪三日而天不寒

《晏子春秋》是記載春秋末齊國政治家晏嬰言行的一部著作。全書分為內篇、外篇兩部分：前者包含諫上、諫下、問上、問下、雜上、雜下六篇；後者涵蓋上、下二篇。《晏子春秋‧內篇諫上》旨在闡述齊相晏子時時不忘匡正君主之過，委婉勸諫景公推己及人，體察百姓疾苦。

如「雨雪三日而天不寒」一則：大雪紛飛，連日不止，景公身穿狐白裘（狐狸毛製的白皮衣），坐在正堂前的臺階上。晏子進宮謁見，站了一會兒，景公說：「怪哉！雨雪三日而天不寒。」天氣真的不冷嗎？是景公身上的狐白裘太保暖了，所以感受不到一絲寒意。晏子藉機進諫道：「嬰聞之古之賢君，飽而知人之飢，溫而知人之寒，逸而知人之勞，今君不知也。」說明古代賢君雖然自己飽暖、安逸了，但知道老百姓還在挨餓受凍、為生活奔波，間接指責景公怎麼可以不知民間疾苦。

景公虛心納諫，「乃令出裘發粟與飢寒者。」於是下令發送皮衣和粟米給飢寒交迫的人民。「令所睹於途者，無問其鄉；所睹於里者，無問其家；循國計數，無言其名。士既事者兼月，疾者兼歲。」命令在路上遇見，不必問是哪鄉；在里巷遇見，不必問是哪家；巡視國內統計飢民人數，不必記下姓名。已有職業的人發給兩個月糧食，貧病者發給兩年的糧食。孔子對此事的評論是：「晏子能明其所欲，景公能行其所善也。」稱讚晏子能闡明他的願望，景公能落實所認識到的德政，君臣相互幫襯，成就此一美事。

另一則「景公欲誅駭鳥野人」：景公外出狩獵，射殺野鳥，鄉野之人驚走了飛鳥；景公大怒，下令官吏誅殺此人。晏子進諫，說鄉野之人不是故意的。臣聽說獎賞無功的人稱為「亂」，怪罪不知情的人稱為「虐」。這兩項都是先王的禁令，因為飛鳥而觸犯先王的禁令，不可以！「今君不明先王之制，而無仁義之心，是以從欲而輕誅。」直言如今君王不明白先王的法制，又沒有仁愛之心，因此放縱私欲、輕易殺人。何況鳥獸本來就不是人餵養的，鄉野之人嚇走了牠，不也應該嗎？景公欣然接納諫言，並下令「弛鳥獸之禁」，放寬獵捕鳥獸的禁令，不再以此來苛待人民。

又《晏子春秋‧內篇諫下》記載：景公發動百姓為他建築高臺；高臺落成後，還打算再造一座鐘。晏子上諫道：「君者，不以民之哀為樂。君不勝欲，既築臺矣，今復為鐘，是重斂於民也，民必哀矣。夫斂民以為樂，不詳（通『祥』），非治國之道也。」他強調國君不可以把快樂建築在人民的痛苦之上。君主不能克制私欲，一下建臺，一下又要造鐘，必定增加人民財力、勞力上的負擔，他們雖然敢怒不敢言，但長期累積民怨，終究不是好事。如今國君為了享樂而壓榨百姓，這絕非治國理民的好方法！景公聽了晏子一席話，終於打消造鐘的念頭。

《晏子春秋・內篇諫上》

賢君當知百姓苦

野人不知也。臣聞賞無功謂之亂，罪不知謂之虐。兩者，先王之禁也；以飛鳥犯先王之禁，不可！今君不明先王之制，而無仁義之心，是以從欲而輕誅。夫鳥獸，固人之養也；野人駭之，不亦宜乎！（《晏子春秋・內篇諫上》）

大考停看聽

鄉野之人不是故意的。臣聽說獎賞無功的人稱為「亂」，怪罪不知情的人稱為「虐」。這兩項，都是先王的禁令；因為飛鳥而觸犯先王的禁令，不可以！如今君王不明白先王的法制，又沒有仁愛之心，因此放縱私欲、輕易殺人。鳥獸，本來不是人餵養的；鄉野之人嚇走牠，不也應該嗎？

野人：鄉野之人。古代稱城外為「郊」，郊外為「野」。／禁：禁令，嚴禁某種行為所制定的法令。／固人之養：本來不是人餵養的。固，本來。／駭：驚嚇。

《晏子春秋》是記載春秋末齊國政治家晏嬰言行的一部著作。全書分為內篇、外篇兩部分：前者包含諫上、諫下、問上、問下、雜上、雜下六篇；後者涵蓋上、下二篇。

《晏子春秋・內篇諫上》旨在闡述齊相晏子委婉勸諫景公推己及人，體察百姓疾苦。

下雪三天怎麼不冷 →

★大雪連日不止，齊景公身穿狐白裘坐在臺階上。

★景公對晏子說：「怪哉！雨雪三日而天不寒。」

是您不知民間疾苦

晏子藉機進諫：「嬰聞之古之賢君，飽而知人之飢，溫而知人之寒，逸而知人之勞，今君不知也。」

⇒間接指責景公不知民間疾苦

賢君應當苦民所苦

・景公虛心納諫，「乃令出裘發粟與飢寒者。」

・「令所睹於途者，無問其鄉；所睹於里者，無問其家；循國計數，無言其名。士既事者兼月，疾者兼歲。」

孔子評論此事

「晏子能明其所欲，景公能行其所善也。」晏子能闡明願望，景公能落實德政，君臣相輔相成，相得益彰。

《晏子春秋・內篇諫下》

築臺又造鐘

★有一回，景公發動百姓為他築高臺；落成後，打算再造一座鐘。

★晏子上諫道：「君者，不以民之哀為樂。……夫斂民以為樂，不詳，非治國之道也。」⇒強調國君不可以把快樂建築在人民的痛苦之上

★景公聽了晏子一席話，終於打消造鐘的念頭。

UNIT 3-3
橘生淮南則為橘，生於淮北則為枳

《晏子春秋·內篇雜下》記錄晏子為人機智，口才伶俐，尤其出使楚國期間，面對各種突發狀況，總能隨機應變，詼諧以對，化危機為轉機，適時維護國家尊嚴，是一名出色的外交官！

話說晏子奉命出使楚國，楚國人因為他身材矮小，存心刁難，故意開啟大門旁的小門，請他進去。晏子拒絕走小門，靈機一動道：「使狗國者，從狗門入；今臣使楚，不當從此門入。」出使狗國，自然從狗門進去；如今我出使楚國，理應不該從這扇門進去吧！楚國負責接待的官員一聽，這還得了，如果讓他走小門進入，那楚國豈不成了他口中的「狗國」？連忙敞開大門迎接。

晏子進宮見楚王，楚王還是看他個頭小、好欺負，開口就問：「齊無人耶？」不然，怎麼派個矮個兒擔任外交使節？晏子正經八百地回答：「齊之臨淄三百閭（古代二十五戶人家編為一閭），張袂成陰，揮汗成雨，比肩繼踵而在，何為無人？」意思是齊國臨淄城內有七千五百戶人家，丁口眾多，人才濟濟，怎麼說沒有人呢？楚王不以為然道：「然則子何為使乎？」晏子說：「齊命使，各有所主。其賢者使使賢主，不肖者使使不肖主。嬰最不肖，故宜使楚矣！」闡明齊國派遣使節，往往根據對方國君的特質。賢能的人出使到賢君之國，不肖之人自然出使到不肖君主的國家。晏嬰最不肖，所以最適合出使到楚國來。楚王被晏子反將一軍，真是自取其辱！

先前聽說晏子將出使楚國，楚王早有耳聞此人能言善道，便打定了主意想好好羞辱他一番。身邊的臣子於是獻策：等晏子來時，楚人刻意綑綁一個犯人從大王面前走過，大王就問：「這人哪裡來的？」回答：「是齊國人。」大王再問：「犯了什麼罪？」回答：「竊盜罪。」楚國君臣精心策劃此事，存心要給晏子難堪。

果然，當晏子來到楚國，在楚王招待外賓的宴會上，兩個官吏綁著一個犯人經過殿前，大夥兒依照先前討論好的劇本，配合演出。楚王故意借題發揮問晏子：「齊人固善盜乎？」是說你們齊國人原本就擅長偷盜嗎？晏子不卑不亢，離開座位起身回答：「嬰聞之，橘生淮南則為橘，生於淮北則為枳，葉徒相似，其實味不同。所以然者何？水土異也。今民生長於齊不盜，入楚則盜，得無楚之水土使民善盜耶？」橘子種在淮南就長成甜橘，種在淮北就長成酸枳，只有葉子相類似，果實的味道卻不一樣，為什麼呢？因為環境不同。如今人民生活在齊國不竊盜，來到楚國就竊盜，難道不是楚國的環境使人善於偷盜嗎？楚王無言以對，淡淡說：「聖人非所與熙也，寡人反取病焉。」聖人不是能和他開玩笑的，是寡人自討沒趣了！

《晏子春秋・內篇雜下》

晏子拒絕走狗門

晏子使楚。楚人以晏子短，為小門於大門之側而延晏子。晏子不入，曰：「使狗國者，從狗門入；今臣使楚，不當從此門入。」儐者更道，從大門入。（《晏子春秋・內篇雜下》）

使：動詞，出使，即被派遣到別國去。／短：身材矮小。／延：動詞，延請。／儐者：負責迎接招待賓客的人。

大考停看聽

晏子奉命出使楚國。楚國人因為他身材矮小，在大門旁邊開了一扇小門請他進去。晏子不進去，說：「出使狗國的人，才從狗門進去；如今我出使楚國，不應該從這扇門進去。」負責接待的官吏帶他換一條路，從大門進入楚國。

莫非來到狗國

★晏子奉命出使楚國，楚國人見他身材矮小，故意開小門迎接。

★晏子說：「**使狗國者，從狗門入**；今臣使楚，不當從此門入。」

★楚國官員一聽，那楚國豈不成了他口中的「狗國」？遂開大門。

誰說齊國沒人

★楚王問：「齊國沒有人嗎？怎麼派你這樣的人擔任外交使節？」

★晏子答：「齊國臨淄城內丁口眾多，人才濟濟，怎麼說沒人呢？」

★楚王道：「那為何打發你來？」晏子說：「齊命使，各有所主。其賢者使使賢主，不肖者使使不肖主。**嬰最不肖，故宜使楚矣！**」

環境使人為盜

★楚國君臣精心策畫，準備給晏子難堪。

★宴會上，官吏綁著一個犯人經過殿前。

★楚王故意問晏子：「齊人固善盜乎？」

★晏子回答：「橘生淮南則為橘，生於淮北則為枳，葉徒相似，其實味不同。所以然者何？水土異也。今民生長於齊不盜，入楚則盜，得無楚之水土使民善盜耶？」

★楚王說：「聖人非所與熙也，寡人反取病焉。」

【按：從現今植物學的觀點來看，橘、枳雖同為芸香科，但橘是柑橘屬、枳是枳屬，實為兩種不同的植物，故與環境差異無關。】

UNIT 3-4
上善若水，水善利萬物而不爭

子集

圖解大考子集古文：精煉閱讀寫作，探解試題

《老子》是春秋末道家始祖老子闡述畢生哲學思想的著作，約五千言，又名《道德經》、《五千言》等。《老子》本為先秦道家思想的重要典籍，後世隨著老聃被道教奉為開山祖師，該書亦成為道教徒必讀的經典之一。因此，據聯合國教科文組織統計，老子《道德經》是全世界被翻譯成他國文字發行量第二多的文化名著，僅次於西方的《聖經》，其影響力可見一斑。

相傳老子姓李名耳，人稱「老聃」。由於唐代國姓「李」，故唐太宗自認是老子之後；唐高宗尊《道德經》、《孝經》並為「上經」；唐玄宗更稱老子之作為《道德真經》。《老子》一書，由於流傳時間之長、空間之廣，在傳鈔、刊印過程中難免出現一些訛誤，因而衍生出極複雜的版本問題。唐代以後，以河上公、王弼二家注本最為通行。近年來，隨著漢代馬王堆帛書本（1973年出土）、戰國中期郭店楚簡本（1993年出土）的發現，讓世人得以一窺《老子》古本的原貌。

老子最崇尚「水」，認為「水」具有守柔、居下、利他、無私等特質，最接近自然之道；因此主張道家聖人要像水一樣。如第八章云：

> 上善若水。水善利萬物而不爭，處眾人之所惡，故幾於道。居善地，心善淵，與善仁，言善信，政善治，事善能，動善時。夫唯不爭，故無尤。

水具有一切最好的德行。它善於滋長萬物、造福萬物，卻不爭一己之私利，寧可處在眾人嫌惡的卑下地位，怡然自得；如此謙遜退讓、甘於平淡、與世無爭，自然最接近「道」了。人如能秉持這樣的德行，無論身處何地都是好居所，心像深淵一樣無物不容，用同理心善待每一個人，講話有誠信，為政無為而治，辦事運用才能，一言一行都能因時制宜。只因聖人具有水一般的美德，不與人爭長論短，所以沒有人會埋怨他。他自能諸事順心，無災無難，逍遙自在。

然而，水絕非弱者，柔弱的只是其外表，如第五十二章云：「守柔曰強。」第三十六章云：「柔弱勝剛強。」這是老子以柔克剛的處世哲學。君不見滴水穿石、巨浪吞舟，水何曾真正居於弱勢？如第七十八章云：

> 天下莫柔弱於水，而攻堅強者莫之能勝，其無以易之。弱之勝強，柔之勝剛，天下莫不知，莫能行。是以聖人云：「受國之垢，是謂社稷主；受國不祥，是謂天下王。」正言若反。

水固然是天下之至柔，卻能勝過天下之至堅，沒有任何東西能取代它。以弱制強、以柔勝剛的道理，沒人不知曉，但沒人能付諸實踐。因此道家聖人說：「能承擔一國的屈辱，就可成為一國之君；能承擔全國的災禍，就可為天下之主。」明明是正面的意思卻從反面立說。第六十六章亦云：「江海所以能為百谷王者，以其善下之，故能為百谷王。……以其不爭，故天下莫能與之爭。」因為聖人如水，利物而不爭，所以天下沒人能與他相爭。

《老子》選讀

以柔克剛學流水

上善若水。水善利萬物而不爭,處眾人之所惡,故幾於道。居善地,心善淵,與善仁,言善信,政善治,事善能,動善時。夫唯不爭,故無尤。(《老子‧第八章》)

幾:接近。／與善仁:善待任何人。仁,通「人」。／動善時:一言一行都能因時制宜。／無尤:毫無怨尤。

大考停看聽

最好的德行就像水一樣。水善於滋長萬物而不爭一己之私利,處在眾人嫌惡的卑下地位而自得,所以最接近「道」了。人如能秉持這樣的德行,無論身處何地都是好居所,心像深淵無物不容,用同理心善待任何人,講話有誠信,為政無為而治,辦事運用才能,一言一行都能因時制宜。只因為聖人像水一樣,不與人爭長短,所以沒有人會埋怨他。

水的哲學

★老子最崇尚「水」,認為「水」具有守柔、居下、利他、無私等特質,最接近自然之道;因此主張道家聖人要像水一樣。

‧第八章:「上善若水。**水善利萬物而不爭,處眾人之所惡,故幾於道。**居善地,心善淵,與善仁,言善信,政善治,事善能,動善時。**夫唯不爭,故無尤。**」

⇨道家聖人具有水一般的美德,不與人爭長論短,所以沒有人會埋怨他。他自能諸事順心,無災無難,逍遙自在。

以柔克剛

★老子以柔克剛的處世哲學。

‧第五十二章云:「**守柔曰強。**」

‧第三十六章云:「**柔弱勝剛強。**」

‧第七十八章云:「**天下莫柔弱於水,而攻堅強者莫之能勝**,其無以易之。弱之勝強,柔之勝剛,天下莫不知,莫能行。是以聖人云:『受國之垢,是謂社稷主;受國不祥,是謂天下王。』正言若反。」

⇨正面的意思卻從反面立說:道家聖人能承擔一國的屈辱,就可成為一國之君;能承擔全國的災禍,就可為天下之主。

★第六十六章云:「江海所以能為百谷王者,以其善下之,故能為百谷王。……**以其不爭,故天下莫能與之爭。**」

→道家聖人如水,有容乃大,利物而不爭,故天下沒人能與他相爭。

水的特質					
守柔	利他	不爭	居下	無私	有容

💡 作文一點靈

思想情意

老子認為「水」善於滋長萬物、造福萬物,卻不爭一己之私利,它寧可處在眾人嫌惡的卑下地位,怡然自得。人如能秉持這樣的德行,無論身處何地都是好居所,心像深淵一樣無物不容,用同理心善待每一個人,不與人爭長短,那麼沒有人埋怨他,他自能事事順心,自在逍遙。

然而,水絕非弱者,柔弱的只是它的外表而已;君不見滴水穿石、巨浪吞舟,水又何曾居於弱勢?

UNIT 3-5
治大國，若烹小鮮

子集

圖解大考子集古文：精煉閱讀寫作，探解試題

　　老子的政治思想主張「清心寡欲」、「無為而治」，如第三章云：「不尚賢，使民不爭；不貴難得之貨，使民不為盜；不見可欲，使民心不亂。是以聖賢之治，虛其心，實其腹，弱其志，強其骨。常使民無知無欲，使夫智者不敢為也。為無為，則無不治。」他認為不崇尚賢名，讓人民不必爭相為賢，真實做自己就好；不看重難得的貨品，讓人民不致物欲薰心去偷、去搶，東西實用就好；不展現出欲望，清靜自守，讓人民內心平和，無欲無求。因此道家聖賢治理天下，往往讓人民清心寡欲、三餐溫飽、弱化他們的心志、強健他們的筋骨。經常使百姓沒有知識、沒有欲望，讓具有聰明才智的人不敢有所作為。正因為凡事順其自然，無所作為，所以萬事萬物都能展現出它原本的樣貌，各得其所，自然而然，天下莫不大治。

　　道家認為人為的造作是擾亂自然法則運行的元凶，如第十八章：「大道廢，有仁義；智慧出，有大偽；六親不和有孝慈，國家昏亂有忠臣。」原始時代，人人遵循自然之道而行，不談仁義、智慧、孝慈、忠貞，但這些美德自然包含在人的日常言行之中；到了後世漸漸失去這些美德，才開始大肆標榜諸德行，正因為出於人為的刻意追求，諸美德早已被僵化、扭曲，不復原始之貌。所以第十九章云：「絕聖棄智，民利百倍；絕仁棄義，民復孝慈；絕巧棄利，盜賊無有。」強調道家聖人治天下，必須取

消一切人為的造作，順應自然，無所作為，便能「無為而治」了。故第三十七章云：「道常無為而無不為，侯王若能守之，萬物將自化。」

　　第六十章亦云：「治大國，若烹小鮮。以道蒞天下，其鬼不神；非其鬼不神，其鬼不傷人；非其鬼不傷人，聖人亦不傷人。夫兩不相傷，故德交歸焉。」老子用煎小魚比喻治理大國，不要經常翻動它，但也不是完全不管；而是適時做好該做的事，然後不要過度干預人民的生活，留給他們自由發展的空間，為政者不傷害人民的自然本性，讓人人順道而行，自在自得，如此一來，連鬼神都無法侵害百姓，國家自然能平治。

　　此外，老子還提出「理想國」的思想，如第八十章云：「小國寡民，使有什伯之器而不用，使民重死而不遠徙，雖有舟輿，無所乘之；雖有甲兵，無所陳之；使人復結繩而用之，甘其食，美其服，安其居，樂其俗，鄰國相望，雞犬之聲相聞，民至老死不相往來。」國家很小，人民很少，雖然有軍隊、武器，但天下太平無事，都派不上用場；讓人民都愛惜生命，不願意遷移到遠方去，所以雖然有車有船也沒人要搭乘；使人民恢復到古代純樸的生活，結繩而治，人人吃得好、穿得暖，安居樂業，風俗淳厚，與鄰國之間遙遙相望，雞犬相聞，人民卻都生活安樂、自給自足，不必跟別國打交道，所以老死不相往來。

《老子》選讀

無為而治民自化

治大國，若烹小鮮。以道蒞天下，其鬼不神；非其鬼不神，其鬼不傷人；非其鬼不傷人，聖人亦不傷人。夫兩不相傷，故德交歸焉。（《老子・第六十章》）

大考停看聽

治理大國，像煎小魚一樣不要輕易翻動它。用自然之道來治理天下，如此鬼神就起不了作用；不僅鬼神起不了作用，鬼神的作用也傷害不了人；不僅鬼神的作用傷害不了人，統治者也不會傷害人民。由於鬼神和統治者都不傷害人，所以百姓可以享受天地的德澤。

小鮮：小魚。／蒞：臨，猶言「治理」。／其鬼不神：鬼神起不了作用。／非：不僅。／聖人：此指統治者。／兩不相傷：鬼神和統治者都不傷害人。

老子的治國白皮書

基本國策	小國寡民	
治國理念	為無為，則無不治／道常無為而無不為，侯王若能守之，萬物將自化	**無為而治**
軍事國防	使有什伯之器而不用／雖有甲兵，無所陳之	
國際外交	鄰國相望，雞犬之聲相聞，民至老死不相往來	
教育任才	不尚賢，使民不爭／常使民無知無欲，使夫智者不敢為也	**清心寡欲**
社會內政	不貴難得之貨，使民不為盜／不見可欲，使民心不亂	**清心寡欲**
民生經濟	使人復結繩而用之，甘其食，美其服，安其居，樂其俗	**清心寡欲**
國民健康	虛其心，實其腹，弱其志，強其骨	
交通運輸	使民重死而不遠徙，雖有舟輿，無所乘之	

★老子認為：**人為的造作是擾亂自然法則運行的元凶。**

・第十八章：「大道廢，有仁義；智慧出，有大偽；六親不和有孝慈，國家昏亂有忠臣。」

→原始時代，人人遵循自然之道而行，不談仁義、智慧、孝慈、忠貞，但這些美德自然包含在人的日常言行之中；到了後世漸漸失去這些美德，才開始大肆標榜諸德行，正因為出於人為的刻意追求，諸美德早已被僵化、扭曲，不復原始之貌。

・第十九章云：「絕聖棄智，民利百倍；絕仁棄義，民復孝慈；絕巧棄利，盜賊無有。」

→道家聖人治天下，必須取消一切人為的造作，順應自然，無所作為，便能「無為而治」了。

UNIT 3-6
有餘者損之，不足者補之

子集

圖解大考子集古文：精煉閱讀寫作，探解試題

老子的處世哲學，如第六十七章云：「我有三寶，持而保之，一曰慈，二曰儉，三曰不敢為天下先。慈故能勇，儉故能廣，不敢為天下先，故能成器長。今舍慈且勇，舍儉且廣，舍後且先，死矣！」闡明他畢生奉守的三項處世原則：一是慈愛，二是儉樸，三是不敢自傲、居天下之先。因為慈愛所以勇敢，因為儉樸所以寬廣，因為不敢自傲、居天下之先，所以能成就大器。反之，若捨棄了慈愛卻只好勇，捨棄了儉樸卻只浪費，捨棄了謙讓卻只爭先，如此一來，這人便死定了。這是老子抱樸守真、謙退不爭的人生觀。

老子認為：「道生一，一生二，二生三，三生萬物；萬物負陰而抱陽，沖氣以為和。人之所惡，唯孤寡不穀，而王公以為稱；故物或損之而益，或益之而損；……強梁者不得其死。」（第四十二章）大道混沌為一，分裂為陰陽二氣，陰陽二氣相互調和，生生不息，進而化生天地萬物；故萬物莫不負載陰柔而環抱陽剛，養成虛靈之氣以為調和。如人們厭惡「孤」、「寡」、「不穀」等辭語，王公卻故意以此自稱，就是為了調和其氣。因為世間萬事萬物表面雖然減損，其實內部反而增加；反之，雖然表面增加，內部反而減損。因此，矜強自恃的人終將不得好死！

故第四十五章云：「大成若缺，其用不弊；大盈若沖，其用不窮。大直若屈，大巧若拙，大辯若訥。」用外表的虛象來調和內在的實質，所以大道生成之時，看來若有所缺，其作用才永不衰敗；大道盈滿之際，乍看若有所虛，其作用才永不窮盡。大道平直，卻像曲折；大道巧妙，卻像笨拙；大道善辯，卻像是口才木訥。這就是虛實調和的結果。

又第七十七章云：「天之道，其猶張弓與？高者抑之，下者舉之；有餘者損之，不足者補之。天之道，損有餘而補不足；人之道，則不然，損不足以奉有餘。孰能有餘以奉天下？唯有道者。是以聖人為而不恃，功成而不處，其不欲見賢。」從自然的天道講究調和，如張弓射箭，目標過高，就拉高弓弦；弓弦拉得太滿，就放鬆它。自然的規律，都是減損有餘的，補給不足的；社會的規則卻相反，往往要減少不足的來奉獻給有餘的人。那麼，誰能減少有餘的來補給天下不足的人呢？只有有道的聖人了。因此道家聖人有所作為卻不占為己有，有所成就卻不居功勞，他們實在不願展現自己的賢能。所以聖人功成名就了，自然要急流勇退，才能保全自身、保全功績，合乎天地運行的法則。

此外，第四十八章云：「為學日益，為道日損，損之又損，以至於無為，無為而無不為。」談到做學問在於日益增廣知識見聞，追求道卻要每天減損自己的執著，一再地減損、減損，一直到毫無人為的造作、無所執著的境地；唯有無所造作與執著，人才能自然而為，無入而不自得。

《老子》選讀

抱樸守真尚謙退

天之道，其猶張弓與？高者抑之，下者舉之；有餘者損之，不足者補之。天之道，損有餘而補不足；人之道，則不然，損不足以奉有餘。孰能有餘以奉天下？唯有道者。是以聖人為而不恃，功成而不處，其不欲見賢。（《老子·第七十七章》）

天之道：自然的規律。／**與**：通「歟」，疑問句句尾助詞。／**人之道**：社會的規則。／**聖人**：指道家清心寡欲、無為而治的聖人。／**恃**：此解作「占為己有」。

大考停看聽

　　自然的規律，不就像張弓射箭嗎？弓弦拉高了就壓低一些，低了就拉高點兒；拉得太滿就放鬆些，太鬆就再用點力。自然的規律，減少有餘的，補給不足的；社會的規則，卻不是如此，要減少不足的來奉獻給有餘的人。那麼，誰能減少有餘的來補給天下不足的人呢？只有有道的聖人了。因此道家聖人有所作為卻不占為己有，有所成就卻不居功勞，他實在不願展現自己的賢能。

處世三寶

＊第六十七章云：「我有三寶，持而保之，一曰慈，二曰儉，三曰不敢為天下先。慈故能勇，儉故能廣，不敢為天下先，故能成器長。今舍慈且勇，舍儉且廣，舍後且先，死矣！」

・老子畢生奉守的處世原則：一是慈愛，二是儉樸，三是不敢自傲、居天下之先。這是老子抱樸守真、謙退不爭的人生觀。

慈	故能勇	捨「慈」而「勇」
儉	故能廣	捨「儉」而「廣」 ⇨ 死矣！
不敢為天下先	故能成器長	捨「後」而「先」

調和虛實

＊第四十五章云：「大成若缺，其用不弊；大盈若沖，其用不窮。大直若屈，大巧若拙，大辯若訥。」

・用外表的虛象來調和內在的實質，所以大道生成之時，看來若有所缺，其作用才永不衰敗；大道盈滿之際，乍看若有所虛，其作用才永不窮盡。大道平直，卻像曲折；大道巧妙，卻像笨拙；大道善辯，卻像是口才木訥。

現象	外表	作用
大成若缺	大道生成像缺	永不衰敗
大盈若沖	大道盈滿若虛	永不窮盡
大直若屈	大道平直似曲	永不曲折
大巧若拙	大道巧妙如拙	永不笨拙
大辯若訥	大道善辯近訥	永不木訥

功成不居

＊第七十七章云：「天之道，其猶張弓與？高者抑之，下者舉之；有餘者損之，不足者補之。天之道，損有餘而補不足；人之道，則不然，損不足以奉有餘。孰能有餘以奉天下？唯有道者。是以聖人為而不恃，功成而不處，其不欲見賢。」

・因此道家的聖人有所作為卻不占為己有，有所成就卻不居功勞，他們實在不願展現自己的賢能。所以聖人功成名就了，自然要急流勇退，才能保全自身、保全功績，合乎天地運行的法則。

天道：損有餘而補不足	←	聖人：功成 身退 →全身、全功
人道：損不足以奉有餘		有餘 損之

UNIT 3-7
兵者，國之大事

子集

圖解大考子集古文：精煉閱讀寫作，探解試題

　　《孫子兵法》是中國古代的兵書。一般採司馬遷《史記》的說法：「孫子武者，齊人也，以兵法見吳王闔閭。闔閭曰：『子之十三篇，吾盡觀之矣。』」認為《孫子兵法》成書於專諸刺殺吳王僚之後（515B.C.）至闔閭三年（512B.C.）孫武初見吳王之間，凡十三篇，是孫武送給闔閭（亦作「闔廬」）的見面禮，內容主要強調政略、戰略和戰術之運用。

　　《孫子兵法》早在戰國時代已是一部軍事家必讀的兵學名著；歷史上嫻諳兵法的曹操於《孫子略解》自序云：「吾觀兵書戰策多矣，孫子所著深矣。」身經百戰的唐太宗亦云：「朕觀諸兵書，無出孫武。」不僅如此，連外國人也愛鑽研此書，如日本明治維新時，奉孫武為「武聖」、《孫子兵法》為「兵經」，成為各級軍事學校、大學政治系必修之經典；聽說越戰期間，北越武元甲應用《孫子兵法》的迂迴奇襲戰術，攻得美軍精銳束手無策、傷亡慘重。

　　時至今日，我們雖然不帶兵打仗，但《孫子兵法》依舊適用於各種競爭中。如〈使計〉開宗明義云：「兵者，國之大事，死生之地，存亡之道，不可不察也。」是說用兵作戰，是國家的大事，因為攸關百姓的生死、國家的存亡，不可以不小心謹慎地觀察是不是已到了非戰不可的地步！以日常人際關係來說，必須衡量是不是已到了非撕破臉不可的時候。

　　如果無法避免一戰，那麼，就要仔細評估自己獲勝的機率，如果勝算高尚可開門迎戰，若勝算低則只能隱忍，絕不可輕舉妄動。如何估算呢？孫子提出從五件事來計算敵我的優劣情勢：「一曰道，二曰天，三曰地，四曰將，五曰法。」所謂「道」，就是得民心的程度，亦即「人和」；得民心眾者勝，得民心寡者敗。所謂「天」，就是氣候條件的配合，亦即「天時」；得天時之利者勝，不得天時之助者敗。所謂「地」，就是地理環境的因素，亦即「地利」；得地利之宜者勝，不得地利之便者敗。所謂「將（去聲）」，就是將帥的德行與才能，亦即「人和」；將帥具有智、信、仁、勇、嚴者勝，將帥不具此五德者敗。所謂「法」，就是軍政、資源等的考量；制度完善、資源充足者勝，反之則敗。以上五事都是出兵作戰前必須審慎盤算的。

　　此外，還必須「校之以計而索其情，曰：主，孰有道？將，孰有能？天地，孰得？法令，孰行？兵眾，孰強？士卒，孰練？賞罰，孰明？」比較敵我雙方，誰的國君得民心？誰的將帥有能力？誰得到天時、地利的優勢？何者法令較嚴明？何者兵士體力較強健？何者戰士訓練較精良？何者賞罰較分明？依據此五事七計，在「廟算」（開戰前精算於朝廷之上）中勝算機率大者，才可以出師。故云：「夫未戰而廟算勝者，得算多也；未戰而廟算不勝者，得算少也。多算勝，少算不勝，而況於無算乎？」孫子從「廟算」的多寡來看，未開戰已能掌握勝負了。

《孫子兵法・始計》

廟算勝者得算多

夫未戰而廟算勝者，得算多也；未戰而廟算不勝者，得算少也。多算勝，少算不勝，而況於無算乎？吾以此觀之，勝負見矣。（《孫子兵法・始計》）

廟算：指開戰前計算於廟堂之上，比較敵我雙方得勝的機率。／算多、算少：指估算的正確率較高、較低。／無算：指開戰前不進行「廟算」。

大考停看聽

未開戰之前的「廟算」做得比敵方詳盡，估算的正確率相對較高；未開戰之前的「廟算」做得不比敵方詳盡，估算的正確率相對較低。作戰時「廟算」周詳者獲勝，欠周詳者無法勝出，何況沒有經過一番盤算呢？孫子從「廟算」的多寡來看，未戰就已經知道勝負了。

《孫子兵法》

★《孫子兵法》是中國古代的兵書。

★一般認為《孫子兵法》成書於專諸刺殺吳王僚之後（515B.C.）至闔閭三年（512B.C.）孫武初見吳王之間，凡十三篇，是孫武送給闔閭的見面禮。

★其內容主要強調政略、戰略和戰術之運用。

★《孫子兵法》是戰國時代軍事家必讀的兵學名著。

★曹操曾云：「吾觀兵書戰策多矣，孫子所著深矣。」

★身經百戰的唐太宗云：「朕觀諸兵書，無出孫武。」

★日本明治維新時，一度奉《孫子兵法》為「兵經」。

★北越將領武元甲曾以《孫子兵法》打敗美軍精銳。

「廟算」多寡的 五事 七計

孫子提出從 五件事 來計算敵我的優劣情勢：「一曰道，二曰天，三曰地，四曰將，五曰法。」

五事		
	一曰道	得民心的程度，即「人和」
	二曰天	氣候條件的配合，即「天時」
	三曰地	地理環境的因素，即「地利」
	四曰將	將帥的德行與才能等，即「人和」
	五曰法	軍政、資源等的考量

孫子從「廟算」的多寡來看，未開戰已能掌握勝負。

開戰前精算於朝廷之上

孫子提出必須用 七個層面 來考量敵我雙方的實際情勢：「校之以計而索其情，曰：主，孰有道？將，孰有能？天地，孰得？法令，孰行？兵眾，孰強？士卒，孰練？賞罰，孰明？」

七計		
	主，孰有道？	誰的國君得民心？
	將，孰有能？	誰的將帥有能力？
	天地，孰得？	誰得到天時、地利的優勢？
	法令，孰行？	何者法令較嚴明？
	兵眾，孰強？	何者兵士體力較強健？
	士卒，孰練？	何者戰士訓練較精良？
	賞罰，孰明？	何者賞罰較分明？

UNIT 3-8
不戰而屈人之兵，善之善者也

子集

圖解大考子集古文：精煉閱讀寫作，探解試題

《孫子兵法》十三篇，依序是〈始計〉（原作「計」）、〈作戰〉、〈謀攻〉、〈軍形〉（原作「形」）、〈兵勢〉（原作「勢」）、〈虛實〉（原作「實虛」）、〈軍爭〉、〈九變〉、〈行軍〉、〈地形〉、〈九地〉、〈火攻〉、〈用間〉。

〈謀攻〉乃探討戰爭時攻城掠地的謀略。孫子曰：「凡用兵之法，全國為上，破國次之；全軍為上，破軍次之；全旅為上，破旅次之；全卒為上，破卒次之；全伍為上，破伍次之。是故百戰百勝，非善之善也；不戰而屈人之兵，善之善者也。」明揭領兵作戰的原則：使敵人完全降服才是上策，以武力擊破敵軍為次一等。因此，在戰場上百戰百勝，不是最高明的手段；雙方未經過交戰就能使敵兵完全折服，才是最高明的策略。

「故上兵伐謀，其次伐交，其次伐兵，其下攻城。攻城之法，為不得已。……善用兵者，屈人之兵而非戰也，拔人之城而非攻也，毀人之國而非久也，必以全爭於天下，故兵不頓而利可全，此謀攻之法也。」孫子以為上等的用兵之道是運用謀略戰勝敵人，其次是透過外交手段勝敵，再其次才是用武力擊敗敵軍，下下之策為直接攻城。率軍攻城實在是沒有辦法中的辦法，因為圍攻敵人的城池無論勝負，必定兩敗俱傷，是最不智之舉。所以精通戰略的人，一定是未戰即屈服敵軍、未攻即占領城池，迅速拿下一個國家，要既能不使國力、兵力受挫，又能獲得壓倒性的

勝利，這才是大獲全勝的謀攻方法。

「故用兵之法，十則圍之，五則攻之，倍則戰之，敵則能分之，少則能逃之，不若則能避之。」孫子告訴我們實際上了戰場：如果我軍比敵兵多上十倍，可以實施圍攻之策；如果我軍比敵兵多出五倍，可以進攻他們；如果我軍比敵兵多兩倍，那麼就努力戰勝敵軍；如果敵我雙方勢均力敵，就設法分散再各個擊破。倘若我方弱於敵軍，根本無法戰勝，就應該極力避免作戰。因為弱小的一方如果一味拚死固守城池，最後一定會成為強大敵國的俘虜。

因此，孫子提出五個可以預知勝敗的方法：「知可以戰與不可以戰者勝，識眾寡之用者勝，上下同欲者勝，以虞（準備）待不虞者勝，將能而君不御者勝。」從能否正確判斷該不該開戰、能否視兵力多少採取適當的因應措施、全國上下一心與否、能否戰前做好充足的準備、是否將帥有能力而君主又不加以干預，如果具備以上五個條件，那麼即使雙方尚未開打，已經可以預知其勝券在握了。

故曰：「知彼知己，百戰不殆（危險）；不知彼而知己，一勝一負；不知彼不知己，每戰必敗。」所以說，了解敵人也了解自己，每次戰爭都不會有危險；不了解敵人只了解自己，戰勝、戰敗的機率各占一半；如果既不了解敵人也不了解自己，那麼每戰必敗，將永遠注定是個輸家！

《孫子兵法・謀攻》

知己知彼勝算大

凡用兵之法，全國為上，破國次之；全軍為上，破軍次之；全旅為上，破旅次之；全卒為上，破卒次之；全伍為上，破伍次之。是故百戰百勝，非善之善也；不戰而屈人之兵，善之善者也。（《孫子兵法・謀攻》）

大考停看聽

全國、全軍、全旅、全卒、全伍：指使敵人全國、全軍、全旅、全卒、全伍降服。旅，舊時軍隊編制五百人曰「一旅」。卒，士兵。伍，古代軍隊編制五家稱為「一伍」。／破國、破軍、破旅、破卒、破伍：指以武力擊破敵國、敵軍、敵旅、敵兵、敵伍。／屈人之兵：使敵方的兵士完全折服。

大凡領兵作戰的原則：使敵人全國降服是上策，以武力擊破敵國為次一等；使敵人全軍降服是上策，以武力擊破敵軍為次一等；使敵人全旅降服是上策，以武力擊破敵旅為次一等；使敵人全卒降服是上策，以武力擊破敵兵為次一等；使敵人全伍降服是上策，以武力擊破敵伍為次一等。因此在戰場上百戰百勝，不算是最高明的手段；未經過交戰就使敵方的兵士完全折服，才是最高明的策略。

〈謀攻〉：探討戰爭時攻城掠地的謀略

不戰而勝

*孫子曰：「凡用兵之法，全國為上，破國次之；全軍為上，破軍次之；全旅為上，破旅次之；全卒為上，破卒次之；全伍為上，破伍次之。是故百戰百勝，非善之善也；不戰而屈人之兵，善之善者也。」

・明揭領兵作戰的原則：使敵人完全降服才是上策，以武力擊破敵軍為次一等。在戰場上百戰百勝，不是最高明的手段；雙方未經交戰就使敵兵完全折服，才是最高明的策略。

謀攻之法

*孫子曰：「故上兵伐謀，其次伐交，其次伐兵，其下攻城。攻城之法，為不得已。……善用兵者，屈人之兵而非戰也，拔人之城而非攻也，毀人之國而非久也，必以全爭於天下，故兵不頓而利可全，此謀攻之法也。」

・孫子以為精通戰略的人，一定是未戰即屈服敵軍、未攻即占領城池，迅速拿下一個國家，要既能不使國力、兵力受挫，又能獲得壓倒性勝利，這才是大獲全勝的謀攻方法。

	勝	
不戰而屈人之兵	**勝**	百戰百勝
全國	**勝**	破國
全軍	**勝**	破軍
全旅	**勝**	破旅
全卒	**勝**	破卒
全伍	**勝**	破伍

善用兵者：必以全爭於天下，故兵不頓而利可全

- 伐謀　運用謀略戰勝敵人 ←
- 伐交　透過外交手段勝敵
- 伐兵　利用武力擊敗敵軍
- 攻城　**下下之策**直接攻城

屈人之兵而非戰也，拔人之城而非攻也，毀人之國而非久也

UNIT **3-9**
興天下之利，除天下之害

子集

圖解大考子集古文：精煉閱讀寫作，探解試題

　　墨子，名翟（音「迪」），戰國時魯國人。約生於周敬王四十一年（479B.C.），約卒於周安王八年（394B.C.）。他出身工匠，具有強烈的救世熱情，不辭辛勞，奔走於諸侯之間，試圖為天下和平安定而犧牲奉獻，無怨無悔。故《孟子・盡心上》云：「墨子兼愛，摩頂放踵利天下，為之。」可見墨子刻苦自勵，一心追求天下之大利。

　　《墨子》一書，今存五十三篇，由墨子弟子及其後學在不同時期記述編纂而成，是戰國墨家的著作總集。其中〈非儒〉，對儒家學說有所不滿，而提出種種批判；〈兼愛〉，宣揚人與人之間一視同仁、沒有親疏遠近之分的愛；〈非攻〉，反對戰爭的侵略攻伐。墨子建立的思想體系，有所謂「十論」之說：「國家昏亂，則語之尚賢、尚同；國家貧，則語之節用、節葬；國家憙音湛湎（沉迷於音樂和酒），則語之非樂、非命；國家淫僻無禮，則語之尊天、事鬼；國家務奪侵凌，則語之兼愛、非攻。」

　　在當時墨子的信徒眾多，學派組織也相當嚴密，故聲勢浩大，可以跟儒家分庭抗禮。《韓非子・顯學》云：「世之顯學，儒、墨也。」是知戰國時儒家、墨家並稱為「顯學」。但漢代以後，墨家迅速解體，地位一落千丈。

　　〈兼愛〉分上、中、下三篇，是墨子思想的核心之一。如上篇認為天下動亂的根源，起於世人的「不相愛」，以致做出損人利己的事。因此，聖人治理天下應該「使天下兼相愛」，讓人人愛人若己，唯有「禁惡而勸愛」，天下才有平治的可能。「故天下兼相愛則治，交相惡則亂」，為全文的主旨所在。

　　中篇主張仁人之治天下，「必興天下之利，除天下之害」，還是緊扣「兼愛」的中心思想，再三強調「兼相愛，交相利」，實為致太平的不二法門。然而，如何做到「兼相愛，交相利」呢？子墨子言：「視人之國若視其國，視人之家若視其家，視人之身若視其身。是故諸侯相愛，則不野戰；家主相愛，則不相篡；人與人相愛，則不相賊；君臣相愛，則惠忠；父子相愛，則慈孝；兄弟相愛，則和調。」稱墨子為「子墨子」，足見出自墨子弟子之手。這麼一來，「天下之人皆相愛，強不執弱，眾不劫寡，富不侮貧，貴不敖（通『傲』）賤，詐不欺愚。凡天下禍篡怨恨，可使毋起者，以相愛生也。」唯有「兼相愛，交相利」，才能讓天下富裕、安定，使天下人都蒙受其利。

　　下篇闡明「兼愛」的重要性，子墨子曰：「今吾本原兼之所生，天下之大利者也；吾本原別之所生，天下之大害者也。」兼相愛乃視人若己，天下一體，一起追求所有人的共同利益；若心生分別則自私自利，交相憎惡，難免因利益衝突而互相侵害。所以說「兼者，聖王之道也，⋯⋯惠君、忠臣、慈父、孝子、友兄、悌弟，當若兼之不可不行也。」唯有兼相愛，才能使天下萬民獲得最大的利益。

《墨子・兼愛中》

興利除害兼相愛

視人之國若視其國，視人之家若視其家，視人之身若視其身。是故諸侯相愛，則不野戰；家主相愛，則不相篡；人與人相愛，則不相賊；君臣相愛，則惠忠；父子相愛，則慈孝；兄弟相愛，則和調。（《墨子・兼愛中》）

野戰：在曠野間打仗。／家主：家族宗主。／篡：篡奪，用非法武力奪取地位、權勢等。／賊：殘害。／惠忠：指施惠、效忠。／慈孝：慈愛、孝敬。／和調：融洽、協調。

大考停看聽

看待別人的祖國如同自己的祖國，看待別人的家族如同自己的家族，看待別人的身體如同自己的身體。因此諸侯彼此相愛，就不會在曠野開戰；家族宗主相愛，就不會彼此篡奪；人與人之間相愛，就不會彼此殘害；君臣相愛，就會彼此施惠、效忠；父子相愛，就會慈愛、孝敬；兄弟相愛，就會融洽、協調。

墨子（479B.C.～394B.C.），名翟，戰國時魯國人。刻苦自勵，一心追求天下之大利，故《孟子・盡心上》云：「墨子兼愛，摩頂放踵利天下，為之。」

墨子思想體系——十論

國家昏亂	▶	尚賢、尚同
國家貧	▶	節用、節葬
國家憙音湛湎	▶	非樂、非命
國家淫僻無禮	▶	尊天、事鬼
國家務奪侵凌	▶	兼愛、非攻

《墨子》一書，今存五十三篇，由墨子弟子及其後學在不同時期記述編纂而成，是戰國墨家的著作總集。

〈非儒〉 對儒家學說不滿，而提出種種批判

〈兼愛〉 宣揚人與人之間沒有親疏之分的愛

〈非攻〉 反對戰爭的侵略攻伐

★當時墨子的信徒眾多，學派組織嚴密，故聲勢浩大。
★戰國時，儒家、墨家可分庭抗禮，並稱為「顯學」。
★漢代以後，墨家迅速解體，學術地位隨之一落千丈。

〈兼愛〉 分上、中、下三篇，是墨子思想的核心之一

上篇

★認為天下動亂的根源，起於世人的「不相愛」，因此，聖人治理天下應該「使天下兼相愛」，唯有「禁惡而勸愛」，天下才有平治的可能。

★「故天下兼相愛則治，交相惡則亂」，為全文的主旨所在。

中篇

★主張仁人之治天下，「必興天下之利，除天下之害」，緊扣「兼愛」之旨。

★「視人之國若視其國，視人之家若視其家，視人之身若視其身。」

★唯有「兼相愛，交相利」，才能讓天下富裕、安定，使天下人都蒙受其利。

上篇

★闡明「兼愛」的重要性，兼相愛則視人若己，天下一體，一起追求所有人的共同利益。

★「兼者，聖王之道也。」唯有兼相愛，才能使萬民獲得最大的利益。

UNIT **3-10**
雖四五國則得利焉，猶謂之非行道也

戰國時期，戰爭頻仍，屍橫遍野，土地荒蕪，民不聊生，因此人人渴望偃旗息鼓，休養生息。墨子體察下情，深深了解戰爭所帶來的禍害與痛苦，故以天下人的利益為考量，提出「非攻」的主張，極力反對征戰攻伐。〈非攻〉分為上、中、下三篇，展現出墨子的軍事思想。

如上篇明揭攻戰為不義之舉，指出人們從小處著眼，尚可明辨「義」與「不義」之別；放眼國家大事，卻誤把「不義」當成是「義」，價值觀混淆不清。舉例來說：從小偷竊桃李、攘雞豚、取馬牛等「虧人自利」的行為，認為「苟虧人愈多，其不仁茲甚，罪亦厚」，大家都知道這是不對的，是不義的。但如今最大的不義是攻打別人的國家，卻不知道那是不對的，反而還稱讚他，說是符合正義之舉。不是令人匪夷所思嗎？同理，殺一人、十人、百人都是不對的，是不義的；但「今至大為不義攻國，則弗知非，從而譽之，謂之義。」這到底怎麼回事？墨子以為「今小為非，則知而非之；大為非攻國，則不知非，從而譽之，謂之義。」可見世人對「義」與「不義」的判斷是多麼混亂啊！

中篇闡明攻戰殺伐所造成的災禍，連用八個「不可勝數」，披露戰爭之強大破壞力，草菅人命，滿目瘡痍：「百姓飢寒凍餒而死者，不可勝數；……（竹箭、羽旄、幄幕、甲盾）往而靡弊腑（通『腐』）冷（通『泠』）不反（通『返』）者，不可勝數；……（矛、戟、戈、劍、乘車）往則碎折靡弊而不反者，不可勝數；……（牛馬）往而死亡而不反者，不可勝數；……糧食輟絕而不繼，百姓死者，不可勝數；……百姓之道疾病而死者，不可勝數；喪師多不可勝數，喪師盡不可勝計，則是鬼神之喪其主後（鬼神因此喪失後代祭祀的），亦不可勝數。」人民凍死、餓死、病死、戰死，旌旗帷幕、鎧甲武器損壞殆盡，牲畜也難逃一死，連鬼神都遭殃，天上人間同聲一哭！

或許那些為攻戰辯飾的人會以南方的楚、吳二王，北方的齊、晉二君為例：「以攻戰之故，土地之博，至有數千里也；人徒之眾，至有數百萬人。故當攻戰而不可為也。」強調他們因為發動戰爭，而土地擴充數千里、人口增加數百萬，藉此闡發反對攻戰之不可行。子墨子言曰：「雖四五國則得利焉，猶謂之非行道也。譬若醫之藥人之有病者然。今有醫於此，和合其祝藥之於天下之有病者而藥之，萬人食此，若醫四五人得利焉，猶謂之非行藥也。」墨子以醫生開藥方替人治病為例，提出反駁：一帖藥給上萬個病患服用，只治好四、五人的病，這算是一帖通用的藥嗎？同樣的，攻戰只對少數四、五國有利，它可以說是應該實行的正道嗎？當然不可以！墨子從戰爭帶來巨大的破壞性，對廣大群眾無利而有害，故以天下多數人的「大利」出發，堅決反對攻戰侵奪。

《墨子・非攻中》

征戰攻伐大不利

雖四五國則得利焉，猶謂之非行道也。譬若醫之藥人之有病者然。今有醫於此，和合其祝藥之於天下之有病者而藥之，萬人食此，若醫四五人得利焉，猶謂之非行藥也。（《墨子・非攻中》）

藥：動詞，開藥方。／和合祝藥：調和、混合藥劑，此指傳統中醫生之配藥而言。

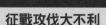

大考停看聽

即使有四、五個國家因攻戰而獲得利益，還不認為這是應實行的正道。好比醫生給患病的人開藥方一樣。假如現在有個醫生在這裡，他調和他的藥劑給天下患病的人服用，一萬個人服了藥，假若其中四、五個人的病治好了，還不能說這是可通用的藥。

第 3 章 諸子篇

非攻：反對戰爭　〈非攻〉分上、中、下三篇，展現出墨子的軍事思想

上篇

明揭攻戰為不義之舉，指出人們從小處著眼，尚可明辨「義」與「不義」之別；放眼國家大事，卻誤把「不義」當成是「義」，價值觀混淆不清。

墨子以為「今小為非，則知而非之；大為非攻國，則不知非，從而譽之，謂之義。」可見世人對「義」與「不義」的判斷是多麼混亂！

義　殺一人、十人、百人　✗

義　偷竊桃李、攘雞豚、取馬牛等「虧人自利」的行為　✗

？　今至大為不義攻國

？　攻打別人的國家，卻不知道那是不對的

中篇

闡明攻戰殺伐所造成的災禍，連用八個「不可勝數」，披露戰爭之強大破壞力，草菅人命，滿目瘡痍。

1　百姓飢寒凍餒而死者

2　竹箭、羽旄、幄幕、甲盾「往而靡弊腑冷不反者」

3　矛、戟、戈、劍、乘車「往則碎折靡弊而不反者」

4　牛馬「往而死亡而不反者」

5　「糧食輟絕而不繼，百姓死者」

6　「百姓之道疾病而死者」

7　「喪師多」

8　「喪師盡不可勝計，則是鬼神之喪其主後」

當若繁為攻伐，此實天下之巨害也

子
集

圖解大考子集古文：精煉閱讀寫作．探解試題

　　《墨子‧非攻下》闡明聖王之道，評論戰爭的危害甚大，對於不識大義、妄動干戈的好戰之士大肆批駁，激憤之情，溢於言表。然而，墨子所謂的「非攻」並不是「非戰」，而是反對侵略爭奪的戰爭，如果為了天下人的和平安定而戰，那是順應天意、符合民意的事，則不違反聖王之道，是被允許的。

　　墨子極力反對侵奪之戰，因為攻戰殺伐，上不符合天之利，中不符合鬼之利，下不符合人之利，是百害而無一利的事。文中提到侵略戰爭的殘酷：「入其國家邊境，芟刈其禾稼，斬其樹木，墮（通『隳』）其城郭，以湮其溝池，攘殺其牲牷（牲口），燔（音『凡』）潰其祖廟，勁殺其萬民，覆其老弱，遷其重器（國家寶器）」，燒殺劫掠，無所不用其極，使城中百姓、萬物慘遭破壞，宛如一座廢墟。不僅如此，那些支持攻戰者還會灌輸士卒這樣的觀念：「死命為上，多殺次之，身傷者為下；又況失列北橈乎哉？罪死無赦！」告訴他們死於君命者為上等，多殺敵人者次之，身體受傷者為下等；至於落敗奔逃者？則獲罪該殺絕不輕饒！藉此恫嚇兵士與敵人一決生死。

　　然而，有人以大禹征討有苗氏、湯伐桀、武王伐紂來詰問墨子：攻戰雖為不義之舉，但難道不是有利的事嗎？墨子回答：「若以此三聖王者觀之，則非所謂『攻』也，所謂『誅』也。」因為大禹順應天命誅殺有苗氏，戰勝後開始劃分山川、區分上下、節制四方，使

神民和順、天下安定；湯亦受命於天，誅滅夏桀，讓天下諸侯無不欣然歸附；武王同樣奉天之命，誅除暴虐無道的商紂，伐殷興周，使政教昌明、天下歸心。此三聖王皆奉天行事，所作所為均為了平定亂局，開創太平盛世，還給百姓安和樂利的生活，完全符合天下人之「大利」，故不為攻掠殺伐，而是誅除暴虐。此即墨子認為「攻」、「誅」有別，不可同日而語。

　　文末藉由「子墨子曰」闡明本文之主旨：「今且天下之王公大人士君子，中情將欲求興天下之利，除天下之害，當若繁為攻伐，此實天下之巨害也。今欲為仁義，求為上士，尚欲中（去聲，符合）聖王之道，下欲中國家百姓之利，故當若『非攻』之為說，將不可不察者此也！」是說如今那些王公大臣、賢人君子，如果真心想要「興天下之利，除天下之害」，那麼還頻繁地進行征戰攻伐，這實在是天下的大禍害啊！若想施行仁義，求做上等的士人，上要符合聖王之道，下要符合國家百姓之利，那對「非攻」這樣的主張，就不可以不審慎體察了。

　　《墨子》一書，反映了墨子及戰國時期墨家的哲學思想；文字質樸淺白，修辭既不華美，也不具文學藝術技巧，體現出墨家「重質輕文」的特色。但其文章以內容取勝，邏輯嚴密，說理條暢，取譬鮮明，實為我國議論辯證體散文的始祖。

《墨子・非攻下》

順天應人反侵奪

古者有語曰：「君子不鏡於水，而鏡於人。鏡於水，見面之容；鏡於人，則知吉與凶。」今以攻戰為利，則蓋嘗鑒之於智伯之事乎？此其為不吉而凶，既可得而知矣。（《墨子・非攻中》）

大考停看聽

鏡：動詞，指照鏡。／蓋：通「盍」，何不。／鑒：借鑒。／智伯之事：智伯曾向韓康子、魏桓子、趙襄子勒索土地，只有趙氏不給，他於是聯合韓、魏擊敗趙；後來韓、魏倒戈，與趙襄子合力攻智伯，智氏全族被殲滅。

古人有句話說：「君子不靠水面當鏡子，而是以人作鏡子。把水面當鏡子，只能照見人的容貌；用人作鏡子，則可以知道事情的吉凶禍福。」現今有人以為攻戰有利，那麼何不以智伯的失敗作為借鑒呢？這種事絕對不吉是大凶，已經可以知道了。

非攻・下篇 評論戰爭的危害甚大，對於不識大義、妄動干戈的好戰之士大肆批駁

墨子

非攻 ＝ **非戰**

★反對侵略爭奪的戰爭
★如果為了天下人的和平安定而戰
⇒ **順應天意、符合民意的事**

★反對一切的戰爭
★連為天下人的和平安定而戰也反對到底 ⇒ **不是順天應民之舉**

墨子極力反對侵奪之戰，因為攻戰殺伐，上不符合天之利，中不符合鬼之利，下不符合人之利，是百害而無一利的事。

聖王

★大禹征討有苗氏
★湯伐桀
★武王伐紂

誅

★入其國家邊境，芟刈其禾稼，斬其樹木

★墮其城郭，以湮其溝池，攘殺其牲牷

★燔潰其祖廟，勁殺其萬民，覆其老弱，遷其重器

攻

他們平定亂局，開創太平盛世，符合天下人之「大利」，故不為攻掠殺伐，而是誅除暴虐。

侵略戰爭的殘酷

公輸子之意，不過欲殺臣

子集

圖解大考子集古文：精煉閱讀寫作，探解試題

《墨子・公輸》記述墨子聽說公輸盤為楚國打造新的攻城器械——雲梯，楚王打算以此攻打宋國。墨子於是不眠不休地趕了十天十夜的路，來到楚國，試圖阻止這場蓄勢待發的戰爭。文中充分展現出墨子積極救世、反對攻伐的精神面貌，以及楚王、公輸盤的陰險狡詐，是墨家「非攻」思想的具體呈現。本文善用類推法說理，加上排比、譬喻等技巧，論述活潑生動，條理嚴密，故極具說服力。

墨子先來見公輸盤，表明北方有個人欺負我，希望借助您的力量殺掉此人。公輸盤很不高興。墨子又提出以「十金」（先秦以二十兩銀子為一金）當作殺仇人的報酬。公輸盤說：「吾義固（堅決）不殺人。」意思是我堅守仁義堅決不殺人。隨即，引起墨子的一番指責：您哪裡是真的崇尚仁義？不肯為我去殺一個人，卻造雲梯想替楚王攻打宋國，殺害許許多多無辜的宋國人。您不明事理啊！公輸盤被說服了，墨子請他取消攻宋的行動。公輸盤說這事楚王已經決定了；於是，墨子請求引薦，他要親自去遊說楚王。

墨子見到楚王，妙語如珠道：「今有人於此，捨其文軒（華麗的車子），鄰有弊輿（破車）而欲竊之；捨其錦繡，鄰有短褐（粗布衣服）而欲竊之；捨其粱肉（好飯好菜），鄰有糟糠而欲竊之——此為何若人？」楚王不假思索道：「必為竊疾（偷竊狂）矣。」墨子反問：大王，您何嘗不也如此？「荊之地，方五千里；宋之地，方五百里。此猶文軒之與弊輿也。荊有雲夢，犀兕麋鹿滿之，江漢之魚鱉黿鼉為天下富，宋所為無雉兔鮒魚者也，此猶粱肉之與糟糠也。荊有長松文梓楩楠豫章，宋無長木，此猶錦繡之與短褐也。」運用一連串排比、譬喻法，闡明楚國地大物博、生活富裕，實在不該再去攻占地小貧困的宋國，就算打下宋國也沒有多大好處，徒增雙方的傷亡而已。楚王雖然認同此說，但仍想試試雲梯的威力，始終未打消攻宋的念頭。

墨子和公輸盤便在楚王面前演習雲梯攻城與防禦的方法。墨子解下腰帶，擺作城牆，又用小木片、木棍充當攻守城池的器械。公輸盤用九種不同的方式進攻，都被墨子一一破解擊退了。公輸盤攻城的招數用盡了，墨子防守的辦法還多著。這時，公輸盤故作神祕地說：「我知道還有個辦法可以打敗你，但我不說。」墨子也說：「吾知子之所以距（通『拒』）我，吾不言。」楚王聽得一頭霧水，問兩人在說什麼，就別打啞謎了。

墨子回答：「公輸子之意，不過欲殺臣。」原來公輸盤鬥不過墨子，就想殺掉他。但墨子也不是省油的燈，他早料到會有這一招，所以已經先派他的弟子禽滑釐等三百人，帶著防禦工具在宋國的城上等候楚軍進犯。墨子向楚王保證，就算殺了他，也絕對攻不下宋國。楚王一聽，算了，別自討沒趣，終於放棄攻宋的計畫。

《墨子・公輸》

遊說楚國莫攻宋

宋何罪之有？荊國有餘於地，而不足於民，殺所不足，而爭所有餘，不可謂智；宋無罪而攻之，不可謂仁；知而不爭，不可謂忠；爭而不得，不可謂強；義不殺少而殺眾，不可謂知類。（《墨子・公輸》）

何罪之有：為「有何罪」之倒裝。罪，罪過。／荊國：指楚國；由於楚國位處古荊州一帶，故稱。／知而不爭：知道這道理卻不勸諫楚王。爭，通「諍」，讀去聲，勸諫也。／不得：沒有達成目的。／知類：明白類推的道理。

大考停看聽

宋國有何罪過？楚國土地寬廣而有餘，人民卻稀少而不足，如今還要犧牲所不足的人民，去爭奪所有餘的土地，這不算是明智；宋國沒有罪過而去攻打它，不算是仁愛；知道這道理卻不勸諫楚王，不算是忠君；勸諫卻沒有達成目的，不算是強大；您崇尚仁義不肯殺害一個人，卻要攻打宋國殺害許多人，不算是明白事理。

摩頂放踵

★墨子聽說公輸盤為楚國打造新的攻城器械——雲梯，楚王打算以此攻打宋國。

★墨子不眠不休趕了十天十夜的路，來到楚國，試圖阻止這場蓄勢待發的戰爭。

攻伐不義

★墨子先來見公輸盤，表明來意：北方有人欺負我，希望借助您的力量殺掉此人。

★墨子於是提出以「十金」當作殺仇人的報酬。公輸盤說：「吾義固不殺人。」

★引起墨子的一番指責：您不肯為我去殺一個人，卻造雲梯想替楚王攻打宋國。

★公輸盤被說服了，墨子請他取消攻宋的行動。墨子請求引薦，親自遊說楚王。

楚國必敗

★墨子和公輸盤於是演習雲梯攻城與防禦的方法。墨子一一破解公輸盤的攻勢。

★公輸盤卻說，還有個辦法可以打敗墨子。墨子知道公輸盤的辦法是殺他滅口。

★墨子告訴楚王，他早就派弟子禽滑釐等人帶著防禦工具在宋國的城上等候楚軍。

★墨子向楚王保證，就算殺了他，楚國也絕對攻不下宋國。楚王終於放棄攻宋了。

徒增傷亡

★墨子勸諫楚王：楚國富庶，不該攻占貧困的宋國；就算打下來，徒增傷亡而已。

★楚王雖然認同此說，但仍想試試雲梯的威力，始終沒有打消攻占宋國的念頭。

💡 作文一點靈

修辭絕技

　　墨子遊說時，善用「類推法」來闡述自己的觀點，如〈非攻〉中，他說偷桃李、攘雞豚這等小事，人們曉得那是不義的事；但攻打侵占別人的國家，卻不知道那是「大不義」之舉。此篇墨子出「十金」要公輸盤為他去殺一個人，公孫盤堅持「吾義固不殺人」；墨子反問他，你不肯去殺害一個人，又怎麼忍心發動戰爭去傷害那麼多無辜的性命？像這種依此類推的敘述手法，邏輯嚴密，層次分明，非常適合用在寫作議論說理的文章。

UNIT 3-13
至言去言，至為無為

子集

圖解大考子集古文：精煉閱讀寫作・探解試題

《列子》一書，又名《沖虛經》、《沖虛真經》，大約戰國時代，由鄭人列禦寇（450B.C. ～ 375 B.C.）所著。一般認為《列子》原書在漢代以後已亡佚，現存《列子》乃晉人雜湊道家思想而成，非原著。不過，這並不影響它對道家學說的貢獻；至唐代，《沖虛真經》（《列子》）與《道德經》（《老子》）、《莊子》、《文子》並列為道教四部經典，其地位可見一斑。

全書分為八篇：〈天瑞〉、〈黃帝〉、〈周穆王〉、〈仲尼〉、〈湯問〉、〈力命〉、〈楊朱〉及〈說符〉，每一篇均由多則寓言故事組成，寄寓道家哲理於故事之中。其中如「杞人憂天」、「朝三暮四」、「愚公移山」、「夸父逐日」、「野人獻曝」、「歧路亡羊」等都是膾炙人口的寓言故事，情節生動，寓意深遠，帶有強烈的諷世色彩。

《列子・黃帝》說黃帝即位十五年，因為得到天下人的擁戴，十分高興，於是開始保養身體：觀賞歌舞以娛樂耳目，調和美味以供養鼻口；結果卻弄得他面黑肌枯、頭昏腦脹、心煩意亂。又過了十五年，他竭盡全力去治理百姓，殫精竭慮，筋疲力盡；又搞得自己形容枯槁、心緒恍惚。有一天，他終於領悟出箇中道理：「養一己其患如此，治萬物其患如此。」原來養生與治理天下一樣，過度干涉都將適得其反，不如清靜無為，使之各得其所，才是治標又治本的唯一良方。

於是，黃帝放下繁雜的政務，離

開華美的宮殿，撤除了鐘磬、削減了膳食，退居宮外，清除心中雜念、降服形體欲望，三個月不過問政事。某日，他白天睡覺，夢中遊歷了華胥氏之國：「其國無師長，自然而已；其民無嗜欲，自然而已。不知樂生，不知惡死，故無夭殤；不知親己，不知疏物，故無愛憎；不知背逆，不知向順，故無利害。都無所愛惜，都無所畏懼。入水不溺，入火不熱。斫撻無傷痛，指擿無痟癢。乘空如履實，寢虛若處床。」由於華胥氏國中的人隨順自然，毫無人為的造作，所以能達到水火不入、處虛如實的境地。雲霧不能障蔽他們的視覺，雷霆無法擾亂他們的聽覺，美醜不能左右他們的心情，山谷無力阻擋他們的腳步，因為他們都憑著精神運行而已。

黃帝醒來後，精神愉快而滿足，召集大臣說：「今知至道不可以情求矣。朕知之矣！朕得之矣！而不能以告若矣。」他明白最高的「道」不能用主觀的欲望去追求，但不能用言語來告訴諸位大臣。這就是「至言無言，至為無為」，最好的言語是沒有言語，最高的作為是沒有作為。

另一則敘有個喜歡鷗鳥的人，每天出海去，成群的鷗鳥聚集，與他同遊。某天，他的父親要求他抓幾隻回來觀賞。第二天，他來到海上，鷗鳥居然都在天空飛翔，一隻也不飛下來。可見人與萬物之間還是存在著某種相通共感的默契，超乎族類、言語之上，此即道家所謂之「道」。

《列子・黃帝》

夢遊華胥曉大道

海上之人有好漚鳥者，每旦之海上，從漚鳥游，漚鳥之至者百住而不止。其父曰：「吾聞漚鳥皆從汝游，汝取來，吾玩之。」明日之海上，漚鳥舞而不下也。故曰：至言去言，至為無為。齊智之所知，則淺矣。

漚鳥：水鳥也。漚，通「鷗」。／旦：早上。／百住：當作「百數」。／齊智之所知：和別人比智慧的想法。

大考停看聽

海邊有個喜歡鷗鳥的人，每天早上到海上去，跟鷗鳥一起玩耍，鷗鳥來跟他玩的多達百隻以上。他的父親說：「我聽說鷗鳥都愛跟你遊玩，你抓幾隻回來，讓我也玩一玩。」隔天他來到海上，鷗鳥都在天空飛翔而不飛下來。所以說：最好的言語是沒有言語，最高的作為是沒有作為。和別人比智慧的想法，是很淺陋的。

〈天瑞〉　　《列子》，又名《沖虛經》、《沖虛真經》　　〈說符〉

〈黃帝〉　〈周穆王〉　〈仲尼〉　〈湯問〉　〈力命〉　〈楊朱〉

開始注重養生
★黃帝即位十五年，得到天下人擁戴，於是開始保養身體。
★觀賞歌舞，調和美味 ⇒ 面黑肌枯、頭昏腦脹、心煩意亂。

竭力治理百姓
★過了十五年，他竭力去治理百姓，殫精竭慮，筋疲力盡。
★他悟出箇中道理：「養一己其患如此，治萬物其患如此。」

至為無為

夢遊華胥之國
★黃帝退居宮外，清除雜念、降服欲望，三個月不問政事。
★某日，他白天睡覺，在夢中遊歷了華胥氏之國：
＊其國無師長，自然而已；其民無嗜欲，自然而已。
＊不知樂生，不知惡死，故無天殤；不知親己，不知疏物，故無愛憎；不知背逆，不知向順，故無利害。
＊都無所愛惜，都無所畏懼。入水不溺，入火不熱。斫撻無傷痛，指擿無痟癢。
＊乘空如履實，寢虛若處床。

夢醒悟得大道
黃帝醒來後，精神愉快而滿足，召集大臣說：「朕現在終於了解最高的『道』不能用主觀的欲望去追求。我明白了！我知道了！但不能用言語來告訴你們。」

至言無言

UNIT 3-14
大道以多歧亡羊，學者以多方喪生

子集

圖解大考子集古文：精煉閱讀寫作，探解試題

列子，名寇，又名禦寇，戰國時代鄭國圃田（今河南鄭州）人，為古代帝王列山氏之後，故後世尊稱他為「列子」。所著《列子》一書，據班固《漢書‧藝文志》記載凡八卷，歸為「道家」之屬，今已佚。今本《列子》八卷，可能出自晉人之手。全書收錄民間故事、寓言、神話、傳說等一百三十四則，題材廣泛，內容精彩，對後世哲學、文學、美學、養生、科技等頗具影響力。

先秦道家創始於老子，列子繼續發展「無為」、「貴虛」等主張，至莊子終於集道家思想之大成。可見列子是介於老子、莊子之間一位極重要的道家人物。據《莊子‧逍遙遊》云：「夫列子御風而行，泠然善也，旬有五日而後返。彼于致福者，未數數然也。此雖免乎行，猶有所待者也。」藉由「重言」方式，形塑出一個馮虛御風、遺世獨立的超然形象，這是家喻戶曉的「列子御風而行」故事。此外，其他文獻如《戰國策》、《尸子》、《呂氏春秋》等亦曾提及列子其人其事，可見他在先秦哲學家中占有一席之地。

《列子‧說符》記載楊朱的鄰居走失了一隻羊，於是率眾尋羊，又請楊朱的家僮幫忙到處去找。楊朱說：「嘻！亡一羊何追者之眾？」鄰居回答：「多歧路。」他們回來後，楊朱問：「找到沒？」鄰居回答：「走失了。」「為何走失呢？」鄰居無奈道：「每條岔路中間又有岔路，我們不知道羊跑哪裡去，所

以回來了。」楊朱為此臉色凝重，好久不說話，整天悶悶不樂。門下弟子深感疑惑道：「羊不過是低賤的牲畜，又不是老師所有，走丟了就走丟了，為何如此不開心呢？」楊朱仍不發一語。弟子們實在想不明白。

孟孫陽後來把事情告訴心都子。某天，心都子與孟孫陽一起去拜訪老師。心都子問：「昔有昆弟三人，游齊魯之間，同師而學，進仁義之道而歸。其父曰：『仁義之道若何？』伯曰：『仁義使我愛身而後名。』仲曰：『仁義使我殺身以成名。』叔曰：『仁義使我身名並全。』彼三術相反，而同出於儒。孰是孰非邪？」楊朱回答：「好比有個人住在河邊，熟諳水性，擅長游泳，以替人划船渡江維生。後來許多人來向此人學游泳，但溺死的人將近一半。他們是來學游泳，不是來學溺斃，為何結果竟各占一半？」心都子感嘆著離開。

孟孫陽愈聽愈糊塗，心都子解釋道：「大道以多歧亡羊，學者以多方喪生。」大馬路因為有很多歧出的岔路，所以走失了羊兒；讀書人因為有太多學說、方法，所以葬送了一生。各家學說不是根本上不相同，不是出發點不一致，而最後卻造成這樣大的分歧。唯一的解決之道是回歸到同一原點，找回所失去的初衷。列子藉由「歧路亡羊」、「昆弟問學」、「學泅不學溺」三則寓言，闡明學者應專心一意，才不致誤入歧途，一無所獲。

《列子・說符》

御風而行飄飄然

心都子曰：「大道以多歧亡羊，學者以多方喪生。學非本不同，非本不一，而末異若是。唯歸同反一，為亡得喪。子長先生之門，習先生之道，而不達先生之況也，哀哉！」

心都子：楊朱的弟子。／先生：指楊朱，或作「陽朱」。他主張「損一毫利天下，不與也」，是先秦道家思想人物之一。

大考停看聽

心都子說：「大馬路因為有很多歧出的岔路，所以走失了羊兒；讀書人因為有太多學說、方法，所以葬送了一生。各家理論不是根本上不相同，不是出發點不一致，而最後卻造成這樣大的分歧。唯一的解決之道是回歸到同一原點，找回所失去的初衷。您在先生的門下成長，學習先生的思想，卻不明白先生的想法，實在可悲啊！」

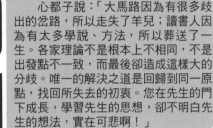

第3章 諸子篇

先秦道家

創始人	老子
繼承者	列子
集大成	莊子

➡ 列子（450B.C. ～ 375B.C.），名寇，又名禦寇，戰國時代鄭國圃田（今河南鄭州）人，為古代帝王列山氏之後，故後世尊稱他為「列子」。

▲列子御風而行

歧路亡羊

★鄰居走失了一隻羊，於是率眾尋羊，又請楊朱的家僮幫忙找。

★楊朱說：「嘻！亡一羊何追者之眾？」鄰居回答：「多歧路。」

★鄰居的羊走失了，楊朱為此悶悶不樂。弟子們實在想不明白。

據《莊子・逍遙遊》云：「夫列子御風而行，泠然善也，旬有五日而後返。彼于致福者，未數數然也。此雖免乎行，猶有所待者也。」

昆弟問學

★某天，心都子與孟孫陽一起去拜訪他們的老師楊朱。

★心都子說：從前有三兄弟一起到齊魯之間遊學回來，父親問：「什麼是仁義之道？」

★老大說：「仁義使我愛身而後名。」

★老二說：「仁義使我殺身以成名。」

★老三曰：「仁義使我身名並全。」

★三人同出於儒家思想，到底孰是孰非？

學泅不學溺

★楊朱回答：好比有個人住在河邊，熟諳水性，擅長游泳，以替人划船渡江維生。後來許多人來向此人學游泳，但溺死的人將近一半。他們是來學游泳，不是來學溺斃，為何結果竟各占一半？

★心都子感嘆著離開。

★孟孫陽愈聽愈糊塗。心都子解釋道：「大道以多歧亡羊，學者以多方喪生。」

UNIT 3-15
小知不及大知，小年不及大年

子集

圖解大考子集古文：精煉閱讀寫作，探解試題

據《史記》記載《莊子》有十萬餘言；漢至晉之間，全書共五十二篇。今本《莊子》凡三十三篇（內篇七、外篇十五、雜篇十一），七萬餘言，應是郭象作注時所編定。其中內篇思想一貫，體系完整，公認是莊子（369B.C.～286 B.C.）所作；外篇、雜篇各自獨立，內容不一，應出自弟子或後學之手，旨在發揮莊子的思想。由於《莊子》後來被奉為道教經典，故又有《南華真經》、《南華經》等別名。

《莊子》的文筆汪洋恣肆，充滿濃郁的浪漫色彩，詭譎多變，幽默諷刺，以「寓言十九，重言十七」的方式，透過大量動植物的故事、歷史名人的典故來譬喻說理，並闡明其哲學思想，故含意深遠，妙趣橫生，成為後世鑽研道家思想、哲理散文者必讀的寶典之一。

〈逍遙遊〉是《莊子》的第一篇，闡釋道家逍遙無恃的生命哲理。「北冥有魚，其名為鯤。鯤之大，不知其幾千里也。化而為鳥，其名為鵬。鵬之背，不知其幾千里也。怒而飛，其翼若垂天之雲。是鳥也，海運將徙於南冥。南冥者，天池也。」這條大鯤魚變化為大鵬鳥，振翅高飛，當海波動起風時，就飛到了南海。南海，就是天池。大鵬鳥之所以像旋風一樣直上九萬里的天空中，是因為牠憑藉著巨大的風力，才能背向著青天毫無阻礙，一路飛行到南海去。

蜩（音「條」，蟬）和學鳩（斑鳩）這兩種小鳥卻笑大鵬鳥：「我們想飛就飛到榆樹、枋樹上，有時飛不上去就落在地面休息，又何必翱翔九萬里飛到遙遠的南海呢？」生命際遇不同，境界與格局自然也不一樣，蜩和學鳩永遠也不會懂大鵬鳥的心理。一如「小知（通『智』）不及大知，小年不及大年」，智慧淺薄者永遠不能理解智慧淵深者的想法，壽命短促者永遠不可能知道那些年代久遠的事情。好比朝生暮死的菌芝，如何了解一個月的終始？

列子御風而行，清妙飄然，過了十五天才回來，他從不汲汲營營追求人世間的福分與壽命，看似逍遙自在。但這只可免去步行的勞苦，還必須依恃風力，不是真正的逍遙。真正的逍遙是「乘天地之正，而御六氣之辯，以游無窮者，彼且惡（音『烏』）乎待哉？」如能乘御天地的真正精神，駕馭六氣的無限變化，遨遊於無窮盡的天地中，那又何須等待和依恃？故曰：「至人無己，神人無功，聖人無名。」道家聖人是忘卻自己、忘卻功名，謙沖淡泊、虛靜無為的化身。

猶如那姑射山上的神仙，祂的肌膚像冰雪般潔白，溫柔婉約像個未出嫁的姑娘。不吃五穀，只餐風飲露。乘雲駕霧，駕馭飛龍，遨遊於四海之外。祂凝聚精神，可以使農作物沒有災害，年年五穀豐收。這樣的神人，其德足以廣被包羅萬物，祂又哪裡肯與世人爭名逐利呢？「之人也，物莫之傷，大浸稽天而不溺，大旱、金石流、土山焦而不熱。」無論大水滔天、乾旱成災，祂都絲毫不受影響。

《莊子・逍遙遊》

大鵬展翅怒而飛

藐姑射之山，有神人居焉。肌膚若冰雪，綽約若處子。不食五穀，吸風飲露。乘雲氣，御飛龍，而遊乎四海之外。其神凝，使物不疵癘而年穀熟。

大考停看聽

藐：遙遠。／綽約：形容女子姿態柔美。綽，音「報」。／處子：猶言「處女」，指未嫁之女。／五穀：為稻、麥、黍、稷、菽等五種穀物的總稱。／神凝：凝聚精神。／疵癘：猶言「災害」。疵，音「ㄘ」，病也。癘，音「ㄌㄧ」，疫也、病也。

在那遙遠的姑射山上，有神仙居住。祂的肌膚像冰雪般潔白無瑕，溫柔婉約像個未出嫁的姑娘般純潔美好。不吃五穀，只吸食清風、飲用露水。乘雲駕霧，駕馭飛龍，遨遊於四海之外。祂凝聚精神，可以使農作物沒有災害，年年五穀豐收。

（第3章 諸子篇）

大知

★北冥有魚，其名為**鯤**。鯤之大，不知其幾千里也。⇨化而為鳥，其名為**鵬**。鵬之背，不知其幾千里也。⇨怒而飛，其翼若垂天之雲。

★「是鳥也，海運將徙於**南冥**。南冥者，天池也。」

・這條大鯤魚變化為大鵬鳥，振翅高飛，當海波動起風時，就飛到了南海。

無待

★**真正的逍遙**：能乘御天地的真正精神，駕馭六氣的無限變化，遨遊於無窮盡的天地中，那又何須等待和依恃？

★「至人無己，神人無功，聖人無名。」道家聖人忘卻自己、忘卻功名，是謙沖淡泊、虛靜無為的化身。

★猶如**姑射山上的神仙**，祂不吃五穀，只餐風飲露。乘雲駕霧，駕馭飛龍，遨遊於四海之外。無論大水滔天、乾旱成災，祂都絲毫不受影響。

小知

蜩與**學鳩**笑之（大鵬鳥）曰：「我決起而飛，搶榆、枋，時則不至而控於地而已矣，**奚以之九萬里而南為？**」

有待

★**列子御風而行**，清妙飄然，過了十五天才回來，他從不汲汲營營追求人世間的福分與壽命，看似逍遙自在。

★但這只可免去步行的勞苦，還**必須依恃風力**，不是真正的逍遙。

作文一點靈

思想情意

莊子為了闡明生命境界的不同，藉由蜩和學鳩嘲笑大鵬鳥的寓言來表達；一如〈秋水〉中那位自以為是的河伯、那隻深井裡的青蛙，在還沒遇見北海若、東海巨鰲之前，他們活在自己的象牙塔中，自得其樂。就通達睿智者來說，他們也許見識狹隘，愚蠢的可笑，真是「燕雀安知鴻鵠之志哉」？

但回歸到現實層面，大鵬鳥就比蜩和學鳩逍遙自在嗎？恐怕也未必！誰說「小知不及大知，小年不及大年」？聰明才智、壽天禍福等皆不足以左右人生的快樂與否。人的價值與逍遙——完全存乎一心之變現，只要你覺得什麼便是什麼，又何必在意別人的眼光呢？畢竟人生是自己的。

UNIT 3-16
歸休乎君，予無所用天下為！

予集

圖解大考子集古文：精煉閱讀寫作‧探解試題

《莊子‧逍遙遊》中，以「重言」方式說理者，如「堯讓天下於許由」一則；因為堯是上古的明君，許由是古代的高士，兩人都是歷史傳說裡重要的人物。相傳堯曾對許由說：太陽、月亮都出來了，火把的火還不熄滅，這一丁點兒光芒，實在很難發揮作用！傾盆大雨從天而降，為何還要去挑溪水、河水來灌溉？一切終將落得徒勞無功！同理，「夫子立而天下治，而我猶尸之（占據天子之位），吾自視缺然（不完美），請致天下。」因此，想禪位於許由。

許由當然不會答應，因為堯出來治理天下，如今天下已經太平了，為什麼還要再來代替他呢？許由認為「名者，實之賓也，吾將為賓乎？」名位，對於治理天下而言是次要的，他怎麼可能為了那次要的名位而失去生命的實質呢？何況「鷦鷯巢於深林，不過一枝；偃鼠飲河，不過滿腹；歸休乎君，予無所用天下為！」小鳥築巢，所需不過一枝樹椏；田鼠喝水，頂多喝飽一肚子；而許由但求尺寸之地以立身，一日三餐塩果腹，給他整個天下又有何用？自然不想越俎代庖，代替堯來治理天下。

呼應前文所云：「至人無己，神人無功，聖人無名。」道家聖人追求個人內在精神的超脫，是一種無恃的逍遙，故要拋卻自我、功名等，達到反璞歸真、虛靜無為的境界。

再來，談到「有用」、「無用」的問題，不禁讓人想起惠子的那個大葫蘆。這同樣是一則「重言」，用名家代表人物惠施與道家宗師莊子為主角，來闡述哲理。

話說惠子從魏王那兒得到一顆大葫蘆的種籽，帶回去種植之後，居然長成一個五石大的大葫蘆。但對惠子而言，這個大葫蘆真是「大而無用」，怎麼說呢？用它來裝水，卻因質地不夠堅硬，而無法拿起來。把它剖成兩半當水瓢，又因為實在太大了，沒有那麼大的水缸可以容納它。於是，惠子一氣之下，將它砸個稀巴爛。

莊子得知後，就跟好友惠子講了一個故事：宋國人會製作不使手龜（音「軍」）裂的良藥，世世代代靠漂洗絲絮維生。有個外地來的商人出高價買下祕方，並靠著這「不皸（音『軍』）之藥」遊說吳王，得以征戰沙場，大獲全勝，最後拜將封侯。同樣的藥方，用法不同，效果自是迥然有別。在惠子看來「大而無當」的大葫蘆，莊子卻有其「大用」：「今子有五石之瓠，何不慮以為大樽而浮乎江湖，而憂其瓠落無所容？」是說您怎麼沒想到將它做成腰舟用來浮游江湖，反而憂愁它太大沒有容身之地？可見是惠子拙於所用，而非大葫蘆真的一無是處！一如故事中的宋國人只會用「不皸之藥」繼續漂洗絲絮辛苦地賺著小錢，是他們自己不會用；外地來的商人善用此藥，結果富貴榮華、功名地位什麼都有了。由是可知「有用」、「無用」的關鍵，往往不在事物本身，而在於人們會用與不會用而已。

《莊子・逍遙遊》

鷦鷯築巢一枝椏

惠子謂莊子曰：「魏王貽我大瓠之種，我樹之成而實五石。以盛水漿，其堅不能自舉也；剖之以為瓢，則瓠落無所容。非不呺然大也，吾為其無用而掊之。」

貽：音「宜」，贈送。／瓠：音「戶」，葫蘆科的蔬菜類植物。／種：種籽。／石：音「但」，容量名，十斗為一石。／瓢：將葫蘆剖成兩半，挖去果肉，用做舀水、盛東西的器具。／呺然：虛大貌。呺，音「蕭」。／掊：音「剖」，擊也。

大考停看聽

惠子對莊子說：「魏王送給我大葫蘆的種籽，我把它種了之後，收成時果實有五十斗那麼大。用來裝水，它的質地不堅硬無法拿起來；將它剖開做水瓢，卻沒有那麼大的水缸可以容納它。這個葫蘆並不是不虛大，我因為它沒有用處就把它砸爛了。」

堯讓天下於許由

堯對許由說：

★「日月出矣，而爝火（火把）不息，其於光也，不亦難乎？」

★「時雨降矣，而猶浸灌，其於澤也，不亦勞乎？」

★先生出來擔任天子就能把天下治好，我卻占著這位子，請把天下讓給您！

許由答覆堯：

★鷦鷯巢於深林，不過一枝

★偃鼠飲河，不過滿腹

★回去吧！天下對我又有何用呢？

大而無用

★惠子擁有一個五石大的大葫蘆

★但它不能裝水，也無法當水瓢

★惠子一氣之下將它砸個稀巴爛

有其大用

莊子建議：怎麼沒想到將它做成腰舟用來浮游江湖，反而憂愁它太大沒有容身之地？

莊子跟惠子講了一個故事：

★宋國人會製作不使手龜裂的良藥，世世代代靠漂洗絲絮維生。 〔不會用〕

★外來商人買下祕方後，靠它遊說吳王，征戰沙場，拜將封侯。 〔會用〕

UNIT 3-17
不知周之夢為胡蝶與？
胡蝶之夢為周與？

《莊子‧齊物論》認為世間的是非、對錯、榮辱、得失、善惡、美醜等都是人所定出來的價值，因為有了這些標準，而讓人產生分別心，這是造成所有紛亂的根源。我們唯有超越這些僵化的價值觀，取消分別，齊同萬物，回復最原始的狀態，才能活得逍遙自得。

莊子以辯論的輸贏與事物的對錯為例：「既使我與若辯矣，若勝我，我不若勝，若果是也，我果非也邪？」縱使我跟你辯論，你贏了我，我輸了你，你果真是對的，我果真是錯的嗎？同理，我辯贏了，我就是對的，你就是錯的嗎？當然不是！那麼，我與你之間到底誰對誰錯？答案沒人知道。也許都對，也許都錯，也許其中一人對、另一人錯。是非對錯誰說了算呢？我和你都堅持自己是對的，別人是錯的。那麼找第三者來評斷吧！然而，誰可以幫忙評定我與你之間誰對誰錯呢？無論找跟我意見相同的人，或跟你意見相同的人，好像都不夠客觀，不能做出公平的決斷。不如找個與你、我看法完全不同的人吧！「既異乎我與若矣，惡能正之？」那更無法斷定我們兩人誰是誰非了。

可見世間的是非對錯，往往「各是其是，各非其非」，大家都堅持己見，是非只會愈辯愈複雜，越想搞清楚越搞不清楚罷了。不如大家都放下分別心，用超越的眼光，跳脫各自的立場與執著，採取物我為一、萬物齊同的觀點，彼此互相尊重、包容與欣賞，不把自身的價值標準強加在別人身上，如此一來，大家都能獲得精神上的自由與超脫，這就是莊子齊物、逍遙的人生觀。

莊子又藉「罔兩（影子之外的微陰）」與影子對話的寓言，來說明唯有化解歧異、使萬物齊一，順應自然的變化，才能臻於物我一體、天人合一的逍遙境地。罔兩問影子說：「先前您行走，現在卻停下來；之前您坐著，現在又站起來。您為何沒有自己獨立的操守呢？」影子回答：「我是因為有所憑藉才這樣的嗎？我所憑藉的東西又有所憑藉才這樣的嗎？我所憑藉的東西難道像蛇的蚹鱗、蟬的翅膀嗎？我怎麼知道為何會這樣？又怎麼知道為何不會這樣？」其實影子不需要知道「所以然」、「所以不然」，它只須與萬物齊同，順應大化流行，自然而然就行了。

好比「莊周夢蝶」的重言，莊周夢中變成一隻蝴蝶，就是一隻翩翩飛舞的蝴蝶，多愜意呀！夢醒後，驚覺自己成了莊周，多麼令人驚慌失措！這時，他不禁迷惘了：「不知周之夢為胡蝶與（歟）？胡蝶之夢為周與？周與胡蝶，則必有分矣。此之謂物化。」不知道是莊周夢中成了蝴蝶？還是蝴蝶夢見自己變成莊周？莊周與蝴蝶必定有所分別。這就是物我的交合與變化。如能站在齊物論的立場來看，莊周化蝶、蝶化莊周只是事物的對立與轉化而已，又何必太執著呢？只要隨順自然，事情莫不迎刃而解，無須為此傷神！

《莊子・齊物論》

輸贏對錯如何看

罔兩問景曰：「曩子行，今子止；曩子坐，今子起。何其無特操與？」景曰：「吾有待而然者邪？吾所待又有待而然者邪？吾待蛇蚹蜩翼邪？惡識所以然？惡識所以不然？」

罔兩：影子之外的微陰。／景：通「影」，影子。／曩：音「ㄋㄤˇ」，先前。／特：獨。／操：操守。／與：通「歟」。／待：憑藉。／蚹：音「副」，指蛇腹下的橫鱗，蛇賴此行走。／惡：通「烏」，何也。

大考停看聽

影子之外的微陰問影子：「先前您行走，現在卻停下來；之前您坐著，現在又站起來。您為何沒有自己獨立的操守？」影子回答：「我是因為有所憑藉才這樣的嗎？我所憑藉的東西又有所憑藉才這樣的嗎？我所憑藉的東西難道像蛇的蚹鱗、蟬的翅膀嗎？我怎麼知道為何會這樣？又怎麼知道為何不會這樣呢？」

世間的是非、對錯、榮辱、得失、善惡、美醜等都是人所定出來的價值，我們唯有超越這些僵化的價值觀，取消分別，齊同萬物，回復最原始的狀態，才能活得逍遙自得。

輸贏對錯

辯論	你贏了我	我輸了你	你果真是對的	我果真是錯的嗎？
辯論	我贏了你	你輸了我	我果真是對的	你果真是錯的嗎？
	找第三個人來評斷		跟我意見相同的人	跟你意見相同的人
			跟你我意見完全不同的人	

我 → **你** → **第三個人** →

各是其是，各非其非

莊子齊物、逍遙的人生觀

大家都放下分別心，跳脫各自的立場與執著，採取物我為一、萬物齊同的觀點，彼此互相尊重、包容與欣賞，讓大家都能獲得精神上的自由與超脫。

罔兩與影子

★罔兩問影子：「曩子行，今子止；曩子坐，今子起。**何其無特操與？**」

★影子回答：「吾有待而然者邪？吾所待又有待而然者邪？」

影子不需要知道「所以然」、「所以不然」，只須與萬物齊同，順應大化流行，自然而然就行了。

莊周夢蝶

★「昔者莊周夢為胡蝶，栩栩然胡蝶也，自喻適志與！」

★「俄然覺，則遽遽然周也。」

★**「不知周之夢為胡蝶與？胡蝶之夢為周與？」**

如能站在齊物論的立場來看，莊周化蝶、蝶化莊周只是事物的對立與轉化而已，又何必太執著呢？只要隨順自然，事情莫不迎刃而解，無須為此傷神！

UNIT 3-18
以無厚入有間，恢恢乎其於遊刃必有餘地矣

子集

圖解大考子集古文：精煉閱讀寫作，探解試題

《莊子‧養生主》專門闡述道家的養生思想。「養生主」即養生的要領之意。如開宗明義云：「吾生也有涯，而知也無涯。以有涯隨無涯，殆已……緣督以為經，可以保身，可以全生，可以養親，可以盡年。」是說人的生命有限，知識卻無窮無盡。用有限的生命去追求無窮的知識，勢必勞神傷身而無所得。因此要我們順從自然的中道而行，並以此作為順應事物的常法，如此一來，就可以保衛自身、保全天性、不給父母留下憂患，還可以終享天年。

以「庖丁解牛」為例，庖丁（名叫「丁」的廚師）替文惠君宰牛，分解牛體時，手接觸的地方，肩靠著的地方，腳踩踏的地方，膝抵住的地方，都發出砉砉（音「貨」，皮肉分離聲）的聲響，當他快速進刀時傳來騞騞的聲音，無不像是美妙的音樂旋律，符合殷商時桑林舞曲的節奏，又合於唐堯時經首樂曲（經首，堯樂名）的節拍。

文惠君為此嘆為觀止。庖丁放下牛刀，說他平時喜歡摸索事物的規律，比起一般的技術、技巧又進了一層。他回憶剛開始殺牛時，所看見的都是一整頭牛；幾年後，就不再看到全牛了。「方今之時，臣以神遇而不以目視，官知止而神欲行。依乎天理（牛體自然的生理結構），批大郤（通『隙』，指牛肌肉與骨骼間的縫隙），導大窾（音『款』，空也），因其固然；技（通『枝』，指支脈）經肯（附在骨上的肉）綮（音『慶』，骨肉緊密處）之未嘗，而況大軱（音

『姑』，大骨）乎？」如今，他只用心神去接觸而不用眼睛觀察，眼睛的官能似乎停止了，但精神還在不停地運作。依照牛隻自然的生理結構，劈擊肌肉與骨骼間的大縫隙，把刀導向那些骨骼間大的空處，再順著牛體的天然結構去解剖；他的刀從不曾碰撞經絡結聚的部位、骨肉緊密連接的地方，更何況是那些大骨頭？

庖丁說：「良庖歲更刀，割也；族庖（眾廚師）月更刀，折也。今臣之刀十九年矣，所解數千牛矣，而刀刃若新發於硎（音『形』，磨刀石）。」好的廚師每年換一把刀，因為他們用刀割肉；普通廚師每個月換一把刀，因為他們用刀砍骨頭。庖丁這把刀用了十九年，宰殺過上千頭牛隻，刀刃卻像剛從磨刀石上磨過般鋒利無比。他的祕訣在哪裡呢？——「彼節者有間，而刀刃者無厚。以無厚入有間，恢恢乎其於遊刃必有餘地矣，是以十九年而刀刃若新發於硎。」因為牛體的骨節等部位是有空隙的，而刀刃幾乎沒什麼厚度，用薄薄的刀刃插入有空隙的骨節之間，對於刀刃的運轉、迴旋來說是多麼寬綽而有餘地呀！所以他的刀用了十九年刀刃仍鋒利如新。

文惠君聽了庖丁一席話，從中領悟出養生的道理：我們要像庖丁善待他的牛刀一樣，順應自然變化，愛惜、保養自己的精神與身體，才能數十年如一日，永保健康活力！

《莊子・養生主》

庖丁解牛喻養生

吾生也有涯，而知也無涯。以有涯隨無涯，殆已；已而為知者，殆而已矣！為善無近名，為惡無近刑。緣督以為經，可以保身，可以全生，可以養親，可以盡年。

涯：極限。／知：知識、才智。／隨：追求。／殆：危險，此指疲憊不堪，勞累傷神。／緣督：順從自然的中道。緣，順著。督，中道、正道。／以為經：以此作為常法。經，常也。／全生：保全天性。生，通「性」。／養親：不為父母留下憂患。／盡年：不中途夭折，終享天年。

大考停看聽

人的生命是有限的，而知識卻是無窮的。以有限的生命去追求無窮的知識，勢必令人勞累傷神；既然如此還不停地追求知識，那就真的十分危險了！做了世人所謂的善事不要去貪圖名聲，做了世人所謂的惡事不至於面對刑戮。順從自然的中道並以此作為順應事物的常法，這樣就可以保衛自身，就可以保全天性，就可以不給父母留下憂患，就可以終享天年。

庖丁解牛

「庖丁為文惠君解牛，……砉然嚮然，奏刀騞然，莫不中音。」

★**庖丁放下牛刀，為文惠君述說他多年來宰牛的心得：**

・「始臣之解牛之時，所見無非牛者。三年之後，未嘗見全牛也。」

・「方今之時，臣以神遇而不以目視，官知止而神欲行。依乎天理，批大郤，導大窾，因其固然；技經肯綮之未嘗，而況大軱乎？」

★**庖丁解牛的祕訣：**

・「良庖歲更刀，割也；族庖月更刀，折也。今臣之刀十九年矣，所解數千牛矣，而刀刃若新發於硎。」

・「彼節者有間，而刀刃者無厚。以無厚入有間，恢恢乎其於遊刃必有餘地矣，是以十九年而刀刃若新發於硎。」

★**文惠君從中領悟出養生的道理：**

・我們要像庖丁善待他的牛刀一樣，順應自然變化，愛惜、保養自己的精神與身體，才能永保健康活力！

 作文一點靈

名言佳句

關於道家養生的金句，諸如：

1.「吾生也有涯，而知也無涯。以有涯隨無涯，殆已。」（《莊子・養生主》）
2.「甚愛必大費，多藏必厚仁。知足不辱，知止不殆，可以長久。」（《老子・第四十四章》）
3.「眾人重利，廉士重名，賢士尚志，聖人貴精。」（《莊子・刻意》）
4.「巧者勞而智者憂，無能者無所求。」（《莊子・列禦寇》）

UNIT 3-19
安時而處順，哀樂不能入也

《莊子·養生主》強調養生之道，重在順應自然，忘卻情感，不為外物所滯。如公文軒遇見獨腳的右師，驚訝地說：「是何人也？惡乎介（只有一隻腳）也？天與，其人與？」他忍不住要問這是什麼人？怎會只有一隻腳？是天生的？還是人為的呢？右師回答：「老天爺生就了我這樣一副形體，讓我只有一隻腳，人的外觀完全是上天所賦予的。因此，知道是天生的，不是人為的。」既然天生只有一隻腳，那就隨順自然，活出屬於自己的精彩人生。

再看一則寓言：「澤雉十步一啄，百步一飲，不蘄畜乎樊中。神雖王（通『旺』），不善也。」是說沼澤邊的野雞走上十步才能啄到一口食物，走上百步才能喝到一口水，但牠一點兒也不希望被養在籠子裡。因為一旦成了籠中雞，不必為生活奔波，雖然精神旺盛，卻是不愉快的！這就是人生的抉擇，有人選擇衣食無憂，有人寧可精神自由。

至於如何看待生死？莊子舉了一則重言為例：老聃死了，好友秦失前來弔喪，大哭幾聲之後就離開了。老子的弟子跑來問秦失：「您不是我們老師的朋友嗎？」秦失回答：「是啊。」弟子們又問：「那麼，像這樣弔唁朋友，可以嗎？」秦失說：「可以的。」接著解釋：「始也吾以為其人也，而今非也。向吾入而弔焉，有老者哭之，如哭其子；少者哭之，如哭其母。彼其所以會之，必有不蘄言而言，不蘄哭而哭者；是遁天倍情，忘其所受，古者謂之遁天之刑。」秦失原來以為弟子們跟隨老子這麼多年都是超然物外的人了，現在看來好像不是如此。他剛才進屋弔唁時，發現有老年人哭老子，像父母為死去的孩子而哭泣；有年輕人哭老子，像做兒女的為父母哭喪一樣。秦失認為這些人之所以會聚集在這裡，一定有人本來不想說卻情不自禁地說了什麼，本來不想哭卻情不自禁地哭了起來；如此喜生惡死違反常理而背離人情，他們都忘了人是稟承於自然、受命於天的道理，古時候人們稱這種作法叫做背離自然的過失。

秦失繼續說：「適來，夫子時也；適去，夫子順也。安時而處順，哀樂不能入也，古者謂是帝之懸解。」他以為人偶然來到世上，老子應時而生；人偶然離開世間，老子順勢而死。這是自然而然的事，任誰都無法改變，根本也無須改變。只要安於天理和常分，順從自然和變化，讓哀傷、歡樂不能進入心懷，就是最好的因應之道、養生之法。古人稱這是自然地解脫生死哀樂加諸人心的羈絆，好像解除倒懸之苦似的。

可見生與死只是生命形態的轉變而已，應該以平常心來看待，順應自然變化。一如〈養生主〉文末所云：「指（通『脂』）窮於為薪，火傳也，不知其盡也。」意思是油脂在柴薪中燃燒盡了，火種卻不會熄滅，終將傳之於無窮。生命也是如此，形體腐朽了，精神將換個形式存在天地之間。

《莊子・養生主》

隨順自然為上策

彼其所以會之，必有不蘄言而言，不蘄哭而哭者；是遁天倍情，忘其所受，古者謂之遁天之刑。適來，夫子時也；適去，夫子順也。安時而處順，哀樂不能入也，古者謂是帝之懸解。

彼其：他們，指為老聃之死而哭泣的人。／會：聚集。／蘄：通「祈」，祈求。／遁天倍情：違反常理、背離人情。／忘其所受：忘了受命於天的道理。／刑：過失。／適：偶然。／夫子：指老聃。／帝：天，萬物的主宰。／懸解：解脫了倒懸之苦。

大考停看聽

他們之所以會聚在這裡，一定有人本不想說卻情不自禁地說了什麼，本不想哭卻情不自禁地哭了起來；如此喜生惡死違反常理而背離人情，他們都忘了人是稟承於自然、受命於天的道理，古時人們稱這種作法叫做背離自然的過失。偶然來到這世上，你們的老師應時而生；偶然離開了人世，你們的老師順勢而死。安於天理和常分，順從自然和變化，哀傷和歡樂都不能進入心懷，古人稱這是自然地解脫生死哀樂加諸人心的羈絆，好像解除倒懸之苦似的。

天生獨腳

★公文軒遇見獨腳的右師，驚訝地說：這是什麼人？怎會只有一隻腳？是天生的？還是人為的？

★右師回答：老天爺生就了我這樣一副形體，讓我只有一隻腳，人的外觀完全是上天所賦予的。

⇒既然天生只有一隻腳，那就隨順自然，活出屬於自己的精彩人生。

安時處順

★「老聃死，秦失弔之，三號而出。」

★弟子曰：「非夫子之友邪？」

★秦失回答：「是。」弟子又問：「然則弔焉若此，可乎？」

自由無價

★沼澤邊的野雞走十步才啄到一口食物，走百步才喝到一口水，但牠就是不希望被養在籠子裡。

★因為一旦成了籠中雞，不必為生活奔波，雖然精神旺盛，卻不愉快！

⇒這就是人生的抉擇，有人選擇衣食無憂，有人寧可精神自由。

★秦失認為老子適時而生，順時而死，大家也應安時處順。

⇒這是自然而然的事，任誰都無法改變，根本也無須改變。只要安於天理和常分，順從自然和變化，讓哀傷、歡樂都不能進入心懷，就是最好的因應之道、養生之法。

UNIT **3-20**

死生亦大矣，而不得與之變

子集

圖解大考子集古文：精煉閱讀寫作，探解試題

〈德充符〉旨在論述道家之「德」的充實與驗證。莊子所謂的「德」，其實是一種心態，亦即觀念上的「忘形」與「忘情」：前者要求做到物我俱化，死生同一；後者就是忘卻寵辱、得失、是非、善惡。本篇透過一連串外貌奇醜、形體殘缺不全的人，來闡明形殘天全者的可貴。

如魯國的獨腳人王駘（音「代」），曾經犯了罪被砍去一條腿，他站著不給人教誨，坐著不議論大事，但來向他學習的人居然跟孔子門徒一樣多。連孔子都對他佩服得五體投地，恨不得帶全天下的人來向他學習。怎麼說呢？孔子認為：「死生亦大矣，而不得與之變；雖天地覆墜，亦將不與之遺。審乎無假而不與物遷，命物之化而守其宗也。」像生死這樣的大事，都不能使他內心隨之變化；即使天翻地覆，也不能因此而讓他喪失、毀滅。因為他通曉無所依憑的道理而不隨外物變遷，聽任事務變化而信守自然的宗旨。正因為王駘能做到忘形、忘情的境界，所以失去一隻腳就像大地失去一片土塊一樣，沒啥大不了！眾人因為景仰其品德，而緊緊追隨；但他又怎會把聚集的眾弟子當回事呢？

申徒嘉也曾因犯罪被砍去一隻腳，後來跟鄭國國相子產一同拜伯昏瞀人為師。兩人在課堂上同席而坐，子產便對申徒嘉說：「我先出則子止，子先出則我止。」就是不想與他同進同出的意思。隔天，子產更不客氣地指責申徒嘉：「今我將出，子可以止乎？其未邪？且子見執政而不違，子齊執政乎？」意思是現在我要出去，可以請您留下來嗎？還是不肯呢？您見了我這執政大臣還不迴避，莫非您把自己看得與執政大臣一樣嗎？申徒嘉回答：在先生的門下，只有拜師求學的弟子，哪有什麼執政大臣呢？

子產譏諷地說：您已經是個形體殘缺之人，受過斷足之刑，難道不足以使您有所反省嗎？申徒嘉反駁道：為自己的過錯辯解，認為自己不該形體殘缺的人很多；不為自己的過錯辯解，認為自己不該形體殘缺的人卻很少。懂得事物的無可奈何，能安於自己的境遇，只有有德的人才做得到。……「吾與夫子遊十九年矣，而未嘗知吾兀者也。今子與我遊於形骸之內，而子索我於形骸之外，不亦過乎？」是說我追隨老師十九年了，但老師從不曾感到我是個斷腳的人。如今您跟我論德、交心，而您卻用外在的形體要求我，這不是錯了嗎？子產慚愧萬分，無地自容，請申徒嘉別再說下去了。

文末以惠子與莊子的對話總結全篇，惠子謂莊子曰：「人故无情乎？」莊子曰：「然。」惠子曰：「人而无情，何以謂之人？」莊子回答：道賦予人容貌，天賦予人形體，怎麼不能稱為人？莊子說的無情，是人不因好惡而傷害自身的本性，經常隨順自然而不任意煉丹服藥求長生。可見此「無情」即忘情之意，而惠子正是莊子眼中「德充符」的反證。

《莊子・德充符》

形殘天全真可貴

惠子曰：「人而无情，何以謂之人？」莊子曰：「道與之貌，天與之形，惡得不謂之人？」惠子曰：「既謂之人，惡得无情？」莊子曰：「是非吾所謂情也。吾所謂无情者，言人之不以好惡內傷其身，常因自然而不益生也。」

大考停看聽

惡：通「烏」，何也。／好惡：音「浩物」，喜好與厭惡。／因自然：隨順自然。因，順也，任也。／益生：指透過煉丹、服藥等方式，以求長生。

惠子問：「一個人如果沒有情，為何能稱為人呢？」莊子回答：「道賦予他人的容貌，天賦予他人的形體，怎麼不能稱為人呢？」惠子又問：「既然已經稱為人了，又怎麼能夠沒有情呢？」莊子說：「這不是我說的情呀！我所說的無情，是人不因好惡而傷害自身的本性，經常隨順自然而不任意煉丹服藥求長生。」

莊子所謂的「德」	「忘形」	「忘情」
	做到物我俱化，死生同一	忘卻寵辱、得失、是非、善惡
	形殘	天全

獨腳人王駘

★魯國獨腳人王駘，曾犯罪被砍去一條腿，他不給人教誨，不議論大事，但來向他學習的人居然跟孔子門徒一樣多。

★連孔子都對他佩服得五體投地，恨不得帶全天下的人來向他學習。

★孔子認為：「死生亦大矣，而不得與之變；雖天地覆墜，亦將不與之遺。審乎無假而不與物遷，命物之化而守其宗也。」

⇒王駘能做到忘形、忘情的境界，所以失去一隻腳就像大地失去一片土塊一樣，沒啥大不了！眾人因為景仰其品德，而緊緊追隨；但他又怎會把聚集的眾弟子當回事呢？

申徒嘉一足

★申徒嘉曾因罪被砍去一隻腳，跟子產一同拜伯昏瞀人為師。

★兩人在課堂上同席而坐，但是子產不想與申徒嘉同進同出。

★子產指責申徒嘉：您見了我這執政大臣怎麼還不知要迴避？

★申徒嘉說：這兒只有拜師求學的弟子，哪有什麼執政大臣？

★子產說：您受過斷足之刑，難道這不足以使您有所反省嗎？

★申徒嘉反駁：懂得事物的無可奈何，能安於自己的境遇，只有有德的人才做得到。「吾與夫子遊十九年矣，而未嘗知吾兀者也。今子與我遊於形骸之內，而子索我於形骸之外，不亦過乎？」

★子產聽完後慚愧萬分，無地自容，請申徒嘉就別再說下去了。

UNIT 3-21
明王之治，功蓋天下而似不自己

子集

圖解大考子集古文：精煉閱讀寫作，探解試題

〈應帝王〉探討什麼樣的人「應」成為「帝王」，是《莊子》內篇的最後一篇，傳達出莊子的為政思想。莊子認為宇宙萬物是渾然一體的，世間的一切變化莫不出於自然，所有人為因素都是多餘的、無益的，因此在政治上主張順應自然、無為而治。

如書中虛構人物天根閒遊於殷山的南面，來到蓼水邊，恰巧遇上無名人，便向他請教治理天下的事。無名人不屑地呵斥天根，因為他「方將與造物者為人，厭，則又乘夫莽眇之鳥，以出六極之外，而遊無何有之鄉，以處壙垠之野。」正打算與造物者為伴，超乎天地四方之外，遊於廣大無垠之野，卻遇到這傢伙問他如此煞風景的問題，真是掃興！天根繼續追問，無名人說：「汝遊心於淡（順其自然保持本性），合氣於漠（居處漠然無所為），順物自然而無容私焉，而天下治矣。」是說為政者應該聽任自然，保持本性，清靜無為，順應事物自然發展而沒有半點個人的偏私，天下就能得到治理。

陽子居問老子：「有個人行事敏捷，為人幹練、果決，學道又勤奮不懈，這樣的人可以跟聖哲相提並論嗎？」老子回答：「在聖人看來，這樣的人只不過是個供職辦事的聰明小吏而已，時時處於身體勞苦、內心恐懼的狀態，就像虎豹因毛色美麗而擔心遭人圍捕，獼猴跳躍靈活、狗兒捕物迅速而害怕招致網綁，像這類的動物可以拿來跟聖王相比嗎？」陽子居再請問聖人如何治理天下。老子說：「明王之治，功蓋天下而似不自己，化貸（施及）萬物而民弗恃；有莫舉（稱述）名，使物自喜；立乎不測，而遊於無有者也。」聖王治理天下，功勞蓋世卻像不曾付出什麼努力似的，教化施及萬物而人民不覺得有所依賴；功德無量卻無法稱述讚美，使萬事萬物欣然各得其所；立足於高深莫測的境地，優遊於什麼也不存在的世界裡。這就是道家「聖人無為，使民自化」的政治理想。

莊子以為：「無為名屍，無為謀府；無為事任，無為知（通『智』）主。體盡無窮，而遊無朕（不留下蹤跡）；盡其所受於天，而無見得，亦虛而已。」不要成為名譽的寄託，不要成為謀略的場所；不要成為世事的負擔，不要成為智慧的主宰。潛心體驗道的源源不絕，自由自在地優遊而不留下蹤跡；聽任所稟受的自然，從不表露也不自得，心境清虛淡泊而無所求。如此一來，便可達到「至人」的境界：「至人之用心若鏡，不將不迎，應而不藏，故能勝物而不傷。」至人的心明鏡似的，對於外物來者如實映照，去者不留痕跡，故能反映外物卻又不因此勞心傷神。

篇末以儵（音「樹」）、忽為了報答渾沌的招待之恩，決定替他開鑿眼、耳、口、鼻七個孔竅。結果每天鑿一竅，到了第七天，渾沌竟被折騰死了。再度證明順應自然才是正道，人為的造作非但無益，更可能適得其反。

《莊子・應帝王》

用心若鏡成至人

去！汝鄙人也，何問之不豫也？予方將與造物者為人，厭，則又乘夫莽眇之鳥，以出六極之外，而遊無何有之鄉，以處壙埌之野。

去：走開，此含有呵斥之意。／不豫：不悅也。／為人：結為伴侶。人，偶也。／莽眇之鳥：狀如飛鳥的清虛之氣。眇，音「秒」。／六極：即「六合」，指天地四方。／無何有之鄉：什麼都不存在的地方。／壙埌：音「況浪」，無邊無際的樣子。

大考停看聽

走開！你這個見識淺薄的人，怎麼一開口就讓人不愉快？我正打算跟造物者結為伴侶，厭煩時，便又乘著那狀如飛鳥的清虛之氣，超脫於天地四方之外，而優遊在什麼都不存在的地方，居處於廣大、無邊際的郊野。

無名人答天根

★天根閒遊於殷山的南面，來到蓼水邊，恰巧遇上無名人，便向他請教治理天下的事。

★無名人正打算與造物者為伴，超乎天地四方之外，遊於廣大無垠之野，卻遇到這傢伙問他如此煞風景的問題，真是掃興！

★天根繼續追問；無名人說：**「汝遊心於淡，合氣於漠，順物自然而無容私焉，而天下治矣。」**

這就是道家「聖人無為，使民自化」的政治理想。

陽子居問老子

★陽子居問老子：「有人於此，嚮疾強梁，物徹疏明，學道不倦。如是者，可比明王乎？」

★老子回答：「在聖人看來，這樣的人不過是個供職辦事的聰明小吏而已，時時處於身體勞苦、內心恐懼的狀態，就像虎豹因毛色美麗而擔心遭人圍捕，獼猴跳躍靈活、狗兒捕物迅速而害怕招致綑綁，像這類的動物可以跟聖王相比嗎？」

★陽子居蹴然曰：「敢問明王之治？」

★老子說：**「明王之治，功蓋天下而似不自己，化貸萬物而民弗恃；有莫舉名，使物自喜；立乎不測，而遊於無有者也。」**

為渾沌鑿七竅

★儵、忽為了報答渾沌的招待之恩，決定替他開鑿眼、耳、口、鼻七個孔竅，「以視聽食息」。

★結果「日鑿一竅，七日而渾沌死。」

⇒證明順應自然才是正道，人為的造作非但無益，更可能適得其反。

UNIT 3-22
子非魚，安知魚之樂？

〈秋水〉出自《莊子・外篇》，取篇首二字為題名，旨在討論人應該如何認識外物。本篇以河伯、北海若的對話為主體，後附六則各自獨立的寓言故事，雖然與前半部內容不相關，卻是《莊子》中耳熟能詳的精彩片段。

開篇云：「秋水時至，百川灌河；涇流之大，兩涘渚崖之間不辨牛馬。於是焉河伯欣然自喜，以為天下之美為盡在己。」秋天來了，眾川匯聚流入黃河，河面波濤洶湧，兩岸和水中沙洲的牛馬都無法分辨了。河伯沾沾自喜，以為一切美好的東西都聚集在自己這裡。河伯順水東行，來到北海邊，放眼一望無際，看不到大海的盡頭。於是，河伯面對北海若感慨道：「今我睹子之難窮也，吾非至於子之門則殆矣，吾長見笑於大方之家。」說他有幸見到北海的浩渺廣大，如果不是來到您的門前，可真是太危險了，必定被有見識者所恥笑。

北海若說：「井䵷（通『蛙』）不可以語於海者，拘於虛也；夏蟲不可以語於冰者，篤於時也；曲士不可以語於道者，束於教也。今爾出於崖涘，觀於大海，乃知爾醜，爾將可與語大理矣。」井底之蛙不可跟牠談論大海，是受限於生活的空間；夏天的蟲子不可跟牠談論冰凍，是受限於生活的時間；鄉野的書生不可跟他談論大道，是受限於教養的束縛。如今河伯見識到大海，知道自己的鄙陋，終於可以和他談大道理了。

談什麼大道？人的渺小，自然的偉大。「人卒（聚集）九州，穀食之所生，舟車之所通，人處一焉；此其比萬物也，不似毫末之在於馬體乎？」人們聚集於九州，糧食在這裡生長，舟車在這裡通行，而每個人只是眾多人群中的一員；一個人比起萬物，不就像毫毛之末存在於整匹馬身上嗎？是多麼微不足道！人又怎能驕傲自滿呢？

再看惠子到大梁作國相，好友莊子來訪。有人對惠子說：「莊子來，欲代子相。」惠子開始恐慌，派人在城內搜尋莊子，找了三天三夜。莊子見到惠子時，述說一則寓言故事：鴟覓得腐鼠，以為鵷鶵要來搶食，便朝空中大叱一聲，試圖趕走鵷鶵；殊不知鵷鶵生性高潔，「非梧桐不止，非練實不食，非醴泉不飲。」又臭又髒的死老鼠，牠才不屑吃！莊子反問惠子：「今子欲以子之梁國而嚇我邪？」難不成您也想用梁相之位來喝斥我？對莊子而言，相位一如腐鼠，請惠子留著慢慢享用吧！

又莊子與惠子出遊於濠水的橋上，莊子說：「鰷（音『尤』）魚出游從容，是魚之樂也！」小白魚悠閒自在浮出水面，真是快樂！惠子問：「子非魚，安知魚之樂？」莊子回答：「子非我，安知我不知魚之樂？」惠子說：「我非子，固不知子矣；子固非魚也，子之不知魚之樂全矣。」莊子答以「我知之濠上也」，表示他是從濠水的橋上得知，這是一種主觀情感的投射，顯然並未直接回答惠子的提問。

《莊子・秋水》

鵷得腐鼠嚇鶵鶵

南方有鳥，其名為鶵鶵，子知之乎？夫鶵鶵，發於南海而飛於北海；非梧桐不止，非練實不食，非醴泉不飲。於是鴟得腐鼠，鶵鶵過之，仰而視之曰：「嚇！」

鶵鶵：音「淵廚」，鳳凰之屬。／練實：竹子的果實。／醴泉：甘甜的泉水。醴，音「禮」。／鴟：音「吃」，俗稱「鷂（音「耀」）鷹」的惡鳥。／嚇：音「賀」，發出怒氣，目的想使人害怕。

大考停看聽

南方有一種鳥，牠的名字叫鶵鶵，您知道嗎？鶵鶵，從南海出發將飛往北海；不是梧桐樹牠就不棲息，不是竹子的果實牠就不進食，不是甘甜的泉水牠就不飲用。此時鷂鷹覓得一隻死老鼠，鶵鶵剛好從空中飛過，鷂鷹抬起頭看著鶵鶵發出一聲怒氣：「嚇！」試圖要趕走鶵鶵。

河伯與北海若

★眾川匯聚流入黃河，河面波濤洶湧，兩岸和水中沙洲的牛馬都無法分辨了。

★河伯沾沾自喜，以為一切美好的東西都聚集在自己這裡。

★河伯順水東行，來到北海邊，放眼一望無際，看不到大海的盡頭。

★河伯感慨道：「今我睹子之難窮也，吾非至於子之門則殆矣，吾長見笑於大方之家。」

★北海若說：「井䵷不可以語於海者，拘於虛也；夏蟲不可以語於冰者，篤於時也；曲士不可以語於道者，束於教也。今爾出於崖涘，觀於大海，乃知爾醜，爾將可與語大理矣。」

鴟得腐鼠

★惠子到大梁作國相，好友莊子來訪。

★有人對惠子說：「莊子想來取代您的相位。」

★惠子派人在城內搜尋莊子，找了三天三夜。

★莊子見到惠子時，述說一則寓言故事：

◇鴟覓得腐鼠，以為鶵鶵要來搶食，便朝空中大叫一聲，試圖趕走鶵鶵；

◇殊不知鶵鶵生性高潔，「非梧桐不止，非練實不食，非醴泉不飲。」

★莊子反問惠子：「今子欲以子之梁國而嚇我邪？」

安知魚之樂

★莊子與惠子出遊於濠水的橋上，莊子說：「儵魚出游從容，是魚之樂也！」

★惠子問：「子非魚，安知魚之樂？」莊子回答：「子非我，安知我不知魚之樂？」

★惠子說：「我非子，固不知子矣；子固非魚也，子之不知魚之樂全矣。」

★莊子答以「我知之濠上也」，這是一種主觀情感的投射，顯然未直接回答惠子的提問。

UNIT 3-23
昭昭乎若揭日月而行，故不免也

子集

圖解大考子集古文：精煉閱讀寫作，探解試題

《莊子・山木》主要在探討道家的處世之道。

首先，藉由莊子帶學生外出的「重言」，闡明成材與不成材的抉擇。山中的大樹因為「無所可用」，伐木工人不屑砍伐而枝繁葉茂，享有自然的壽命，「以不材得終其天年」。朋友家的兩隻鵝，會叫的被留下來，得以活命；不會叫的因為無所用，「以不材死」，淪為盤中飧。所以學生問莊子：「先生將何處？」做人到底該成材或不成材呢？莊子以「處乎材與不材之間」來回答，就是該有用時勇於承擔，該無用時韜光養晦，這是道家的處世哲學，順應自然，與時俱進，必須靈活變通；不像儒家講原則，要求人們擇善固執，即使壯烈成仁亦在所不惜！

道家的「道」是宇宙生成的原則，「德」是形成萬物個體的原理，所以「道德之鄉」就是構成宇宙萬物的大自然，也稱為「樸」、「真」，是創造萬物的根源，亦即莊子所謂的「萬物之祖」。莊子說他將處於有用與無用之間，「浮游乎萬物之祖」，就是要與大自然合而為一，與造物者同遊，超然於世俗的認知之外，「物物而不物於物」，役使外物而不被外物所役使。因為唯有這樣，人才能跳脫世俗的認知，掌握自己的命運，活得逍遙自在。

另一則「重言」：孔子被困在陳、蔡之間，挨餓了七天七夜，痛苦難熬。太公任來探視，說有一種鳥名叫意怠，飛得很慢，又十分膽小，總是跟在別的

鳥類後頭飛行，棲息時又愛與其他鳥擠在一塊兒；有東西意怠鳥也不敢先吃，老是撿人家吃剩的。因此在鳥群中從不受排斥，人類也不會傷害牠們，始終免於禍害。

「直木先伐，甘井先竭。子其意者飾知（通『智』）以驚愚，修身以明汙，昭昭乎若揭日月而行，故不免也。」挺拔的樹木先被砍伐，甘甜的水井先遭枯竭。同理，您用心裝扮自己的才智來驚嚇愚昧的人，修養自身來彰顯別人的汙穢，毫不掩飾地炫耀自己像舉著太陽、月亮行走，所以總不能免除災禍。

太公任還跟孔子說：「道流而不明居，得行而不名處；純純常常，乃比於狂；削跡捐勢，不為功名。是故無責於人，人亦無責焉。至人不聞，子何喜哉？」大道廣為流行，個人則韜光隱居；道德盛行於世，個人則隱匿名聲。純樸而又平常，竟跟愚狂的人一樣；消除行跡、捐棄形勢，又不求取功名。因為不去責備別人，別人也不會來責備自己。道家的聖人不求聞名於世，您為何偏偏喜好美名呢？

最後，孔子「辭其交遊，去其弟子，逃於大澤；衣裘褐，食杼栗；入獸不亂群，入鳥不亂行。」孔子聽了太公任一席話後，幡然醒悟，終於息交絕遊，遁隱大澤曠野之間，從此離群索居，與鳥獸為伍。這當然不是真的，孔子是儒家聖人，他認為人該有人的責任，一向反對這種消極避世的處世態度。此處莊子藉由孔子立說，只是便宜行事而已。

《莊子·山木》

材與不材之抉擇

周將處乎材與不材之間。材與不材之間，似之而非也，故未免乎累。若夫乘道德而浮游則不然，無譽無訾，一龍一蛇，與時俱化，而無肯專為；一上一下，以和為量，浮游於萬物之祖，物而不物於物，則胡可得而累邪？

周：即莊周，莊子自稱其名。／似之而非也：像合於大道，又不完全相合。／累：拘束、勞累。／乘道德：指順應自然。／浮游：自在地優遊。／無譽無訾：沒有讚譽，沒有詆毀。訾，音「紫」，詆毀。／物而不物於物：第一、三個「物」作動詞用，役使。第二、四個「物」為名詞，指外物。

大考停看聽

我將處於成材與不成材之間。處在成材與不成材之間，好像合於大道卻非真正與大道相合，所以不能免於拘束和勞累。假如能順應自然而自在地優遊就不是這樣了，沒有讚譽、沒有詆毀，時而如龍之飛騰、時而像蛇之潛伏，隨著時間推移而變化，不願偏滯於某一方；時而進取、時而退縮，一切以順和為度量，悠哉自得地生活在萬物初始的狀態，役使外物而不被外物所役使，那麼，又怎會受到外物的拘束和勞累呢？

處乎材與不材之間

★山中大樹因「無所可用」，伐木工人不屑砍伐而枝繁葉茂，「以不材得終其天年」。

★朋友家的鵝，會叫的被留下來；不會叫的因為無所用，「以不材死」，淪為盤中飧。

★學生問莊子：「先生將何處？」莊子認為該有用時勇於承擔，該無用時韜光養晦。

⇒**這是道家的處世哲學，順應自然，與時俱進，必須靈活變通。**

孔子遁隱大澤曠野

★孔子被困在陳、蔡之間，挨餓了七天七夜，痛苦難熬。太公任來探視，說：

◇有一種鳥名叫意怠，「翂翂翐翐，而似無能；引援而飛，迫脅而棲。」

◇「進不敢為前，退不敢為後；食不敢先嘗，必取其緒。是故其行列不斥，而外人卒不得害。」

⇒「直木先伐，甘井先竭。**子其意者飾知以驚愚，修身以明汙，昭昭乎若揭日月而行，故不免也。**」

★太公任還跟孔子說：「道流而不明居，得行而不名處；純純常常，乃比於狂；削跡捐勢，不為功名。是故無責於人，人亦無責焉。至人不聞，子何喜哉？」

★最後，孔子「辭其交遊，去其弟子，逃於大澤；衣裘褐；食杼栗；入獸不亂群，入鳥不亂行。」⇒**這當然不是真的，此處莊子藉由孔子立說，只是便宜行事而已。**

💡 **作文一點靈**

名言佳句

與「有用」、「無用」相關的佳句格言，諸如：

1.「三十輻，共一轂，當其無，有車之用。埏埴以為器，當其無，有器之用。鑿戶牖以為室，當其無，有室之用。」（《老子·第十一章》） 2.《莊子·山木》中「此木以不材得終其天年」，「無用」之「用」是其「大用」。 3.《莊子·山木》中「主人之鴈，以不材死」，「無用」有時卻給自己帶來殺身之禍。 4.莊子主張隨順自然的變化，「處乎材與不材之間」，「物物而不物於物」。（《莊子·山木》） 5.俗話說：「你的甜餅，可能恰是我的毒藥。」

UNIT 3-24
匠石運斤成風，聽而斵之

《莊子・徐无鬼》是用篇首的人名作為篇名。

本篇一開始就是徐无鬼在女商的引薦下來見魏武侯，魏武侯慰問他：「先生病（疲憊）矣！苦於山林之勞，若乃肯見於寡人。」以為他是隱居山林，生活困苦，才前來謁見。誰知徐无鬼反說自己是來慰問魏武侯的，因為「君將盈嗜欲，長好惡，則性命之情病矣；君將黜嗜欲，擎（音『牽』）好惡，則耳目病矣。我將勞（慰問）君，君有何勞於我？」是說魏武侯想滿足嗜好和欲望，增加喜好和憎惡，那麼性命攸關的心靈就搞得疲憊不堪；想廢棄嗜好和欲望，退卻喜好和憎惡，那麼有關耳目的享受就變得困頓缺乏。所以是他來慰問魏武侯，魏武侯怎麼能慰問他呢？

接著，徐无鬼告訴魏武侯如何觀察狗：下等的狗跟野貓一樣，只求填飽肚子；中等的狗，好像總是凝視著太陽；而上等的狗，每每忘掉自身的存在。馬也是一樣，「直者中繩，曲者中鉤，方者中矩，圓者中規，是國馬也，而未若天下馬也。」體態完全符合標準者，不過是一匹「國馬」，還不是最好的。「天下馬有成材，若卹若失，若喪其一，若是者，超軼絕塵，不知其所。」「天下馬」具有天生的美好本質，緩步時似懷有憂思、奔逸時又神采奕奕，總是忘了自身的存在，像這樣奔跑起來超越馬群，迅疾如風，把塵土遠遠拋在身後，卻不知哪兒來如此高超的本領。魏武侯聽了，樂得哈哈大笑。

徐无鬼走出宮廷，女商問他用什麼方法讓國君這麼開心。徐无鬼回答，只是聊聊如何相狗、相馬而已。女商半信半疑。徐无鬼說：這好比是流亡越地的人，「去國數日，見其所知而喜；去國旬月，見其所嘗見於國中者喜；及期年也，見似人者而喜矣；不亦去人滋久，思人滋深乎？」離開都城幾天，看到朋友覺得欣喜；離開十天、整月，看到曾經見過的人就歡喜；離開一年，看到同鄉人便喜出望外；不正是離開故人越久，思念故人越深嗎？可見很久沒人用真人純樸的語言在國君身邊說笑了，國君才這麼容易被取悅！

莊子和名家學者惠施是一對好朋友，所以書中不時可見兩人的蹤影，有時閒聊，各抒己見；有時鬥嘴，互不相讓。此時惠子過世了，莊子路過其墓地，想到兩人從前相知相惜的好交情，忍不住回頭跟隨行的人說了一個故事：郢地人用白堊泥塗滿自己的鼻尖，像蒼蠅翅膀般大小，讓匠石拿斧頭砍掉那個小白點。「匠石運斤成風，聽而斵之，盡堊而鼻不傷，郢人立不失容。」匠石神乎其技地砍削小白點，郢地人的鼻子一點兒也沒受傷。宋元君聽說此事，也請匠石替他試試看。匠石說：「我確實能用斧頭砍去鼻尖上的白泥，但和我搭配的夥伴已經死去很久了。」莊子感慨：「自夫子之死也，吾無以為質矣！吾無與言之矣。」自從惠子死了，他再也找不到對手可以互相辯論了！

《莊子・徐无鬼》

超軼絕塵天下馬

郢人堊漫其鼻端，若蠅翼，使匠石斲之。匠石運斤成風，聽而斲之，盡堊而鼻不傷，郢人立不失容。宋元君聞之，召匠石曰：「嘗試為寡人為之。」匠石曰：「臣則嘗能斲之。雖然，臣之質死久矣。」

堊：音「餓」，白色土。／匠石：名叫石的工匠。／斲：音「卓」，砍伐。／運斤成風：比喻手法靈活巧妙，神乎其技。斤，即「斧斤」、「斤斧」，砍樹用的斧頭。／聽，作去聲，任憑也。／寡人：古代國君謙稱之詞。／質：音「至」，人質，此處應解作「夥伴」。

大考停看聽

郢地人用白堊泥塗滿自己的鼻尖，像蒼蠅翅膀般大小，讓匠石拿斧頭砍掉那個小白點。匠石揮動斧頭呼呼作響，任憑他砍削小白點，鼻上的白泥完全去除但鼻子一點兒也沒受傷，郢地人站在那裡一副若無其事的樣子。宋元君聽聞此事，召見匠石說：「也試著為我這麼做。」匠石說：「我確實曾經能用斧頭砍去鼻尖上的白泥。雖然是這樣，但和我搭配的夥伴已經死去很久了。」

徐无鬼勞君

★徐无鬼在女商的引薦下來見魏武侯。

★魏武侯以為他隱居困苦，才來謁見。

★徐无鬼反說自己是來慰問魏武侯的，因為「君將盈嗜欲，長好惡，則性命之情病矣；君將黜嗜欲，掔好惡，則耳目病矣。我將勞君，君有何勞於我？」

· 徐无鬼告訴魏武侯如何相狗和馬。
· 魏武侯聽了以後，樂得哈哈大笑。

下等狗	填飽肚子
中等狗	凝視太陽
上等狗	忘掉自己

國馬	體態完全符合標準
天下馬	總是忘了自身存在

★女商問他用什麼方法讓國君這麼開心。

★徐无鬼說：「久矣夫！莫以真人之言謦欬吾君之側乎？」

莊子思知音

★莊子和惠施是一對好朋友。惠子辭世之後，莊子路過其墓地，想到兩人的好交情，便說了一個故事：

◇郢地人用白堊泥塗滿鼻尖後，讓匠石拿斧頭砍掉那個小白點。

◇「匠石運斤成風，聽而斲之，盡堊而鼻不傷，郢人立不失容。」

◇宋元君也請匠石替他試試。匠石說：「和我搭配的夥伴已經死去很久了。」

⇒莊子感慨：「自夫子之死也，吾無以為質矣！吾無與言之矣。」

UNIT 3-25
言者所以在意，得意而忘言

子集

圖解大考子集古文：精煉閱讀寫作，探解試題

《莊子·外物》也是取篇首「外物」二字，作為篇名。

話說莊子家境貧寒，去向監河侯借貸粟米。監河侯急著出門收租，於是對莊子說：「好啊，等我到封邑收完稅金回來，再借給您三百金，如何？」莊子生氣地回以一個寓言故事：說他昨天來的路上，聽見有人喊他。回頭一看，原來是車輪輾過的地上出現個小坑窪，有條鯽魚在那兒掙扎。莊子問道：「鮒魚（鯽魚）來！子何為者邪？」鯽魚回答：「我，東海之波臣也。君豈有斗升之水而活我哉？」原來這鯽魚快渴死了，向莊子討點兒水求活命。

莊子卻說：「好啊，我將到南方去遊說吳王、越王，到時候再引西江之水來迎接您，這樣可以嗎？」鯽魚氣呼呼地說：「吾失我常與，我無所處。吾得斗升之水然活耳，君乃言此，曾不如早索我於枯魚之肆！」意思是我失去賴以生存的環境，無處安身。我只要獲得一點點水就可以活下來，您卻說這樣的話，那還不如早點到魚乾店來找我！此時鯽魚成了莊子的代言人，鯽魚所言何嘗不是莊子的心聲，他只需一點米糧就可以度過難關，誰知監河侯卻故意推拖，還輕易許下三百金的承諾，只會空口說大話，於實質一點兒幫助也沒有！

再看「任公子釣大魚」：任公子做了一個大魚鉤，繫上粗大的黑繩，再用五十頭牛牲做釣餌，蹲在會稽山上，把釣竿拋向東海。他每天都來釣魚，但整整一年毫無所獲。「已而大魚食之，牽巨鉤，錎沒而下，鶩揚而奮鬐，白波如山，海水震蕩，聲侔鬼神，憚赫千里。」不久，大魚終於來吞食魚餌，牽著巨大的釣鉤，急速沉入海中，又迅急揚起脊背騰身而起，掀起如山的白浪，海水劇烈震盪，吼聲驚天地動鬼神，震驚千里之外。任公子將這條大魚製作成魚乾，分送給大家，從浙江以東至蒼梧以北的百姓，每個人都吃得飽飽的。

此後，很多人想學任公子，於是帶著釣竿絲繩，跑到山溝小渠旁，守候著小魚上鉤。像這樣，想釣到大魚就太困難了！莊子說：「飾小說以干縣令，其於大達亦遠矣；是以未嘗聞任氏之風俗，其不可與經於世亦遠矣。」修飾淺薄的言論來博取美名，對於通曉大道來說距離實在太遙遠了。因此，不曾理解任公子的遠大志向，恐怕與能好好治理天下之間的差距也遙不可及吧！

最後，探討「名」、「實」的問題：東門口有人因親人過世，形銷骨立，格外悲慟，而晉爵為官師；同鄉的人都學他形容消瘦，因而死者過半。堯想禪讓天下給許由，許由逃走了；湯欲傳位於務光，務光大怒。紀他怕王冠落到自己頭上，便率弟子隱居於窾水。三年後，申徒狄因仰慕紀他，而投河溺斃。 莊子說：「言者所以在意，得意而忘言。」得到了意思，就該拋棄語言；畢竟意才是「實」，言只是「名」而已。不能像故事中的同鄉之人、申徒狄等本末倒置，執著於虛名，而忽略其實。

《莊子・外物》

長線鉅鉤釣大魚

荃者所以在魚，得魚而忘荃；蹄者所以在兔，得兔而忘蹄；言者所以在意，得意而忘言。吾安得夫忘言之人而與之言哉？

荃：竹荃，捕魚用的竹器。／蹄：兔置（音「居」），捕兔的工具。

大考停看聽

竹荃的功用在於捕魚，得到了魚兒就可以拋棄竹荃；兔置的功用在於捕兔，抓到了兔子就可以拋棄兔置；語言的功用在於會意，領會了意思就可以拋棄語言。我如何能跟忘卻語言的人談論大道呢！

莊子急貸粟米

★莊子家境貧寒，去向監河侯借貸粟米。

★監河侯急著去收租，說回來再借他三百金。

★莊子生氣地回以一個寓言故事：

◇說他昨天來的路上，聽見有人喊他。

◇原來有條鯽魚在地上小坑窪裡掙扎。

◇莊子問：「鮒魚來！子何為者邪？」

◇鯽魚說：「君豈有斗升之水而活我哉？」

◇莊子說：「我將去遊說吳王、越王，到時再引西江之水來迎接您，這樣可以嗎？」

◇鯽魚氣呼呼道：「吾得斗升之水然活耳，君乃言此，曾不如早索我於枯魚之肆！」

任公子釣大魚

★任公子做了一個大魚鉤，蹲在會稽山上，把釣竿拋向東海。

★他每天都來釣魚，但整整一年毫無所獲。

★不久，大魚終於來吞食魚餌，吼聲驚天地、動鬼神，震驚千里。

★任公子將這條大魚製作成魚乾，分送給大家，每個人都吃飽了。

★很多人想學任公子，於是帶著釣竿絲繩，跑到山溝小渠旁，守候著小魚上鉤。

⇒莊子說：「飾小說以干縣令，其於大達亦遠矣；是以未嘗聞任氏之風俗，其不可與經於世亦遠矣。」

💡 **作文一點靈**

謀篇布局

藉由尋常事物以闡明高深哲理，是一種絕妙的謀篇布局法。在實際操作上，可以先寫一個別有寄託、活潑生動的故事，讓讀者自行去咀嚼、體會，並不點出其中的寓意。如莊子借鯽魚的遭遇來比附自身的窘境，暗諷監河侯故意推拖，見死不救，只會空口說大話而已。也可以寫完一個精彩的故事以後，作者直接明說其中蘊意，把所要傳達的觀點、想法，開誠布公地呈現出來。如任公子釣大魚故事之後，莊子隨即現身說法，告訴我們想治理好天下就要像任公子一樣具有遠大的眼光和志向。

UNIT 3-26
玉在山而草木潤，淵生珠而崖不枯

荀子（316 B.C.～237 B.C.），名況，戰國時趙人，略晚於孟子。曾在齊國稷下（今山東臨博東北）學宮講學，並擔任客卿。後遊楚國，楚相春申君任用他為蘭陵（今山東蒼山西南）令。免官後，仍定居蘭陵，著述講學以終。所著《荀子》三十二篇，提出「性惡」、「尊君」、「隆禮」等思想，繼承春秋以來的儒家學說，為先秦儒家的一代宗師；但其二大弟子韓非、李斯卻開展出法家思想，成為法家的代表人物。

〈勸學〉是《荀子》開宗明義第一篇，由於荀子主張「人性本惡」（無善故曰惡），所以特別強調後天的教化、學習。勸學，勉人力學也。

全文可分為七段：首段說明學習的重要，透過學習可以改變人的本性：「木直中繩，輮以為輪，其曲中規，雖有槁暴，不復挺者，輮（通『煣』，烘烤）使之然也。」一如木頭的本質是直的，經過烘烤加工，把它做成圓形的車輪，從此無論如何它都不會變回直的樣子。「輮」好比人後天的學習，一旦知書達禮成為聖賢，就改變了他原來的本性，學習使人變得更美好。

次段再度強調學習的重要，君子並非天生異於常人，只是能善用所學而已。「登高而招，臂非加長也，而見者遠；順風而呼，聲非加疾也，而聞者彰。假輿馬者，非利足也，而致千里；假舟楫者，非能水也，而絕江河。」善用「博喻」技巧，一理多喻，營造出內容生動、形式優美的修辭效果。

三段闡明環境對人的影響，如蒙鳩鳥把巢繫在蘆葦的花穗上，風一吹，巢破鳥亡；射干的莖長才四寸，但生長在高山上，便能俯瞰幾百尺的深谷。──這都是環境造成的。「蓬生麻中，不扶而直；白沙在涅，與之俱黑。」所謂「近朱者赤，近墨者黑」正是此理。所以君子要慎選住所、結交賢士，才能遠離邪僻，趨向中正。

四段指出「學」的方向要正確，由於「榮辱之來，必象其德」，就像肉腐爛了才會長蟲，魚枯乾了才會生蛀。又物以類聚，火每每燒向乾燥處，水往往流向潮溼處，所以君子立身處世更應謹言慎行，把握正確的學習方向，才能遠離禍端與屈辱。

五段明揭學習須靠累積，態度要專一。「不積蹞（音『ㄎㄨㄟˇ』）步，無以至千里；不積小流，無以成江海。騏驥一躍，不能十步；駑馬十駕，功在不舍。」這是累積的工夫。「螾（通『蚓』）無爪牙之利、筋骨之強，上食埃土，下飲黃泉，用心一也。」以蚯蚓為例，說明只要專心致力便能做好一件事。

六段再次強調為學必須累積，「玉在山而草木潤，淵生珠而崖不枯」，一如山中蘊藏美玉，草木必格外青翠；深淵埋藏珍珠，崖壁就不會枯乾。同理，凡是累積嘉言善行者，必能建立美好的名聲。

末段總結為學的目的與內容，就途徑言，「始乎誦經，終乎讀禮」，就宗旨言，「始乎為士，終乎為聖人」。學習是一輩子的事，終生不能停止。

《荀子・勸學》

蓬生麻中自端直

西方有木焉，名曰射干，莖長四寸，生於高山之上，而臨百仞之淵。木莖非能長也，所立者然也。蓬生麻中，不扶而直；白沙在涅，與之俱黑。

射干：草名。多生於山崖之間，莖雖細小卻能發揮樹幹般的功能，故荀子稱之為「木」。射，音「葉」。／臨百仞之淵：俯瞰幾百尺的深谷。仞，音「認」，古時計算長度的單位；一仞即七尺或八尺。／涅：音「孽」，黑泥也。

大考停看聽

西方有一種植物，名叫射干，莖長才四寸，但生長在高山上所以能俯瞰幾百尺的深谷。射干的莖並沒有加長，是它所在的地方讓它變成如此之高。蓬草生長在麻叢裡，不必特別扶植就能自己向上直長；白沙混在黑泥之中，會跟著一起變黑。

1

★首段說明學習的重要，透過學習可以改變人的本性：

・「木直中繩，輮以為輪，其曲中規，雖有槁暴，不復挺者，輮使之然也。」

⇨學習使人變得更美好

2

★次段再度強調學習的重要，君子並非天生異於常人，只是能善用所學而已。

・「登高而招，臂非加長也，而見者遠；順風而呼，聲非加疾也，而聞者彰。假輿馬者，非利足也，而致千里；假舟楫者，非能水也，而絕江河。」

3

★三段闡明環境對人的影響：

・蒙鳩把巢繫在蘆葦花穗上，風一吹，巢破鳥亡；

・射干的莖長四寸，但長在高山上便能俯瞰深谷。

・「蓬生麻中，不扶而直；白沙在涅，與之俱黑。」

⇨君子要慎選住所、結交賢士，才能遠離邪僻，趨向中正

4

★四段指出「學」的方向一定要正確：

・肉腐爛了才會長蟲，魚枯乾了才會生蛀⇨人敗德，才會招來屈辱

・物以類聚，火每每燒向乾燥處，水往往流向潮溼處⇨君子立身處世更應謹言慎行，才能遠離禍端與屈辱

5

★五段明揭學習須靠累積，態度要專一。

・「不積蹞步，無以至千里；不積小流，無以成江海。騏驥一躍，不能十步；駑馬十駕，功在不舍。」⇨累積的工夫

・「螾無爪牙之利、筋骨之強，上食埃土，下飲黃泉，用心一也。」⇨專心致力

6

★六段再次強調為學必須靠累積：

「玉在山而草木潤，淵生珠而崖不枯」，凡累積嘉言善行，必能建立美好的名聲。

7

★末段總結為學的目的與內容：

・就途徑言，「始乎誦經，終乎讀禮」

・就宗旨言，「始乎為士，終乎為聖人」

⇨學習是一輩子的事，終生不能停止

UNIT 3-27
凡治氣養心之術，莫徑由禮

「修身」，即修養身心，藉以提升自身的身體健康、品格涵養；一般多側重於心靈精神層面。荀子在孔、孟思想之上，繼續發揮其重禮法、講信義的道德修養論。

《荀子·修身》開宗明義說：「見善，修然必以自存也；見不善，愀然（憂心貌）必以自省也。善在身，介然（堅固貌）必以自好也；不善在身，菑（通『災』）然必以自惡也。」強調見賢思齊，見不賢而內自省。君子當潔身自愛，嫉惡如仇。因為「非我而當者，吾師也；是我而當者，吾友也；諂諛我者，吾賊也。故君子隆師而親友，以致惡其賊。」荀子認為能指出他的缺點，並做出中肯評論的人，可以當他的老師；能肯定他的優點，並給予適度讚美的人，可以當他的朋友；至於阿諛奉承他的人，就是陷害他的仇敵。所以君子要尊敬老師、親近朋友，而痛恨那些諂媚他的寇賊。君子「好善無厭（通『饜』），受諫而能誡，雖欲無進，得乎哉？」追求好的德行永遠不滿足，接受勸諫能引以為誡，這樣的人，即使不想進步，有可能嗎？

「以治氣養生，則後彭祖；以修身自名，則配堯禹。宜於時通，利以處窮，禮信是也。」是說人如果調養血氣來保養身體，就可以活得跟彭祖一樣長壽；用善行來潔身自好，名聲就可以媲美於唐堯和夏禹。唯有禮法和信義，既適用來安處順境，也有利於應付逆境。荀子主張人的食衣住行各方面都應依循禮義而行，「故人無禮則不生（生存），事無禮則不成，國家無禮則不寧。」可見人的一言一笑，皆須合乎禮義！

提到調理血氣、修養思想的方法，最直接的就是遵循禮義：「血氣剛強，則柔之以調和；知慮漸深，則一之以易良；勇膽猛戾，則輔之以道順；齊給便利，則節之以動止……。凡治氣養心之術，莫徑由禮，莫要得師，莫神一好。」血氣剛強者，就用懷柔的手段去使他順服；思想深沉者，就用坦率的方法去同化他；勇猛乖張者，就用疏導的辦法來輔助他；輕率嘴快者，就用動靜相參的方式去節制他……。舉凡調理血氣、修養思想的方法，沒有不從遵循禮義做起，沒有比得到好老師的指導更重要，沒有比專心一致更有效了。

荀子進一步闡發其「尊師」、「隆禮」思想：「禮者，所以正身也；師者，所以正禮也。無禮何以正身？無師吾安知禮之為是也？禮然而然，則是情安禮也；師云而云，則是知（通『智』）若師也。情安禮，知若師，則是聖人也。」說明禮法，用來端正自身的行為；老師，用來解釋禮法的真諦。沒有禮法，如何能端正身心？沒有老師，又怎能明白禮法的正確與否？禮法怎麼規定就怎麼做，是性情習慣按照禮法而行；老師怎麼說就怎麼說，是理智順從老師而說。一個人如果能做到性情上習慣於禮法、理智上順從於老師，那麼他的修身已經到達聖人之境界。

《荀子‧修身》

尊師隆禮正身心

治氣養心之術：血氣剛強，則柔之以調和；知慮漸深，則一之以易良；勇膽猛戾，則輔之以道順；齊給便利，則節之以動止……。凡治氣養心之術，莫徑由禮，莫要得師，莫神一好。夫是之謂治氣養心之術也。

術：方法。／齊給便利：指行動輕率急速。／徑：直接。

大考停看聽

調理血氣、修養思想的方法：血氣剛強者，就用懷柔的手段去使他順服；思想深沉者，就用坦率的方法去同化他；勇猛乖張者，就用疏導的辦法來輔助他；輕率嘴快者，就用動靜相參的方式去節制他……。舉凡調理血氣、修養思想的方法，沒有不從遵循禮義做起，沒有比得到好老師的指導更重要，沒有比專心一致更有效了。這就是所說的調理血氣、修養思想的方法。

見賢而思齊

《荀子‧修身》開宗明義說：「見善，修然必以自存也；見不善，愀然必以自省也。善在身，介然必以自好也；不善在身，菑然必以自惡也。」⇒強調見賢思齊，見不賢而內自省。

隆師而親友

君子當潔身自愛，嫉惡如仇。因為「非我而當者，吾師也；是我而當者，吾友也；諂諛我者，吾賊也。故君子隆師而親友，以致惡其賊。」

尊師而隆禮

荀子進一步闡發其「尊師」、「隆禮」思想：「禮者，所以正身也；師者，所以正禮也。無禮何以正身？無師吾安知禮之為是也？禮然而然，則是情安禮也；師云而云，則是知若師也。情安禮，知若師，則是聖人也。」

「性善」與「性惡」

★孟子主張「性善」，認為人與生俱來就擁有仁、義、禮、智四端之心，不假外求。而人後天的修養，不過是把放佚、流失的本心善性找回來而已。

★荀子主張「性惡」，以為人性無善，故曰「惡」。因為人性原像一張白紙，染上什麼顏色就成了什麼顏色，所以強調要透過「尊師」、「隆禮」，把人引導向善的軌道。

作文一點靈

名言佳句

關於修身養性的精言妙句，諸如：

1. 子曰：「見賢思齊焉，見不賢而內自省也。」（《論語‧里仁》） 2. 子曰：「君子求諸己，小人求諸人。」（《論語‧衛靈公》） 3. 子曰：「躬自厚，而薄責於人，則遠怨矣！」（《論語‧衛靈公》） 4. 張潮《幽夢影》云：「律己宜帶秋氣，處世宜帶春氣。」此即「嚴以律己，寬以待人」之意。 5. 寒山問拾得曰：「世人謗我、欺我、辱我、笑我、輕我、賤我、厭我、騙我，如何處治乎？」拾得云：「只要忍他、讓他、由他、避他、耐他、敬他、不要理他。且待幾年，你且看他。」 6. 俗話說：「忍一時，風平浪靜；退一步，海闊天空。」 7. 「遇順境，處之淡然；遇逆境，處之泰然。」

UNIT 3-28
先王惡其亂也，故制禮以分之

　　〈禮論〉一文，有系統地論述「禮」的起源、內容和作用，是《荀子》中極重要的一篇。荀子基於「性惡」之論，認為人生而有欲望，為了追求一己之私欲，不免產生種種的爭奪，動亂便由此而起。因此聖人治天下，必須注重「隆禮」，藉由制定禮義來調節人的欲望，維持一個「貴賤有等，長幼有差，貧富輕重皆有稱者」，井然有序的安定社會。

　　首先，「禮」從何而起？荀子曰：「人生而有欲，欲而不得，則不能無求；求而無度量分界，則不能不爭；爭則亂，亂則窮。先王惡其亂也，故制禮義以分（音『憤』，定名分）之，以養人之欲，給人之求，使欲必不窮於物，物必不屈於欲，兩者相持而長，是禮之所起也。」由於人們的欲望無窮，而外物可以滿足所欲者有限，所以各種紛爭層出不窮，造成動盪不安的局面。古代聖王為了平治天下，於是制訂禮義來確定人們的名分，以此調養他們的欲望，滿足他們的要求，使外界物資和人的欲望都能得到適當的平衡，──這就是禮的起源。

　　「禮」如何調養人的欲望？荀子曰：「芻豢稻粱，五味調香，所以養口也；椒蘭芬苾，所以養鼻也；雕琢刻鏤，黼黻文章，所以養目也；鍾鼓管磬，琴瑟竽笙，所以養耳也；疏房檖貌，越席床第几筵，所以養體也。故禮養者也。」美味佳餚用來調養人的嘴巴，香草芬芳用來調養人的鼻子，美麗花紋用來調養人的眼睛，各種樂器用來調養人的耳朵，屋舍几席用來調養人的身體。禮義就是讓人的日常生活、食衣住行皆受到一定的規範，如此一來，既能調節人的欲望，又能適當分配外界資源，維持和平安定的社會秩序。

　　而「禮」的作用，在於「天下從之者治，不從者亂；從之者安，不從者危；從之者存，不從者亡。」可見荀子「隆禮」的主張，不只落實在個人修身養性上，更應運用到治國理民之中。無論其修養論或政治觀都籠罩著強烈的隆禮思想，堪稱是荀子學說的核心觀點之一。

　　至於「禮」的內容，荀子提到：「禮者，謹於治生死者也。生，人之始也；死，人之終也；終始俱善，人道畢矣。故君子敬始而慎終，終始如一，是君子之道，禮義之文也。」認為一個人從出生至死亡，一切日常儀節、言行舉止都應符合禮義的規範。其中特別強調喪禮，以為人們不該厚生而薄死，「喪禮者，以生者飾死者也，大象其生以送其死也。故事死如生，事亡如存，終始一也。」強調在喪禮中當事死者如其健在之時，有始有終，體現出儒家敬始慎終的人道精神。在《荀子‧禮論》一文中，鉅細靡遺地闡述了各種喪禮及其含義，今日讀來，雖然有些不合時宜；但論及對殉葬的看法：「殺生而送死，謂之賊。」極力反對用活人替死人陪葬的殘忍習俗，頗具進步意義。

《荀子・禮論》

養生送死皆合禮

芻豢稻粱，五味調香，所以養口也；椒蘭芬苾，所以養鼻也；雕琢刻鏤，黼黻文章，所以養目也；鍾鼓管磬，琴瑟竽笙，所以養耳也；疏房檖貌，越席床笫几筵，所以養體也。

芻豢：牛、羊等草食性牲畜。／稻粱：指稻米、穀子等糧食。／五味：指酸、甜、苦、辣、鹹等五種滋味。／黼黻文章：黼黻（音「府服」）、文章，皆花紋也。／疏房檖貌：寬敞的房間、深邃的朝堂。／越席：蒲席。／床笫（音「紫」）：床上的竹席。／几筵：矮桌和墊席。

大考停看聽

牛羊等肉食、稻穀等米糧，五味調和的佳餚，用來調養人們的嘴巴；椒樹蘭草香氣芬芳，用來調養人們的鼻子；在器具上雕刻精緻的圖案，在禮服上彩繪美麗的花紋，用來調養人們的眼睛；鍾、鼓、管、磬、琴、瑟、竽、笙等樂器，用來調養人們的耳朵；寬敞的房間、深邃的朝堂、柔軟的蒲席、床上的竹席和矮桌、墊席，用來調養人們的身體。

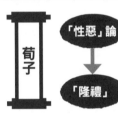
荀子

「性惡」論　人生而有欲望，為了追求一己之私欲，不免產生種種的爭奪 → 動亂

「隆禮」　藉由制定禮義來調節人的欲望，維持一個「貴賤有等，長幼有差，貧富輕重皆有稱者」，井然有序的安定社會

◆「禮」的起源：古代聖王為了平治天下，制訂禮義來確定人們的名分，以此調養其欲望，滿足其要求，使外界物資、人的欲望得到適當的平衡。

荀子曰：「人生而有欲，欲而不得，則不能無求；求而無度量分界，則不能不爭；爭則亂，亂則窮。先王惡其亂也，故制禮義以分之，以養人之欲，給人之求，使欲必不窮於物，物必不屈於欲，兩者相持而長，是禮之所以起也。」

◆以「禮」來調養人的欲望：讓日常生活、食衣住行皆受到禮義的規範，如此一來，既能調節人的欲望，又能適當分配外界資源，維持和平安定的社會秩序。

荀子曰：「芻豢稻粱，五味調香，所以養口也；椒蘭芬苾，所以養鼻也；雕琢刻鏤，黼黻文章，所以養目也；鍾鼓管磬，琴瑟竽笙，所以養耳也；疏房檖貌，越席床笫几筵，所以養體也。故禮養者也。」

◆「禮」的內容：荀子認為一個人從出生至死亡，一切日常儀節、言行舉止都應符合禮義的規範。

「禮者，謹於治生死者也。生，人之始也；死，人之終也；終始俱善，人道畢矣。故君子敬始而慎終，終始如一，是君子之道，禮義之文也。」

◆「禮」的作用：

• 天下從之者治，不從者亂；從之者安，不從者危；從之者存，不從者亡。」

⇒荀子「隆禮」的主張，不只落實在個人修身養性上，更應運用到治國理民之中。

人主之道，靜退以為寶

子集

圖解大考子集古文：精煉閱讀寫作‧探解試題

韓非，生卒年不詳，戰國後期韓國的公子。眼見國力日漸削弱，情勢危急，屢次上書韓王，建議變法圖強，任用賢能，但都未被採納；轉而考察歷史上施政的得失變化，寫出〈孤憤〉、〈五蠹〉、〈內儲說〉、〈外儲說〉、〈說林〉、〈說難〉等文章，凡十萬多字。韓非患有口吃，不擅言談，卻是天生的寫作好手。秦王政讀了這些文章，對他讚賞有加，為了得到韓非，於是東征韓國。韓王本無意重用韓非，見秦兵壓境，遂派他出使秦國。韓非入秦後不久，慘遭同門師兄弟李斯陷害，秦王政十四年（233B.C.）被毒死於獄中。

韓非與李斯都是荀子的學生，他們基於荀子「性惡」說，主張以嚴刑峻法來約束人的思想行為，為法家代表人物。韓非的學說針對戰國後期政治、經濟實況而發，融合先秦法家的法、術、勢三派，強調君主應以嚴刑峻法、權術謀略、威嚴勢力來治國，集法家思想之大成。其文章筆鋒峻峭犀利，論理透徹精闢，在先秦諸子中自成一家。後人輯有《韓非子》。

除了儒家、法家之外，韓非也從道家「清靜無為」、墨家功利思想汲取養分，進而糅合成自己的主張。如《韓非子》中〈解老〉、〈喻老〉、〈主道〉、〈二柄〉、〈大體〉、〈心度〉、〈人主〉、〈定法〉等篇，對《老子》「無為」觀點有所發揮，認為落實在統治萬民上，君主應該無論特定喜好或憎惡都不能被臣下窺知，甚至掌握；以及施政習慣、統馭方式等都要變化莫測，讓臣下無法捉摸。唯其如此，君主才能真正掌控臣下，而不被臣下所操弄，此即申不害所謂之「術」。

《韓非子‧主道》闡明為君之道必須深藏不露，讓臣下無從揣測上意，時時戰戰兢兢，克盡職責，不敢有絲毫的懈怠。如「君無見其所欲，君見其所欲，臣將自雕琢；君無見其意，君見其意，臣將自表異。」君主要維持高高在上的形象，讓臣下因敬畏而不敢造次；不可以與臣下過於親近，而反被輕視、僭越或操控。「不慎其事，不掩其情，賊乃將生。弒其主，代其所，人莫不與，故謂之虎。處其主之側，為奸臣，聞其主之忒，故謂之賊。散其黨，收其餘，閉其門，奪其輔，國乃無虎。」韓非完全站在統治者的立場，以維護君主、國家的利益為出發點，嚴禁臣民結黨營私，才不致發生弒君篡位的悲劇。

又云：「明君無為於上，君臣竦懼乎下。」明君表面上雖然無所作為，但卻能讓臣民內心誠惶誠恐，人人自危。「人主之道，靜退以為寶。不自操事而知拙與巧，不自計慮而知福與咎。是以不言而善應，不約而善增。言已應則執其契，事已增則操其符。符契之所合，賞罰之所生也。」以為人君當處處守靜退讓，凡事由臣下分層負責，再循名責實，進行驗證與考核；然後明定獎賞，賞罰分明，自能輕鬆駕馭臣民，虛靜無為，垂拱而治。

《韓非子・主道》

韓非思想集大成

人主之道，靜退以為寶。不自操事而知拙與巧，不自計慮而知福與咎。是以不言而善應，不約而善增。言已應則執其契，事已增則操其符。符契之所合，賞罰之所生也。

善應：提出好的主張。／約：規定。／善增：辦好所有的事。／執其契、操其符：拿來作為憑證。契、符，憑證也。

大考停看聽

作為君主的原則，以守靜退讓為可貴。不親自操持事務而知道臣下辦事的笨拙與靈巧，不親自考慮事情而知道臣下謀事的福禍與過失。因此君主不多說話而臣下就能提出好的主張，不多規定而臣下就能辦好所有的事。臣下已經提出主張，君主就要拿來作為憑證；臣下已經作出事情，君主就要拿來作為憑證。拿了憑證進行驗核，作為獎賞與處罰的依據。

儒家

荀子「性惡」說

- 韓非、李斯都是荀子的學生。
- **韓非、李斯主張以嚴刑峻法來約束人的思想行為⇒故為法家的代表人物。**

法家

法、術、勢

先秦法家——

「法」：用嚴刑峻法治國。　「術」：用權術謀略治國。　「勢」：用威嚴勢力治國。

道家

「清靜無為」

- 《韓非子》中〈解老〉、〈喻老〉、〈主道〉、〈二柄〉、〈大體〉、〈心度〉、〈人主〉、〈定法〉等篇，對《老子》「無為」觀點有所發揮。
- **韓非發展成君主藉此掌握臣下，但不為臣下所窺知、操弄，與申不害「術」不謀而合。**

墨家

功利思想

- 主張「兼相愛，交相利」，志在追求天下人之大利。⇒**韓非等人一心追求君主、國家的最大利益。**
- 強調「非攻」，極力反對戰爭帶來的禍害。⇒**韓非等人提倡「富國強兵」，為了爭取君主、國家利益，不惜一戰。**

法家

韓非：集先秦諸子哲學思想之大成

《韓非子・主道》闡明為君之道必須深藏不露，讓臣下無從揣測上意，時時戰戰兢兢，克盡職責，不敢有絲毫的懈怠。

「君無見其所欲，君見其所欲，臣將自雕琢；君無見其意，君見其意，臣將自表異。」君主要維持高高在上的形象，讓臣下因敬畏而不敢造次。

◆韓非站在統治者的立場，以維護君主、國家的利益為出發點，嚴禁民民結黨營私，才不致發生弒君篡位的悲劇。

◆發揮道家「無為」觀點、法家主「術」一派的思想。

「人主之道，靜退以為寶。不自操事而知拙與巧，不自計慮而知福與咎。是以不言而善應，不約而善增。言已應則執其契，事已增則操其符。符契之所合，賞罰之所生也。」人君當處處守靜退讓，凡事由臣下分層負責，然後明定獎賞，自能虛靜無為，垂拱而治。

UNIT 3-30
至其所不知，不難師於老馬與蟻

子集

圖解大考子集古文：精煉閱讀寫作‧探解試題

《韓非子》在〈說林上〉、〈說林下〉、〈內儲說七術〉、〈內儲說六微〉、〈外儲說左上〉、〈外儲說左下〉、〈外儲說右上〉、〈外儲說右下〉中，彙集了大量的史料和寓言，成為後世政論、說理文章徵引的重要素材。其中「說林」，意指原始資料來源，是韓非有系統地蒐集、整理史傳傳說、寓言故事，藉以闡述其法家哲理的大本營。

《韓非子‧說林上》第一則：商湯滅了夏桀之後，擔心天下人說他貪心，想把天子之位傳給務光；又怕務光真的接受了，於是派人來對務光說：「湯殺君而欲傳惡聲于子，故讓天下予子。」務光最後投河自盡。──這就是韓非主張君主應該善用權謀，利用各種手段，想方設法，讓自己立於不敗之地。

另一則：子圉把孔子引薦給宋國太宰。孔子走後，子圉問太宰對孔子的看法。太宰曰：「吾已見孔子，則視子猶蚤蝨之細者也。吾今見之於君。」太宰說我見過了孔子，再見到你好比跳蚤、蝨子般微不足道；打算即刻將孔子引介給宋君。子圉深怕孔子影響到自己的地位，於是說：「君已見孔子，亦將視子猶蚤蝨也。」宋君見到孔子後，再見到太宰，恐怕也會覺得他像跳蚤、蝨子般無足輕重吧！如此三言兩語，便成功阻止太宰將孔子推薦給宋君。──這說明人性都是自私自利的，趨吉避凶乃人之常情。

晉人討伐邢國，齊桓公將派兵救援邢國。鮑叔進言道：「太蚤。邢不亡，晉不敝；晉不敝，齊不重。……君不如晚救之以敝晉，齊實利；待邢亡而復存之，其名實美。」鮑叔認為邢國自是要救，但要晚一點再出兵相救，為什麼呢？因為先讓晉國攻打邢國，多消耗些實力，這樣一來，晉國削弱，齊國就顯得強大；何況讓邢人受盡煎熬，國祚搖搖欲墜，齊國再相救，才能讓邢人感激涕零，贏得千古的美名。──鮑叔算計的是齊國與桓公的最大利益，而非真正關心邢國百姓的死活。這是法家思想注重現實的一面。

再說管仲、隰朋追隨齊桓公討伐孤竹國，春天出征，冬天返回，途中迷了路。管仲說：「老馬之智可用也。」就放老馬先行，大家跟在後面，於是找到了路。他們一行人走到山裡沒水喝，隰朋說：「蟻冬居山之陽，夏居山之陰，蟻壤一寸而仞有水。」謂地上蟻封如有一寸高，底下八尺深的地方就會有水。於是挖地掘土，果然找到了水源。這則故事給我們什麼啟示呢？──「以管仲之聖而隰朋之智，至其所不知，不難師於老馬與蟻。今人不知以其愚心而師聖人之智，不亦過乎！」韓非試圖告訴世人學習的重要性，「尺有所長，寸有所短」，人不可能十項全能，所以更要不恥下問，截長補短，才能彌補先天不足所造成的缺憾。連管仲、隰朋這樣的賢士，尚且要利用老馬的智慧、螞蟻的習性，何況是平凡人又怎能剛愎自用？

《韓非子・說林上》

老馬識途不迷路

大考停看聽

管仲、隰朋從於桓公而伐孤竹，春往冬反，迷惑失道，管仲曰：「老馬之智可用也。」乃放老馬而隨之，遂得道。行山中無水，隰朋曰：「蟻冬居山之陽，夏居山之陰，蟻壤一寸而仞有水。」乃掘地，遂得水。

管仲、隰（音「席」）朋：二人皆齊桓公的臣子。／孤竹：指孤竹國。／陽：山南水北曰陽。／陰：山北水南曰陰。／仞：古代長度計算單位，一仞為八尺。

管仲、隰朋追隨齊桓公討伐孤竹國，春天出征，冬天回朝，途中迷了路。管仲說：「老馬的智慧可以利用。」就放老馬先行，大家跟在後面，於是找到了回去的路。走到山裡沒水喝，隰朋說：「螞蟻冬天住在山的南面，夏天住在山的北面，地上蟻封如有一寸高，底下八尺深的地方就會有水。」於是挖開地面，結果找到了水源。

善用權謀

★商湯滅了夏桀之後，擔心天下人說他貪心，想把天子之位傳給務光。

★又怕務光真的接受，派人來對務光說：「商湯殺了君主，卻想把惡名轉嫁給你，所以才把天下讓給你。」

★務光最後投河自盡。

──韓非主張君主應該善用權謀，讓自己立於不敗之地

趨吉避凶

★子圉把孔子引薦給宋國太宰。

★孔子走後，子圉問太宰對孔子的看法。太宰曰：「吾已見孔子，則視子猶蚤蝨之細者也。吾今見之於君。」

★子圉深怕孔子影響到自己的地位，於是說：「君已見孔子，亦將視子猶蚤蝨也。」

──說明人性自私自利，趨吉避凶乃人之常情

君國利益

★晉人討伐邢國，齊桓公將派兵救援邢國。

★鮑叔進言道：「太蚤。邢不亡，晉不敝；晉不敝，齊不重。……君不如晚救之已敝晉，齊實利；待邢亡而復存之，其名實美。」

──鮑叔算計的是齊國與桓公的最大利益，而非真正關心邢國百姓的死活

虛心學習

★管仲、隰朋從於桓公而伐孤竹，春往冬反，迷惑失道。管仲曰：「老馬之智可用也。」乃放老馬而隨之，遂得道。

★行山中無水，隰朋曰：「蟻冬居山之陽，夏居山之陰，蟻壤一寸而仞有水。」乃掘地，遂得水。

★「以管仲之聖而隰朋之智，至其所不知，不難師於老馬與蟻。今人不知以其愚心而師聖人之智，不亦過乎！」

UNIT 3-31
虜自賣裘而不售，士自譽辯而不信

《韓非子・說林下》有一則寓言故事：楊朱的弟弟楊布穿著白衣服出門；剛好遇上一陣大雨，他於是脫掉白衣服，穿著黑衣服回家。他家的狗不明究理，對著他大聲吠叫。楊布很生氣，追著狗兒喊打。楊朱說：「子勿擊也，子亦猶是。曩者使女狗白而往，墨而來，子能毋怪哉？」別打牠呀！換個角度想，如果你的狗出去時明明是一條白狗，回來後卻變成了黑狗，你不會覺得奇怪嗎？——這就對了，無論人或動物都會被自己過去的認知所侷限，要擺脫這種困境，必須拓展視野、加強判斷力，才能釐清事物的真相。

又管仲、鮑叔事先已預料到齊國諸公子中唯有糾與小白可以成大器，故管仲前往投靠糾，鮑叔決定輔佐小白，並約定日後無論誰得勢，管、鮑兩人一定要互相提攜，為齊國效力。結果「小白先入為君，魯人拘管仲而效之，鮑叔言與相之。」小白搶先回國，登上齊君的寶座；管仲卻被魯人拘禁起來，並將他獻給小白。在鮑叔極力推薦之下，管仲出任齊相。「故諺曰：『巫咸雖善祝，不能自祓也；秦醫雖善除，不能自彈也。』以管仲之聖而待鮑叔之助，此鄙諺所謂『虜自賣裘而不售，士自譽辯而不信』者也。」是說巫咸雖然善於禱告，卻不能祓除自己的災禍；秦醫雖然善於治病，卻無法以針灸治好自己的病痛。以管仲的聰明才智，居然還須得到鮑叔的幫助，才得以一展長才。這就是

所謂「奴隸自售裘衣是賣不出去的，士人自稱善辯是沒人相信的」。法家講任用賢士，還必須有像鮑叔這樣識才、薦才、大公無私的賢臣，如桓公一般不計前嫌、寬宏大度的明主，才能真正重用管仲，成就一番霸業。

另一則歷史故事：孟嘗君的父親靖郭君準備在自己的封邑薛地築城，門客百般勸阻都無效。靖郭君下令，不再接見來遊說的客人。有個齊國人求見，請人向靖郭君通報說，他只說三個字就好，如果多說一字，願被處以烹刑。靖郭君接見他，這位客人快步上前說：「海大魚。」說完掉頭便跑。靖郭君連忙叫住他，問是什麼意思。他堅持不肯說，直到靖郭君恕他無罪，他才侃侃而談：「君聞大魚乎？網不能止，繳不能絓也。蕩而失水，螻蟻得意焉。今夫齊，亦君之海也。君長有齊，奚以薛為？君失齊，雖隆薛城至於天，猶無益也。」原來他也是來勸說不要築薛城的，只是故弄玄虛，引起靖郭君的好奇心，進而達到遊說的目的。他說海中的大魚，優游自在，漁網不能捕住牠，箭繳不能拖住牠；一但任性游離了大海，螻蛄和螞蟻都可以在牠身上為所欲為。如今齊國好比是大海，您就是那條大魚。如果長期執掌齊政，何必修築薛城呢？如果不能在齊國執政，就算薛地的城牆築得再高，彷彿大魚離開了海，還有活命的可能嗎？勸靖郭君與齊國共存亡，心中不該只有個人私利。

《韓非子・說林下》

齊人進諫海大魚

客趨進曰：「海大魚。」因反走。……答曰：「君聞大魚乎？網不能止，繳不能絓也。蕩而失水，螻蟻得意焉。今夫齊，亦君之海也。君長有齊，奚以薛為？君失齊，雖隆薛城至於天，猶無益也。」

趨：快步行走。／走：古文中猶言跑也。／繳：音「卓」，綁在箭上的繩子。／絓：音「掛」，拖住。／螻蟻：指螻蛄（音「樓姑」）和螞蟻，皆害蟲也。／得意：為所欲為。

大考停看聽

客人快步上前說：「海大魚。」說完掉頭就跑。……回答說：「您聽說過大魚嗎？漁網不能捕住牠，箭繳不能拖住牠。一但任性而為游離了水面，螻蛄和螞蟻都可以在牠身上為所欲為。現在齊國，就是您的大海。您若能長期掌握齊國的大政，修築薛城做什麼？您若不能在齊國執政，薛地城牆築得如天一般高，還是沒有任何好處啊！」

白衣出黑衣回

★楊布穿著白衣出門，遇上一陣大雨，脫掉了白衣，換穿黑衣回家。

★他家的狗認不出他，朝他大聲吠叫。楊布很生氣，追著狗兒打。

★楊朱說：「子勿擊也，子亦猶是。曩者使女狗白而往，墨而來，子能毋怪哉？」

──無論人或動物都會被自己過去的認知所侷限，要擺脫這種困境，必須拓展視野、加強判斷力，才能釐清事物的真相。

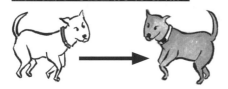

管仲佐齊桓公

★管仲投靠公子糾，鮑叔輔佐小白，兩人相約為齊國效力。

★「小白先入為君，魯人拘管仲而效之，鮑叔言與相之。」

★在鮑叔極力推薦下，管仲出任齊相。「故諺曰：『巫咸雖善祝，不能自祓也；秦醫雖善除，不能自彈也。』以管仲之聖而待鮑叔之助，此鄙諺所謂『虞自賣裘而不售，士自譽辯而不信』者也。」

──法家講任用賢士，還必須有像鮑叔這樣識才、薦才、大公無私的賢臣，如桓公一般不計前嫌、寬宏大度的明主，才能真正重用管仲，成就一番霸業。

海大魚諫靖郭

★靖郭君欲在薛地築城，門客勸阻無效。

★靖郭君下令，不再接見來遊說的客人。

★有位齊人求見，請求只說三個字就好。

★靖郭君接見，齊人只說：「海大魚。」

★說完，掉頭便跑。靖郭君連忙叫住他。

★靖郭君恕他無罪，他才說：「君聞大魚乎？網不能止，繳不能絓也。蕩而失水，螻蟻得意焉。今夫齊，亦君之海也。君長有齊，奚以薛為？君失齊，雖隆薛城至於天，猶無益也。」

──原來他也是來勸說不要築薛城的，勸靖郭君要與齊國共存亡，心中不該只有個人的私利。

UNIT **3-32**
寧信度，無自信也

予集

圖解大考子集古文：精煉閱讀寫作，探解試題

　　「儲說」是儲備各種事例，用來說明治國之道。據司馬貞《史記索隱》的說法，〈內儲說〉言君王執術以制臣下，〈外儲說〉則載君王視臣下之言，以斷其賞罰。也有人認為內、外之分並無特殊意義，只因內容繁多，分篇載述而已。在《韓非子》六篇〈儲說〉中，各篇體例相似，先以「經」闡明主旨，做提綱挈領式的論述，再以「傳」（或稱為「說」）舉出事例為證，藉由故事來解說「經」義。

　　如《韓非子·外儲說左上》中，有「不死之道」（標題為後人所訂）一則：有個外國來的客人說要教燕王「不死之道」，燕王於是派人去跟他學習。但世上哪有長生不老、不死的方法呢？所以派去的人還來不及學，那位外國客人就死了。燕王大怒，將派去的那個人殺死了。「王不知客之欺己，而誅學者之晚也。」韓非直接挑明燕王不知道那位外國客人欺騙他，反而怪罪派去學習的人動作太慢。並指責燕王竟然相信不合理的事物，而誅殺無罪的臣子，這是不仔細考察所造成的錯誤。再說那位外國客人，連自己的生命都保不住，又怎能讓燕王長生呢？真是荒謬！——這是「傳」（事例）。

　　「不死之道」所對應的「經」（主旨），是「人主之聽言也，不以功用為的，……人主於說也，皆如燕王學道也。」意謂人主聽取言論，如果不以實際效用為目的，……那麼人主對於遊

說，都像燕王學道一樣，疏於明察。藉由不辨是非的燕王，勸諫統治者不可不明辨事理，而輕易相信信口雌黃的言論，難免會害人誤事，甚至錯殺無辜。

　　再看「鄭人買履」：有個鄭國人想買鞋子，事先量好自己的腳丫子，卻把量好的尺寸放在家中座位上，忘記帶出門。到了市場，正要買鞋時，才發現：「吾忘持度！」急著回去拿。再回到市場，人家已經收攤了，當然就沒買到鞋子。有人問他：「何不試之以足？」用自己的腳當場試穿就好了。但他堅持：「寧信度，無自信也。」這傢伙寧可相信事先量好的尺寸，也不肯相信自己的腳。本則以「度（量好的尺寸）」，比喻先王之法度；以「足（腳）」，比喻當代的時勢；而用「寧信度，無自信」的鄭人，比喻一心只想以先王的法令來治理國家，不能隨機應變的領導者。

　　「鄭人買履」主要在闡明「世異則事異，事異則備變」，每個時代不同，應該因應時勢而有不同的作法，不能一味地墨守成規。韓非反對儒家、墨家「法先王」的主張，強調治國治民必須因時制宜、變法求治。不然就像堅持回家拿腳樣的鄭人一樣，固執己見，不知變通。所以韓非說：「夫不適國事，而謀先王，皆歸取度者也。」那些不權衡時局、知所變通的為政者，一心只想著模仿古代先王，在韓非看來，與「寧信度，無自信」的鄭人，都是捨本逐末、荒唐可笑的行為！

《韓非子‧外儲說左上》

不死之道欺燕王

鄭人有欲買履者，先自度其足，而置之其坐。至之市，而忘操之。已得履，乃曰：「吾忘持度！」反歸取之。及反，市罷，遂不得履。人曰：「何不試之以足？」曰：「寧信度，無自信也。」

履：鞋子。／自度：自己測量。度，音「剌」，測量。／操：拿。／持度：拿原先量好腳的尺寸。度，音「杜」，指量好腳的尺寸。

大考停看聽

有個鄭國人想買鞋子，事先量好自己的腳丫子，而把量好的尺寸放在家中座位上。到了市場，才發現忘了帶腳樣出來。已經找到賣鞋的攤位，才說：「我忘記帶量好的尺寸了！」急著回去拿。再回到市場，市場已經打烊了，於是沒買到鞋子。有人問他：「為何不用自己的腳去試穿鞋子？」他回答：「我寧可相信量好的尺寸，也不要相信自己的腳。」

《韓非子》	「儲說」	是儲備各種事例，用來說明治國之道
司馬貞《史記索隱》	〈內儲說〉	言君王執術以制臣下
	〈外儲說〉	載君王視臣下之言，以斷其賞罰
有人認為	〈儲說〉	內、外之分並無特殊意義，只因內容繁多，分篇載述而已

不死之道

★「客有教燕王為不死之道者，王使人學之。」
★「所使學者未及學而客死。王大怒，誅之。」
⇒「王不知客之欺己，而誅學者之晚也。」指責燕王竟然相信不合理的事物，而誅殺無罪的臣子，這是不仔細考察所造成的錯誤。

↓

「人主之聽言也，不以功用為的，……人主於說也，皆如燕王學道也。」藉由不辨是非的燕王，勸諫統治者不可不明辨事理，而輕易相信信口雌黃的言論，難免會害人誤事，甚至錯殺無辜。

鄭人買履

★「鄭人有欲買履者，先自度其足，而置之其坐。」
★「至之市，……已得履，乃曰：『吾忘持度！』」
★「反歸取之。及反，市罷，遂不得履。」
★人曰：「何不試之以足？」曰：「寧信度，無自信也。」

↓

本則以「度」，比喻先王之法度；以「足」，比喻當代的時勢；而用「寧信度，無自信」的鄭人，比喻一心只想以先王的法令來治理國家，不能隨機應變的領導者。

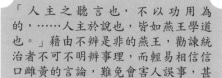

第3章 諸子篇

UNIT 3-33
法不立，亂亡之道也

子集

圖解大考子集古文：精煉閱讀寫作，探解試題

　　在《韓非子·外儲說右下》提到：秦昭王生病了，老百姓家家戶戶買牛為大王祭祀祈福。公孫述見狀，進朝向昭王道賀；昭王下令徹查，果然有此事。結果罰祭祀者每人出兩副鎧甲。理由是「夫非令而擅禱者，是愛寡人也。夫愛寡人，寡人亦且改法而心與之相循者，是法不立；法不立，亂亡之道也。」昭王認為人民沒有命令而擅自祈禱，是愛國君的表現。他們愛國君，國君如果因此改變法令，用同樣的心去愛他們，那麼就不能依法行事，反而是亂國亡身的根源。所以最後裁定：每人出兩副鎧甲以示懲處。試圖透過這樣的手段，讓人民知道法令的重要性，刻意突顯「法」的尊嚴；因為法家思想以為唯有藉由法令、制度才能使國家富強。

　　另一種說法：昭王生病時，百姓為他祈禱；等病癒之後，人民紛紛為他殺牛祭神還願。閻遏、公孫述得知此事，進宮向大王拜賀，認為昭王比堯舜還得民心；因為從來沒聽說過百姓為堯舜祝禱、還願，如今他們竟這樣愛戴昭王。昭王派人調查後，發現一切屬實，於是下令處罰當地里正和各部伍群眾每人罰兩副鎧甲。幾個月後，某一天，閻遏、公孫述與昭王飲酒作樂，兩人不明白大王為何這麼做。昭王分析其中的利害關係道：「彼民之所以為我用者，非以吾愛之為我用者也，以吾勢之為我用者也。吾釋勢與民相收，若是，吾適不愛而民因不為我用也。故遂絕愛道也。」

意思是老百姓之所以為君主所用，不是因為君主愛他們，而是君主有權勢。所以昭王不能去愛百姓，甚至與他們有交結；不然他一旦不愛人民，人民就不為他所用了。這就是法家主張摒棄仁義，要用權勢來使臣民屈服並效忠。

　　秦國一度鬧飢荒，應侯請求開放五苑的蔬果棗栗，來養活百姓。沒想到被昭王一口回絕了。「秦法：使民有功而受賞，有罪而受誅。今發五苑之蔬草者，使民有功與無功俱賞也。……此亂之道也。」與其破壞原有制度，不如委棄五苑的瓜果蔬菜，使國家長保安定。另一種說法：昭王說：「令發五苑之蔬蔬棗栗，足以活民，是用民有功與無功爭取也。」那麼會使有功、無功之人相互爭奪，必然造成國家混亂。與其讓人民活著而使局勢動亂，不如讓他們死掉而使國內太平。可見法家是從君主的立場出發，只考慮到國家利益至上，完全不顧百姓死活。

　　另一則「公儀休相魯」：公儀休天生愛吃魚，擔任魯相期間，人人都買魚來送給他；但他堅決不接受。他的弟弟勸他，不要辜負別人的美意。他說：「夫唯嗜魚，故不受也。」假使接受別人的饋贈，就容易因此做出違法的事。一旦違法，很可能要離職；到時候誰還來送他魚？而他也沒錢自己買魚吃。「即無受魚，而不免於相，雖嗜魚，我能長自給魚。」真是深謀遠慮啊！道出了為官清廉守法，才是長久之道。

《韓非子‧外儲說右下》

國相嗜魚不受賄

（公儀休）曰：「夫唯嗜魚，故不受也。夫即受魚，必有下人之色。有下人之色，則枉於法。枉於法，則免於相。免於相，此不必能致我魚，我又不能自給魚。即無受魚，而不免於相，雖嗜魚，我能長自給魚。」

夫：音「福」，發語詞，無義。／唯：因為。／即：假使。／下人之色：低人一等的姿態。／枉於法：違背法令。／致：送。／自給魚：用自己的錢買魚。給，音「擠」，供給。

大考停看聽

（公儀休）說：「正因為喜歡吃魚，所以才不接受。假使接受別人送的魚，一定會有矮人一截的姿態。有了矮人一截的姿態，就容易違法。一旦違法，就會被免去相位。離開了相位，人們就不再送我魚，而我也沒錢自己買魚吃。假若我不接受別人送的魚，就不會被免去相位，即使愛吃魚，我也有錢可以常常自己買魚吃。」

為王祈福反受罰

★秦昭王生病了，百姓紛紛買牛為大王祭祀祈福。

★公孫述見狀，進朝向昭王道賀；昭王下令徹查。

★結果：罰祭祀者每人出兩副鎧甲。理由是「夫非令而擅禱者，是愛寡人也。夫愛寡人，寡人亦且改法而心與之相循者，是法不立；法不立，亂亡之道也。」

⇒法家思想以為唯有藉由法令、制度才能使國家富強。

另一說

★昭王生病時，百姓為他祈禱；等病癒之後，人民紛紛殺牛祭神還願。

★閻遏、公孫述得知此事，進宮向大王拜賀，認為昭王比堯舜得民心。

★昭王派人調查後，下令處罰當地里正和各部伍群眾每人罰兩副鎧甲。

★昭王分析利害關係：「彼民之所以為我用者，非以吾愛之為我用者也，以吾勢之為我用者也。吾釋勢與民相收，若是，吾適不愛而民因不為我用也。故遂絕愛道也。」

⇒法家主張摒棄仁義，要用權勢來使臣民屈服並效忠。

五苑果棗不賑災

★秦國鬧飢荒，應侯請求開放五苑的蔬果棗栗，來養活百姓。

★結果卻被昭王一口回絕了，因為秦國的法令講究賞功罰過。

★如果有功、無功皆受賞會敗壞法令制度，使國家動盪不安。

另一種說法：如果開放五苑的草木植物，來供養人民。使有功、無功相互爭奪，必然造成國家混亂。

⇒法家從君主的立場出發，只考慮到國家利益至上，完全不顧百姓死活。

嗜魚魯相公儀休

★魯相公儀休愛吃魚，但不讓人送他魚。

★他的弟弟勸他，不要辜負別人的美意。

★他說：「不接受贈與，當個好國相，才有錢買魚吃。」

⇒真是深謀遠慮啊！道出為官清廉守法，才是長久之道。

UNIT 3-34
君無術則弊於上，臣無法則亂於下

子集

圖解大考子集古文：精煉閱讀寫作，探解試題

　　法家崛起於春秋戰國時代，隨著政治、社會、經濟的劇烈變遷，原本用來維持國家秩序的禮樂制度已經行不通，所以如何富國強兵、有效統治的哲學思想便應運而生。春秋時代的管仲，奠定齊國法治思想的基礎，堪稱法家的始祖。至戰國時代，商鞅重「法」，主張以嚴刑峻法來治理人民；申不害重「術」，強調君主要用權術來掌控群臣；慎到重「勢」，認為君主有其權勢地位，才能號令臣民，明定賞罰，治理國家。到了韓非、李斯二人，集法家思想之大成。在理論上，韓非提出法、術、勢三者不可偏廢，集法家學說之大成。然而，韓非死於非命，真正落實法家思想的人是李斯。

　　《韓非子‧定法》旨在闡明「法」、「術」的區別，雖然有所不同，但運用在治國理民上卻同等重要，應雙管齊下，才能相輔相成。法與術為治國之道，一如衣與食為養生之具，都是缺一不可的，沒有孰輕孰重、孰先孰後的問題。因為「術者，因任而授官，循名而責實，操殺生之柄，課群臣之能也，此人主之所執也。」是說君主掌握權術就能控制群臣，根據各自的能力，任官治民，並依照官銜要求他們克盡職責、有所作為。「法者，憲令著於官府，賞罰必於民心，賞存乎慎法，而罰加乎姦令者也，此人臣之所師也。」可見法令是臣民所共同遵守，由官府頒布，明定賞罰，然後依法賞善罰惡，藉此使國家政

治清明，社會秩序井然。所以韓非說：「君無術則弊於上，臣無法則亂於下，此不可一無，皆帝王之具也。」意謂人主沒有權術，就會被蒙蔽、冒犯；人臣不遵守法令，就會犯上、作亂。「術」與「法」同樣重要，都是帝王統治萬民的工具。

　　接著，分別批評「術」與「法」的偏頗與侷限。如云：「申不害不擅其法，不一其令，則姦多。……雖用術於上，法不勤飾於官之患也。」明揭申不害用權術，但不能掌握國家法令，所以違法的事件層出不窮，這是不用「法」的弊病。同理，「公孫鞅之治秦，……國富而兵強。然無術以知姦，則以其富強也，資人臣而已矣。」商鞅用法令讓秦國富國強兵，但不用「術」探知姦情、掌握臣下，所以落得以國家的富強來資助臣子而已。之後才會出現像應侯范雎、穰侯魏冉那樣一心圖利自己的大臣。

　　此外，韓非針對商鞅以戰場上斬首之功授予官爵的法令，表達反對意見。因為作官治理人民，應該要有智慧能力，才足以勝任；而那些立有軍功的將士，靠的是勇敢和氣力。好比任命有功戰士當醫生、當工匠，可以嗎？──當然不成！因為治病、蓋房子各有其專業，不是那些殺敵建功的武夫能夠擔此重任。那麼，又怎能奢望征戰沙場的勇士能出任治理人民的官職呢？畢竟「術業有專攻」。最後，歸納出「二子之於法術，皆未盡善也」的結論。

《韓非子・定法》

治國之道法與術

今有法曰：「斬首者，令為醫、匠。」則屋不成而病不已。夫匠者，手巧也；醫者，齊藥也。而以斬首之功為之，則不當其能。今治官者，智能也；今斬首者，勇力之所加也。以勇力之所加，而治智能之官，是以斬首之功為醫、匠也。

大考停看聽

如有法令明定：「砍下敵人首級的人，讓他當醫生、工匠。」那麼房屋蓋不成、病也醫不好。因為工匠，須靠手部的技巧，醫生，要會調和藥劑。但憑砍人頭的軍功來任用，便不能符合他們的能力。為官理民，須講求智慧才能；但如今具有斬首之功者，是靠勇敢氣力的施展。如果用具有勇敢氣力的人，擔任需要智慧才能的官職，就和用有斬首之功的人來做醫生、工匠一樣了。

春秋時代	法家的始祖	管仲	奠定了齊國法治思想的基礎	
戰國時代	重「法」	商鞅	主張以嚴刑峻法來治理人民	
	重「術」	申不害	強調君主要用權術掌控群臣	
	重「勢」	慎到	認為君主有權勢地位，才能號令臣民，明定賞罰，治理國家	
	集大成者	韓非	韓非提出法、術、勢三者不可偏廢	理論
		李斯	真正落實法家思想的人	實踐

《韓非子・定法》 闡明「法」、「術」的區別，運用在治國理民上，「法」、「術」要相輔相成。

「法」、「術」為治國之道

★「術者，因任而授官，循名而責實，操殺生之柄，課群臣之能也，此人主之所執也。」

★「法者，憲令著於官府，賞罰必於民心，賞存乎慎法，而罰加乎姦令者也，此人臣之所師也。」

⇒「君無術則弊於上，臣無法則亂於下，此不可一無，皆帝王之具也。」

法 術

批評「術」與「法」的偏頗與偏限

★「申不害不擅其法，不一其令，則姦多。……雖用術於上，法不勤飾於官之患也。」

★「公孫鞅之治秦，……國富而兵強。然無術以知姦，則以其富強也，資人臣而已矣。」

申不害	重「術」	不能掌握法令，違法事件層出不窮。
商鞅	重「法」	不能掌握臣下，臣子一再貪圖私利。

UNIT 3-35
惟不以天下害其生者也，可以託天下

《呂氏春秋》，又名《呂覽》，完成於秦王政六年（241B.C.），秦相呂不韋及其門下客集體編纂而成。全書凡二十六卷，共一百六十篇，可分為十二紀、八覽、六論三大部分。內容廣泛，或說以道家黃老思想為宗，或說以儒家聖賢思想為主，間雜名、法、墨、農、陰陽等諸子百家言論，兼收並蓄，故清人《四庫全書總目提要》將之歸於「子部・雜家類」。該書編纂的目的，在於作為秦國統一天下、治理萬民的參考。

相傳這部著作完稿後，呂不韋將它公布於首都咸陽的城門上，並昭告天下，誰能在書中增刪一個字，就賞賜千金。——正是「一字千金」典故的出處。但時人礙於呂不韋的權勢，不敢直指《呂氏春秋》之誤；到漢代高誘注解時，已發現有不少脫誤。儘管如此，這是一部先秦末期政論散文彙編，是古代類書的起源，自有其重要性。

《呂氏春秋・仲春紀・貴生》旨在闡明養生之可貴，主張舉凡不利於養生之事，皆應予以捨棄。文云：「聖人深慮天下，莫貴於生。」強調「貴生」是聖人治理天下時必先思索的課題。接著，化用《老子・十二章》：「五色令人目盲，五音令人耳聾，五味令人口爽。馳騁畋獵，令人心發狂；難得之貨，令人行妨。是以聖人為腹不為目，故去彼取此。」可見這些感官的欲望有害於我們養生，所以進一步提出節制耳、目、口、鼻之欲，作為「貴生」的方法。

再舉傳說中的上古賢人子州友父為例，他以自身有不為人知的隱憂，所以婉拒了堯想把天下讓給他一事。文云：「天下，重物也，而不以害其生，又況於他物乎？」是說治理天下，多麼重大的事情啊，當它有害於養生時子州友父毅然決然拒絕了！世上還有什麼事物能妨礙他的養生之道呢？而歸納出「惟不以天下害其生者也，可以託天下」的小結論，唯有不因為天下傷害他的養生，這樣的人才能大公無私地治理天下，才能放心把天下託付給他。

次舉王子搜逃避擔任越國國君之事：越國人一連殺了三代的國君，王子搜十分害怕，逃到山中的丹穴去躲藏。越國人沒有國君，又找不到王子搜，只好也跑到丹穴躲避。這時恰巧遇見了王子搜，但他還是不願意跟臣民回國。越國人只好燒艾草將他薰出洞外，再用君王的座車將人強行載回。王子搜被迫登車時手拉著繩索，抬頭望天喊道：「君乎，獨不可以舍我乎？」文云：「王子搜非惡為君也，惡為君之患也。若王子搜者，可謂不以國傷其生矣，此固越人之所欲得而為君也。」原來王子搜不是厭惡當國君，他是擔心跟前三任越君一樣死於非命。而越國人為什麼非要他當國君不可呢？因為他「不以國傷其生」，他把養生看得比擔任一國之君更重要，一旦當上國君，絕對不會視越國為個人私產而胡作非為，所以老百姓才樂於把國家交給他。

《呂氏春秋・仲春紀・貴生》

越國逃君王子搜

越人三世殺其君，王子搜患之，逃乎丹穴。越國無君，求王子搜而不得，從之丹穴。王子搜不肯出，越人薰之以艾，乘之以王輿，王子搜援綏登車，仰天而呼曰：「君乎，獨不可以舍我乎？」

大考停看聽

越國人一連殺了三代的國君，王子搜十分害怕，逃到山中的丹穴去躲藏。越國人沒有國君，又找不到王子搜，只好也跟著跑到丹穴躲避。王子搜還是不願回國，越國人燒艾草將他薰出來，再用君王的座車將人強載回去。王子搜手拉著繩索登車，抬頭望天高喊道：「做君主，為何單單不可以捨棄我呢？」

王子搜：據《淮南子》記載，王子搜指越王翳。／王輿：君王乘坐的車子。輿，車子。／援綏：用手拉著繩索登車。綏，音「難」，登車時手拉的繩索。／舍：通「捨」，棄也。

《呂氏春秋》

又名《呂覽》

完成於秦王政六年（241B.C.）	秦相呂不韋及其門下客集體編纂而成

全書凡二十六卷，共一百六十篇，可分為十二紀、八覽、六論三大部分。

以**道**家黃老思想為宗或說以**儒**家聖賢思想為主	間雜名、法、墨、農、陰陽等諸子百家言論，兼收並蓄，故清人《四庫全書總目提要》將之歸於「**子部・雜家類**」。
該書編纂的目的	作為秦國統一天下、治理萬民的參考。

 《呂氏春秋・仲春紀・貴生》

闡明養生之可貴，主張舉凡不利於養生之事，皆應予以捨棄。

★文云：「聖人深慮天下，莫貴於生。」

・化用《老子・十二章》：「五色令人目盲，五音令人耳聾，五味令人口爽。馳騁畋獵，令人心發狂；難得之貨，令人行妨。是以聖人為腹不為目，故去彼取此。」

⇒節制耳、目、口、鼻之欲，作為「貴生」的方法。

王子搜拒絕當越君

★越人連殺三代國君，王子搜害怕，逃到山中丹穴躲藏。
★越人沒有國君，又找不到王子搜，只好跑到丹穴躲避。
★越人恰巧遇見王子搜，但他還是不願意跟著臣民回國。

★越人便燒艾草將他薰出洞外，再用座車將人強行載回。
★王子搜被迫登車，抬頭道：「君乎，獨不可以舍我乎？」

▲「不以國傷其生矣，此固越人之所欲得而為君也。」

上古賢人子州友父

★他以自身有不為人知的隱憂，婉拒了堯想把天下讓給他。
★文云：「天下，重物也，而不以害其生，又況於他物乎？」

▲「惟不以天下害其生者也，可以託天下。」

第3章 諸子篇

071

UNIT 3-36
由其道，功名之不可得逃

子集

圖解大考子集古文：精煉閱讀寫作，探解試題

《呂氏春秋·仲春紀》，由「仲春」、「貴生」、「情慾」、「當染」、「功名」五篇所組成。前文已探討過「貴生」，本文再來看「功名」。《呂氏春秋·仲春紀·功名》旨在闡明聖主明君的千古美名不能由別人給予，只能依循一定的途徑去獲得，即「名固不可以相分，必由其理」的道理。

首先，論述遵循一定的途徑獵取功名，功名就無法逃脫。文云：「由其道，功名之不可得逃，猶表之與影，若呼之與響。」好比日影無法擺脫測量影子的標竿，回音必然伴隨著呼聲是一樣的。「善釣者，出魚乎十仞之下，餌香也；善弋者，下鳥乎百仞之上，弓良也；善為君者，蠻夷反舌殊俗異習皆服之，德厚也。」就像善垂釣的人，能把魚兒從十仞深的水中釣起來，是因為餌香的緣故；善射獵的人，能把鳥兒從百仞高的空中射下來，是因為弓好的緣故；同理，善於治理國家的人，能使四方的民族都來歸順，是因為恩德深厚的緣故。由於水泉幽深，魚鱉自然會游到那裡；樹木繁盛，眾鳥自然會飛往那兒；百草茂密，群獸自然會奔向此處；因此，君主賢明，豪傑之士沒有理由不前來歸附。「故聖王不務歸之者，而務其所以歸。」是說聖主明君不必勉強使人們歸依，而應該盡力創造使人願意歸依的有利條件。

其次，認為凡事必須順其自然，無法強求；治國理民亦是如此，強制執行命令，對君主可是一點兒好處也沒有！

文云：「彊令之笑不樂，彊令之哭不悲，彊令之為道也，可以成小，而不可以成大。」勉強地笑出來不快樂，勉強地哭出來不悲傷，而君主強制執行命令的作法，也只可以成就小的虛名，不能成就帝王的千秋大業。一如瓦器中的醋黃了，蚊蚋便聚集在那裡；若用臭魚驅逐蒼蠅，蒼蠅只會越來越多，多到無法禁止；這是因為本末倒置，用招引牠們的方法去驅除牠們，結果只會愈來愈糟而已。如同夏桀、商紂試圖用破壞安定的暴政求得天下太平，即使懲罰再重、刑法再嚴，又怎能辦到呢？

三論君主施政當以民心向背為最高指導原則。因為人民都是趨利避害的，天氣冷了就聚集到溫暖的地方，炎熱時便躲到陰涼之處所，哪兒有利就往哪兒去，這是人之常情。「故當今之世，有仁人在焉，不可而不此務；有賢主，不可而不此事。」所以當今如有仁人君子存在，不可不致力於體察民意、贏得人心；如有聖主賢君在位，亦不可不留意民心的歸向。

文末歸結出君主的名聲好壞，都是由自身的言行而來，不是別人所能給予的。像桀、紂可以遍害天下人，卻無法為自己博得一個好名聲；龍逢、比干等忠臣可以一死諫諍君主之過錯，卻不能為其主爭個千秋萬世的美名。在在印證了「名固不可以相分，必由其理」的道理，名聲本來就不能由別人來給予，它只能依循一定的途徑，自己去取得。

《呂氏春秋・仲春紀・功名》

千古美名靠自己

闡明聖主明君的千古美名不能由別人給予，只能依循一定的途徑去獲得

岳醯黃，蚋聚之，有酸，徒水則必不可。以貍致鼠，以冰致蠅，雖工，不能。以茹魚去蠅，蠅愈至，不可禁，以致之之道去之也。桀、紂以去之之道致之也，罰雖重，刑雖嚴，何益？

醯：音「溪」，醋的別名。／蚋：音「瑞」，蚊類的小蟲。／貍：原為一種哺乳類動物，似狐貍而形體稍小，生性狡猾，俗稱「野貓」。此指貓而言。／茹魚：腐臭的魚。

大考停看聽

瓦器中的醋黃了，蚊蚋便聚集在那裡，因為有酸味，若只有水一定不會如此。用貓招引老鼠，用冰招引蒼蠅，縱使手法再工巧，也達不到目的。用臭魚驅逐蒼蠅，蒼蠅越來越多，不可以禁止，這是由於用招引牠們的方法去驅除牠們的緣故。夏桀、商紂試圖用破壞安定的暴政求得天下太平，即使懲罰再重、刑法再嚴，又有什麼益處呢？

1

★首論遵循一定的途徑獵取功名，功名就無法逃脫。

· 文云：「由其道，功名之不可得逃，猶表之與影，若呼之與響。」

· 「善釣者，出魚乎十仞之下，餌香也；善弋者，下鳥乎百仞之上，弓良也；善為君者，蠻夷反舌殊俗異習皆服之，德厚也。」

· 「故聖王不務歸之者，而務其所以歸。」是說聖主明君不必勉強使人們歸依，而應該盡力創造使人願意歸依的有利條件。

2

★次論凡事必須順其自然，無法強求；治國理民亦是如此。

· 文云：「彊令之笑不樂，彊令之哭不悲，彊令之為道也，可以成小，而不可以成大。」

· 一如瓦器中的醋黃了，蚊蚋便聚集在那裡；若用臭魚驅逐蒼蠅，蒼蠅只會越來越多⇨這是因為本末倒置，結果只會愈來愈糟而已。

· 如同夏桀、商紂試圖用破壞安定的暴政求得天下太平，即使懲罰再重、刑法再嚴，又怎能辦到？

3

★三論君主施政當以民心向背為最高指導原則。

· 「故當今之世，有仁人在焉，不可而不此務；有賢主，不可而不此事。」

4

★文末歸結出君主的名聲好壞，都是由自身的言行而來。

· 像桀、紂可以遍害天下人，卻無法為自己博得一個好名聲。

· 龍逢、比干可以一死諫諍君之過，卻不能為其主爭個美名。

⇨在在印證了「名固不可以相分，必由其理」的道理。

第3章 諸子篇

UNIT 3-37
人之情偽貪鄙美惡，無所失矣

子集

圖解大考子集古文：精煉閱讀寫作‧探解試題

《呂氏春秋‧季春紀‧論人》云：「何謂求諸人？人同類而智殊，賢不肖異，皆巧言辯辭，以自防禦，此不肖主之所以亂也。」人雖有才智高低的不同，賢能、不肖的區別，但人人都出一張嘴，能言善道，凡事說得天花亂墜，把那些不肖君主迷得團團轉。於是，本文提出「八觀」、「六驗」、「六戚」、「四隱」，作為評論人物的方法，以供人主施政之借鏡。

何謂「八觀」？「通則觀其所禮，貴則觀其所進，富則觀其所養，聽（順從）則觀其所行，止（日常生活起居）則觀其所好，習（親暱）則觀其所言，窮則觀其所不受，賤則觀其所不為。」一個人亨通顯達時，觀察他所禮遇的對象；一個人身分尊貴，握有權柄時，觀察他薦舉什麼人才；一個人富有之後，看他所招待豢養的是什麼人；一個人表面上聽從、順服，還要看他私下的行為表現；一個人在日常生活中，可以去觀察他的興趣與嗜好；一個人在親近、熟悉之後，可以去觀察他言談舉止；一個人處於窮困時，看他是否能謹守原則，有所不受；一個人地位卑賤時，看他是否能堅守正義，有所不為。

何謂「六驗」？「喜之以驗其守，樂之以驗其僻（邪也），怒之以驗其節，懼之以驗其特（孤獨），哀之以驗其人（通『仁』，不忍人之心也），苦之以驗其志。」讓他處於歡喜的情緒中，再去檢驗他是否能守住本來的原則；讓他真

正感到快樂、放鬆，再去檢驗他是否心術不正；故意去激怒一個人，然後觀察他是否能控制自己的脾氣；使一個人真正面對恐懼，觀察他如何在孤獨中自處；使一個人面對可憐悲哀的事物，藉機觀看他具有多少不忍人之心；讓一個人置身艱難困苦的環境下，藉機檢視他的意志力是否堅定。

文云：「八觀、六驗，此賢主之所以論人也。」可見「八觀」、「六驗」是古代賢君用來分辨人才優劣的方法。然而，論人之術不僅止於此，還有「六戚」和「四隱」。何謂「六戚」？就是「父、母、兄、弟、妻、子」。由於六親是一般人在世上關係最密切的人，所以從他們口中了解一個人的心性，具有一定的準確度。至於「四隱」，就是「交友、故舊、邑里、門郭」，指藉由一般人日常生活最親近的朋友、世交舊遊、同鄉之人、左鄰右舍，來觀察一個人的品德，亦不失是可行的辦法。

最後，《呂氏春秋》得出這樣的結論：「內則用六戚四隱，外則用八觀、六驗，人之情偽貪鄙美惡，無所失矣。」意思是觀察一個人未離開故鄉前的處世行為用「六戚」、「四隱」，看他外出做事後的行為表現則用「八觀」、「六驗」，那麼評論此人心性的良善、美惡、貪鄙、正義，就不會有所疏漏了。這是《呂氏春秋》提出的「論人之術」，相隔兩千多年後，以今天的眼光來看，依舊能切合時用，足以發人省思。

《呂氏春秋・季春紀・論人》

八觀六驗辨賢愚

論人者又必以六戚四隱，何謂六戚？父、母、兄、弟、妻、子。何謂四隱？交友、故舊、邑里、門郭。內則用六戚四隱，外則用八觀、六驗，人之情偽貪鄙美惡，無所失矣。

故舊：指世交、老友。／邑里：指同鄉之人。／門郭：指左右鄰居。／內：未離開家鄉前的處世行為。／外：外出做事後的行為表現。／八觀、六驗：見前文。

大考停看聽

評論一個人又必定要用「六戚」、「四隱」來檢驗，什麼是「六戚」？就是父、母、兄、弟、妻、子。什麼是「四隱」？就是朋友、世交舊遊、同鄉之人、左右鄰居。觀察一個人未離鄉前的處世行為用「六戚」、「四隱」，看他外出做事後的行為表現則用「八觀」、「六驗」，那麼評論此人心性的良善、美惡、貪鄙、正義，就不會有所疏漏了。

八觀　外

通則觀其所禮
貴則觀其所進
富則觀其所養
聽則觀其所行
止則觀其所好
習則觀其所言
窮則觀其所不受
賤則觀其所不為

六驗　外

喜之以驗其守
樂之以驗其僻
怒之以驗其節
懼之以驗其特
哀之以驗其人
苦之以驗其志

此賢主之所以論人也

六戚　內

父、母、兄、弟、妻、子

四隱　內

交友、故舊、邑里、門郭

《呂氏春秋》得出這樣的結論：「內則用六戚四隱，外則用八觀、六驗，人之情偽貪鄙美惡，無所失矣。」

UNIT 3-38
臣非能相人也，能觀人之友也

　　《呂氏春秋・不苟論》包括：「不苟」、「贊能」、「自知」、「當賞」、「博志」、「貴當」共六篇。本文擬介紹「貴當」，顧名思義，就是探討恰如其分的可貴。《呂氏春秋・不苟論・貴當》開宗明義云：「名號大顯，不可彊求，必繇其道。」意謂名聲顯赫無法強求而來，必須依循恰當的途徑才能實現。由於「性者，萬物之本也，不可長，不可短，因其固然而然之，此天地之數也。」明揭天性是萬物的根本，不能增益，也無法減損，只能順其本性加以引導，這是自然的定律。所以瞥見生肉，烏鵲就會聚集；看見貓兒，老鼠便會逃散；賢君修德，百姓就一心順從；暴君無道，人民便離心離德。這些都是理所當然的道理，故「君子審在己者而已矣」，只要詳察自身的因素就可以了。

　　次舉楚國善相者為例：這位相士鐵口直斷，他說過的話都十分神準，從來不曾失誤過，因此名聞遐邇。有一天，楚莊王召見他，向他詢問此事。他強調：「臣非能相人也，能觀人之友也。」是說他並不是能給人看相，只是能觀察人們的朋友而已。據他表示：觀察平民，如果他的朋友都孝順友愛、忠厚恭謹、敬畏王命，此人的身家一定富足顯榮，這是所謂的「吉人」。觀察臣子，如果他的朋友都忠誠可靠、品德高尚、樂於行善，此臣的官位必定步步高升，這是所謂的「吉臣」。同理，觀察君主，

如果他的朝臣多是賢能，侍從多為忠良，君主一有過失爭相進諫，這個國家必然日益安定，這是所謂的「吉主」。楚莊王認為相士說得太有道理了，從此全力網羅賢士，勵精圖治，努力不懈，終於稱霸天下。《呂氏春秋》云：「故賢主之時見文藝之人也，非特具之而已也，所以就大務也。」從這則故事歸結出這樣的小結論：所以賢明的君主時時召見擅長各種技藝的人，並不只是做做樣子罷了，而是要藉以成就大事業。

　　再以齊國獵人為喻，闡明道理：齊國有個好打獵的人，花了好長時間卻沒有獵到半隻野獸，他深感愧對家人、親友。於是，仔細檢討自己毫無所獲的原因，居然是因為獵狗太遜了。由於家境清寒，買不起一條好獵狗；他只好努力耕種，改善家裡的環境。手頭寬裕後，買到了好獵狗，他每次出獵都有收穫，打到的獵物往往比別人多許多。《呂氏春秋》云：「非獨獵也，百事也盡然。」不只打獵如此，做任何事情都是這樣。進而從齊人打獵，悟出賢君治國之理：「故賢主察之，以為不可，弗為；以為可，故為之。為之必繇其道，物莫之能害。」意思是賢明的君主對事情加以審察，認為不能做就不去做，認為可以做就去做。做任何事時，一定遵守恰當的途徑，那麼外界就沒有什麼東西可以去妨害他。——這正是賢君明白凡事恰如其分的可貴，亦本篇之主旨所在。

《呂氏春秋・不苟論・貴當》

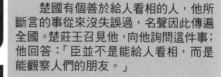

鐵口直斷超神準 探討恰如其分的可貴

> 荊有善相人者，所言無遺策，聞於國。莊王見而問焉，對曰：「臣非能相人也，能觀人之友也。」

荊：指楚國。／無遺策：沒有遺漏、疏失之處。

大考停看聽

> 楚國有個善於給人看相的人，他所斷言的事從來沒失誤過，名聲因此傳遍全國。楚莊王召見他，向他詢問這件事；他回答：「臣並不是能給人看相，而是能觀察人們的朋友。」

★ **開宗明義云：「名號大顯，不可彊求，必緣其道。」**

・「性者，萬物之本也，不可長，不可短，因其固然而然之，此天地之數也。」

・瞥見生肉，烏鵲就會聚集；看見貓兒，老鼠便會逃散；賢君修德，百姓就一心順從；暴君無道，人民便離心離德。

★ **次舉楚國善相者為例：**

・這位楚國相士鐵口直斷，從來不曾失誤過，因此名聞遐邇。

・楚莊王召見他，他強調：「臣非能相人也，能觀人之友也。」

善相者

觀察平民，如果他的朋友都孝順忠厚、敬畏王命	「吉人」
觀察臣子，如果他的朋友都忠誠高尚、樂於行善	「吉臣」
觀察君主，如果他的朝臣多是賢能，侍從多忠良	「吉主」

・楚莊王從此全力網羅賢士，勵精圖治，努力不懈，終於稱霸天下。

⇨《呂氏春秋》云：「故賢主之時見文藝之人也，非特具之而已也，所以就大務也。」

★ **再以齊國獵人為喻：**

・齊國有個好打獵的人，花了好長時間卻沒有獵到半隻野獸。

・他仔細檢討自己毫無所獲的原因，居然是因為獵狗太遜了。

・他努力耕種，手頭寬裕後買到好獵狗，每次出獵都有收穫。

⇨《呂氏春秋》云：「故賢主察之，以為不可，弗為；以為可，故為之。為之必緣其道，物莫之能害。」強調做任何事，一定遵守恰當的途徑。

作文一點靈

思想情意

　　儒家認為「過」與「不及」都不好，故凡事主張「中庸之道」；《呂氏春秋》對此有所繼承，強調「恰如其分」的可貴。

　　的確，做任何事情「剛剛好」最好，誠如一句賣米的廣告標語：「有點黏，又不會太黏。」經營管理如此，人際關係亦如此，甚至修身養性都是這樣的，生活最好「有點閒，又不會太閒。」吃東西最好「有點飽，又不會太飽。」因為「恰如其分」是最適合人的處世法則。

UNIT 3-39
道德上通，而智故消滅也

子集

圖解大考子集古文：精煉閱讀寫作，探解試題

　　《淮南子》原名《鴻烈》，又稱《淮南鴻烈》、《淮南王書》、《劉安子》等，是西漢淮南王劉安（179B.C. ～ 122B.C.）召集門下客所編纂的一部論文集。所謂「鴻烈」，取其大而明亮之意。全書內容廣博，對政治、哲學、歷史、文學、天文、地理、自然、養生等都有所論述，以道家思想為基礎，兼採儒家、陰陽家等觀點，可說綜合了諸子百家學說之精華，是漢初各派學術思想的總匯，為「雜家」學說的代表。

　　劉安《淮南子》，包含〈原道訓〉、〈俶真訓〉、〈天文訓〉、〈地形訓〉、〈時則訓〉、〈覽冥訓〉等，共二十一篇。淮南王劉安胸懷大略，志在仿呂不韋編《呂氏春秋》之壯舉，而延攬士子、方士編成此書，目的無非想融合各家思想，以論述帝王治國理民之道。相傳此書曾受漢武帝青睞而加以珍藏；西漢末，劉向校訂宮中藏書時，稱之為《淮南子》，列為「雜家類」著作。

　　《淮南子‧覽冥訓》一文，旨在繼承老莊無為而治的政治主張。文云：「故聖人在位，懷道而不言，澤及萬民。」意思是道家聖人在位，心懷天道卻沒有什麼言語或作為，凡事順其自然，因為無為所以無不為，才是對天下蒼生最有利的。又云：「夫道者，無私就也，無私去也；能者有餘，拙者不足；順之者利，逆之者凶。」強調天道無私，不會去親近誰、遠離誰。能掌握天道者，功德有餘；反之，功德不足。順天行事，必然事事順利；逆天而行，則必陷險境。

　　文中舉了許多神話、傳說作為論述的例證，如「女媧補天」的神話即出於此：上古時，四根擎天巨柱傾倒了，九州大地龜裂了；天空無法覆蓋大地，大地無法承載萬物。大火蔓延不息，洪水氾濫不止；猛獸吞噬了善良的人民，惡禽攫搏了老弱的人們。於是女媧煉製五色石來修補蒼天，砍下鼇的四隻腳當作擎天的巨柱，斬殺黑龍以平息冀州之患，堆積蘆荻的灰燼抑制大洪水。蒼天補好後，善良的百姓得以安居樂業。但女媧「不彰其功，不揚其聲，隱真人之道，以從天地之固然。何則？道德上通，而智故消滅也。」她不誇耀自己的功勞，不顯揚自己的名聲，隱藏起真人之道，以遵從天地自然。為什麼呢？因為道德上通九天，智巧詐偽就無法生存了。文末引用《周書》曰：「掩雉不得，更順其風。」意謂如果獵不到雉雞，應該順著牠飛走的方向去尋找。這樣才能掌握事物的本源，藉以批評法家治國拋棄社會弊病的根源，違背天道的根本，刻意制定各種刑法，不惜犧牲百姓利益，還欣欣然以為天下太平無事，好像「抱薪而救火」（抱著柴薪去救火）、「鑿竇而出水」（開鑿孔洞來蓄水），根本行不通！那麼，該怎麼辦呢？又以「姮娥奔月」為例，明揭羿如能知道長生之藥是如何煉成的，他就不必因愛妻飛昇月宮而悵然若失，可見凡事能掌握根源是多麼的重要！

《淮南子・覽冥訓》

女媧煉石補蒼天

往古之時，四極廢，九州裂；天不兼覆，地不周載。火爁炎而不滅，水浩洋而不息；猛獸食顓民，鷙鳥攫老弱。於是女媧煉五色石以補蒼天，斷鼇足以立四極，殺黑龍以濟冀州，積蘆灰以止淫水。

大考停看聽

四極：東、西、南、北四方極遠之地。／九州：古代分中國為九州，故借指中國。／火爁：大火也。／顓民：善良的人民。顓，音「專」。／攫：音「決」，即攫搏，鳥類以利爪或雙翼去捕取東西。／淫水：大洪水。

遠古時代，四根擎天的巨柱傾倒了，九州大地龜裂了；天空無法覆蓋大地，大地無法承載萬物。大火蔓延不息，洪水氾濫不止；猛獸吞噬了善良的人民，惡禽攫搏了老弱的人們。於是女媧煉製五色石修補蒼天，砍下鼇的四隻腳當作擎天的巨柱，斬殺黑龍以平息冀州之患，堆積蘆荻的灰燼抑制大洪水。

《淮南子》

以道家思想為基礎，兼採儒家、陰陽家等觀點

原名《鴻烈》，又稱《淮南鴻烈》、《淮南王書》、《劉安子》等
鴻烈：大而明亮

西漢淮南王劉安（179B.C.～122B.C.）召集門下客所編纂
全書內容廣博，對政治、哲學、歷史、文學、天文、地理、自然、養生等都有所論述

雜家

淮南王劉安志在仿呂不韋編《呂氏春秋》之壯舉，而延攬士子、方士編成此書，目的無非想融合各家思想，以論述帝王治國之道

《淮南子・覽冥訓》

旨在繼承老莊無為而治的政治主張

・「故聖人在位，懷道而不言，澤及萬民。」

・「夫道者，無私就也，無私去也；能者有餘，拙者不足；順之者利，逆之者凶。」

女媧補天

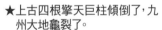

★上古四根擎天巨柱傾倒了，九州大地龜裂了。

★導致天空無法覆蓋大地，大地無法承載萬物。大火蔓延，洪水氾濫，猛獸惡禽侵害人民。

★於是，女媧煉石補蒼天，砍下鼇足當天柱，斬黑龍以平冀州之患，堆積荻灰以抑制洪水。

★蒼天補好了之後，善良的百姓得以安居樂業。

⇒女媧「不彰其功，不揚其聲，隱真人之道」，以遵從天地自然。

姮娥奔月

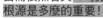

明揭羿如能知道長生之藥是如何煉成的，他就不必因愛妻飛昇月宮而悵然若失⇒可見凡事能掌握根源是多麼的重要！

按：「神話」的主角為神仙，祂往往具有非凡的神力；「傳說」的主角為具有超能力的英雄或超人。

UNIT **3-40**
或有罪而可賞也，或有功而可罪也

子集

圖解大考子集古文：精煉閱讀寫作，探解試題

《淮南子‧人間訓》旨在闡明禍福相倚的道理。文中藉由一連串歷史故事、寓言等，採用辯證手法，論述禍與福之間微妙的關係。如云：「夫禍之來也，人自生之；福之來也，人自成之。」認為無論災禍或福祉的降臨，都是人自己造成的，所以不能不謹慎以對。正因為「禍與福同門，利與害為鄰」，災禍與福祉同出一門，福利與禍害實在近鄰，用來說明禍、福互相依存、轉化，壞事可以引出好的結果，好事也可以引出壞的結果。「塞翁失馬」便是最典型的例子：

住在邊塞有個精通術數的老翁，他家的馬無緣無故跑到胡地去了；鄰居紛紛來安慰他。老翁說：「此何遽不為福乎？」幾個月後，他家的馬帶著一群品種優良的胡馬回來了；鄰居們前來道賀。老翁說：「此何遽不為禍乎？」果然，因為家裡有了不少好馬，他的兒子騎馬時把大腿骨給摔斷了；這時，鄰居又來慰問。老翁又以為這怎麼就不是一件好事？一年後，「胡人大入塞，丁壯者引弦而戰，近塞之人，死者十九，此獨以跛之故，父子相保。」附近的壯丁為了保衛家園，十分之九都戰死了，唯獨這戶人家的兒子因為跛腳得以活命。因而引出結論：「故福之為禍，禍之為福，化不可極，深不可測也。」後世遂濃縮成「塞翁失馬，焉知非福」一語。

不只禍福如此，人世間的利害、功過、得失、毀譽等，也都是一體的兩面，彼此具有相依互存、相互對立與轉化的關係。如文中提出「或有罪而可賞也，或有功而可罪也」的觀點：以為一個人也許有過失，但值得封賞他；反之，一個人也許有功勞，但可以罪責他。

文中舉西門豹治鄴為例：他讓當地「廩無積粟，府無儲錢，庫無甲兵，官無計會」，有人向魏文侯告發此事。魏文侯親自徹查，鄴城果然府庫空虛，沒糧、沒錢、沒兵，彷彿百廢待舉。西門豹卻以「王主富民，霸主富武，亡國富庫」為由，解釋他此舉不過是藏富於民而已。結果他一聲令下，百姓們紛紛將弓矢武器、粟米糧食全部貢獻出來。然後，他請求帶著這些物資出征燕國；於是擊敗了燕兵，收復失土。——這就是「有罪而可賞者也」，西門豹雖然有過失，但確實值得好好獎賞。

而解扁能讓國庫每年多出三倍的收入，有官員請求獎賞他。魏文侯問：「我們國家土地沒有變廣，人民也沒有增多，怎能增加三倍的營收呢？」解扁回答：「因為冬天時讓百姓上山砍伐大堆的林木，春天時運下山、渡過河送往販售。」魏文侯說：「人民春天努力耕種，夏天勉力耘田，秋天把收穫加以貯藏，冬日農閒時，還要上山伐木，駕著車、渡過河運到市集上，這樣一來，百姓全年無休。搞得民力疲弊，國庫即使多出三倍的收入，又有什麼用處呢？」——這就是「有功而可罪者也」，解扁雖然對國家有功勞，但實在應該責罰。

《淮南子・人間訓》

塞翁失馬豈非福　闡明禍福相倚的道理

文侯曰:「民春以力耕,夏以強耘,秋以收斂,冬間無事,又伐林而積之,負軛而浮之河,是用民不得休息也。民以弊矣,雖有三倍之入,將焉用之?」此有功而可罪者也。

耕:用犁翻鬆泥土以種植莊稼。/耘:除草。/收斂:指將收成的農作物收聚並貯藏起來。/負軛:駕車。軛,車衡兩端用來扼住馬頸的曲木。/弊:疲憊。

大考停看聽

魏文侯說:「人民春天努力耕種,夏天勉力耘田,秋天把收穫加以貯藏,冬日農閒時,還要上山砍伐一大堆林木,駕著車、渡過河運到市集上,這樣一來,百姓一年到頭都無法休養生息了。搞得人人筋疲力竭、疲憊不堪,國庫即使多出三倍的收入,又有什麼用處呢?」這雖然對國家有功勞,但實在應該責罰。

第3章 諸子篇

★文中藉由一連串歷史故事、寓言等,採用辯證手法,論述禍與福之間微妙的關係。

★「夫禍之來也,人自生之;福之來也,人自成之。」

★「禍與福同門,利與害為鄰」,用來說明禍、福互相依存、轉化,壞事可以引出好的結果,好事也可以引出壞的結果。

★「或有罪而可賞也,或有功而可罪也」,以為一個人也許有過失,但值得封賞他;反之,一個人也許有功勞,但可以罪責他。

塞翁失馬

★「近塞上之人有善術者,馬無故亡而入胡,人皆弔之。」

★「其父曰:『此何遽不為福乎?』居數月,其馬將胡駿而歸,人皆賀之。」

★「其父曰:『此何遽不為禍乎?』家富良馬,其子好騎,墮而折其髀,人皆弔之。」

★「居一年,胡人大入塞,丁壯者引弦而戰,近塞之人,死者十九,此獨以跛之故,父子相保。」

➡ 後世遂將這則寓言故事,濃縮成「塞翁失馬,焉知非福」一句成語。

西門豹治鄴

★有人告發西門豹讓鄴城「廩無積粟,府無儲錢,庫無甲兵,官無計會」。

★魏文侯親自徹查的結果,鄴城真的府庫空虛,沒糧、沒錢、沒兵,彷彿百廢待舉。

★西門豹以「王主富民,霸主富武,亡國富庫」為由,解釋此舉不過藏富於民而已。

★一聲令下,百姓們貢獻出弓矢武器、粟米糧食;西門豹以此擊敗燕兵,收復失土。

—— 這就是「有罪而可賞者也」的例證

解扁治魏

★解扁讓國庫每年多出三倍收入,有人請求獎賞他。

★魏文侯問:「吾土地非益廣也,人民非益眾也,入何以三倍?」

★解扁答:「以冬伐木而積之,於春浮之河而鬻之。」

★魏文侯說:「民春以力耕,夏以強耘,秋以收斂,冬間無事,又伐林而積之,負軛而浮之河,是用民不得休息也。民以弊矣,雖有三倍之入,將焉用之?」

—— 這就是「有功而可罪者也」的例證

UNIT 3-41
任力者固勞，任人者固佚

劉向《說苑》，一名《新苑》，是一部記錄雜事的小說集。今本《說苑》，凡二十篇，經北宋曾鞏校閱；收錄先秦至西漢之間的一些歷史故事、傳說，並附有評論。清人《四庫全書》列入「子部・儒家類」。

「宓子賤為單父宰」一則，出自《說苑・政理》。話說宓子賤即將赴任單父邑宰，向他的老師孔子辭行。孔子特別叮嚀他：「毋迎而距（通『拒』）也，毋望而許也；許之則失守，距之則閉塞。譬如高山深淵，仰之不可極，度之不可賤也。」是說不要逢迎他而又拒絕他，不要一見到他就答應他；輕易答應他就會失去自己的立場，拒絕他又會使自己陷入閉塞的境地。為政治民當如高山、深淵，抬頭看不見頂端，也測量不到底部。

宓子賤途中路過陽晝的住處，問陽晝有什麼東西要送他。陽晝回答：「吾少也賤，不知治民之術，有釣道二焉，請以送子。」自嘆從小生活窮困，不懂治國理民的方法，就把兩種釣魚的技巧告訴他。陽晝說：「夫扱（音『吸』，斂取）綸錯（通『措』）餌，迎而吸之者也，陽橋也，其為魚薄而不美；若存若亡，若食若不食者，魴（音『防』）也，其為魚也博而厚味。」如果投下綸線，放下魚餌，前來吸取的是陽橋，這種魚肉既單薄又不好吃；像有魚又像沒有，像在吃餌又像不吃，這是魴魚，它的肉既多也很美味。

當宓子賤的車駕還未抵達單父城，達官貴人絡繹於途來迎接他。宓子賤吩咐隨從：「車驅之！車驅之！夫陽晝之所謂陽橋者至矣。」到了單父，他就請當地的父老賢達出來共同治理單父。

宓子賤治理單父期間，「彈鳴琴，身不下堂而單父治。」他擔任單父邑宰，日子過得可悠哉，天天躲在縣衙裡彈琴自娛，很少外出探訪民情，也沒有案牘勞形，但單父城中的百姓人人安居樂業。

之前孔子另一位學生巫馬期也曾出任單父邑宰，但他「以星出，以星入，日夜不出，以身親之，而單父亦治。」每天早出晚歸，日以繼夜地拚命工作，凡事親力親為，也把單父治理得很好。巫馬期便向宓子賤請教兩人治理上的差異，宓子賤說：「我之謂任人，子之謂任力。任力者固勞，任人者固佚。」指出知人善任、事必躬親的不同：凡事自己來，當然辛苦勞累；廣用人才，自然就輕鬆安逸了。

「人曰宓子賤，則君子也，佚四肢，全耳目，平心氣而百官治，任其數而已矣。」後人評論宓子賤的治理方式，認為他是個才德出眾的君子。他使自己的身體放鬆，精神集中，平心靜氣地管理屬下，屬下也用相同的方法，事情自然處理得條理分明。

「巫馬期則不然，弊性事情，勞煩教詔，雖治猶未至也。」巫馬期卻不是這樣，為了處理事務而折磨自己的心性，經常把自己搞得勞累傷神，想必他的部屬也疲憊不堪，雖說也把單父治理好，卻不是用了最好的方法。

《說苑・政理》

鳴琴垂拱治單父

宓子賤治單父，彈鳴琴，身不下堂而單父治。巫馬期亦治單父，以星出，以星入，日夜不出，以身親之，而單父亦治。巫馬期問其故於宓子賤，宓子賤曰：「我之謂任人，子之謂任力。任力者固勞，任人者固佚。」

大考停看聽

宓子賤：孔子的學生。／單父：音「善府」，一作「亶父」，即單父縣（今山東單縣）。／巫馬期：亦孔子的學生。／任人：任用人才。／任力：完全靠自己的力量。／固：當然。／佚：通「逸」。

宓子賤擔任單父邑宰期間，經常悠哉地彈琴，很少外出巡視或埋首公務，卻把單父治理得很好。前單父邑宰巫馬期在任期間，天還沒亮就出門，忙到天黑了回家，日以繼夜地工作，事必躬親，也把單父治理得很好。巫馬期問宓子賤為何會如此，宓子賤說：「我這是知人善任，您那叫親力親為。凡事自己來，當然辛苦勞累；廣用人才，自然輕鬆安逸。」

劉向《說苑》

一名《新苑》，是一部記錄雜事的小說集

今本《說苑》，凡二十篇，經北宋曾鞏校閱；收錄先秦至西漢之間的一些歷史故事、傳說，並附有評論

儒家

宓子賤為單父宰

★宓子賤即將赴任單父邑宰，向他的老師孔子辭行。

★孔子叮嚀他：「毋迎而距也，毋望而許也；許之則失守，距之則閉塞。譬如高山深淵，仰之不可極，度之不可賤也。」

★宓子賤途中路過陽晝的住處，問陽晝有什麼東西要送他。

★陽晝回答：「吾少也賤，不知治民之術，有釣道二焉，請以送子。」

★陽晝說：「夫扱綸錯餌，迎而吸之者也，陽橋也，其為魚薄而不美；若存若亡，若食若不食者，魴也，其為魚也博而厚味。」

★當宓子賤的車駕還未抵達單父城，達官貴人絡繹於途來迎接他。

★宓子賤吩咐隨從：「車驅之！車驅之！夫陽晝之所謂陽橋者至矣。」

★到了單父，他就請當地的父老賢達出來共同治理單父。

★宓子賤治理單父期間，「彈鳴琴，身不下堂而單父治。」

宓子賤 知人善任，輕鬆安逸

之前孔子另一位學生巫馬期也曾出任單父邑宰，但他「以星出，以星入，日夜不出，以身親之，而單父亦治。」

巫馬期便向宓子賤請教兩人治理上的差異，宓子賤說：「我之謂任人，子之謂任力。任力者固勞，任人者固佚。」

★「人曰宓子賤，則君子也，佚四肢，全耳目，平心氣而百官治，任其數而已矣。」

★「巫馬期則不然，弊性事情，勞煩教詔，雖治猶未至也。」

巫馬期 事必躬親，辛苦勞累

UNIT 3-42
吾儕小人也，不可以履君子之庭

子集

圖解大考子集古文：精煉閱讀寫作，探解試題

《孔子家語》一書，顧名思義，是記述孔子思想和生平的著作。該書內容應是從漢代以前到漢初不斷編輯、纂述，後經魏晉人士王肅整理成書，凡二十七卷，今存十卷。清人《四庫全書》列為「子部・儒家類」。《孔子家語》歷來備受爭議：如顧頡剛《孔子研究講義》中，明確指出該書為王肅偽作，並斷言它沒有任何取信的價值。不過，從1973年河北定州八角廊出土的漢墓竹簡《儒家者言》，1977年安徽阜陽雙古堆出土的漢墓木牘，內容皆與《孔子家語》相關；加上英國藏有敦煌寫本《孔子家語》。因此，有學者推測《孔子家語》可能成於孔安國（約156B.C.～74B.C.）等人之手，是了解儒家思想的一部重要典籍。雖然有些問題尚待釐清，但絲毫無損於其存在價值。

《孔子家語・好生》中，記載魯哀公問孔子：「昔者舜冠何冠乎？」孔子認為哀公問問題不先問重點，所以他正忙著思考暫時沒回答。哀公再問：「問題的重點是什麼呢？」孔子說：「舜作為君主時，他愛惜生命而厭惡殺戮，用人則以有才能的人代替沒才能的人。他的仁德像天地一樣廣大又清淨無欲，他的教化像四季一樣使萬物變化。所以四海之內都接受了他的教化，甚至連鳳凰、麒麟、鳥獸都深受其仁德感化而來歸附。這沒有別的原因，就是因為他愛惜生命的緣故。君王不問這些治國之道，卻問他戴什麼帽子，教人不知該從何說起？」

此則孔子從「舜之為君也，其政好生而惡殺，其任授賢而替不肖」談起，藉機提醒哀公：為政的根本在於心懷仁德，並任用賢才；唯其如此，四海之民樂於歸附，才能成就王業。

又記虞、芮兩個小國的人民為了爭奪田界，連年打官司，僵持不下。他們終於達成共識：「西伯，仁人也。盍往質之？」西伯（即周文王）是一位有仁德的長者，何不一起去請他出來仲裁此事？當他們進入西伯所治理的領土後，看到耕種的人互相謙讓田界，走路的人彼此讓出道路；進入城邑後，見到男男女女分道而行，鬢髮斑白的老人沒有提舉重物的；進入朝廷後，士謙讓著讓他人做大夫，大夫謙讓著讓他人做卿。虞、芮之君曰：「嘻！吾儕小人也，不可以履君子之庭。」這時，虞、芮二國的君主感慨道：「唉！我們這群人真是小人啊，實在不配踏入這樣的君子之國。」從此，他們學會了退讓，把所爭來的田地當作閒田。兩國友好，相安無事。

孔子曰：「以此觀之，文王之道，其不可加焉，不令而從，不教而聽，至矣哉。」孔子有感而發道：「從這件事看來，文王的治國之道，不可以再超過了。不必下令，大家就遵從；不必教導，大家就聽從；這是達到最高的境界了。」此則讚美文王的教化之功，「不令而從，不教而聽」，讓虞、芮二國之人自然受其教化，心悅誠服，——這是儒家最高的政治理想。

《孔子家語・好生》

文王不教民自化

入其境,則耕者讓畔,行者讓路;入其邑,男女異路,斑白不提挈;入其朝,士讓為大夫,大夫讓為卿。虞、芮之君曰:「嘻!吾儕小人也,不可以履君子之庭。」

畔:指田地的邊界。/斑白:以鬚髮斑白,借代為老人。/提挈:提舉重物。挈,音「竊」,拿、舉也。/虞、芮:春秋時的兩個小諸侯國。/吾儕:我們這群人。/履:原指鞋子;此作動詞用,踏入也,為轉品。

大考停看聽

他們進入到西伯所治理的領土後,看到耕種的人互相謙讓田界,走路的人彼此讓出道路;進入城邑後,見到男男女女分道而行,鬚髮斑白的老人沒有提舉重物的;進入朝廷後,士謙讓著讓他人做大夫,大夫謙讓著讓他人做卿。虞國、芮國的君主說:「唉!我們這群人真是小人啊,實在不配踏入這樣的君子之國。」

記述孔子思想和生平的著作

該書內容應是從漢代以前到漢初不斷編輯、纂述,後經魏晉人士王肅整理成書,凡二十七卷,今存十卷

儒家

哀公問孔子 仁德

★魯哀公問孔子:「從前舜戴什麼帽子?」孔子認為哀公不先問重點,暫時沒回答。

★哀公再問:「問題的重點是什麼呢?」

★孔子說:舜作為君主時,他愛惜生命而厭惡殺戮,用人則以有才能的人代替沒才能的人。……所以四海之內都接受了他的教化,甚至連鳳凰、麒麟、鳥獸都深受其仁德感化而來歸附。

虞芮爭田界 謙讓

★虞、芮二小國的人民因爭奪田界,連年訴訟。

★他們終於達成了共識,要請西伯來仲裁此事。

★當他們進入西伯的領土,看到人人謙讓不爭。

★虞、芮之君曰:「嘻!吾儕小人也,不可以履君子之庭。」

★他們也學會退讓,從此兩國友好,相安無事。

⇨此則孔子從舜「其政好生而惡殺,其任授賢而替不肖」談起,藉機提醒哀公:為政的根本在於心懷仁德,並任用賢才;唯其如此,四海之民樂於歸附,才能成就王業。

⇨孔子曰:「以此觀之,文王之道,其不可加焉,不令而從,不教而聽,至矣哉!」

UNIT 3-43
士雖懷道，貪以死祿矣

《孔叢子》三卷，凡二十一篇，舊題孔鮒所撰。主要記敘從戰國初期到東漢中葉十幾位孔子後代子孫的言行事跡，彷彿是一部孔子家族的雜記。孔鮒（約264B.C.～208B.C.），字子魚，孔子八世孫，秦末曾擔任陳涉的博士之官。關於《孔叢子》的成書時間及作者問題，始終是學界的一大疑案，此書之真偽也成為歷代爭論不休的話題。

由於孔鮒於陳涉起義後，不久，死於陳縣（今河南淮陽），似乎不太可能撰寫此書。尤其書中記載了孔鮒死亡時的情形，足以證明該書絕非出自孔鮒之手。何況在《漢書・藝文志》不見載錄《孔叢子》一書，而《隋書・經籍志》中卻憑空出現，於理不合。雖然唐代李善注《文選》時曾引用《孔叢子》，但宋人洪邁據書中以「氣骨」說來分析文章，進而懷疑該書可能為南朝齊、梁以來好事者之所為。也有學者主張《孔叢子》和《孔子家語》二書，都是魏晉時王肅所偽造。

無論如何，《孔叢子》所記述的時間跨度了近六百年，涉及範圍廣泛，內容豐富，對於後世了解漢代以前孔子世家的發展、演變以及一些著名人物的嘉言懿行、家學傳授等，皆具有重要的參考價值。故清人《四庫全書》將它列入「子部・儒家類」。

《孔叢子・抗志》一篇，旨在記載子思的言語及行事。孔伋（483B.C.～402B.C.），字子思，孔子之孫，孔鯉之子，曾受業於曾子。相傳〈中庸〉為其所作，素有「述聖」之稱。如「子思居衛」一則：子思聽說衛人釣到巨大、難得的鰥魚，問他們：「怎麼釣到的呢？」對曰：「吾始下釣，垂一魴之餌，鰥過而弗視也；更以豚之半體，則吞之矣。」原來他們先用小魚當餌，鰥魚不屑地離去；再拿出大的誘餌來，鰥魚就不顧一切去吞食了。子思喟然嘆曰：「鰥雖難得，貪以死餌；士雖懷道，貪以死祿矣。」鰥魚因為貪食誘餌而死，人何嘗不也如此？士大夫心懷正道，卻有不少人為了貪圖利祿而喪命。

又「子思見老萊子」一則：老萊子聽說魯穆公將拜子思為相，老萊子問：「若子事君，將何以為乎？」子思回答：「我將順從我的性情，以正道來輔佐君王，但絕對不會為君王殉死。」老萊子說：「您不能順著您的性情，您的個性剛強，對於不賢良之人往往驕傲對待，您又不願意為君王犧牲，這不是為人臣之道。」子思說：「不賢能的人，別人才會驕傲對待他。我侍奉君王，所依循的正道被實行，言論也被聽從，那麼又何須為君王殉死呢？如果正道不被實行，言論也不被聽從，那我就不能侍奉君王了，這就是我說的不用為君王而殉死。」老萊子說：「子不見夫齒乎？雖堅剛，卒盡相摩；舌柔順，終以不弊。」是說牙齒雖然剛硬，但相互磨擦久了，容易消磨毀壞；而舌頭天生柔順，始終不會有所損壞。子思說：「吾不能為舌，故不能事君。」無法像舌頭一樣委屈柔順，所以無法侍奉君王。

《孔叢子‧抗志》

舌頭柔順終不弊

旨在記載子思的言語及行事

子思曰:「不肖,故人之所傲也。夫事君,道行言聽,則何所死亡?道不行,言不聽,則亦不能事君,所謂無死亡也。」老萊子曰:「子不見夫齒乎?雖堅剛,卒盡相摩;舌柔順,終以不弊。」

不肖:不賢能的人。/老萊子:姓萊,已失去其名,生卒年不詳;春秋時楚國人。/弊:損壞。

大考停看聽

子思說:「不賢能的人,別人才會驕傲對待他。我侍奉君王,所依循的正道被實行,言論也被聽從,那麼又何須為君王殉死呢?如果正道不被實行,言論也不被聽從,那我就不能侍奉君王了,這就是我說的不用為君王而殉死。」老萊子說:「您沒看過牙齒嗎?雖然堅硬剛強,但後來卻因為相互磨擦而消磨殆盡;而舌頭柔順,所以始終不會損壞。」

《孔叢子》

三卷,凡二十一篇;舊題孔鮒所撰

主要記敘從戰國初期到東漢中葉十幾位孔子後代子孫的言行事跡

關於《孔叢子》的成書時間及作者問題,始終是學界的一大疑案

有學者主張《孔叢子》和《孔子家語》二書都是魏晉王肅所偽造

書中所述時間跨度了近六百年,內容豐富,具有重要的參考價值

孔鮒字子魚,孔子八世孫,秦末曾擔任陳涉的博士之官

儒家

子思居衛

★子思聽說衛人釣到巨大、難得的鯤魚,問他們:「怎麼釣到的呢?」

★對曰:「吾始下釣,垂一魴之餌,鯤過而弗視也;更以豚之半體,則吞之矣。」

★子思喟然嘆曰:「鯤雖難得,貪以死餌;士雖懷道,貪以死祿矣。」

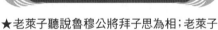

子思見老萊子

★老萊子聽說魯穆公將拜子思為相;老萊子問子思將來打算怎麼做。

★子思說:將順從我的性情,以正道輔佐君王,但絕不為君王殉死。

★老萊子說:您個性剛強,對不賢之人驕傲,又不願為君王犧牲,這不是為人臣之道。

★子思曰:「不肖,故人之所傲也。夫事君,道行言聽,則何所死亡?道不行,言不聽,則亦不能事君,所謂無死亡也。」

★老萊子曰:「子不見夫齒乎?雖堅剛,卒盡相摩;舌柔順,終以不弊。」

★子思說:我無法像舌頭一樣委屈柔順的行事,所以我無法侍奉君王。

UNIT 3-44
如入芝蘭之室，久而自芳也

子集

圖解大考子集古文：精煉閱讀寫作，探解試題

顏之推（531～591），字介，瑯琊臨沂（今山東臨沂）人。從其名、字，可見他對春秋時代賢士介之推的景仰。他本仕於南朝梁，後因不得已入仕北朝，歷官北齊、北周和隋三朝。關於顏之推的人品，一般以為他生處亂世，先後仕於南朝、北朝，實屬情非得已，不忍苛責；但也有人批評他「一生而三化」，對其民族氣節不敢苟同。顏之推於隋初撰成《顏氏家訓》一書，凡七卷二十篇。雖然他謙稱這部家訓不敢拿來「軌物範世」（垂訓世人），僅作為「整齊門內，提撕子孫」之用；但該書內容宏富，以儒家思想為中心，兼論修身、治家、處世、為學、農商、宗教、軍事等議題，不只顏氏後代該用心研讀，凡為人子弟者皆應人手一冊，奉為千古明訓。

《顏氏家訓‧慕賢》開宗明義說：「古人云：『千載一聖，猶旦暮也；五百年一賢，猶比髆也。』言聖賢之難得疏闊如此。儻遭不世明達君子，安可不攀附景仰之乎？」闡發「慕賢」之含義：正因為聖賢難得，千百年才得一見；如果有幸遇到了，怎麼不讓人趨附景仰呢？作者說他生長在動亂的年代，從小顛沛流離，舉凡遇上名流賢士，沒有不打從心底崇拜、傾慕的！他認為一個人年少時，精神、性情尚未定形，如能和賢者交遊往來，耳濡目染下，很容易受到潛移默化的影響，久而久之，也就成為一名賢人。「是以與善人居，如入芝蘭之室，久而自芳也；與惡人居，如入鮑魚之肆，久而自臭也。」是說和好人相處，就像進入蘭花房，時間一久，自然薰染那股馨香；和壞人鬼混，如同進入鮑魚店，時間久了，不免染上那股腥臭味。這正是「近朱者赤，近墨者黑」的道理，物以類聚，什麼人交什麼朋友；反之，從交什麼朋友就可以看出你是什麼人。雖然孔子說：「無友不如己者。」但顏之推認為像顏淵、閔子騫那樣的人，可遇而不可求，怎能奢求朋友一定要比自己優秀呢？其實只要他有優點，值得我們去學習，這樣的人就值得跟他做朋友了。

再談到交友「貴遠賤近」的通病：世人寧可相信耳朵聽見的傳聞，也不願意正視眼睛所見的事實；寧可崇拜遠方的賢士，也不屑禮遇身旁的能人。只因為他與我們朝夕與共，太熟悉了，反而容易因此親近、侮慢，甚至看輕他；反之，如果彼此距離遙遠，偶聞風聲，就會真心把對方當成賢者，而心生敬畏、仰慕。其實，試著比較兩人的長處與短處，或許遠方那位還比不上身邊這個呢！所以，當年魯國人都管孔子叫「東家丘」，就是這個緣故。次舉春秋時賢士宮之奇為例，他因為從小生長在虞君身邊，虞君反而輕忽了他，不能聽從他的忠告，執意借道給晉軍討伐虢國，孰料晉軍滅虢後回程也把虞國一併滅掉？——這是虞君狎侮賢臣、不聽勸諫的下場，為政者當引以為戒啊！

《顏氏家訓·慕賢》

貴遠賤近本如此

世人多蔽，貴耳賤目，重遙輕近。少長周旋，如有賢哲，每相狎侮，不加禮敬；他鄉異縣，微藉風聲，延頸企踵，甚於飢渴。校其長短，覈其精麤，或彼不能如此矣。

蔽：受外物蒙蔽。／少長：從小到大。／周旋：與人交遊往來。／狎侮：親近、侮慢。／延頸企踵：伸長脖子、踮起腳跟，比喻迫不及待想要認識人家的意思。／精麤：即「精粗」，精緻與粗劣，猶言優、缺點也。

大考停看聽

世人大多為外物所蒙蔽，重視耳朵聽到的而忽略眼睛看見的，重視遠方的而輕忽身邊的。從小到大經常往來的人之中，如果有賢士哲人，往往也會輕慢地對待人家，缺少禮貌和尊敬；而對於身居異鄉別縣的人，稍微有一點名聲，就會伸長脖子、踮起腳跟，彷彿饑渴似地想認識人家。其實比較二者的長處與短處，審察二者的優點與缺點，很可能遠處的還不如身旁的呢！

《顏氏家訓》

凡七卷二十篇

全書內容宏富，以儒家思想為中心，兼論修身、治家、處世、為學、農商、宗教、軍事等議題

「是以與善人居，如入芝蘭之室，久而自芳也；與惡人居，如入鮑魚之肆，久而自臭也。」	這正是「近朱者赤，近墨者黑」的道理，物以類聚，什麼人交什麼朋友；反之，從交什麼朋友就可以看出你是什麼人。
孔子說：「無友不如己者。」	但顏之推認為像顏淵、閔子騫那樣的人，可遇而不可求，怎能奢求朋友一定要比自己優秀呢？只要他有優點，值得我們去學習，這樣的人就值得跟他做朋友了。
★交友「貴遠賤近」的通病	*當年魯國人都管孔子叫「東家丘」。 *春秋時，賢士宮之奇因從小生長在虞君身邊，虞君反而輕忽了他，不能聽從他的忠告，執意借道給晉軍討伐虢國。孰料晉軍滅虢後回程也把虞國一併滅掉？

 作文一點靈

名言佳句

　　與交友相關的金玉良言，諸如：

　　1.《顏氏家訓·慕賢》云：「孔子曰：『無友不如己者。』顏、閔之徒，何可世得？但優於我，便足貴之。」 2. 張潮《幽夢影》云：「對淵博友，如讀異書；對風雅友，如讀名人詩文；對謹飭友，如讀聖賢經傳；對滑稽友，如閱傳奇小說。」 3.《莊子·山木》云：「君子之交淡若水，小人之交甘若醴。君子淡以親，小人甘以絕。」 4. 歐陽脩〈朋黨論〉云：「君子與君子以同道為朋，小人與小人以同利為朋。」

UNIT 3-45
子當以養為心，父當以學為教

　　《顏氏家訓・勉學》是顏之推告誡後人學習的重要性。開篇云：「自古明王聖帝，猶須勤學，況凡庶乎？」謂從古至今聖明的帝王，尚且不免要勤奮向學，何況是一般平民百姓呢？「人生在世，會當有業，農民則計量耕稼，商賈則討論貨賄，工巧則致精器用，伎藝則沉思法術，武夫則慣習弓馬，文士則講議經書。」各行各業的人都必須學得一技之長，作為安身立命的依據：農民當學會商議耕稼，商人當學會討論財貨，工匠當學會精造器具，技藝百工之人當學會精進各種方法和技術，武夫當熟悉騎馬、射箭之事，讀書人當鑽研各家議論與典籍。尤其士大夫之流，更應虛心學習，不可以「恥涉農商，羞務工伎，射則不能穿札，筆則才記姓名，飽食醉酒，忽忽無事，以此銷日，以此終年。」指出時下士子的通病：四肢不勤，五穀不分，肩不能挑，手不能提，飽食終日，無所事事，真是虛度光陰！

　　作者說鄴下平定以後，他被遷至關中。大兒子顏思魯曾對他說：「朝無祿位，家無積財，當肆筋力，以申供養。每被課篤，勤勞經史，未知為子，可得安乎？」意思是朝中無祿位，家裡沒積財，為人子者應多出些氣力，來供養雙親。而他每被課業纏身，在經史上下苦功，不知做兒子的這樣做能安心嗎？顏之推訓誡他：「子當以養為心，父當以學為教。使汝棄學徇財，豐吾衣食，食之安得甘？衣之安得暖？若務先王之道，紹家世之業，饘饎縕褐，我自欲之。」強調做兒子應有奉養父母的孝心，做父親當有教導孩子向學的苦心。如果要兒子放棄學業，一意求財，讓父親豐衣足食，為父哪能吃得甘美、穿得暖和呢？反之，如果兒子致力於追求先王之道，繼承家世之業，父親即使粗茶淡飯、粗布麻衣，自然也甘之如飴。

　　又云：「古之學者為己，以補不足也；今之學者為人，但能說之也。古之學者為人，行道以利世也；今之學者為己，脩身以求進也。」說明古人求學的動機，在於彌補自身的不足；希望有朝一日學有所成，可以得君行道，經世濟民，實現兼善天下的理想。而今人求學的動機，在於「揚名聲，顯父母」，以求聞達於天下；但願來日得以功成名就，富貴顯達，擁有光明璀璨的個人前途。如〈教子〉記載：北齊有個士大夫曾對顏之推說，他的兒子今年十七歲，稍微懂得寫書信、奏疏。教他鮮卑話和彈琵琶，漸漸將通曉理解，用這兩樣本事去服侍達官貴人，沒有不受到寵愛。「異哉，此人之教子也！若由此業，自致卿相，亦不願汝曹為之。」顏之推明白告誡後代子孫：就算這樣可以輕易得到高官厚祿，也不願意他們這麼做！所以顧炎武〈廉恥〉評云：「之推不得已而仕於亂世，猶為此言，尚有〈小宛〉詩人之意；彼閹然媚於世者，能無愧哉？」肯定他不逢迎媚世的價值觀。

《顏氏家訓‧勉學》

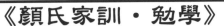

古人求學以利世　告誡後人學習的重要性

古之學者為己，以補不足也；今之學者為人，但能說之也。古之學者為人，行道以利世也；今之學者為己，脩身以求進也。

行道：實現自身的理想、抱負。／利世：造福世人，即「兼善天下」的淑世理想。／脩身：修身養性。／求進：求取仕進，即追求高官厚祿、富貴顯達。

大考停看聽

古代求學的人出發點是為了自己，為了彌補自身道德學問的不足；現今求學的人出發點是為了別人，所以只能空口說說，讓別人知道就好。古代求學的人目的是為了別人，想要得君行道造福世人；現今求學的人目的是為了自己，試圖藉由修養自身求取高官厚祿。

之推教子

★顏之推說鄴下平定以後，他被遷至關中。

★大兒子顏思魯曾問他：「朝無祿位，家無積財，當肆筋力，以申供養。每被課篤，勤勞經史，未知為子，可得安乎？」

★顏之推訓誡兒子：「**子當以養為心，父當以學為教。**使汝棄學徇財，豐吾衣食，食之安得甘？衣之安得暖？若務先王之道，紹家世之業，藜羹縕褐，我自欲之。」

之推教子：
務必安貧樂道

齊人教子

★北齊有士大夫曾對顏之推說：「我有一兒，年已十七，頗曉書疏，教其鮮卑語及彈琵琶，稍欲通解，以此伏事公卿，無不寵愛，亦要事也。」

★顏之推明白告誡後代子孫：「若由此業，自致卿相，亦不願汝曹為之。」

⇒所以顧炎武〈廉恥〉評云：「**之推不得已而仕於亂世，猶為此言，尚有〈小宛〉詩人之意；彼閹然媚於世者，能無愧哉？**」肯定他不逢迎媚世的價值觀。

之推教子：
絕不逢迎媚世

古之學者	為己	以補不足	今之學者	為己	修身以求進
	為人	行道以利世		為人	但能說之

作文一點靈

名言佳句

　關於為學之道的名言，諸如：

　1.《顏氏家訓‧勉學》云：「古之學者為己，以補不足也；今之學者為人，但能說之也。古之學者為人，行道以利世也；今之學者為己，脩身以求進也。」

　2. 蘇軾〈稼說送張琥〉云：「博觀而約取，厚積而薄發。」

　3. 古人有云：「三日不讀書，便覺語言無味，面目可憎。」

UNIT 3-46
夫生不可不惜，不可苟惜

《顏氏家訓・養生》旨在闡明保養生命的觀念和方法。開宗明義云：「神仙之事，未可全誣；但性命在天，或難鍾值。」他以為雖然得道成仙之事，不能說全是虛假；但人的壽命長短取決於天，很難說會碰上好運或厄運。人生在世，處處都有牽掛和羈絆，人們難免為父母、妻兒、衣食、瑣事所累，想要隱逸山林，超然於塵世之外，談何容易！何況訪仙求道，終至羽化飛升，更是可遇而不可求。「華山之下，白骨如莽，何有可遂之理？考之內教，縱使得仙，終當有死，不能出世，不願汝曹專精於此。」眼看華山之下，那些求仙者的白骨多如野草，就知道沒那麼容易稱心如意的。再考查佛教相關記載，人難以擺脫世間的牽羈，終將一死，所以不願看到後代子孫致力於求仙之事。

但是，如果平時愛惜保養自己的精神，調養氣息，注意飲食起居，順應天候變化，吃些補藥，保住元氣，維持身心健康，那麼顏之推是同意的。他特別強調服用補藥須得其要領，如庾肩吾經常服食槐實，到了七十多歲，眼睛還能看清楚小字，鬚髮烏黑。鄴城官員有人專門服用杏仁、枸杞、黃精、白朮、車前，這些藥材皆有助於養生。作者還舉親身的經驗，說他曾患有牙疼的毛病，齒牙鬆動，吃冷吃熱都疼痛不堪。後來看到《抱朴子》的固齒方法，每天早上起來叩碰牙齒三百次，連續做了幾天，牙痛居然好了，所以他一直保持叩齒的

習慣。他覺得像這類小技巧，無傷大雅，倒值得一學。千萬別像王愛州，仿效別人服食松脂，毫無節制，竟導致腸子堵塞而死！

此外，養生不僅要保養身體，更要學會全身遠禍、明哲保身之道：「夫養生者先須慮禍，全身保性，有此生然後養之，勿徒養其無生也。」是說養生首先必須考慮避禍，保全自己的身家性命，有了生命然後才能加以保養，不要空談保養那個不存在的長生不老的生命。文中引用《莊子・達生》之典故：單豹善於保養身心，七十歲還保有嬰孩般紅潤的氣色，卻發生意外被餓虎吃掉了；張毅善於驅凶避禍，才四十歲卻因內熱病而送命。另如嵇康最注重養生，著有〈養生論〉，終因傲慢無禮，蔑視權貴而遭殺身之禍；石崇希望藉由服藥延年益壽，但因貪財戀色，受到仇家的迫害。──這些人都不是真正善於養生者，因為他們讓自己提早夭亡，未能享有自然的壽命。

因而歸結出：「夫生不可不惜，不可苟惜。」謂生命不能不珍惜，但也不能苟且偷生。怎麼說呢？如走上險惡的道路，捲入禍難的事情，追求欲望的滿足而喪身，進讒言、藏惡念而致死，君子應該珍惜生命，不該做這些事。但如果是行忠孝之事而遇害，為仁義之事而獲罪，喪一身以保全家，喪一身以利全國，這些都是君子責無旁貸的使命，又何必在意區區一己之身？

《顏氏家訓・養生》

全身保性再養生　闡明保養生命的觀念和方法

大考停看聽

夫養生者先須慮禍，全身保性，有此生然後養之，勿徒養其無生也。單豹養於內而喪外，張毅養於外而喪內，前賢所戒也。嵇康著養生之論，而以傲物受刑；石崇冀服餌之徵，而以貪溺取禍，往世之所迷也。

養生首先必須考慮避禍，保全身家性命，有了生命然後才能加以保養，不要空談保養那個不存在的長生不老的生命。單豹善於保養身心，卻因意外而喪生；張毅善於驅凶避禍，卻因內熱病而送命，這是前人留下的教訓。嵇康著有〈養生論〉，卻因傲慢無禮而遭殺頭；石崇希望服藥延年益壽，卻因貪財戀色而受迫害，這都是前人的糊塗之處。

單豹：《莊子・達生》：「魯有單豹者，……行年七十而猶有嬰兒之色；不幸遇餓虎，餓虎殺而食之。」／張毅：《莊子・達生》：「有張毅者，……行年四十而有內熱之病以死。」／嵇康：崇尚老莊思想，著有〈養生論〉；終因痛恨殘暴統治，而遭誣陷處死。／石崇：家財萬貫，奢靡成性，終因愛妓綠珠得罪孫秀，而慘遭滅門之禍。

「神仙之事，未可全誣；但性命在天，或難鍾值。」

「華山之下，白骨如莽，何有可遂之理？考之內教，縱使得仙，終當有死，不能出世，不願汝曹專精於此。」

服用補藥

庾肩吾經常服食槐實，到了七十多歲，眼睛還能看清楚小字，鬍髮烏黑。

鄴城官員有人專門服用杏仁、枸杞、黃精、白朮、車前等藥材，有助於養生。

顏之推說他每天早上起來叩碰牙齒三百次，連續做了幾天，牙痛居然好了。

明哲保身

「夫養生者先須慮禍，全身保性，有此生然後養之，勿徒養其無生也。」

★**單豹**善於保養身心，七十歲還保有嬰孩般紅潤的氣色，卻發生意外被餓虎吃掉了。

★**張毅**善於驅凶避禍，才四十歲卻因內熱病而送命。

出處：《莊子・達生》

嵇康最注重養生，著有〈養生論〉，終因傲慢無禮，蔑視權貴而遭殺身之禍。

石崇希望藉由服藥延年益壽，但因貪財戀色，受到仇家的迫害。

單豹、張毅、嵇康、石崇——都不是真正善於養生者，因為他們讓自己提早夭亡，未能享有自然的壽命。

UNIT 3-47
讀書千遍，其義自現

子集

圖解大考子集古文：精煉閱讀寫作，探解試題

《朱子語類》，又名《朱子語類大全》，是南宋黎靖德輯錄理學家朱熹與門人的對答而成。全書凡一百四十卷，是了解朱子學派哲理思想極重要的資料之一；清人《四庫全書》列入「子部・儒家類」。朱熹（1130～1200），字元晦，號晦庵，別稱紫陽，徽州婺源（今屬江西省）人。其思想以「天理」為哲學的最高範疇，倡導「存天理，去人欲」之說，並以此觀點編撰《四書章句集注》、《詩集傳》等古代經典，從宋代開始成為科舉考試必讀之書，對我國傳統文化影響深遠。

《朱子語類》在編排上首論理氣、性理、鬼神等世界本原的問題，其次闡明心性情意、仁義禮智等人性與倫理的根源，再提及知行、力行、讀書等修身養性的方法論。又分述儒家《四書》、《五經》、孔孟之道及理學家周敦頤、二程、張載等思想，旨在闡明儒學之道統，力排佛老思想。

《朱子語類》卷十，談到讀書的方法：「凡讀書，須整頓几案，令潔淨端正，將書冊整齊頓放，正身體，對書冊，詳緩看字，仔細分明讀之。」強調但凡讀書，必須把桌面收拾整潔，書本擺放整齊，身體端正坐好，拿起書本細細誦讀，看清楚每一字、每一句，仔細辨讀，才能收事半功倍之效。

又云：「須要讀得字字響亮，不可誤一字，不可少一字，不可多一字，不可倒一字，不可牽強暗記，只是要多誦數遍，自然上口，久遠不忘。古人云：『讀書千遍，其義自現。』謂讀得熟，則不待解說，自曉其義也。」進一步說明讀書就是要「讀」出聲音來，仔仔細細，一字不落，再三誦讀，自然就朗朗上口；讀到滾瓜爛熟，當然就經久不忘。古人說：「一本書讀了千遍以後，其中的奧義自然便顯現出來。」這就是熟能生巧的道理，只要讀熟了，用不著別人來解說，自然而然就能明白書中的含義。

朱子說：「余嘗謂：『讀書有三到，謂心到、眼到、口到。』心不在此，則眼不看仔細，心眼既不專一，卻只漫浪誦讀，絕不能記，記亦不能久也。三到之中，心到最急。心既到矣，眼口豈不到乎？」提出具體的讀書方法，有「三到」之說：心到、眼到、口到。其中又以心到為最重要，因為如果能心無旁騖、全神貫注於書本上，那麼眼睛、嘴巴就能與心好好配合，眼睛不會看錯、嘴巴也不會唸錯，讀書效果自然好，所讀的內容自然記得牢，過了很久也不會忘掉；反之，如果心不在焉，只是散漫地誦讀過去，眼睛看眼睛的，嘴巴唸嘴巴的，都只是暫時記憶而已，難以留下深刻的印象，當然無法銘記在心。

後來，胡適在朱子「三到」的基礎上，認為讀書應有「四到」：眼到、口到、心到、手到。手腦並用，的確可以增強讀書功效。今人則加上「腳到」，畢竟「讀萬卷書，行萬里路」，如能用實際行動去印證書本上的理論，當然效果更加顯著了。

《朱子語類》 卷十

心到眼到和口到

余嘗謂：「讀書有三到，謂心到、眼到、口到。」心不在此，則眼不看仔細，心眼既不專一，卻只漫浪誦讀，絕不能記，記亦不能久也。三到之中，心到最急。心既到矣，眼口豈不到乎？

嘗：曾經。／漫浪：散漫、隨便。／急：急切需要，即重要之意。

大考停看聽

我曾說：「讀書要有三到，即心到、眼到、口到。」倘若心不在焉，則眼睛看得不仔細；心和眼既然都不專一，卻只是散漫地誦讀，一定記不住所讀的內容，就算暫時記住也不能維持長久。所以三到之中，以心到最為重要。心思既然專注到書本上，眼睛和嘴巴哪有不配合的道理？

南宋黎靖德輯錄理學家朱熹與門人的對答而成

凡一百四十卷，是了解朱子學派哲理思想重要的資料之一

儒家

《朱子語類》　　又名《朱子語類大全》

讀書的方法

朱子說：「凡讀書，須整頓几案，令潔淨端正，將書冊整齊頓放，正身體，對書冊，詳緩看字，仔細分明讀之。」

朱子說：「須要讀得字字響亮，不可誤一字，不可少一字，不可多一字，不可倒一字，不可牽強暗記，只是要多誦數遍，自然上口，久遠不忘。**古人云：『讀書千遍，其義自現。』**謂讀得熟，則不待解說，自曉其義也。」

朱子說：「余嘗謂：『讀書有三到，謂心到、眼到、口到。』心不在此，則眼不看仔細，心眼既不專一，卻只漫浪誦讀，絕不能記，記亦不能久也。三到之中，心到最急。心既到矣，眼口豈不到乎？」

眼到
口到
心到

★胡適在朱子「三到」的基礎上，認為讀書應有「四到」：眼到、口到、心到、手到

⇒手腦並用，確實可以增強讀書的功效

手到

★今人則加上「腳到」

⇒「讀萬卷書，行萬里路」，如能用實際行動去印證書本上的理論，當然效果更加顯著了

UNIT 3-48
《論語》易曉，《孟子》有難曉處

子集

圖解大考子集古文：精煉閱讀寫作，探解試題

　　《朱子語類‧論孟綱領》，是朱熹指導門人弟子研讀《論語》、《孟子》二書的徑路。從字裡行間不難看出朱夫子循循善誘，誨人不倦，一位傳道、授業、解惑的儒家長者風範。如云：「《語》《孟》工夫少，得效多；《六經》工夫多，得效少。」一針見血指出對修身養性而言，讀《語》《孟》所下的工夫少，卻可以得到極大的功效；讀《六經》則相反，下的工夫多，所得成效卻有限。

　　又云：「《語》《孟》用三二年工夫看，亦須兼看〈大學〉及《書》《詩》，所謂『興於詩』。諸經諸史，大抵皆不可不讀。」指點學生要花兩三年時間讀《語》《孟》，同時看〈大學〉、《詩經》和《尚書》；然後再鑽研其他經典和史書。因為「《論語》、《孟子》都是〈大學〉中肉菜，先後淺深，參差互見。若不把〈大學〉做箇匡殼子，卒亦未易看得。」強調〈大學〉與《語》《孟》互為表裡，故應相互參看，才能完全明白儒家聖賢之道。

　　在朱子眼中，《四書》是深究其他儒家經典的入門磚，文云：「《論語》易曉，《孟子》有難曉處。《語》《孟》〈中庸〉〈大學〉是熟飯，看其它經，是打禾為飯。」作為初學者必須先熟讀《語》《孟》〈學〉〈庸〉，一如嬰孩學會了吃熟飯，漸漸成長茁壯後，才能自個兒打禾為飯。這是一個循序漸進的過程，絕非一蹴可幾。

　　再分論《語》《孟》的不同：「孔子教人只從中間起，使人便做工夫去，久則自能知向上底道理，所謂『下學上達』也。孟子始終都舉，先要人識心性著落，卻下工夫做去。」「孔子教人極直截，孟子較費力。」所以當門人問：「孟子提到『仁』字，解釋得十分清楚，孔子卻不曾說個明白，為什麼呢？」朱子回答：「孔子不是沒有說，只是您自己不會看罷了。比方說今天提到『砂糖』，孟子只說糖的味道是甜的，孔子雖然不這樣說，但他直接把糖拿給人吃。人們如果肯嘗一口，便知道它是甜的，自然不必說明就知道了。」

　　然而，「近日學者病在好高，讀《論語》，未問『學而時習』，便說『一貫』；《孟子》，未言『梁王問利』，便說『盡心』。」明揭好高騖遠是時人的通病：讀《論語》，還沒讀熟首章：「學而時習之，不亦說乎？」就說自己已經能夠「一以貫之」（融會貫通）了。讀《孟子》也是如此，尚未了解首章：「孟子見梁惠王。王曰：『叟不遠千里而來，亦將有以利吾國乎？』」就說自己完全掌握其心性論了。

　　他認為「《論語》，愈看愈見滋味出。」「須從頭看，無精無粗，無淺無深，且都玩味得熟，道理自然出。」可見重在思考與體會。「讀《孟子》，非惟看它義理，熟讀之，便曉作文之法：首尾照應，血脈通貫，語意反覆，明白峻潔，無一字閒。」是說《孟子》還可作為後世士子習文的範本。

《朱子語類・論孟綱領》

朱熹指導門人弟子研讀《論語》、《孟子》二書的徑路

孔子未嘗不說，只是公自不會看耳。譬如今沙糖，孟子但說糖味甜耳。孔子雖不如此說，卻只將那糖與人吃。人若肯吃，則其味之甜，自不待說而知也。

公：猶言您，第二人稱之敬稱。／耳：語助詞，而已、罷了。

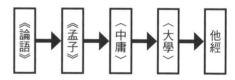

孔子不是沒有說，只是您自己不會看罷了。比方說今天提到「砂糖」，孟子只說糖的味道是甜的，孔子雖然不這樣說，但他直接把糖拿給人吃。人們如果肯嘗一口，便知道它是甜的，自然不必說明就知道了。

★朱子曰：「《語》《孟》工夫少，得效多；《六經》工夫多，得效少。」

★朱子曰：「《語》《孟》用三二年工夫看，亦須兼看《大學》及《書》、《詩》，所謂『興於詩』。諸經諸史，大抵皆不可不讀。」

```
《語》、《孟》 → 〈大學〉及《書》、《詩》
           ↓
      諸經諸史
```

★朱子曰：「孔子教人只從中間起，使人便做工夫去，久則自能知向上底道理，所謂『下學上達』也。孟子始終都舉，先要人識心性著落，卻下工夫做去。」

孔子	做工夫⇒知道理
孟子	識心性⇒做工夫

★朱子曰：「《論語》易曉，《孟子》有難曉處。《語》《孟》〈中庸〉〈大學〉是熟飯，看其它經，是打禾為飯。」

```
《論語》→《孟子》→〈中庸〉→〈大學〉→他經
```

★朱子曰：「孔子教人極直截，孟子較費力。」

★朱子曰：「孔子未嘗不說，只是公自不會看耳。譬如今沙糖，孟子但說糖味甜耳。孔子、雖不如此說，卻只將那糖與人吃。人若肯吃，則其味之甜，自不待說而知也。」

《論語》	孔子教人較直接	直接拿糖給人吃
《孟子》	孟子教人較費力	告訴人糖是甜的

★朱子曰：「近日學者病在好高，讀《論語》，未問『學而時習』，便說『一貫』；《孟子》，未言『梁王問利』，便說『盡心』。」 **不切實際**

朱子曰：「《論語》，愈看愈見滋味出。」「須從頭看，無精無粗，無淺無深，且都玩味得熟，道理自然出。」

朱子曰：「讀《孟子》，非惟看它義理，熟讀之，便曉作文之法：首尾照應，血脈通貫，語意反覆，明白峻潔，無一字閒。」

UNIT **3-49**
古者以天下為主，君為客

子集

圖解大考子集古文：精煉閱讀寫作，探解試題

　　明末清初之際，大儒黃宗羲（1610～1695）於清康熙元年（1661）完成《明夷待訪錄》一書，以闡發其政治思想民主、民本之主張。所謂「明夷」，出自《周易》卦名：「箕子之明夷」，指黎明前的昏暗；「待訪」，即等待明君來訪之意。可見這是一部在亂世中希望有所作為的著作，同時隱含「明遺（明朝遺老）」之深意，並以殷商遺民箕子自喻，富有民族思想。同為明代遺臣的顧炎武對此書有高度之評價：「讀《待訪錄》，知百王之弊可以復振。」但清末大學者章太炎卻誤解黃宗羲，以為他是向滿清政府上條陳；其實黃宗羲是寄望於將來，此書為代清而興之明君而作。

　　《明夷待訪錄》中，包括〈原君〉、〈原臣〉、〈原法〉、〈置相〉、〈學校〉等，凡二十一篇。〈原君〉一文，旨在闡明一國之君應具備「大公無私」、「利他保民」之本分。作者認為古代帝王的起源，在於為全民謀取大利益，所以他比一般人勞苦千萬倍；而後世帝王則視天下為個人私產，搜刮民脂民膏以圖利自身，完全忘卻保民、利民的天職。

　　文云：「有仁者出，不以一己之利為利，而使天下受其利，不以一己之害為害，而使天下釋其害。」明揭國家領導人應該「公而忘私」，願意體諒別人，為別人付出，要能隨時為人消災解厄，以天下蒼生為己任，置個人私利於度外，大家才會欣然接受他的領導。

　　正因為在古代當帝王是吃力不討好的事，比所有百姓辛勞千萬倍，又得不到半點兒好處，所以許由、務光都不願意稱帝，堯、舜也是不得已才出來治理天下。畢竟好逸惡勞乃人之常情，誰也不想為了一個無利可圖的帝位而讓自己勞心勞力、疲於奔命！

　　而後人為了謀求一己之私利，竟把王位變成了人人爭相追逐的寶座。文云：「後之為人君者不然，以為天下利害之權皆出於我；我以天下之利盡歸於己，以天下之害盡歸於人，亦無不可。」後世帝王為了滿足一己之私心，不免做出許多「利己損人」、傷害百姓的事來。他們「視天下為莫大之產業」，想把帝位傳給後代子孫，所以漢高祖劉邦打下江山後，於未央前殿宴請群臣時，曾問他的父親：「某業所就，孰與仲多？」是說他所成就的產業，與二哥（劉仲）比，誰較多呢？從這些話中，帝王追求私利的心情，已是昭然若揭。

　　文云：「古者以天下為主，君為客，凡君之所畢世而經營者，為天下也；今也以君為主，天下為客，凡天下之無地而得安寧者，為君也。」發揚孟子「民貴君輕」的觀點，並一針見血指出國君實為天下的亂源，他們為了成就自己的王業，不惜讓天下人肝腦塗地、妻離子散，完全不顧百姓的死活。因此，作者歸結出「明乎為君之職分」的重要性，唯有明白擔任國君的職責與本分，才能大公無私，以民為主，使天下太平安定、人人安和樂利。

《明夷待訪錄・原君》

民貴君輕天下主

闡明一國之君應具備「大公無私」、「利他保民」之本分

有生之初，人各自私也，人各自利也；天下有公利而莫或興之，有公害而莫或除之。有仁者出，不以一己之利為利，而使天下受其利，不以一己之害為害，而使天下釋其害。

莫或興之：沒有人去推動。莫，無。或，有人。興，推動。／莫或排之：沒有人去排除。排，排除。／釋：解除。

大考停看聽

在最早有人類的時候，人人都各存著私心，人人各自謀求一己的私利；結果天下人有共同的利益卻沒有人肯去推動，有共同的禍害卻沒有人肯去排除。直到有個具備仁德的人挺身而出，他不把個人的利益當作利益，而使天下人都能獲得其利，也不把個人的災禍當作災禍，而使天下人都能解決其災禍。

黃宗羲《明夷待訪錄》

*「明夷」：出自《周易》卦名：「箕子之明夷」，指黎明前的昏暗。

*「待訪」：即等待明君來訪之意。

* 於清康熙元年（1661）完成
* 闡發其政治思想民主、民本之主張
* 是亂世中希望有所作為的著作
* 隱含「明遺」之深意，並以殷商遺民箕子自喻，富有民族思想

黃宗羲（1610～1695），字太沖，號梨洲，世稱「南雷先生」或「梨洲先生」。浙江餘姚人。與顧顏武、王夫之並稱為「明末清初三大思想家」。

★顧炎武評云：「讀《待訪錄》，知百王之弊可以復振。」

★但章太炎卻誤解黃宗羲，以為他是向滿清政府上條陳。

★其實黃宗羲是寄望於將來，此書為代清而興之明君而作。

作者認為古代帝王的起源，在於為全民謀取大利益，所以他比一般人勞苦千萬倍；而後世帝王則視天下為個人私產，搜刮民脂民膏以圖利自身，完全忘卻保民、利民的天職。

★「有仁者出，不以一己之利為利，而使天下受其利，不以一己之害為害，而使天下釋其害。」
⇒明揭國家領導人應該「公而忘私」，以天下蒼生為己任，置個人私利於度外，大家才會欣然接受他的領導。

★「後之為人君者不然，以為天下利害之權皆出於我；我以天下之利盡歸於己，以天下之害盡歸於人，亦無不可。」
⇒後世帝王「視天下為莫大之產業」，想把帝位傳給後代子孫。如漢高祖劉邦曾問其父親：「某業所就，孰與仲多？」

★文云：「古者以天下為主，君為客，凡君之所畢世而經營者，為天下也；今也以君為主，天下為客，凡天下之無地而得安寧者，為君也。」
⇒發揚孟子「民貴君輕」的觀點，並歸結出「明乎為君之職分」的重要性，唯有如此，才能使天下太平安定。

UNIT 3-50
宜未雨而綢繆，毋臨渴而掘井

子集

圖解大考子集古文：精煉閱讀寫作，探解試題

一提到「朱子」，直覺反應便是南宋理學大師朱熹；雖說朱熹也寫過一篇〈朱子家訓〉，但《朱子治家格言》的作者是明末清初的朱用純，而非朱熹。朱用純（1617～1688），字致一，號柏廬，江蘇崑山人。為明諸生，清兵入關後，返鄉教授學生，鑽研程朱理學，並堅持不事異姓。與歸有光、顧炎武並稱為「崑山三賢」。儘管朱熹的學術地位遠高於朱用純，但《朱子治家格言》（又名《朱子家訓》、《朱柏廬治家格言》），以修身、齊家為宗旨，堪稱集儒家為人處世方法之大成，其影響力絕不亞於朱熹的〈朱子家訓〉。

開篇云：「黎明即起，灑掃庭除，要內外整潔。既昏便息，關鎖門戶，必親自檢點。一粥一飯，當思來處不易；半絲半縷，恆念物力維艱。宜未雨而綢繆，毋臨渴而掘井。自奉必須儉約，宴客切勿留連。器具質而潔，瓦缶勝金玉；飲食約而精，園蔬勝珍饈。勿營華屋，勿謀良田。」告誡後人要注意居家環境整潔，謹慎門戶，愛惜物力，凡事應該防範於未然，才能有備而無患。食、衣、住、行各方面當力求儉樸節約，宴請賓客更切忌鋪張浪費。

「三姑六婆，實淫盜之媒；婢美妾嬌，非閨房之福。童僕勿用俊美，妻妾切忌豔妝。祖宗雖遠，祭祀不可不誠；子孫雖愚，經書不可不讀。居身務期質樸，教子要有義方。勿貪意外之財，勿飲過量之酒。」強調那些不正派的女人，最容易引誘人犯錯；貪圖女色，不能帶來家庭幸福，所以僮僕、妻妾的外表不必過於美麗。祭祀祖先一定要虔誠，勉勵子孫須誦讀經書。除了自身生活節儉，還要以正道教育後代。不貪意外的財，不喝過量的酒。

「施惠勿念，受恩莫忘。凡事當留餘地，得意不宜再往。人有喜慶，不可生妒忌心；人有禍患，不可生喜幸心。善欲人見，不是真善；惡恐人知，便是大惡。見色而起淫心，報在妻女；匿怨而用暗箭，禍延子孫。」主張做人要仁慈寬厚，施恩不必求回報，受人點滴當牢記在心。做事要留有餘地，一旦得意應當知足，不該索求無度。不可以嫉妒別人，也不宜幸災樂禍。為善不必讓人知道，有惡也不必怕人知道，凡事以平常心看待。世間諸事，報應不爽，見色胡為者，必報在妻女；暗箭傷人者，必禍延子孫，怎能不格外謹言慎行？

「家門和順，雖饔飧不繼，亦有餘歡；國課早完，即囊橐無餘，自得至樂。讀書志在聖賢，非徒科第；為官心存君國，豈計身家？守分安命，順時聽天。為人若此，庶乎近焉。」最後勉勵後人安貧樂道、順時守分，唯有家庭和諧，才能享受天倫之樂；唯有早早繳稅，才能輕鬆愉快地過日子。讀書是為了明白聖賢之道，作官則為了國家社稷、黎民百姓，絕非貪圖一己之富貴功名，因此，做人當樂天知命，順其自然。如能做到這樣，差不多可以接近聖哲了。

《朱子治家格言》

子孫雖愚要讀書

　　黎明即起，灑掃庭除，要內外整潔。既昏便息，關鎖門戶，必親自檢點。一粥一飯，當思來處不易；半絲半縷，恆念物力維艱。宜未雨而綢繆，毋臨渴而掘井。

庭除：庭院，此指庭堂內外之意。／綢繆：音「愁謀」，預先謀劃並加以準備。

大考停看聽

　　天亮就起床，先灑水掃地，要使庭堂內外乾淨整潔。到了黃昏便休息，關鎖門窗，一定要親自檢查。一碗粥、一頓飯，應當想著它得來不易；半根絲、半條線，也要感念生產過程艱辛。凡事應該有備而無患，好比還沒下雨，就先把房子修補好；不要等到口渴了，才開始挖掘水井，那樣必然措手不及。

朱子

南宋理學大師朱熹	寫過一篇〈朱子家訓〉
明末清初的朱用純	《朱子治家格言》的作者

★朱用純（1617～1688），字致一，號柏廬，江蘇崑山人。為明諸生，清兵入關後，返鄉教授學生，鑽研程朱理學，並堅持不事異姓。

★**朱用純與歸有光、顧炎武並稱為「崑山三賢」**

★朱用純《朱子治家格言》，又名《朱子家訓》、《朱柏廬治家格言》，以修身、齊家為宗旨，堪稱集儒家為人處世方法之大成

❶ 黎明即起，灑掃庭除，要內外整潔。

❷ 一粥一飯，當思來處不易；半絲半縷，恆念物力維艱。

❸ 宜未雨而綢繆，毋臨渴而掘井。

❹ 器具質而潔，瓦缶勝金玉；飲食約而精，園蔬勝珍饈。

❺ 祖宗雖遠，祭祀不可不誠；子孫雖愚，經書不可不讀。

❼ 施惠勿念，受恩莫忘。

❽ 善欲人見，不是真善；惡恐人知，便是大惡。

❾ 守分安命，順時聽天。

❻ 勿貪意外之財，勿飲過量之酒。

第4章
文集篇

華歆、王朗俱乘船避難，
有一人欲依附，
歆輒難之。
朗曰：「幸尚寬，
何為不可？」

UNIT 4-1
世人暗蔽，不知賢者

〈猗蘭操〉，一名〈幽蘭操〉，相傳最早為孔子所作；後世收入蔡邕《琴操》。《琴操》一書僅二卷，收錄五十多首古代琴曲作品及相關故事背景，是現存最早記述古琴曲內容的解題性專著。蔡邕《琴操·猗蘭操》云：

〈猗蘭操〉者，孔子所作也。孔子歷聘諸侯，諸侯莫能任。自衛反魯，過隱谷之中，見薌蘭獨茂，喟然嘆曰：「夫蘭當為王者香，今乃獨茂，與眾草為伍，譬猶賢者不逢時，與鄙夫為倫也。」乃止車援琴鼓之云：「習習谷風，以陰以雨。之子于歸，遠送于野。何彼蒼天，不得其所。逍遙九州，無所定處。世人暗蔽，不知賢者。年紀逝邁，一身將老。」自傷不逢時，托辭于薌蘭云。

其寫作背景是：孔子周遊列國，四處遊說諸侯王，希望能得君行道，實現畢生的政治理想，結果卻天不從人願。當他六十八歲時，拖著老邁的身軀從衛國返回魯國，行經幽谷中，看見香蘭生長在一片雜草之間，不禁有感而發，慨嘆道：「蘭花應該為君王奉獻它的香氣，如今卻獨自花葉茂盛，與荒煙蔓草為伍，猶如賢人君子生不逢時，無法一展所長，而與凡夫俗子雜處在一塊兒。」於是，孔子停下車，一面彈琴、一面唱出這首〈猗蘭操〉。

〈猗蘭操〉的內容，據《琴操》所引「習習谷風，以陰以雨」等十二句，類似《詩經》的四言詩，是孔子政治失意、感慨平生的內心獨白。曲中藉芳蘭生於空谷，象徵賢士流落於野，以抒發自身懷才不遇的喟嘆。上述引文並不完整，韓愈曾假託孔子的口吻，加以增補：

蘭之猗猗，揚揚其香。不采而佩，于蘭何傷。今天之旋，其曷為然。我行四方，以日以年。雪霜貿貿，薺麥之茂。子如不傷，我不爾覯。薺麥之茂，薺麥有之。君子之傷，君子之守。

是說蘭花又美麗、又芳香，世人不將它採來佩帶，對蘭而言，一點兒也沒有損失。一如自身才德兼備，卻未能得君行道，同樣無損於我的賢才與令德。面對今日之變故，自認沒做錯事，故無須耿耿於懷。我周遊列國，經年累月，四處奔走；一如薺菜與麥子生長於秋冬，不畏風霜雨雪。如果君主不辨賢愚，我寧可不獲賞識，如蘭花般自開自落自芬芳。如果得遇明主，我將如薺菜與麥子不惜冒霜犯雪，生長繁茂，青青如也。這就是作為一個君子的無限感傷，也是作為一個君子的美好操守。

後世仿作者不少，如明人周瑛〈猗蘭操〉云：「維山有谷，露瀼瀼兮。維谷有蘭，揚孤芳兮。……我思文武，于鎬于豐。欲往從之，路阻不通。」時至今日，電影《孔子》的主題曲〈幽蘭操〉，由歌手王菲主唱，其詞據前人之作而改編：「文王夢熊，渭水泱泱。采而佩之，奕奕清芳。雪霜茂茂，蕾蕾于冬，君子之守，子孫之昌。」唱出孔子如空谷幽蘭般，不以無人而不芳的崇高品格。

孔子〈猗蘭操〉

空谷幽蘭自芬芳

孔子歷聘諸侯，諸侯莫能任。自衛反魯，過隱谷之中，見薌蘭獨茂，喟然嘆曰：「夫蘭當為王者香，今乃獨茂，與眾草為伍，譬猶賢者不逢時，與鄙夫為倫也。」

反：通「返」。／薌蘭：即香蘭。薌，通「香」。／喟然：嘆氣也。喟，音「饋」。／鄙夫：人品卑下的凡夫俗子。／為倫：猶言「為伍」，混雜在一起的意思。

大考停看聽

孔子周遊列國去遊說各諸侯王，但沒有諸侯王要任用他為官。他從衛國回到魯國，經過幽谷時，看見芳香的蘭花獨自生長繁茂，感慨地嘆息說：「蘭花應該為君王奉獻其香氣，如今卻獨自茂密盛開，跟眾多雜草叢生在一塊兒，好比賢人君子生不逢時，無法一展平生抱負，而與凡夫俗子混跡在一起。」

習習谷風，以陰以雨。之子于歸，遠送于野。何彼蒼天，不得其所。逍遙九州，無所定處。世人暗蔽，不知賢者。年紀逝邁，一身將老。

孔子歷聘諸侯，而不得志。自衛返魯，行經隱谷中，見幽蘭獨茂，喟然感嘆：「蘭當為王者香，今乃獨茂，與眾草為伍；好比賢人君子生不逢時，與鄙夫雜處。」

孔子政治失意、感慨平生的內心獨白

蘭之猗猗，揚揚其香。不采而佩，于蘭何傷。今天之旋，其曷為然。我行四方，以日以年。雪霜貿貿，薺麥之茂。子如不傷，我不爾覯。薺麥之茂，薺麥有之。君子之傷，君子之守。

蘭花不獲世人青睞，於蘭何傷？一如賢才未能得君行道，同樣無損於才才。如果君主不辨賢愚，寧可不獲賞識，似幽蘭般自開自落自芬芳；如得遇明主，將不惜冒霜犯雪，生長繁茂。

韓愈假託孔子的口吻，道出懷才不遇的感傷、誓死堅守的節操

今人改編〈幽蘭操〉

文王夢熊，渭水泱泱。采而佩之，奕奕清芳。雪霜茂茂，蕾蕾于冬，君子之守，子孫之昌。

電影《孔子》的主題曲，歌詠孔子如空谷幽蘭般，不以無人而不芳的崇高品格。

 作文一點靈

名言佳句

蘭花自古是賢人君子的象徵，孔子對它情有獨鍾。與之相關的名句亦不少，如：

1. 孔子行經幽谷時，感慨道：「夫蘭當為王者香，今乃獨茂，與眾草為伍，譬猶賢者不逢時，與鄙夫為倫也。」（蔡邕《琴操・猗蘭操》）隱含賢才當為國家所用，不該沉居下僚。

2. 又以芳蘭喻君子，即使無人賞識，依舊潔身自愛，固窮守節。孔子曰：「芝蘭生於幽谷，不以無人而不芳；君子修道立德，不為困窮而改節。」（《孔子家語》）

3. 孔子曰：「與善人居，如入芝蘭之室，久而不聞其香，則與之俱化。」（《孔子家語》）暗示環境影響人之深遠。

UNIT 4-2
舉世皆濁我獨清，眾人皆醉我獨醒

　　屈原曾深得楚懷王信任，奉命出使齊國，並負責草創憲令，終於引起上官大夫等嫉妒，屢進讒言，讓懷王逐漸疏遠他。隨著親秦派勢力抬頭，屈原力諫得罪，被流放至漢北；後因親齊派崛起，他奉召還朝。懷王客死秦國後，頃襄王繼位，又受子蘭等人讒害，屈原二度被放逐至江南。

　　〈漁父〉一文，描寫屈原遭流放時，與漁父不期而遇，透過一問一答方式，感慨世俗黑暗，屈原堅決不肯同流合汙的高尚情操。屈原潔身自愛，彷彿儒家思想的代言人；漁父並非一般的漁夫，而是亂世中懷才不仕的隱君子，為道家思想之宗奉者。本文雖題為「漁父」，對漁父也多所著墨，但主角仍是屈原，寫漁父的目的只為了突顯屈原高潔的形象而已。〈漁父〉是一篇辭賦作品，採散文形式、對話手法寫成，後世辭賦多用「問答體」，實淵源於此。

　　通篇可分為四段：首段敘屈原被放逐後，在江邊徘徊流連，於沼澤旁一面行走、一面吟唱。漁父看他一副「顏色（臉色、神情）憔悴」、「形容（形體和容貌）枯槁」的樣子，便問他怎會淪落到這個地步。屈原回答：「舉世皆濁我獨清，眾人皆醉我獨醒，是以見放。」道出不屑與眾人一起汙濁、昏醉，獨自保持潔白與清醒，所以被外放至此。

　　次段漁父勸屈原生在亂世當學會明哲保身之道。「聖人不凝滯於物，而能與世推移。」藉由道家聖人不受制於任

何事物，能隨著世俗變化而進退轉移，奉勸屈原：當世人都汙濁，你「何不淈（音『鼓』）其泥而揚其波」，也一起翻攪水底爛泥，把清水弄混濁？既然大家都喝醉了，你「何不餔其糟而歠（音『輟』）其醨」，也一塊兒吃些酒糟、喝點薄酒？何必故作清高害得自己被放逐呢？

　　三段屈原現身說法，闡明寧死不屈的信念：他說剛洗完頭的人一定會彈去帽上的灰塵才戴帽，剛洗完澡的人一定會抖落衣上的灰塵才穿衣。怎能讓潔淨的身體接觸到那些骯髒的東西呢？他寧可投身湘江的流水中，被江裡的魚兒吃進肚內。又怎能容許自己光潔、清白的人品，蒙受一丁點兒世俗塵埃的汙染？

　　末段寫漁父與屈原「道不同不相為謀」，故放歌而去。「漁父莞爾而笑，鼓枻（音『意』）而去。」漁父聽後微微一笑，搖起船槳離開了。他邊搖槳、邊唱著歌：「滄浪之水清兮，可以濯（音『卓』）吾纓；滄浪之水濁兮，可以濯吾足。」意思是滄浪河的水清澈啊，可以用來洗滌我的帽帶；滄浪河的水混濁啊，可以用來洗滌我的腳丫。漁父藉由這首〈滄浪之歌〉，唱出他「與世推移」的處世觀，並以此呼應前文屈原的「清濁之辯」。全文以漁父的灑脫對比屈原的執著，餘韻無窮。漁父未必真有其人，江畔偶遇未必真有其事，或許漁父代表屈原的另一種選擇，但他仍毅然決然以死捍衛所信奉的價值。

屈原〈漁父〉

行吟澤畔遇漁父

屈原曰:「吾聞之,新沐者必彈冠,新浴者必振衣。安能以身之察察,受物之汶汶者乎?寧赴湘流,葬於江魚之腹中。安能以皓皓之白,而蒙世俗之塵埃乎?」

新沐:剛洗完頭。沐,洗頭。/新浴:剛洗完澡。浴,洗身體。/察察:潔淨貌。/汶汶:骯髒貌。汶,音「問」。/皓皓之白:光潔的清白,此處引申為清高的人品。皓皓,潔白貌。

大考停看聽

屈原說:「我聽說,剛洗完頭的人一定會彈去帽子上的灰塵才戴上,剛洗完澡的人一定會抖落衣服上的灰塵才穿上。怎能讓潔淨的身體接觸到骯髒的東西?我寧可投身湘江流水中,被江裡的魚兒吃進肚內。又怎能讓光潔、清高的人品,蒙受世俗塵埃的汙染呢?」

	屈原		漁父
信仰	清 儒家聖人之道		濁 道家出世哲理
身分	潔身自愛,絕不同流合汙之士		在亂世中,懷才不仕的隱君子
格言	舉世皆濁我獨清,眾人皆醉我獨醒		聖人不凝滯於物,而能與世推移
抉擇	寧赴湘流,葬於江魚之腹中		滄浪之水清兮,可以濯吾纓;滄浪之水濁兮,可以濯吾足
象徵	擇善固執		明哲保身

作文一點靈

謀篇布局

本文以屈原與漁父的對話鋪述而成,其實他未必真的在江畔巧遇漁父,漁父可視為他心裡的另一種聲音。面對人生重大抉擇時,該與世浮沉,明哲保身,或潔身自愛,擇善固執,一度使屈原陷入天人交戰,故藉由虛擬的漁父與自己在文中展開對話,進而突顯捍衛自身人格操守的決心。

這種「虛擬對話」法很好用,如歐陽脩〈六一居士傳〉、蘇軾〈前赤壁賦〉等都是以客與主人的問答寫成,其中的客與本文漁父一樣未必真有其人,而是作者藉以映襯自身情志的重要配角而已。

我們在寫作時,若嫌平鋪直述過於呆板,不妨運用這種「虛擬問答」法來布局,透過虛擬人物的提問(虛問)、作者可以暢所欲言地闡明己見(實答),賓主相襯,虛實相生,以烘托主題,呈現文章旨趣,展現出個人的生命情懷。

UNIT 4-3
雖信美而非吾土兮，曾何足以少留？

　　王粲〈登樓賦〉，選自《昭明文選》。作者流寓荊州，落拓失意，因登當陽（今湖北當陽）城樓，遠眺風物之美，而興起無限思鄉情意，遂作此賦。王粲年十七，曾避難荊州；據文中「漫踰紀以迄今」，「一紀」為十二年，推知此賦當作於三十歲左右。

　　本文可分為三段：首段寫流落異鄉之慨。「登茲樓以四望兮，聊暇日以銷憂。」登樓眺望，原想藉以排遣憂愁。誰知身在異鄉，視野愈遼闊、景物愈豐美，愈引發心中的鄉關之思？「雖信美而非吾土兮，曾何足以少留？」畢竟不是自己的家鄉，景致再優美，又有什麼值得駐足流連的呢？

　　次段寫懷鄉思歸之情。「遭紛濁而遷逝兮，漫踰紀以迄今。情眷眷而懷歸兮，孰憂思之可任？」在這亂世中飄蕩流離，至今已超過十二年了。一心只希望返回故鄉，誰能承受得了這思鄉愁緒？眼前荊山遮蔽了我的視線，想到回鄉之路蜿蜒曲折、河川既廣且深，「悲舊鄉之壅隔兮，涕橫墜而弗禁。」關山阻隔，漫漫長路，怎不令人悲從中來、涕泗縱橫？再藉孔子在陳國時有「歸歟」之嘆，鍾儀被晉人囚禁仍不忘彈奏楚國音樂，莊舄顯達於楚國卻還吟詠越國的歌謠，說明懷鄉乃人之常情，哪裡會因為困厄或顯赫而改變？「人情同於懷土兮，豈窮達而異心？」承上文「鍾儀幽」、「莊舄顯」二典故而發。作者的思鄉情緒亦從首段的「憂」轉變成此段的「悲」，更深一層，故林紓《古文辭

類纂選本》評云：「寫客子思歸之狀況，聲激而悲，尚不遠於屈宋。齊梁以下，不足語此矣。」

　　末段寫懷才不遇之嘆。「冀王道之一平兮，假高衢而騁力。懼匏瓜之徒懸兮，畏井渫之莫食。」他由衷盼望河清海晏、天下太平，藉由身居高位來施展才能。他最擔心的是時不我與，像匏瓜一般被徒然掛在架上，如淘洗乾淨的井卻沒人來汲水。想到賢才見棄的悲哀，加上外界景物變化：「風蕭瑟而並興兮，天慘慘而無色。」晚風蕭瑟，天色昏暗，野獸忙著尋伴，群鳥振翅爭鳴，行人也紛紛趕路回家。而他呢？「心悽愴以感發兮，意忉怛（音『刀達』）而憯惻。」心中無比哀傷，感慨萬千，悲苦交加，惆悵不堪。所以沿著臺階慢慢走下樓，「氣交憤於胸臆」，內心煩悶鬱結在胸；直到半夜仍思緒起伏，翻來覆去無法成眠。本段時間從白天寫到黃昏，再到深夜；情感則承前文之「悲」，進而深化為「憤」，最後「悵盤桓以反側」，是無盡的惆悵失望。

　　通篇以「銷憂」的動機起筆，終於「氣交憤」的結果。第三段是全文的中心，由於不遇，才覺異鄉雖美，終非吾土；由於不遇，才生出懷歸之心。短短三百餘字，抒情敘事、摹景狀物皆能曲盡其妙，情景交融無間，如首段寫空間之廣，次段敘路途之遙，末段記暮色之暗，在在襯托出蒼茫孤寂的心境，情真意切，扣人心弦。

王粲〈登樓賦〉

登樓懷鄉氣交憤

覽斯宇之所處兮，實顯敞而寡仇。挾清漳之通浦兮，倚曲沮之長洲。背墳衍之廣陸兮，臨皋隰之沃流。北彌陶牧，西接昭丘。華實蔽野，黍稷盈疇。雖信美而非吾土兮，曾何足以少留？

大考停看聽

顯敞而寡仇：明亮寬敞，少有能與之相比的。仇，音「球」，匹敵。／挾清漳之通浦：連接清澈的漳水的廣大水濱。浦，水濱。／倚曲沮之長洲：靠近彎曲的沮水的狹長沙洲。／背墳衍之廣陸兮：後面連接高大寬廣的陸地。墳，土地隆起。衍，土地平坦。／臨皋隰之沃流：前方面臨低溼肥美的流域。皋，水邊地。隰，音「錫」，低溼之地。／北彌陶牧：北邊直通陶朱公墓周遭。牧，郊外。／西接昭丘：西方與楚昭王墳地相接。／曾：音「增」，乃、則。

觀看這城樓的形勢，明亮而寬敞，實屬罕見。連接清澈的漳水邊廣大的水濱，靠近彎曲的沮水中狹長的沙洲。後面連接高大寬廣的陸地，前方面臨低溼肥美的流域。北邊直通陶朱公墓周遭，西方與楚昭王墳地相接。滿山遍野盛開著花朵和果實，田裡長滿了黍和稷等作物。這兒的景致實在優美，卻不是我的故鄉，有什麼值得我駐足流連的呢？

流落異鄉之慨

登樓的動機：銷憂

★「登茲樓以四望兮，聊暇日以銷憂。」登樓眺望，原想藉以排遣憂愁。

★誰知身在異鄉，視野愈遼闊、景物愈豐美，愈引發心中的鄉關之思？

★「雖信美而非吾土兮，曾何足以少留？」畢竟不是自己的家鄉，景致再優美，又有什麼值得駐足流連的呢？

懷鄉思歸之情

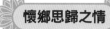

★在亂世飄蕩流離，至今已超過十二年。一心只盼回故鄉，誰能承受這思鄉愁緒？

★荊山遮蔽了視線，回鄉之路蜿蜒、河川深廣，「悲舊鄉之壅隔兮，涕橫墜而弗禁。」

★再藉孔子有「歸歟」之嘆，鍾儀被囚禁仍不忘彈奏楚曲，莊舄顯達時卻還吟詠越歌，說明懷鄉之情，豈會因困厄或顯赫而改變呢？

懷才不遇之嘆

全文中心

★「冀王道之一平兮，假高衢而騁力。懼匏瓜之徒懸兮，畏井渫之莫食。」由衷盼望河清海晏、天下太平，藉由身居高位來施展才能。

★想到賢才見棄的悲哀，加上外界景物變化：「風蕭瑟而並興兮，天慘慘而無色。」他的心中悲苦交加。

★沿著臺階下樓，「氣交憤於胸臆」，到半夜仍無法成眠。

登樓的結果：氣交憤

 憂 ➡ 悲 ➡ 憤

├─────── 白天 ───────┤

├─ 黃昏 ─┼┼─ 半夜 ─┤

林紓《古文辭類纂選本》評云：「寫客子思鄉之狀況，聲激而悲，尚不遠於屈宋。齊梁以下，不足語此矣。」

UNIT **4-4**
親賢臣，遠小人

　　表，古代臣子向君王陳述事理、闡發主張或提出請求的公文。諸葛亮撰有前、後〈出師表〉：一作於蜀漢後主建興五年（227），當時他駐軍漢中，準備北伐曹魏，臨行上奏此表；一作於隔年出兵散關前，由於前一次北伐因馬謖失街亭而敗，朝中大臣議論紛紛，他出發前再度上表，強調「漢賊不兩立，王業不偏安」，討伐曹魏勢在必行。我們耳熟能詳的一句話：「臣鞠躬盡力，死而後已。」便出自〈後出師表〉。〈前出師表〉見於《三國志·蜀書·諸葛亮傳》，無篇名；後收入《昭明文選》，題作「出師表」。〈後出師表〉見於裴松之注引自張儼《默記》，《昭明文選》並未收錄，故有人懷疑是偽作。南宋謝枋得《文章軌範》引安子順語：「讀〈出師表〉不哭者不忠，讀〈陳情表〉不哭者不孝，讀〈祭十二郎文〉不哭者不慈。」足見其文章感人之深！

　　本文可分為五段：首段點明蜀漢目前的處境：「今天下三分，益州疲弊，此誠危急存亡之秋也。」當今魏、蜀、吳三國中，我們蜀漢因伐吳失利、用兵南蠻，造成國力耗損，人力、物力困乏，這實在是情勢危急，關係到國家存亡的時刻。並勉勵後主劉禪宜廣開言路，修德圖強，不可妄自菲薄。

　　次段希望後主能秉公執法，務必做到「陟罰臧否，不宜異同」、「不宜偏私，使內外異法也」，也就是賞罰分明，絕不偏私，無論府中、宮中都應該遵守共同的法制，一視同仁。

　　三段向後主推薦足以倚重的文武大臣：如宮中大小事應全向郭攸之、費禕（音「依」）、董允等人諮詢，然後才付諸施行；而營中之事應全向將軍向寵諮詢，按照兵士才能高低授予適當的職位。接著，期勉後主宜「親賢臣，遠小人」，重用「貞亮死節之臣（忠貞信實、能為節義而犧牲的臣子）」，如此一來，復興漢室就指日可待了。

　　四段表明為國家盡忠的決心：他說臣本是一介平民，隱居於南陽，在亂世中只想明哲保身，不求聲名顯達。先帝（先主劉備）不惜紆尊降貴，三顧茅廬來拜訪，與我討論天下大事，讓我太感動振奮了，於是答應為蜀漢奔波效力。這二十一年來，我日夜憂勞，唯恐辜負先帝的重託，既深入蠻荒，平定南方，又將出師北伐，收復中原；一心興復漢室，報答先帝的知遇之恩，全力輔佐陛下完成統一大業。

　　末段重申以復興漢室為己任，「願陛下託臣以討賊興復之效」，希望陛下把討伐逆賊、匡復漢室的重任交給臣。並對後主寄予深切的期望：「陛下亦宜自課，以諮諏善道，察納雅言，深追先帝遺詔。」陛下也應自我省察，進而訪求治國良方，採納正直的言論，以深切追念先帝遺詔。諮諏，詢問也。雅言，正直的言論。

　　通篇提及「先帝」十三次、「陛下」七次，可見作者念茲在茲的只有「追先帝之殊遇，欲報之於陛下也」，赤膽忠心，令人動容！

諸葛亮〈出師表〉

賺人熱淚三名作

臣本布衣，躬耕於南陽，苟全性命於亂世，不求聞達於諸侯。先帝不以臣卑鄙，猥自枉屈，三顧臣於草廬之中，諮臣以當世之事，由是感激，遂許先帝以驅馳。

躬耕：親自耕種。／南陽：諸葛亮隱居於隆中，地屬漢代南陽郡。／聞達：聲名顯達。聞，據《國語一字多音審訂表》載應讀平聲，名聲。／卑鄙：自謙出身卑微，見識鄙陋。／猥自枉屈：委屈貶低自己的身分。／驅馳：奔走效力。

大考停看聽

臣本是一介平民，在南陽耕田維生，只求亂世中保全性命，不想在諸侯間聲名顯達。先帝不嫌棄臣出身卑微、見識鄙陋，委屈貶低自己的身分，三度到草屋來探訪，問我當時的天下大事，臣因此而感動振奮，就答應為先帝奔走效力。

| 諸葛亮〈出師表〉 | 李密〈陳情表〉 | 韓愈〈祭十二郎文〉 |

表，古代臣子向君王陳述事理、闡發主張或提出請求的公文

〈前出師表〉

★時間：作於蜀漢後主建興五年（227），時作者駐軍漢中，準備北伐曹魏，臨行上奏此表。

★內容：告誡後主劉禪務必「親賢臣，遠小人」。

〈後出師表〉

★時間：作於隔年出兵散關前，由於前一次北伐失敗，朝議紛紛，作者出發前再度上表，強調「漢賊不兩立，王業不偏安」，討伐曹魏勢在必行。

★內容：闡明自己「鞠躬盡力，死而後已」的決心。

★時間：晉武帝泰始三年（267），作者因祖母年老多病，上表懇辭太子洗馬之職；皇上深受感動，賜奴婢二人，又令地方供養其祖母生活所需。

★內容：文云：「臣無祖母，無以至今日；祖母無臣，無以終餘年。母孫二人，更相為命，是以區區不能廢遠。」道出自幼孤苦，與祖母相依為命的至情。如今祖母老邁，他實想克盡孝道，又恐人疑其不忠，故委婉陳辭，懇請皇上成全他終養祖母的心願。

祭文，是用來奠祭死者以表哀思的文字，多半用韻語。韓愈此文一反常規，以散體為之，用口頭語，道家常事，不假雕琢，無限悽愴，獨樹一格。

★時間：作於唐德宗貞元十九年（803），作者初入仕途，於長安任監察御史時，忽聞名為叔姪、情同兄弟的韓老成（十二郎）驟然辭世，故撰此文以表無限哀思。

★內容：寫獲知十二郎死訊時，簡直不敢置信，「吾兄之盛德而夭其嗣乎？汝之純明而不克蒙其澤乎？少者彊者而夭歿，長者衰者而存全乎？」他無法接受時值壯年的十二郎竟已夭亡，感慨自己較為年長、多病，又能苟活多少歲月呢？字字血淚，令人讀之無不動容！

UNIT **4-5**
文非一體，鮮能備善

圖解大考子集古文：精煉閱讀寫作，探解試題

本文選自《昭明文選》，原為曹丕《典論》中的一篇。《典論》成於東漢獻帝建安後期，曹丕為魏王太子時；全書凡二十篇，內容涵蓋政治、社會、道德、文化等層面，今僅存〈自敘〉、〈論文〉二篇。曹丕與其父曹操、弟曹植，合稱為「三曹」，同為建安文壇的領袖。東漢末，三曹父子登高一呼，建安七子聞聲響應，帶動了建安文學的蓬勃發展。他們生處亂世，作品無不反映出社會動盪的現實，展現建功立業的雄心。

曹丕〈典論論文〉是我國文學史上第一篇文學批評專論，自此開創了文學批評的風氣，對後世影響深遠。全文可分為五段：

首段批評「文人相輕，自古而然」的陋習，並提出「審己以度人」作為文學批評的客觀態度，屬於「批評論」。作者一針見血指出文人相輕的原因，在於「各以所長，相輕所短」，人人以自己的長處，輕視別人的短處，如孔融（字文舉）、陳琳（字孔璋）、王粲（字仲宣）、徐幹（字偉長）、阮瑀（字元瑜）、應瑒（字德璉）、劉楨（字公幹）七位先生都自認是千里良駒，要他們互相佩服，實在太困難了！——後世「建安七子」之說即源於此。

次段評論建安七子的作品風格及擅長文體，並直陳其各自優、缺點，屬於「作家論」。如謂王粲、徐幹以辭賦為優，其他文體無法與辭賦相比；陳琳、阮瑀的章表書記，堪稱一時之選；應瑒的文章風格平和而不夠雄壯，劉楨則雄壯而不夠周密。孔融「體氣高妙」，指其文章風格高超美妙，卻不善於議論，長於辭采而短於說理。呼應首段「文非一體，鮮能備善」的觀點。

三段將文體區分為四科八體，並闡明其寫作特色，屬於「文體論」。「奏議宜雅，書論宜理，銘誄尚實，詩賦欲麗。」是說奏、議應寫得典雅莊重，書、論應寫得條理分明，銘、誄必須符合事實，詩、賦要求辭采華美。

四段提出「文氣說」：「文以氣為主，氣之清濁有體，不可力強而致。」文章風格的形成，以作家的才氣、性情為主，而作家的才氣、性情表現在文章中，有輕快俊爽、凝重沉鬱不同的風格，無法勉強。一如音樂演奏，雖然曲調、節奏等相同，但表現技巧來自個人素質的差異，即使父兄具有高超的才能，也無法傳授給自家子弟。

末段肯定文學的功能及價值，並感嘆時光易逝，勉人努力創作，是為「文用論」。正因為「文章，經國之大業，不朽之盛事」，不像人的壽命、世俗榮樂都僅止於有生之年，唯有「寄身於翰墨，見意於篇籍」，埋首寫作，將思想情感寄託於文中，才能成就千載不朽的功業。此論點大大提升文學的地位，不但鼓舞了當時文學發展，更表現出建安時期作家對文學創作的自覺。無奈歲月點滴流逝，形貌逐漸衰老，轉瞬間將與萬物一起邁向死亡。人生苦短，怎能不努力從事著述？

曹丕〈典論論文〉

不朽盛事唯文章

蓋文章，經國之大業，不朽之盛事。年壽有時而盡，榮樂止乎其身，二者必至之常期，未若文章之無窮。是古之作者，寄身於翰墨，見意於篇籍，不假良史之辭，不託飛馳之勢，而聲名自傳於後。

不朽之盛事：謂著述立言是可以流傳久遠的偉大事業。此典出自《左傳・襄公二十四年》：「太上有立德，其次有立功，其次有立言；雖久不廢，此之謂不朽。」

大考停看聽

文章，是治理國家的大業，是永垂不朽的盛事。人的壽命有窮盡的時候，尊榮逸樂僅止於有生之年，壽命、榮樂都有一定的期限，不如文章可以長久流傳。因此古代的作家，把生命寄託在寫作上，透過文學作品表達他們的思想情感，不必借助優良史官的記載，無須依託達官貴冑的權勢，聲譽美名自然流傳於後世。

批評論

批評「文人相輕，自古而然」的陋習，並提出「審己以度人」作為文學批評的客觀態度。

★文人相輕的原因，在於「各以所長，相輕所短」。

★後世「建安七子」之說源於此：孔融、陳琳、王粲、徐幹、阮瑀、應瑒、劉楨都自認是千里良駒，要他們互相佩服，太困難。

作家論

評論建安七子的作品風格及擅長文體，並直陳其各自優、缺點。

★王粲、徐幹以辭賦為優。

★陳琳、阮瑀章表書記最佳。

★應瑒的文風：平和但不夠雄壯；劉楨的文風：雄壯但不夠周密。

★孔融「體氣高妙」，長於辭采而短於說理。

文體論

將文體區分為四科八體，並闡明其寫作特色。

★奏議宜雅：奏、議應典雅莊重。

★書論宜理：書、論應條理分明。

★銘誄尚實：銘、誄須符合事實。

★詩賦欲麗：詩、賦求辭采華美。

文氣說

「文以氣為主，氣之清濁有體，不可力強而致。」文章風格的形成，以作家的才氣、性情為主，而作家的才氣、性情表現在文章中，有輕快俊爽、凝重沉鬱不同的風格，無法勉強。

文用論

肯定文學的功能及價值，並感嘆時光易逝，勉人努力創作。

此論點大大提升文學的地位，不但鼓舞了當時文學發展，更表現出建安時期作家對文學創作的自覺。

作文一點靈

修辭絕技

本文善於引古證今，如舉班固瞧不起傅毅一事，作為「文人相輕」的例證。又引用俗語曰：「家有敝帚，享之千金。」來說明文人都認為文章是自己的好。

援引古人古事、俗諺俚語的修辭法，稱作「用典」或「引用」，都是找別人替文中的觀點背書，可以增加不少說服力！

UNIT **4-6**
丈夫志四海，萬里猶比鄰

曹植〈贈白馬王彪〉作於黃初四年（223）七月，時年三十二歲。他和同母兄任城王曹彰、異母弟白馬王曹彪一同到京師參加「會節氣」的活動，曹彰突然暴斃，據說是被曹丕所害。會節氣過後，諸侯王各自返回封地。兄弟三人一道來，如今剩兩個回去，朝廷竟還派人沿途監視諸王歸藩，並下令不准他們同行，實在令人憤怒！他百感交集，怒火中燒，於是寫下這首傳誦千古的曠世名作。

全詩分為七章：首章共十句，寫返回封地的經過和心情。他謁見魏文帝曹丕之後，即將返回封地鄄城。伊水、洛水又廣又深，想渡河卻沒有橋梁；寓情於景，訴說瞻望前途，寸步難行。只好從水路泛舟而返，卻又驚見洪濤，故而「怨彼東路長」，所「怨」為何？除了前路艱難，當然包括任城王之死。「顧瞻戀城闕，引領情內傷。」想到曹丕及其爪牙，他回頭瞻望京城，滿腔憤怒，誠惶誠恐，無限悲傷。

次章共八句，寫歸途中的困苦。他經過寥廓的太谷關，不巧遇上豪雨成災，「霖雨泥我途，流潦浩縱橫。」身陷險境，舉步維艱。只好改道登上高峻的山坡，誰知馬兒又病了，真是困難重重！隱約道出曹植在父親曹操辭世後，處境之艱難，命運之坎坷，不再是當年意氣風發的貴公子。

三章共十二句，直抒胸臆，滿腔憤慨，噴薄而出。他騎著病馬前進，心中愁悶鬱結。進而點明不能與白馬王同道而回，令他忿忿不平。再以「鴟梟」、「豺狼」、「蒼蠅」等意象，比喻進讒言巧語、竊據要津、混淆黑白、挑撥離間，而使人骨肉疏離的小人。他不敢直接指責君主曹丕，只能痛罵其爪牙。也想重回京城一展平生抱負，卻無路可行，只能攬轡徘徊不前。

四章共十二句，他悼念曹彰、思念曹彪，陷入生離死別的痛苦中，又面對秋風、寒蟬、蕭條的原野和西匿的白日，一派肅殺淒清景色。再見到歸鳥赴林、孤獸群歸，而感慨自己無路可走，無家可歸，只能「撫心長太息」了。

五章共十四句，哀悼曹彰之死：「孤魂翔故域，靈柩寄京師。」如果兄長地下有知，亡靈想必會感到孤單寂寞。其實曹彰暴斃，不免引起詩人的隱憂，進而產生兔死狐悲的頹喪情緒。因此感慨人生如朝露，自知不如金石般長壽，只能嘆息悲傷了。

六章共十二句，用「丈夫志四海，萬里猶比鄰」的壯語，和曹彪互相慰勉。他真能從沉重的憂憤中解脫嗎？當然沒有，因為「倉卒骨肉情，能不懷苦辛？」情緒急轉直下，畢竟兄弟相互殘殺的陰影，使他永遠無法忘懷。

末章共十二句，在惜別情意中，表達了對天命的懷疑。既然「離別永無會」，只能叮囑胞弟珍重玉體，並互相祝福而已。詩人最後與白馬王就此揮淚長別。

全詩正文凡八十句，氣魄宏偉，結構嚴整，寫出詩人走投無路、悲憤交加的心情，情景相融，反覆渲染，故極具藝術價值。

曹植〈贈白馬王彪〉

兄弟離居各一方

玄黃猶能進，我思鬱以紆。鬱紆將難進，親愛在離居。本圖相與偕，中更不克俱。鴟梟鳴衡軛，豺狼當路衢。蒼蠅間白黑，讒巧令親疏。欲還絕無蹊，攬轡止踟躕。

玄黃：指馬病了，出自《詩經・周南・卷耳》：「我馬玄以黃。」／鬱以紆：愁思鬱結縈繞。／不克俱：不能在一起。／鴟梟：音「吃蕭」，貓頭鷹，古人認為是不祥之鳥。／衡軛：車轅前的橫木和扼馬頸的曲木，借代為車。／衢：四通八達的道路。／蹊：小路。／攬轡：拉住馬轡。／踟躕：音「持除」，徘徊不前。

大考停看聽

馬病了還能前進，我的愁思鬱結縈繞。愁思鬱結難以前進，只為與我親愛的王孫即將分離。原想一同踏上歸路，中途卻變更無法在一起。無奈貓頭鷹的叫囂阻擾了馬車前行，豺狼等猛獸阻擋在四通八達的路口。可恨在蒼蠅者流的離間之下黑白混淆不清，小人機巧的讒言竟令骨肉親情因此疏遠了。我也想重回京師卻無路可行，手握韁繩，不由得踟躕難進。

寫作背景

★此詩作於黃初四年（223）七月，作者時年三十二歲。他和同母兄任城王曹彰、異母弟白馬弟曹彪一同到京師參加「會節氣」的活動，曹彰突然暴斃。

★會節氣過後，諸侯王各自返回封地。兄弟三人一道來，如今剩兩個回去，朝廷竟還派人沿途監視諸王歸藩，並下令不准他們同行，實在令人憤怒！

1
首章共十句，寫返回封地的經過和心情。「顧瞻戀城闕，引領情內傷。」想到曹丕及其爪牙，他回頭瞻望京城，滿腔憤怒，誠惶誠恐，無限悲傷。

2
次章共八句，寫歸途中的困苦。他經過寥廓的太谷關，不巧遇上豪雨成災，「霖雨泥我途，流潦浩縱橫」身陷險境，舉步維艱。

3
三章共十二句，直抒胸臆，點明不能與白馬王同道而回，令他忿忿不平。再以「鴟梟」、「豺狼」、「蒼蠅」比喻進讒言巧語、竊據要津、混淆黑白、挑撥離間，而使人骨肉疏離的小人。

4
四章共十二句，他悼念曹彰、思念曹彪，陷入生離死別的痛苦中，又面對秋風、寒蟬、蕭條的原野和西匿的白日，一派肅殺淒清景色。

5
五章共十四句，哀悼曹彰之死：「孤魂翔故域，靈柩寄京師。」如果兄長地下有知，亡靈想必會感到孤單寂寞。

6
六章共十二句，用「丈夫志四海，萬里猶比鄰」的壯語，和曹彪互相慰勉。「倉卒骨肉情，能不懷苦辛？」情緒急轉直下，畢竟兄弟相互殘殺的陰影，使他永遠無法忘懷。

7
末章共十二句，在惜別情意中，表達了對天命的懷疑。既然「離別永無會」，只能叮囑胞弟珍重玉體，並互相祝福而已。詩人最後與白馬王就此揮淚長別。

UNIT 4-7
不祈喜而有福，不求壽而自延

　　嵇康〈答難養生論〉，一名〈答向子期難養生論〉，收入《嵇中散集》。嵇康曾撰〈養生論〉一文，探討保養身心健康之道。同為「竹林七賢」之一的向秀（字子期）讀後頗不以為然，作〈難養生論〉，表達自己的看法。於是，嵇康又就此篇回應好友之說。

　　全文可分為六段：首段闡明善用智識養生的道理，在於「智之為美，美其益生而不羨；生之為貴，貴其樂和而不交。」是說智巧之美，美在它有益生命卻不貪羨；生命之可貴，貴在它樂用智識卻不過分依賴。由於欲望與生命不可兼得，名譽與身體不能兩全，我們怎能容許自己頻繁使用智巧而忽視身體，或縱欲過度而戕害生命呢？

　　次段提出知足常樂、安貧樂道為養生之良方，並引《老子》所謂「樂莫大於無憂，富莫大於知足」為證。如楚國令尹子文三度被委以重任，面無喜色；而柳下惠三次被免去官職，臉無戚容。因為他們雖曾身居高位，但心不為權位所牽累，所以能寵辱不驚。唯有超越世俗的富貴貧賤，才能長保快樂無憂，才是保養身心的不二法門。

　　三段強調要適時運用智識，滿足欲望，而達到身心平衡的養生效果。「使智止於恬，性足於和，然後神以默醇，體以和成，去累除害，與彼更生。」意謂使智巧適可而止止於恬靜，使天性的欲望在平和中得到滿足。然後使精神在幽靜中得到醇和，使身體在平和中逐漸養成。去除疲累、消除戕害，讓精神和

肉體都得到新生。

　　四段說明儒家聖人志在經世濟民，「神馳於利害之端，心騖於榮辱之途」，絕非養生之道。唯有老莊之徒「內視反聽，愛氣嗇精，明白四達，而無執無為，遺世坐忘，以實性全真」，那種用內心的醒悟去感知外在世界，愛惜精氣，明白事理，通達四方，不偏執，無為而治，又能物我兩忘，以充實性情保全本真的作法，才是真正懂得養生的高人。

　　五段主張宜順應自然、陰陽的變化來調養身心。如食用甘泉、鮮花、金丹、菌類等，有助於延年益壽；長期服用這些東西，將有飄飄欲仙之感，使人平心靜氣，骨健筋柔。此外，「以大和為至樂，則榮華不足顧也；以恬澹為至味，則酒色不足欽也。」視陰陽協調、天人合一為人間之至樂，那麼世俗榮華就不會看在眼裡；視恬靜澹泊為畢生追求的目標，那麼美酒美色都不值得羨慕。唯其如此，人才能「得長生之永久」、「並天地而不朽」。

　　末段歸納出養生的五大難處：一、不能抹滅追名逐利的念頭；二、不能排除喜怒情緒的起伏；三、不能去掉音樂、女色的迷戀；四、不能斷絕美味佳餚的誘惑；五、過度消耗其精神、思慮。如果這五個毛病不改，就算滿口大道理、吃遍仙藥，也不免過早夭折。反之，此五者若不存於心中，則越受天祐人助，「不祈喜而有福，不求壽而自延。」不用祈禱，而福分、長壽自動降臨，這正是明白養生道理的效用。

嵇康〈答難養生論〉

安貧樂道養生方

養生有五難：名利不滅，此一難也；喜怒不除，此二難也；聲色不去，此三難也；滋味不絕，此四難也；神慮消散，此五難也。

五難：五大難處。／名利：功名利祿。／喜怒：喜怒哀樂，泛指人的情緒起伏。／聲色：音樂和女色。／滋味：指食物的美好味道。／神慮：精神思慮。

大考停看聽

保養身心有五大難處：不能抹滅追名逐利的念頭，這是第一大難處；不能排除喜怒哀樂的情緒起伏，這是第二大難處；不能去掉對音樂、女色的迷戀，這是第三大難處；不能斷絕對美味佳餚的追求，這是第四大難處；過度消耗一個人的精神、思慮，這是第五大難處。

1 首段闡明善用智識養生的道理，在於「智之為美，美其益生而不羨；生之為貴，貴其樂和而不交。」我們怎能容許自己頻繁使用智巧而忽視身體，或縱欲過度而戕害生命？

2 次段提出知足常樂、安貧樂道為養生之良方，並引《老子》所謂「樂莫大於無憂，富莫大於知足」為證。唯有超越世俗的富貴貧賤，才能長保快樂無憂，才是保養身心的不二法門。

3 三段強調要適時運用智識，滿足欲望，而達到身心平衡的養生效果。去除疲累、消除戕害，讓精神和肉體都得到新生。

4 四段說明儒家聖人志在經世濟民，絕非養生之道。唯有老莊之徒愛惜精氣，明白事理，通達四方，不偏執，無為而治，又能物我兩忘，以充實性情保全本真的作法，才是真正懂得養生的高人。

5 五段主張順應自然、陰陽的變化來調養身心。此外，視陰陽協調、天人合一為人間至樂，那麼世俗榮華就不會看在眼裡。唯其如此，人才能「得長生之永久」、「並天地而不朽」。

6 末段歸納出養生的五大難處：一、不能抹滅追名逐利的念頭；二、不能排除喜怒情緒的起伏；三、不能去掉音樂、女色的迷戀；四、不能斷絕美味佳餚的誘惑；五、過度消耗其精神、思慮。若此五者不存於心中，則「不祈喜而有福，不求壽而自延。」這正是明白養生道理的效用。

作文一點靈

思想情意

「知足常樂」是眾所皆知的道理，畢竟「天外有天，人外有人」，一山還有一山高，世間的功名、利祿、權勢、財富、知識等都是無窮盡的，用有限的生命去追求那些無盡的身外之物，難免使人患得患失，猶如作繭自縛般，讓自己陷入爭逐、狹隘的泥淖中，抑鬱寡歡。

與其汲汲營營追逐那虛無縹緲的身外物，不如退一步海闊天空，活在當下，珍視所擁有的，享受所擁有的。「偃鼠飲河，不過滿腹。」我們日常所需，也不過一日三餐。粗茶淡飯，仍能咀嚼出人生的好滋味；清風明月，似乎比華蓋軒冕更加榮寵。正因為金銀珠寶有價，而逍遙自在無價，所以陶淵明寧可終老於田園籬落間，蘇東坡在逆境中依舊活出自信、快樂的風采！

UNIT **4-8**
況脩短隨化，終期於盡

子集

圖解大考子集古文：精煉閱讀寫作，探解試題

東晉穆帝永和九年（353）農曆三月三日，王羲之與謝安、孫綽、支遁等文士名流四十一人，在今浙江紹興的蘭亭舉行春禊（古人於農曆三月上旬到水邊洗滌塵垢，以消災祈福的儀式；曹魏以後每年三月初三，改成臨水宴飲、郊外踏青的活動），飲酒賦詩，各抒懷抱。後將與會人士所作詩篇編為《蘭亭集》，由王羲之為詩集撰序，即為本文。本文既是一篇文筆洗鍊的優美散文，更是一幅家喻戶曉的書法精品，素有「天下第一行書」之譽，堪稱兼具文學與書法雙美的曠世名作。可惜「書聖」的真跡已隨唐太宗長埋於地下，今日所見皆後人臨摹之作。儘管如此，《晉書·王羲之列傳》錄有此篇，我們仍可一窺當年蘭亭雅集的盛況，並讀出作者對世事無常、人生短暫的慨嘆。

全文僅三百餘字，可分為四段：首段記此次聚會的時間（永和九年暮春之初）、地點（會稽山陰之蘭亭）、緣由（脩禊事也）。以「樂」為基調，描寫一群文人雅士在環境優美的水邊，享受「流觴曲水」（古人列坐於環曲的水道旁，將酒杯放置水面上，任其漂流，看它停在何人面前，就由何人或取飲、或賦詩），一邊飲酒、一邊作詩，「暢敘幽情」的樂趣。

次段點出當天氣候宜人，「天朗氣清，惠風和暢」，讓人可以「遊目騁懷」，肆恣放眼觀覽、舒展胸懷，極盡視覺、聽覺之歡愉，真是太快樂了！

三段樂極而生悲，筆鋒一轉，拈出人生無常、生死事大之感慨。「當其欣於所遇，暫得於己，快然自足，不知老之將至。及其所之既倦，情隨事遷，感慨係之矣。」人生的「樂」與「悲」也是無常的：當人們遇到自己喜愛的事物，即使只是暫時的順心如意，也會感到快樂滿足，甚至忘了老年即將到來。等到對所追求的事物感到厭倦，心情便隨著世事變化而改變，感慨亦隨之而來。從前喜歡的東西，轉眼間已成為過去式，能不讓人感觸良多嗎？「況脩短隨化，終期於盡」，何況人壽命的長短隨造化安排，最終必定走向死亡。如《莊子·德充符》所言：「死生亦大矣。」死生實在是一件大事，怎不令人悲痛呢？該段承前文蘭亭聚會之「樂」，轉入惜時傷逝的「悲」，為通篇主旨所在。

末段批判莊子「一死生」、「齊彭殤」的論點，並闡明作序之緣由。「固知一死生為虛誕，齊彭殤為妄作。後之視今，亦猶今之視昔，悲夫！」這才知道將生和死看成一樣是虛無荒誕的想法，將長壽和短命等同視之是狂妄不實的言論。後人看今人的傷逝之感，猶如今人看前人一般，真是悲哀啊！作者之所以依序記下今天參與春禊的友人，收錄他們的詩篇，是因為他覺得即使時代不同，人事有所差異，但古今詩人興發感懷的情致卻是相同的。他相信後世讀這篇文章的人，也會有所感慨；這就是他寫作本文的目的，希望能得到後人的共鳴。

王羲之〈蘭亭集序〉

曲水流觴蘭亭會

每覽昔人興感之由，若合一契，未嘗不臨文嗟悼，不能喻之於懷。固知一死生為虛誕，齊彭殤為妄作。後之視今，亦猶今之視昔，悲夫！故列敘時人，錄其所述。雖世殊事異，所以興懷，其致一也。

嗟悼：嘆息悲傷。／一死生：把生和死看成一樣；出自《莊子・大宗師》。／齊彭殤：把長壽和短命同等看待；出自《莊子・齊物論》。彭：彭祖，借指長壽。殤：未成年而死者，借指短命。／致：情致。

大考停看聽

每當看到古人興發感慨的原因，彷彿兩契相合般和自己完全相同，未嘗不對著古人的詩文嘆息悲傷，不能釋懷。這才知道將生和死看成一樣是虛無荒誕的想法，將長壽和短命同等看待是狂妄不實的言論。後人看今人的傷逝之感，猶如今人看前人一般，真是悲哀啊！所以我依序記下今天參與修禊的人，收錄他們的詩作。即使時代不同，人事也有差異，但古今詩人興發感懷的情致還是一樣的。

寫作背景

東晉穆帝永和九年（353）農曆三月三日，王羲之與謝安、孫綽、支遁等文士名流，在今浙江紹興的蘭亭舉行春禊，飲酒賦詩，各抒懷抱。後將與會人士所作詩篇編為《蘭亭集》，由王羲之為詩集撰序，即為本文。

1

首段記此次聚會的時間（永和九年暮春之初）、地點（會稽山陰之蘭亭）、緣由（脩禊事也）。以「樂」為基調，描寫一群文人雅士在環境優美的水邊，享受「流觴曲水」，飲酒賦詩的樂趣。 **樂**

2

次段點出當天氣候宜人，讓人可以肆恣放眼觀覽、舒展胸懷，極盡視覺、聽覺之歡愉，真是太快樂了！ **樂**

3

三段樂極而生悲，筆鋒一轉，拈出人生無常、生死事大之感慨。「況脩短隨化，終期於盡」，何況人壽命的長短隨造化安排，最終必定走向死亡。死生實在是一件大事，怎不令人悲痛呢？ **悲**

主旨

4

末段批判莊子「一死生」、「齊彭殤」的論點，並闡明作序緣由。這才知道將生和死看成一樣是虛無荒誕的想法，將長壽和短命等同視之是狂妄不實的言論。寫作本文的目的，是希望得到後人的共鳴。 **悲**

 作文一點靈

評鑑賞析

本文前半寫蘭亭宴集之樂，後半轉入曲終人散之悲，最後由古今興感相同，翻出另一層體悟。文中從春日脩禊的賞心樂事，可看出作者對生命的熱愛，隨即才會樂極而生悲，由宴罷、人死之「失樂」引出悲哀之情。他又將視野放大，讓過去、現在與未來的人們同聲一嘆，因此明白「一死生」、「齊彭殤」的說法是多麼虛妄！

寫作宴遊文章切忌淪為「流水帳」，對於場景、過程擇要描寫即可，重點在於個人的感受、體會、領悟、心得……。如本文真正記錄蘭亭雅集的文字並不多，最精彩之處也不在此，而是作者由樂生悲的感觸。

UNIT 4-9
雲無心以出岫，鳥倦飛而知還

亥集

圖解大考子集古文：精煉閱讀寫作、探解試題

據〈歸去來兮辭‧序〉說，該篇作於晉安帝義熙元年（405）十一月，陶淵明時年四十一歲。那年八月，他因家貧，一堆孩子嗷嗷待哺，生計困難，故在族中親友勸說、推薦下，到離家不遠的彭澤縣任職。到任才幾天，他就深刻感受到挨餓受凍雖為切身之痛，但矯揉造作、違背自己的心意更令他苦不堪言，於是興起辭官歸隱的念頭。本想再等一年，便收拾行裝連夜返鄉。誰知嫁到程家的妹妹病逝於武昌，他急著前往奔喪，就自動離職。這次彭澤令只做了八十多天，因辭官歸田一事順合他的心意，所以賦〈歸去來兮辭〉。

關於作者此次辭官，據他自己的說法是因為奔妹喪之故，但蕭統〈陶淵明傳〉卻說：年終，適逢郡裡派督郵來檢查公務，縣吏請他束好腰帶前往迎接，他卻感嘆道：「我豈能為五斗米折腰向鄉里小兒！」當天便掛冠求去。何者為真？當然是大家耳熟能詳的「不為五斗米折腰」了，而序中所載純屬客套話，畢竟妹妹過世請喪假即可，何須辭職？

〈歸去來兮辭〉可分為四段：首段寫辭官歸隱時的歡愉。「歸去來兮，田園將蕪胡不歸？」為何要讓心靈為形體所勞役，獨自惆悵、傷悲呢？「往者已矣，來者可追。」所幸迷途未遠，一切都還來得及！歸舟輕颺，晨風吹開衣襟，我歸心似箭，迫不及待向人打聽前方的路還有多遠，遺憾的是晨光微弱，看不分明。

次段想像返家後的閒適生活。「乃瞻衡宇，載欣載奔。僮僕歡迎，稚子候門。」是家人熱烈地迎接他歸來。「引壺觴以自酌，眄庭柯以怡顏。倚南窗以寄傲，審容膝之易安。」是說他回到了容膝小屋，從此自斟自酌，心安理得，寄託一身的傲骨。「雲無心以出岫，鳥倦飛而知還。」白雲無心浮出山間，一如他之前無心出仕，離開美麗的家園；鳥兒飛累了知道還巢，彷彿他此時也倦鳥歸巢，棄官歸里。

三段想像退隱後與世隔絕、寄情山水的情景。「歸去來兮，請息交以絕游。世與我而相違，復駕言兮焉求？」既然世俗與他相違棄，還汲汲營營想出去追求什麼呢？不如就與外界斷絕往來，讓親友的真情、琴書的樂趣為他消憂解愁吧。「農人告余以春及，將有事於西疇。」由於本文作於十一月，「春及」顯然是虛筆。預言他將親自開墾耕種，或深入曲折山徑尋找溪壑的源頭，或行經不平的道路而登上丘頂。春回大地，樹木一片欣欣向榮，泉水開始涓涓流淌。「善萬物之得時，感吾生之行休。」羨慕萬物逢春，幸得其時，感慨自己將走到生命的盡頭。

末段以順應自然、樂天知命作結。「富貴非吾願，帝鄉不可期。」富貴不是他的願望，羽化登仙也讓人無法預期。不如及時行樂，登高呼嘯，吟詠賦詩，「聊乘化以歸盡，樂夫天命復奚疑？」只能順著自然的造化，安於天命，了此殘生。

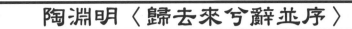

陶淵明〈歸去來兮辭並序〉

迷途知返歸田園

歸去來兮，請息交以絕游。世與我而相違，復駕言兮焉求？悅親戚之情話，樂琴書以消憂。農人告余以春及，將有事於西疇。或命巾車，或棹孤舟。既窈窕以尋壑，亦崎嶇而經丘。木欣欣以向榮，泉涓涓而始流。善萬物之得時，感吾生之行休。

駕言：出遊。出自《詩經·邶風·泉水》：「駕言出遊，以寫我憂。」／窈窕：指幽深曲折的山路。／得時：指遇上春季。／行休：即將了此一生。

大考停看聽

回去吧！請讓我與外界斷絕交遊，世俗與我互相違棄，還出遊去追求什麼呢？親友們真摯的話語使我喜悅，琴書中的樂趣足以消除煩憂。農民告訴我春天來了，即將到西邊的田地耕作。有時喚一輛帷車，有時划一葉孤舟，既可深入曲折山徑尋找溪壑的源頭，也可行經不平的道路而登上丘頂。此時樹木一片欣欣向榮，泉水開始涓涓流淌，我羨慕萬物逢春正得其時，卻感慨自己將走到生命的盡頭。

寫作背景

義熙元年（405）陶淵明不為五斗米折腰，辭去任職八十餘天的彭澤令，求去時賦〈歸去來兮辭〉，想像歸隱生活的逍遙自適，無限美好。

中心思想：「質性自然，非矯勵所得；飢凍雖切，違己交病。」

1
首段寫辭官歸隱時的歡愉。「舟遙遙以輕颺，風飄飄而吹衣。問征夫以前路，恨晨光之熹微。」大清早，他乘坐小舟，迫不及待踏上歸途。

2
次段想像返家後的閒適生活。遠遠望見簡陋的房舍，他欣喜若狂；僮僕、稚子來相迎。他一如那白雲無心出仕，如今像鳥兒倦飛而歸巢。

3
三段想像退隱後與世隔絕、寄情山水的情景。他決定息交絕遊，躬耕西疇，彈琴讀書，終老一生。羨慕萬物逢春，感慨自己的青春已不再。

4
末段以順應自然、樂天知命作結。不如順從自己的心志，把握良辰佳景，及時行樂，隨順自然的造化，安於天命，了此殘生。

★陶淵明掛冠求去的原因：
1. 不為五斗米折腰，係屬實情。
2. 急於到武昌奔妹喪，客套話。

💡 作文一點靈

謀篇布局

本文除了首段有感於田園將蕪，應當歸去，及末段慨嘆人生苦短，何不順應自然、樂天知命？屬於作者辭官當下對現實的感慨之外，中間各段皆採「預言示現」法寫成。

其實，首段從歸舟輕颺、晨風吹衣，寫返鄉途中，已是預言示現法，為「虛筆」。次段想著回家後，親人歡迎、引酒自酌的快活，亦為虛寫。三段遙想明春與農人一起耕種於西疇，更不是實筆。末段謂良辰出遊、登高舒嘯等，皆出於想像，絕非寫實。

寫作講究「虛實相生」，往往虛寫比實寫更重要，如本文寫辭官歸隱，重點不在辭職，而在於嚮往隱居後怡然自得的田園生活。

UNIT 4-10
黃髮垂髫，並怡然自樂

陶淵明〈桃花源記〉其實是〈桃花源詩〉前的小序，用來闡述創作〈桃花源詩〉之旨趣。這篇記和詩的寫作時間，據洪邁《容齋隨筆》云：「乃寓意於劉裕，託之於秦，借以為喻。」可見當作於東晉滅亡後的南朝宋時期。作者生處亂世，既無力改變社會現狀，又不願苟且偷安，於是藉由本文構築出心中的理想世界。通篇採用小說筆法，描寫武陵人在捕魚途中，無意間進入桃花源，發現了這片自給自足、安和樂利的人間淨土。後世遂濃縮成「世外桃源」一語，用來指稱一個豐衣足食、與世無爭的美好國度。

全文可分為三段：首段敘武陵漁夫發現桃花源的經過。他划船沿著溪流前進，不知划了多遠，「忽逢桃花林，夾岸數百步，中無雜樹，芳草鮮美，落英繽紛。」「落英繽紛」通常依《中文大辭典》解作「落花散亂也」；但據《爾雅・釋詁》云：「初、哉、首、基、肇、祖、元、胎、俶、落、權輿，始也。」則「落英」猶言「初花」，形容春天初綻的桃花繁盛美麗。後者意尤長。漁夫十分驚奇，又再往前行，想一探桃花林的盡頭。結果發現「林盡水源，便得一山。山有小口，彷彿若有光。」他於是下了船，從山壁的洞口進去。

次段寫漁夫在桃花源中的所見所聞。起初洞口極窄，僅能容納一個人通行，再走幾十步，眼前豁然開朗。「土地平曠，屋舍儼然。有良田、美池、桑、竹之屬，阡陌交通，雞犬相聞。」來往耕作的男男女女，穿著打扮全像外地人似的，「黃髮垂髫，並怡然自樂」。真是洞天福地，人人豐衣足食，生活自在、快樂。其中「男女衣著，悉如外人」，有二解：一、男女衣著都和洞外的人一樣；二、男女衣著都彷彿是外地人。據〈桃花源詩〉云：「衣裳無新製。」王維〈桃源行〉亦云：「居人未改秦衣服。」可見桃源人還穿秦裝，與洞外著六朝服飾的人們宛如來自兩個世界。他們看見漁夫大吃一驚，問他從哪兒來，並熱情地擺酒殺雞招待他。村民紛紛趕來向他打聽洞外的消息。「自云先世避秦時亂，率妻子、邑人來此絕境，不復出焉，遂與外人間隔。」原來他們的祖先為了躲避秦末戰亂，攜家帶眷來到這個與世隔絕的地方。他們居然不知道漢朝，更別說是魏、晉了。漁夫一一述說洞外的事情，他們聽了莫不感嘆惋惜。漁夫停留幾天後，要告辭了，桃源人再三叮囑：「不足為外人道也。」請他務必守密。

末段記眾人皆尋不著桃花源的所在。漁夫出了山洞，沿著來時路返航，途中到處留下記號。當他回到郡裡，就去向太守報告一切經過。太守立刻派人隨他去找桃花源，卻迷了路。南陽隱士劉子驥也曾計劃前往，但還沒啟程便病逝了。從此，桃花源再也乏人問津。其實「桃花源」象徵陶淵明內心的美好世界，「後遂無問津者」則暗示高遠理想的幻滅。

陶淵明〈桃花源記〉

落英繽紛桃花源

a. 其中往來種作，男女衣著，悉如**外人**；黃髮垂髫，並怡然自樂。

b. 自云先世避秦時亂，率妻子、邑人來此絕境，不復出焉，遂與**外人**間隔。

c. 停數日，辭去。此中人語云：「不足為**外人**道也。」

悉：全、都。／黃髮：老人髮色由白轉黃，故借指老人。／垂髫：古時小兒不束髮，頭髮下垂，借指兒童。髫，音「條」，小兒額前的垂髮。／邑人：同鄉里的人。／語：去聲，告訴。

大考停看聽

a. 在裡面來往耕種的男男女女，衣著打扮完全像是**外地人**；老人、小孩都顯得快樂而自在。

b. 他們自稱祖先為了躲避秦末戰亂，帶著老婆、小孩、鄉親來到這個與世隔絕的地方，不再出去，於是跟**洞外的人**斷絕了往來。

c. 漁夫停留幾天後，要告辭離開。這裡的人告訴他：「我們的事情，不值得向**洞外的人**說啊。」

第4章 文集篇

寫作背景

★陶淵明〈桃花源記〉其實是〈桃花源詩〉前的小序，用來闡述創作〈桃花源詩〉之旨趣。

★據洪邁《容齋隨筆》云：「乃寓意於劉裕，託之於秦，借以為喻。」可見當作於東晉滅亡後的南朝宋時期。

1

首段敘武陵漁夫發現桃花源的經過

他沿溪划船，忽然遇見一片桃花林，「芳草鮮美，落英繽紛」。原想一探桃花林的盡頭，卻發現山壁上有個洞；於是，就從洞口進去。

2

次段寫漁夫在桃花源中的所見所聞

★洞內的世界，「土地平曠，屋舍儼然」，「黃髮垂髫，並怡然自樂」。他們的祖先於秦末躲避戰亂，扶老攜幼來到這個與世隔絕的地方。

★漁夫要告辭了，桃源人再三叮嚀：「這裡的事情，不值得向外面的人提起！」

3

末段記眾人皆尋不著桃花源的所在

★漁夫去謁見太守報告一切經過。太守派人隨他沿著記號去尋找桃花源，卻迷了路。

★隱士劉子驥計劃前往，還沒啟程便病逝了。從此，桃花源再也乏人問津。

作文一點靈

思想情意

　　「桃花源」是陶淵明心中的理想世界，然而它並非真實的存在。如我們常說的「天堂」、「地獄」，何嘗不是人心所幻化而成？其實「天堂」、「地獄」僅在一念之間，當您覺得度日如年，生不如死，便置身於人間煉獄；反之，當您處之泰然，逍遙自得，那兒就是您的天堂了。

　　親愛的讀者，您心中的「桃花源」在哪裡呢？球場上，揮汗如雨，較勁廝殺，充分展現您的雄姿英發；舞臺上，裝扮時髦，熱歌勁舞，全面放送您的青春活力；咖啡館裡，樂音輕揚，三五良朋，細細品嘗您的友誼馨香……

　　雖說「桃花源」不假外求，此心安處便是它的所在；但世間絕對沒有一個地方真正屬於「桃花源」，因為您認為是美好的天地，別人可能視它如監牢般，可惱可恨！

UNIT **4-11**

我輩無義之人，而入有義之國

子集

圖解大考子集古文：精煉閱讀寫作，探解試題

六朝筆記小說雖非文人有意識地創作，還不是真正成熟的小說，但無論志怪、志人之作皆言簡意賅，耐人尋思。志怪小說以干寶《搜神記》為代表，志人筆記則首推劉義慶《世說新語》。

《世說新語》原名《世說》，是南朝宋臨川王劉義慶招集門下客編輯而成，南朝梁劉孝標曾為之作注。全書今分上、中、下三卷，共三十六門，依內容性質排列，始於〈德行〉，終於〈仇隙〉。所記以品評人物、清談玄言為主，生動描繪出東漢末至東晉間士大夫的言行舉止、生活軼事，以文辭簡麗、意味雋永著稱。

〈德行〉共收錄四十八則，主要描述魏晉名士的道德風操，著眼於人物品格的褒貶。如「荀巨伯義感胡賊」的故事：荀巨伯大老遠來探望生病的朋友，不巧遇上胡賊入侵，朋友病重無力逃生，就勸巨伯與眾人一起避禍。巨伯說：「遠來相視，子令吾去；敗義以求生，豈荀巨伯所行邪？」在危急時刻，棄朋友於不顧，如此敗壞道義、苟且偷生的事，不是荀巨伯做得出來。不久，賊兵進城，發現到處人去樓空，問巨伯為何沒逃走。巨伯說：「友人有疾，不忍委之，寧以我身代友人命。」他願意犧牲自己，以確保朋友能活命。賊相謂曰：「我輩無義之人，而入有義之國。」沒想到賊眾感慨：一群無情無義的人，卻來到一個有情有義的地方，真是慚愧！於是便撤退了，整個郡城因此未遭劫掠，得以保全。

又「華歆、王朗優劣」事：華歆、王朗一同乘船避難，途中遇到一個陌生人想來投靠他們，華歆面有難色，打算拒絕那人。王朗卻說：「幸尚寬，何為不可？」後賊兵追來，王朗想丟下同行的那人。華歆說：「本所以疑，正為此耳。既已納其自託，寧可以急相棄邪？」先前猶豫，正是擔心遇到這種情況；如今既然已答應人家的請託，怎麼可以因為遇到危險而拋下他呢？於是仍像當初那樣帶著那人一起逃難。世人根據此事來評定華歆、王朗人品的優劣。

另「郗公含飯吐兒」一事：永嘉末年，戰亂頻仍，四處鬧饑荒，鄉人敬重郗鑒是個才德兼備的君子，合力供養他。「公常攜兄子邁及外生（甥）周翼二小兒往食。」郗鑒於是帶著姪兒郗邁、外甥周翼一同去吃飯。後來大家表示：「各自饑困，以君之賢，欲共濟君耳，恐不能兼有所存。」世道艱難，鄉人能力有限，恐怕無法兼顧其他人。「公於是獨往食，輒含飯著兩頰邊，還吐與二兒。」郗鑒只好獨自去，把飯含在兩頰邊，回家再吐出來給兩個孩子吃。因為這樣，所以兩個孩子都保住了性命。後來郗鑒過世，周翼辭官為舅父守孝，服心喪三年。

所謂君子之德行，誠如孔子云：「君子無終食之間違仁，造次必於是，顛沛必於是。」（《論語‧里仁》）越在危急存亡之秋、性命攸關之際，還能堅守道德仁義者，才是真正品行高潔的賢人君子！

《世說新語・德行》

患難與共見真情

華歆、王朗俱乘船避難，有一人欲依附，歆輒難之。朗曰：「幸尚寬，何為不可？」後賊追至，王欲舍所攜人。歆曰：「本所以疑，正為此耳。既已納其自託，寧可以急相棄邪？」遂攜拯如初。世以此定華、王之優劣。（《世說・德行》）

華歆：字子魚，三國時平原高唐（今山東禹城）人。／王朗：字景興，東海郯人，曹魏司徒。／難之：表示為難。／疑：遲疑，猶豫。／納：接受，答應。

大考停看聽

華歆、王朗一起搭船逃難，遇上一個陌生人想投靠他們，華歆表示為難。王朗卻說：「幸好船還寬敞，多載一個人有何不可？」後來強盜追來了，王朗想丟下隨行的那個人。華歆說：「原先我之所以猶豫，正因為料到可能發生這種情況。現在既然已經接受人家的請求，怎麼可以因為情況危急而丟下他不管？」於是仍像當初那樣帶著他、救助他。世人根據此事來評定華歆、王朗的優劣。

義感胡賊荀巨伯

★荀巨伯大老遠來探望生病的朋友，不巧遇上胡賊入侵。

★巨伯不做「敗義以求生」的事，堅決留下來照顧朋友。

★賊兵進了城，便問巨伯為何沒有逃走。巨伯據實以告。

★賊相謂：「我輩無義之人，而入有義之國。」便撤退。

華歆王朗論優劣

★華歆、王朗乘船避難，途中遇到一個陌生人想來投靠。

★華歆打算拒絕那人。王朗卻大方讓那人一同搭船逃難。

★賊兵追來，王朗想丟下那人；華歆卻堅決帶他一起逃。

含飯吐兒的郗鑒

★永嘉末年，四處鬧饑荒，鄉人敬重郗鑒，合力供養他。

★郗鑒於是帶著姪兒郗邁、外甥周翼一同去鄰居家吃飯。

★後來大家抗議，只能供養郗鑒，恐怕無法兼顧其他人。

★郗鑒只好把飯含在兩頰邊，回去再吐出給兩個孩子吃。

★因為這樣，兩個孩子全都保住了性命，一起度過難關。

作文一點靈

名言佳句

寫作時如能運用一些警策的句子，將使文章更有看頭。以下提供與「患難見真情」相關的格言金句：

1.「患難識人，泥濘識馬。」

2.「患難見真情，日久識人心。」

3.「人生貴在相知，相知在急難。」

4.「最牢固的友誼是在共患難中結成的。」

5.「只有在患難的時候，才能看到朋友的真心。」

UNIT 4-12
未能免俗，聊復爾耳

劉義慶《世說新語》，專記漢末至魏晉間知識分子在時代動亂下的言行、思想、無奈與悲哀。如「竹林七賢」（阮籍、嵇康、山濤、向秀、劉伶、王戎、阮咸）之憤世嫉俗，蔑視禮法，正傳達對當時政治黑暗、生活苦悶的強烈不滿。〈任誕〉主要記載魏晉名士任性放誕、無拘無束的言行風貌。雖說時人以率性而行、返璞歸真為標榜，但其實流於毫無節制、縱情享樂而已，普遍反映出消極避世的頹廢人生觀。

如「阮籍求官」故事：掌管上林苑屯兵的「步兵校尉」一職出缺，由於「廚中有貯酒數百斛，阮籍求為步兵校尉。」為了喝酒而出仕。可見在他心中作官是小事，喝酒才是大事。

「醉臥美婦側」：「阮籍鄰家婦，有美色，當壚酤酒。」阮籍與王戎（字濬沖，受封安豐侯，世稱「王安豐」）經常一起去向美婦買酒，「阮醉，便眠其婦側。」阮籍喝醉了，就躺在她腳邊呼呼大睡。「夫始殊疑之，伺察，終無他意。」婦人的丈夫剛開始懷疑阮籍居心不良，但暗中觀察一陣子，發現他並沒有任何踰矩的行為。證明他只是不拘禮法，絕非色情狂。

「吐血送母」：阮籍要埋葬母親之前，「蒸一肥豚，飲酒二斗，然後臨訣，直言：『窮矣！』」他還蒸了一隻肥美的小豬來吃，又喝下二斗酒，再去跟母親訣別，只說一句：「永別了！」接著放聲痛哭，哭到傷心吐血，並暈厥過去一段時間。喪母之痛，應發自內心，何

必惺惺作態、沽名釣譽？阮籍母喪期間，照樣吃肉、喝酒，但這不影響他對母親的孺慕之思，只是不屑死守禮教規範而已。

又「劉伶病酒」一則：劉伶嗜酒如命，妻子氣得摔碎酒器，哭著求他戒酒。劉伶說：「我不能自禁，唯當祝鬼神，自誓斷之耳！便可具酒肉。」妻子備妥一切酒菜。劉伶跪而祝曰：「天生劉伶，以酒為名，一飲一斛，五斗解酲。婦人之言，慎不可聽！」他居然跟神明說：劉伶天生是個酒鬼，每次喝十斗（一斛）才過癮，只喝五斗反而越喝越清醒。婦道人家的話，千萬別聽信啊！「復引酒進肉，隗然已醉矣。」劉伶身處亂世中，既無力改變現狀，又不願同流合汙，只好借酒裝瘋逃避現實，但求明哲保身罷了。

而「曬犢鼻褌」之事：阮咸（字仲容）和他的叔父阮籍同住在道南時，其他姓阮的人家住在道北。相傳道北阮氏都是有錢人，道南阮氏家境貧寒。「七月七日，北阮盛曬衣，皆紗羅錦綺。」每年七夕按照舊俗要曬衣服，道北阮氏就把綾羅綢緞做成的華衣美服拿出來曝曬，「仲容以竹竿掛大布犢鼻褌於中庭，人或怪之，答曰：『未能免俗，聊復爾耳！』」阮咸用竹竿把自己的粗布做成的及膝短褲晾在中庭院子裡。別人問他為何這麼做，他回答：既然不能免俗，就跟大家一起曬衣吧！——可見阮咸不以貧困為恥，表現出一種不盲從、不炫富的高尚情操。

《世說新語‧任誕》

消極避世任誕客

阮仲容、步兵居道南，諸阮居道北；北阮皆富，南阮貧。七月七日，北阮盛曬衣，皆紗羅錦綺。仲容以竿掛大布犢鼻褌於中庭。人或怪之，答曰：「未能免俗，聊復爾耳。」（《世說‧任誕》）

大考停看聽

阮仲容：阮咸，字仲容，陳留尉氏（今河南開封）人。「建安七子」中的阮瑀是他祖父，而他與叔父阮籍皆躋身「竹林七賢」之列。／步兵：阮籍，字嗣宗，曾任步兵校尉，人稱「阮步兵」。／犢鼻褌：音「獨鼻坤」，一種粗布做成的及膝短褲，為漢代至六朝勞動階級常穿的服飾。

阮咸、阮籍住在道南，其他阮姓人家住在道北；道北的阮氏都十分富有，道南的阮氏比較貧困。每年七月七日按舊俗要曬衣，道北阮氏把綾羅綢緞做成的衣服都拿出來曬，阮咸就用竹竿把自己的粗布短褲「犢鼻褌」晾在中庭院子裡。有人覺得很奇怪，阮咸回答：「既然無法免去此一習俗，我就跟大家一起曬衣吧！」

為酒求官去

掌管上林苑屯兵的「步兵校尉」一職出缺，由於官署的廚房裡貯存著數百斛美酒，所以阮籍請求去擔任步兵校尉之職。

可見在阮籍心中作官是小事，喝酒才是大事。

醉臥美婦側

★阮籍鄰居有個賣酒的婦人，生得貌美如花。
★阮籍去買酒，喝醉了，躺在她腳邊呼呼大睡。
★婦人的丈夫發現阮籍並沒有任何踰矩的行為。

證明阮籍只是不拘禮法而已，絕非色情狂。

吐血送母葬

★阮籍要葬母親之前，還蒸了一隻肥美的小豬來吃，又喝下二斗酒，再去跟母親訣別。
★他只說一句：「永別了！」接著，放聲痛哭，哭到傷心吐血，並暈厥過去一段時間。

阮籍母喪期間，照樣吃肉、喝酒，但這不影響他對母親的孺慕之思，只是不屑死守禮教規範罷了。

劉伶又醉倒

★劉伶嗜酒如命，妻子摔碎酒器，哭求他戒酒。
★他請妻子準備酒肉，希望祝禱早日戒酒成功。
★他跪而祝曰：「天生劉伶，以酒為名，一飲一斛，五斗解酲。婦人之言，慎不可聽！」
★於是，他大口地喝酒吃肉，又醉到不省人事。

劉伶身處亂世中，既無力改變現狀，又不願同流合汙，只好借酒裝瘋逃避現實，但求明哲保身。

曝曬犢鼻褌

★七夕舊俗要曬衣服，道北阮氏把華衣美服拿出來曝曬，阮咸便用竹竿把自己的犢鼻褌晾在中庭院子裡。
★別人問他為何這麼做，他回答：「既然不能免俗，我就跟大家一起曬衣吧！」

阮咸不以貧困為恥，表現出一種不盲從、不炫富的高尚情操。

第4章 文集篇

酒

UNIT **4-13**

唯公榮，可不與飲酒

子集

圖解大考子集古文：精煉閱讀寫作，探解試題

〈簡傲〉為《世說新語》第二十四門。所謂「簡傲」，即簡忽傲慢之意，指處理人際關係上輕忽怠慢、高傲無禮的態度。書中〈簡傲〉、〈任誕〉二門，以記錄魏晉名士風流為主，從中不難見到六朝文士狂妄不羈、玩世不恭的精神面貌。

如「不與公榮飲酒」一則：王戎年輕時去拜訪阮籍，當時劉昶（字公榮）也在座。據《世說新語・任誕》載：劉昶以嗜飲聞名，他從不挑酒伴，曾說：「勝公榮者，不可不與飲；不如公榮者，亦不可不與飲；是公榮輩者，又不可不與飲。」所以每天喝得醉醺醺。這回阮籍就對王戎說：「偶有二斗美酒，當與君共飲。彼公榮者無預焉。」於是兩人頻頻舉杯，互相敬酒，劉昶始終喝不到一杯；但三人依舊聊得很開心。有人問阮籍為何這樣做，他回答：「勝公榮者，不得不與飲酒；不如公榮者，不可不與飲酒；唯公榮，可不與飲酒。」表明就是不想和劉昶一起喝酒。朋友之間開個玩笑，只要當事人不介意，倒也無傷大雅！

又「鍾士季訪嵇康」一事：鍾會，字士季，曹魏太傅鍾繇的小兒子。他先前不認識嵇康，曾邀請一些才德出眾的文人，一起去尋訪嵇康。「（嵇）康方大樹下鍛（打鐵），向子期為佐鼓排（打下手拉風扇）。（嵇）康揚槌不輟，傍若無人，移時不交一言。」嵇康拚命幹活兒，過了好久不跟鍾會說一句話。當鍾會起身要離開時，嵇康才問他：「何所聞而來？何所見而去？」鍾會回答：「聞所聞而來，見所見而去。」據說鍾會受到嵇康如此冷落，從此懷恨在心，後來藉故誣陷他，嵇康因此惹來殺身之禍。

「以凡鳥喻嵇喜」之事：嵇康生前和呂安交情頗好，「每一相思，千里命駕。」每次想念對方，不惜千里前往相會。某天，呂安來訪，正好嵇康不在家，哥哥嵇喜請客人進屋小憩；但呂安不肯，只在門上寫下一個「鳳」字便轉身離去。「（嵇）喜不覺，猶以為欣，故作。」嵇喜以為呂安稱讚他是鳳凰，暗自竊喜。殊不知「『鳳』字，凡鳥也。」由於呂安輕視權貴，只仰慕淡泊名利的嵇康，自然瞧不起像嵇喜這種熱衷功名的俗士。

「王恬中庭曬頭」之事：謝萬坐船經過吳郡時，想邀兄長謝安一起去拜訪時任吳郡太守的王恬。王恬，字敬豫，王導之子，素來瞧不起謝氏子弟。「太傅（謝安）云：『恐伊不必酬汝，竟不足爾！』」謝安覺得王恬傲慢成性，應該不會接見謝家人。於是，謝萬隻身前往拜會。他到王恬家坐了一會兒，王恬才進去；心裡非常高興，以為會受到禮遇。「良久，仍據胡床，在中庭曬頭，神氣傲邁，了無相酬對意。」過了很久，王恬竟洗完頭披頭散髮出來，坐到馬扎兒上，在院子裡曬頭髮，神情傲慢而放縱，完全不把客人放在眼裡。謝萬黯然而返，謝安說：「阿螭（王恬的小名）不作爾！」如果王恬以禮相待，那才是虛假！

《世說新語 • 簡傲》

高傲無禮眾狂士

王戎弱冠詣阮籍，時劉公榮在坐。阮謂王曰：「偶有二斗美酒，當與君共飲；彼公榮者無預焉。」二人交觴酬酢，公榮遂不得一桮；而言語談戲，三人無異。或有問之者，阮答曰：「勝公榮者，不得不與飲酒；不如公榮者，不可不與飲酒；唯公榮，可不與飲酒。」（《世說 • 簡傲》）

弱冠：指年滿二十歲的男子。／詣：造訪。／交觴酬酢：大家舉杯相互敬酒。主敬客曰「酬」，客回敬稱「酢」。酢，音「作」。／桮：通「杯」。

大考停看聽

王戎年輕時去拜訪阮籍，當時劉公榮也在座。阮籍對王戎說：「剛好有兩斗好酒，該與您一起喝，那個公榮不可以參加。」兩人頻頻舉杯，互相敬酒，公榮始終得不到一杯；但三人說話笑鬧和平常一樣。有人問為什麼這樣做，阮籍回答：「勝過公榮的人，我不能不和他一起喝酒；比不上公榮的人，又不可不和他一起喝酒；只有公榮這個人，可以不和他一起喝酒。」

第4章 文集篇

不與公榮飲

★劉昶，字公榮，以嗜飲聞名。曾說：「勝公榮者，不可不與飲；不如公榮，亦不可不與飲；是公榮輩者，又不可不與飲。」

★某日，王戎去拜訪阮籍，劉昶也在座。

★阮籍與王戎頻頻舉杯敬酒，劉昶始終喝不到一杯；但三人依舊聊得很開心。

鍾會訪嵇康

★鍾繇的小兒子鍾會，字士季，邀請文人同訪嵇康。

★嵇康在大樹下打鐵，旁若無人，不跟鍾會說句話。

★鍾會要離開，嵇康問：「何所聞而來？何所見而去？」

★鍾會回答：「聞所聞而來，見所見而去。」

★鍾會受到如此冷落，懷恨在心，後來藉故誣陷嵇康。

凡鳥喻嵇喜

★淡泊名利的嵇康和呂安交情頗好，兩人經常相會。

★某次呂安來訪，嵇康不在，他那熱衷功名的哥哥嵇喜請客人進屋小憩。

★呂安不肯，只在門上寫下一個「鳳」字，便轉身離去。

★嵇喜以為呂安稱讚他是鳳凰，暗自竊喜。殊不知「『鳳』字，凡鳥也。」

中庭曬頭髮

★謝萬經過吳郡，邀兄長謝安去拜訪吳郡太守王恬。

★謝安覺得王恬傲慢成性，不會接見他們，不肯去。

★謝萬隻身往王恬家，他坐了一會兒，王恬才進去。

★許久，王恬洗完頭坐到馬扎兒上，在院子曬頭髮。

★謝萬只好黯然而返，謝安說：「阿螭（王恬的小名）不做作啊！」

UNIT 4-14
暮春三月，江南草長

予集

圖解大考子集古文：精煉閱讀寫作・探解試題

陳伯之，南朝將領，驍勇善戰，但政治立場搖擺不定：原為齊江州刺史，齊亡降梁；後叛梁，兵敗；投奔北魏，任平南將軍。梁武帝天監四年（505），臨川王蕭宏奉命討伐北魏，與陳伯之兵戎相見，故命麾下諮議參軍丘遲作此書勸降；隔年三月，陳伯之果然率八千兵士來歸。這是一封駢文書信，旨在規勸陳伯之迷途知返，早日脫離北魏，歸順梁朝。

通篇可分為七段：首段為書信套語，致問候之意，並無深意。

次段先稱讚陳伯之「勇冠三軍，才為世出」，說他勇武為三軍之冠，才幹為救世而出。再對比他昔日「遭遇明主，立功立事」，意氣風發，何其雄壯！而今投降北魏，「聞鳴鏑而股戰，對穹廬以屈膝」，又是何等的卑下！這一切都是他不能審察自己的情況，聽信外人的流言，一時迷惑狂妄造成的。

三段說明朝廷一向寬厚，以誠心對待天下人，凡事既往不咎，勸陳伯之迷途知返。接著，向他溫情喊話：「將軍松柏不翦，親戚安居，高臺未傾，愛妾尚在。」將軍的祖墳完好如故，親戚安居樂業，房舍未曾毀壞，愛妾依然健在，梁朝對您堪稱仁至義盡。

四段誘之以利，強調留在朝中的功臣都拜將封侯，備受禮遇，還可將富貴傳給後代。而陳伯之投靠北魏，受盡屈辱，實在為他感到悲哀。

五段藉慕容超、姚泓的敗亡，印證「姬、漢舊邦，無取雜種」，謂漢人古國所在的故土，不容許異族占領，曉以民族大義。再分析北魏的政治情勢，王室自相殘殺，部族、酋長各懷異心，提醒陳伯之目前處境，一如「魚游於沸鼎之中，燕巢於飛幕之上」，真是岌岌可危啊！希望能加深他的危機意識。

六段動之以情，描寫美麗的南國風光：「暮春三月，江南草長，雜花生樹，群鶯亂飛。」以激發陳伯之的家國之思：「見故國之旗鼓，感平生於疇日，撫弦登陴，豈不愴悢？」問他手持弓弦登城，望見故國軍隊的旗鼓，想起從前而感懷此生，能不悲傷嗎？疇日，昔日。陴，音「皮」，城上的短牆。愴悢：音「創亮」，悲傷。

末段威之以勢，總結全文說「當今皇帝盛明，天下安樂」，故四海歸順，八方來朝，唯獨北魏頑強抵抗，企圖苟延歲月。基於往日同僚之誼，所以作者再三叮嚀陳伯之及早歸降，免得將來悔不當初。

丘遲完全站在陳伯之的立場，設身處地為他剖析利害關係，無論誘之以利、曉之以義、動之以情或威之以勢，皆理直氣正，措辭委婉，處處展現出真心誠意，故能不費一兵一卒成功招降此一悍將。據說陳伯之本身不識字，收到此信，想必透過部屬口述其意。可見本文雖為駢文，但絕非只追求對偶、聲律、典故、辭藻的形式之美，其思想深刻、情意真摯更是無庸置疑，才能以內容取勝，輾轉說服毫無文學素養的陳伯之。千餘年後讀之，仍覺「心有戚戚焉」，所謂真情動人，大抵如此！

丘遲〈與陳伯之書〉

故人情誼聲聲喚

今功臣名將，雁行有序，佩紫懷黃，讚帷幄之謀；乘軺建節，奉疆場之任，並刑馬作誓，傳之子孫。將軍獨靦顏借命，驅馳氈裘之長，寧不哀哉？

雁行有序：指文武百官，官位高下，秩序井然。／佩紫懷黃：佩帶紫綬，懷藏金印。／讚帷幄之謀：在朝廷輔佐天子決策。讚，輔佐。帷幄，主帥帳幕，此指朝廷。／乘軺建節：乘坐輕車，豎立旌節。軺，音「姚」，輕便的馬車。建：豎立。節：旌節。／疆場：邊疆。場，音「易」，邊境。／氈裘之長：指北魏帝王。氈裘，胡人所穿的皮衣，借指胡人。

大考停看聽

如今朝中功臣名將，官位高下，秩序井然。個個佩帶紫綬，懷藏金印，在朝廷輔佐天子決策；他們乘坐輕車，豎立旌節，在邊疆承當防守的重任。並且殺馬飲血立下誓約，功勳爵位可以傳給後代子孫。唯有將軍您厚著臉皮，苟且偷生，為胡人君主效命，難道不感到可悲嗎？

---

1 首段為書信套語，致問候之意，並無深意。

2 次段謂陳伯之昔日「遭遇明主，立功立事」，意氣風發；而今投降北魏，「聞鳴鏑而股戰，對穹廬以屈膝」，何等卑下。這一切都是他一時迷惑狂妄所造成的。

3 三段說明朝廷一向寬厚，凡事既往不咎：您的祖墳、親戚、居所、愛妾，一切如昔。勸陳伯之迷途知返。

4 ★強調留在朝中的功臣都拜將封侯，備受禮遇，還可將富貴傳給後代。
★而陳伯之投靠北魏，受盡屈辱，實在為他感到悲哀。
誘之以利

5 ★藉慕容超、姚泓的敗亡，印證漢人古國所在的故土，不容許異族占領。
★北魏王室自相殘殺，部族、酋長各懷異心，以加深陳伯之的危機意識。
曉之以義

6 描寫南國風光，以激發陳伯之的家國之思，問他手持弓弦登城，望見故國軍隊的旗鼓，想起從前而感懷此生，能不悲傷嗎？
動之以情

7 ★總結全文說當今天下安樂，四海來歸，唯獨北魏頑強抵抗，企圖苟延歲月而已。
★作者基於往日同僚之誼，再三叮嚀陳伯之及早歸降，免得將來悔不當初。
威之以勢

UNIT **4-15**
鳶飛戾天者，望峰息心

吳均〈與宋元思書〉一文，亦作〈與朱元思書〉，截錄自南朝梁作家吳均寫給好友宋元思的書信，歷來被譽為駢文中寫景的極品。宋元思，或作朱元思，字玉山，生平不詳。魏晉南北朝之際，戰禍相尋，政治黑暗，社會動盪，民不聊生。不少知識分子藉由寄情山水，以排遣內心苦悶；吳均就在這樣的時代背景下，創作出這篇謳歌自然風光的絕妙文章。

本文描寫作者乘船從桐廬（今浙江桐廬）至富陽（今浙江富陽）途中所見景物。通篇可分為四段：首段總寫富春江一帶的奇山異水。「風煙俱淨，天山共色。從流飄蕩，任意東西。」風塵、煙霧全都散盡，天空、山巒皆顯現出同樣澄清的顏色。坐船隨著江流蕩漾，任憑它向東或向西漂流。「自富陽至桐廬一百許里，奇山異水，天下獨絕。」按：桐廬在富陽西南，兩縣相隔百餘里，均位於富春江下游。「奇山異水，天下獨絕」為本文主旨所在。

次段先簡筆描繪「異水」的「獨絕」之處。「水皆縹碧，千丈見底；游魚細石，直視無礙。急湍甚箭，猛浪若奔。」江水全都呈現一片青綠色，水質清澈到可以看見千丈深的底部。水裡游動的魚兒、細小的卵石，皆看得清清楚楚。湍急的江水流得比飛箭還快，洶湧的巨浪宛如奔騰中的駿馬。此處用白描、誇飾、譬喻手法，刻劃出富春江水色之美，栩栩如生，躍然紙上。

三段再工筆雕琢「奇山」的「獨絕」之處。「夾岸高山，皆生寒樹。負勢競上，互相軒邈；爭高直指，千百成峰。」沿江兩岸的高山上，長滿了耐寒的樹木。山峰依恃地勢競相向上伸展，好像在比高、比遠似的；群巒筆直地指向天際，形成千百座峭拔的高峰。接著，運用聽覺摹寫技巧，重現山裡各種大自然的天籟之聲：「泉水激石，泠泠作響；好鳥相鳴，嚶嚶成韻。蟬則千轉不窮，猿則百叫無絕。」這裡採動態筆法描摹奇麗的山光，如寫山巒：「負勢競上，互相軒邈；爭高直指，千百成峰。」彷彿群山在互別苗頭，比高、比遠，誰也不讓誰！寫山中泉水流動聲、鳥兒爭鳴聲、蟬叫猿啼的聲音都活靈活現，使人宛如身臨其境。

末段借景言志，道出飽覽美景後的心得。「鳶飛戾天者，望峰息心；經綸世務者，窺谷忘反。」他有感而發：仕途得意顯達的人，望見這峭拔的峰巒就會平息追逐功名的心；謀劃世俗事務的人，窺見這幽美的山谷就會流連而忘返。由於吳均出身貧寒，為人耿直，仕途格外坎坷，故而有此超塵絕俗、淡泊名利的想法。

文中描寫「異水」的綠、深、清、急及「奇山」的高、奇、險、密等特點，最後引出天人合一、物我兩忘的思想，筆墨酣暢，情景交融，難怪千百年來傳誦不絕。由於是狀寫山水景物的作品，文辭清麗，格調高雅，每每給人清新脫俗之感，故世稱為「吳均體」。

吳均〈與宋元思書〉

景色獨絕富春江

泉水激石，泠泠作響；好鳥相鳴，嚶嚶成韻。蟬則千轉不窮，猿則百叫無絕。鳶飛戾天者，望峰息心；經綸世務者，窺谷忘反。橫柯上蔽，在晝猶昏；疏條交映，有時見日。

泠泠：清脆的流水聲。／嚶嚶：鳥鳴聲。／轉：通「囀」，原為鳥兒的啼鳴，此處作蟬鳴。／鳶飛戾天：形容仕途得意顯達的人，如鷹鷹一飛至天。／經綸：本指整理絲縷，引申為治理、謀劃之意。／橫柯：橫斜的樹枝。柯，樹枝。

大考停看聽

泉水沖擊著岩石，發出清脆的聲響；鳥兒爭相啼鳴，譜成和諧的旋律。蟬兒則無止境地鳴叫不休，猿猴也千百遍地啼叫不停。仕途得意顯達的人，望見這峭拔的峰巒就會平息追逐功名的心；謀劃世俗事務的人，窺見這幽美的山谷就會流連而忘返。橫斜的樹枝遮蔽了上空，即使白天也像黃昏般陰暗；疏落的枝條相互掩映，有時也會照進幾抹陽光來。

①　首段總寫富春江一帶的奇山異水

★風塵、煙霧全都散盡，天空、山巒皆顯現出同樣澄清的顏色。坐船隨著江流蕩漾，任憑它向東或向西漂流。

★「自富陽至桐廬一百許里，奇山異水，天下獨絕。」

②　次段先簡筆描繪「異水」的「獨絕」之處

★「水皆縹碧，千丈見底；游魚細石，直視無礙。急湍甚箭，猛浪若奔。」

★此處用白描、誇飾、譬喻手法，刻劃出富春江水色之美，栩栩如生，躍然紙上。

④　末段借景言志，道出飽覽美景後的心得

★「鳶飛戾天者，望峰息心；經綸世務者，窺谷忘反。」

★吳均出身貧寒，為人耿直，仕途格外坎坷，故而有此超塵絕俗、淡泊名利的想法。

③　三段再工筆雕琢「奇山」的「獨絕」之處

★寫山中泉水流動聲、鳥兒爭鳴聲、蟬叫猿啼的聲音都活靈活現，使人宛如身臨其境。

★如寫四周山巒，彷彿群山在互別苗頭，比高、比遠，誰也不讓誰！

💡 **作文一點靈**

修辭絕技

「摹寫」修辭法包括：視覺、聽覺、觸覺、嗅覺、味覺等，是極其實用的寫作技巧，尤其在描述自然景色、現實場景時，可以靈活運用各類摹寫法，將現場景物、所見所聞傳達得繪聲繪影，使人彷彿身臨其境。如記遊文章，對於旅途中的銀白雪景、北風呼嘯、刺骨嚴寒、烤肉飄香、美酒滋味等可從感官的各個不同面向加以描摹、刻劃，立體呈現出個人遊蹤、異地風情，成就一篇活色生香的精彩遊記文。

UNIT *4-16*
落霞與孤鶩齊飛，秋水共長天一色

　　唐高宗上元二年（765），王勃隨父赴任交趾令，途經洪州（今江西南昌）。適逢重陽節，當地都督閻伯嶼大宴賓客、僚屬於滕王閣上。他預先讓女婿作好序文，擬當場誇示文才，會中又佯請諸君撰序，皆辭謝；唯王勃不知情，慨然允諾。閻氏憤而退席，暗中讓人送來王勃之作，拜讀至「落霞與孤鶩齊飛，秋水共長天一色」時，乃嘆服曰：「此真天才，當垂不朽矣！」於是重返宴會現場，賓主盡歡。

　　滕王閣為唐高祖第二十二子李元嬰任洪州都督時所建，落成之際，適逢李元嬰受封為滕王，故以此命名。

　　王勃〈滕王閣序〉是為與會人士所賦詩作而寫的序文，故從滕王閣的地理環境、參加宴會的緣由寫起，描繪周遭景物之後，不覺興起「時運不齊，命途多舛」的慨嘆。

　　這是一篇辭藻優美、用典精工的駢文佳作，可分為七段：首段先寫滕王閣位於「豫章故郡，洪都新府」，鍾靈毓秀，地靈人傑。再寫都督閻公於此舉行宴會，勝友如雲，高朋滿座；他隨家君赴任途中，何其有幸，得以躬逢其盛。

　　次段點出時序是暮秋九月，從遠處眺望滕王閣：「層巒聳翠，上出重霄；飛閣流丹，下臨無地。」但見一旁重巒疊嶂，青翠蓊鬱，高聳直入雲霄；朱閣四面環水，倒影水面，彷彿騰空而起。

　　三段描摹登閣所見景致：「落霞與孤鶩齊飛，秋水共長天一色。」成為膾炙人口的摹景名句。

　　四段由宴會上歌舞詩酒的美好，遠眺時天高地遠的遼闊，而興盡悲來，心生人世無常、有志難伸的慨嘆。

　　五段用馮唐、李廣、賈誼、梁鴻之典，感慨「時運不齊，命途多舛」，真是古今同聲一嘆！又以「君子安貧，達人知命」，和與會人士共勉。

　　六段道出自身懷才不遇的悲慨：「勃三尺微命，一介書生。無路請纓，等終軍之弱冠；有懷投筆，慕宗愨之長風。……楊意不逢，撫凌雲而自惜；鍾期既遇，奏流水以何慚？」他乃一介窮書生，縱使滿懷雄心，卻請纓無路、報國無門。彷彿司馬相如未獲楊得意推薦前，只能撫摸著〈大人賦〉，自我憐惜；不過，此時猶如俞伯牙遇到了知音，演奏一曲〈高山流水〉，又有什麼好慚愧的呢？

　　末段闡明「勝地不常，盛筵難再」，臨別贈言，登高賦詩，是與會之士共同的願望，所以請大家盡情揮灑如潘岳、陸機般的錦繡才華。

　　序文至此而止，後附王勃所作七言律詩一首。「閒雲潭影日悠悠，物換星移幾度秋。閣中帝子今安在？檻外長江空自流。」的確，閣中的滕王，而今安在哉？唯見檻外的江水，空自奔流。寫出他對物換星移、人世變遷的喟嘆。

　　通篇從宇宙盈虛之悲慨，寫到才士不遇之困頓，再及自身無路請纓的失意，情景交融，襟懷壯闊，情感澎湃，故以意境深遠見稱。

王勃〈滕王閣序〉

萍水相逢躬勝餞

天高地迥，覺宇宙之無窮；興盡悲來，識盈虛之有數。望長安於日下，指吳會於雲間。地勢極而南溟深，天柱高而北辰遠。關山難越，誰悲失路之人？萍水相逢，盡是他鄉之客。懷帝閽而不見，奉宣室以何年？

大考停看聽

迥：遠。／吳會：指吳郡、會稽郡。／南溟：南海。／天柱：崑崙山也。據《神異經》載：「崑崙之山，有銅柱焉，其高入天，故曰天柱。」／北辰：北極星。／帝閽：本為看守天門的人，此借代為君門。／宣室：本為漢代未央宮前的正殿，後引申為天子的正室。

天高地遠，感覺宇宙的無窮無盡；興盡悲來，知道盛衰自有其定數。遙望首都長安，遠在太陽之下；近指吳、會二郡，如在白雲之間。南海幽深，像在大地的盡頭；天柱高聳，似與北極星相齊平。關山難以度越，誰來同情失意的人？萍水般的相逢，你我都是他鄉的旅客。我心繫帝京而不得覲見，宣室奉召要等到哪一年？

1

首段先寫滕王閣鍾靈毓秀，地靈人傑。再寫都督閻公於此舉行宴會，勝友如雲，高朋滿座；他隨家君赴任途中，何其有幸，得以躬逢其盛。

2

次段點出時序是暮秋九月，他從遠處眺望滕王閣：「層巒聳翠，上出重霄；飛閣流丹，下臨無地。」

3

三段描摹登閣所見景致：「落霞與孤鶩齊飛，秋水共長天一色。」成為千古摹景名句。

4

四段由宴會上歌舞詩酒的美好，遠眺時天高地遠的遼闊，而興盡悲來，心生人世無常、有志難伸的慨嘆。

5

五段用馮唐、李廣、賈誼、梁鴻之典，感慨「時運不齊，命途多舛」，真是古今同聲一嘆！又以「君子安貧，達人知命」，和與會人士共勉。

6

六段道出自身懷才不遇的悲慨，他乃一介窮書生，縱有滿懷雄心，卻請纓無路、報國無門。彷彿司馬相如未獲楊得意推薦前，只能撫摸著〈大人賦〉，自我憐惜；不過，此時如俞伯牙遇到了知音，演奏一曲〈高山流水〉，又有什麼好慚愧的呢？

7

末段闡明「勝地不常，盛筵難再」，臨別贈言，登高賦詩，是與會之士共同的願望，所以請大家盡情揮灑如潘岳、陸機般的錦繡才華。

💡 **作文一點靈**

名言佳句

本文中出現一些家喻戶曉的名句，值得我們咀嚼再三：

1.「落霞與孤鶩齊飛，秋水共長天一色。」
2.「關山難越，誰悲失路之人？萍水相逢，盡是他鄉之客。」
3.「老當益壯，寧移白首之心；窮且益堅，不墜青雲之志。」
4.「閣中帝子今安在？檻外長江空自流。」

135

UNIT *4-17*
生不用封萬戶侯，但願一識韓荊州

子集

圖解大考子集古文：精煉閱讀寫作‧探解試題

李白〈與韓荊州書〉，是他於玄宗開元二十二年（734）到襄陽謁見荊州長史韓朝宗所作的一篇干祿文章。唐朝繼承東漢以來品評人物的風氣，像這種「投刺」之舉，時而可見。所謂「投刺」，就是文人士子將自我推薦的詩文上呈給達官貴人，目的無非盼望獲得賞識，作為晉身仕途的上天梯。李白此文亦不例外，希冀得到韓朝宗舉薦，讓他能夠嶄露頭角，揚眉吐氣。作者時年三十四歲，仍滿懷雄心壯志，故於文中極言自己的才幹與襟抱，可惜時不我與，結果竟事與願違，沒能贏得青睞。

通篇可分為四段：首段讚韓荊州樂於提攜後進，「生不用封萬戶侯，但願一識韓荊州」之語傳遍天下，人盡皆知；而他李白正是最值得拔擢的人才。「願君侯不以富貴而驕之，寒賤而忽之，則三千賓中有毛遂，使白得脫穎而出，即其人焉。」他希望韓朝宗不要因為自身富貴，而對投刺之士驕傲；更不要因為那些人貧賤，而輕視他們。那麼幕下三千賓客中，一定有像毛遂那樣的人才。如果他李白有機會出人頭地，絕對就是那個毛遂了。此處用「毛遂自薦」典故，毛遂請求平原君讓他隨同出使楚國，並說錐子放入囊中必定露出尖端，一如自己獲得重用必然嶄露頭角的道理。

次段作者簡單地自我介紹，並表明其遠大志向。先敘目前處境：「白隴西布衣，流落楚、漢。」再敘自身才能：「十五好劍術，徧干諸侯；三十成文章，歷抵卿相。」三敘豪情壯志：「雖長不滿七尺，而心雄萬夫。王公大人，許與氣義。」

三段頌揚韓朝宗的學識和地位，並請求檢視他的才華，好證明以上所言不虛。他希望「制作（指政績）侔神明，德行動天地。筆參造化，學究天人」的韓朝宗，能夠用盛宴款待他，縱容他清談，檢驗他的才情，「請日試萬言，倚馬可待。」他文思敏捷，可像袁宏當年倚靠戰馬前，援筆而成上萬字的文章。韓朝宗是當今品評文章的權威、權衡人物的標準，竭誠希望其不吝「階前盈尺之地」，讓他一展長才，得償所願。

末段謂韓朝宗薦賢之舉堪媲美於先哲，表明自己一心歸附效命，並推薦自己的詩文，希望能得到品題、獎飾。「庶青萍、結綠，長價於薛、卞之門。幸推下流，大開獎飾，唯君侯圖之！」用「青萍」寶劍、「結綠」美玉自比，而將韓朝宗喻為善相劍的薛燭、識美玉的卞和。但願他能推恩，大大給予嘉獎，請他好好地考慮！

過商侯評論本文云：「人謂白一生負才使氣，未免粗豪。然觀其不敢為『黃鶴樓詩』，乃是天下第一虛心人。能識郭子儀于行伍，乃是天下第一有眼人。即如此書，雖有一股強項不服處，然畢竟眼中知有荊州，並未曾有目空天下之想。故必有李太白之虛心隻眼，然後可以為狂為傲，人固可負才使氣乎哉？」或許李白不是狂傲，而是極度的自信！

李白〈與韓荊州書〉

青萍結綠待價沽

白隴西布衣，流落楚、漢。十五好劍術，徧干諸侯；三十成文章，歷抵卿相。雖長不滿七尺，而心雄萬夫。王公大人，許與氣義。此疇曩心跡，安敢不盡於君侯哉？

大考停看聽

隴西布衣：隴西一帶的平民。李白以四川綿州青蓮鄉為故鄉，自稱隴西人，乃就先世族望而言。布衣，平民。／楚漢：指荊州（今湖北一帶）。／干：求、謁。／抵：拜謁。／心雄萬夫：志大於萬人。夫，成年男子之通稱。／許與：稱許。／疇曩，平日也。曩，音「ㄋㄤˇ」。

我李白是隴西的一介平民，流落在荊州。十五歲時喜好劍術，到處去謁見諸侯；三十歲學會做文章，曾一個個去拜謁公卿宰相。身高雖然不滿七尺，雄心壯志卻勝過千萬人。那些王公大人，都稱許我的氣節和道義。這是我平素的心跡，怎敢不向您和盤托出呢？

1 首段盛讚韓荊州樂於提攜後進，「生不用封萬戶侯，但願一識韓荊州」之語傳遍天下，人盡皆知；而他李白正是最值得拔擢的人才。

毛遂自薦

★毛遂請求隨平原君出使楚國，並將自己比喻為錐子，說一旦放入囊中，必定露出尖端來。

★使楚期間，毛遂果然在眾食客中嶄露頭角，成功說服楚王與趙國結盟。

2 次段簡單地自我介紹，並表明其遠大志向。先敘目前處境：「白隴西布衣，流落楚、漢。」再敘自身才能：「十五好劍術，徧干諸侯；三十成文章，歷抵卿相。」三敘豪情壯志：「雖長不滿七尺，而心雄萬夫。王公大人，許與氣義。」

倚馬可待

★相傳桓溫北伐時，曾命袁宏倚靠戰馬前作露布文。

★他手不停歇，振筆直書，一下子寫好滿滿七大張紙，足見才思之敏捷。

3 三段頌揚韓朝宗的學識和地位，並請求檢視他的才華，好證明以上所言不虛。

卞和獻玉

4 末段謂韓朝宗薦賢之舉堪媲美於先哲，表明自己一心歸附效命，並推薦自己的詩文，希望能得到品題、獎飾。

★楚人卞和發現一塊璞玉，將它獻給厲王；結果被認定所獻非美玉，以致他的左腳遭砍斷。

★武王繼位，卞和再度獻上璞玉；仍然被判定非美玉，他的右腳又保不住了。

★文王即位時，卞和抱著梄杖來獻玉；終於被認出是稀世珍寶，後人稱之為「和氏璧」。

UNIT **4-18**
會桃花之芳園，序天倫之樂事

子集

圖解大考子集古文：精煉閱讀寫作，探解試題

　　李白〈春夜宴從弟桃花園序〉，坊間選本多作〈春夜宴桃李園序〉，是李白於春夜與諸位「從弟（堂弟）」宴集時，敦促與會者賦詩所作的序文，描寫了宴會中幽賞清談、飲酒賦詩的情景。本文據清代王琦《李太白全集》的標題。其寫作時間約在玄宗開元二十五年（737），李白三十七歲，閒居湖北安陸期間。此時他的生活以漫遊、交友為重心，並常向權貴投獻詩文，希望獲得拔擢。這是一篇膾炙人口的駢文，雖然篇幅短小，卻情意真切、對仗工穩、聲律諧和、辭采豐美，故能流傳千古。

　　全文可分為三段：首段以天地為逆旅（旅舍）、光陰為過客（旅人），抒發人生短暫、世事無常之感慨，進而引出及時行樂的主題。果然，天地就像萬物暫時落腳的旅館，時間好比穿越世世代代的旅客。難怪他會發出「浮生若夢，為歡幾何」的慨嘆：人生苦短，如夢似幻，能夠享受歡樂的時光到底有多少呢？所以古人及時行樂，連夜間都拿著火把出遊，實在太有道理了！此處「古人秉燭夜遊，良有以也」二句，暗引《古詩十九首・生年不滿百》：「晝短苦夜長，何不秉燭遊？」及曹丕〈與吳質書〉：「少壯真當努力！年一過往，何可攀援？古人思秉燭夜遊，良有以也。」「秉燭」宜解作拿火把，而非持蠟燭，因為古代蠟燭僅限於室內照明，走夜路時多用火把。

　　次段點明此聚會兼具良辰、美景、樂事與俊才，短短數語便綰合了時、

地、事、人之間的緊密關係，可謂妙筆天成。「況陽春召我以煙景，大塊假我以文章。」「況」字具有二大作用：一、上承「古人秉燭夜遊」，進而推出今日桃花芳園之會，更勝於古人。二、領「陽春」以下十二句，成為「不有佳作，何伸雅懷？」的理由。其中「陽春（溫暖的春天）」是良辰；「煙景（如煙似霧的景色）」、「文章（美麗的春光）」是美景。「會桃花之芳園，序天倫之樂事。」是賞心樂事。「群季俊秀，皆為惠連；吾人詠歌，獨慚康樂。」說諸位堂弟都像謝惠連般優秀，唯獨慚愧的是，作者謙稱自己作詩卻比不上謝靈運。這裡借大、小謝比喻自己與堂弟們，自然是寫俊才了。

　　末段從幽賞、清談、瓊筵、酣飲的盡興，帶出賦詩詠懷的篇章主旨，及寫作此序之緣由。幽雅的賞玩還沒結束，高談闊論已轉為清雅之境。擺開珍美的筵席，大夥兒圍坐在花叢中；飛快地傳遞酒杯，眾人一起醉臥月下。——這是宴集歡樂的景況。最後，明揭作序緣由：「不有佳作，何伸雅懷？如詩不成，罰依金谷酒數。」謂此情此景沒有好詩，怎能抒發幽雅的情懷？如果詩沒寫成的人，就依照石崇金谷園的前例，一律罰酒三杯。

　　通篇從天地、光陰寫起，結合了時、空、人、事，境界遼闊，氣勢非凡，加以文筆清新流麗，感慨真摯深刻，故別具酣暢淋漓之特色。

李白〈春夜宴從弟桃花園序〉

良辰美景天倫樂

夫天地者，萬物之逆旅也；光陰者，百代之過客也。而浮生若夢，為歡幾何？古人秉燭夜遊，良有以也。況陽春召我以煙景，大塊假我以文章。會桃花之芳園，序天倫之樂事。

逆旅：旅舍。逆，迎接。／浮生：指虛浮不定的人生。／良有以也：實在很有道理。良，實。以，原因、道理。／陽春：溫暖的春天。／煙景：如煙似霧的春日美景。／大塊：天地、大自然。／假：借也，此作提供之意。／文章：繽紛美麗的紋彩，此指美麗的春景。／序：通「敘」，敘述、表達。／天倫：此指兄弟之情。

大考停看聽

天地是萬物的旅舍，時間是穿越百代的旅人。至於虛浮不定的人生好像作夢一樣，享受歡樂的日子到底能有多少呢？古人拿著火把在夜間及時行樂，實在很有道理啊！何況溫暖的春天用如煙似霧的景色來召喚我們，大自然提供我們許多美麗的春光。我們在這桃李盛開、芳香瀰漫的花園裡聚會，表達堂兄弟間共享天倫的樂趣。

第4章 文集篇

1
首段以天地為逆旅（旅舍）、光陰為過客（旅人），抒發人生短暫、世事無常之感慨，進而引出及時行樂的主題。

2
次段點明此聚會兼具良辰、美景、樂事與俊才，短短數語便縮合了時、地、事、人之間的緊密關係，可謂妙筆天成。

3
末段從幽賞、清談、瓊筵、酣飲的盡興，帶出賦詩詠懷的篇章主旨，及寫作此序之緣由。

良辰
時

美景
地

樂事
事

俊才
人

「群季俊秀，皆為惠連；吾人詠歌，獨慚康樂。」以南朝詩人謝惠連比喻諸位堂弟，謙稱自己詩才比不上謝靈運。──是寫俊才

「陽春」是良辰

「煙景」、「文章」是美景

桃花芳園之會、兄弟天倫之歡是樂事

 作文一點靈

修辭絕技

寫作駢文必備的技巧是「對偶」修辭法，雖然我們不一定有機會寫駢文，但對偶修辭絕對要能運用自如。以下簡單介紹「對偶」的四種形式：

一、句中對（當句對）：就是一句中兩兩相對的句法，如「花團錦簇」。二、單句對：即單句相對，如「會桃花之芳園，序天倫之樂事。」三、隔句對：即隔一句，第一句與第三句相對、第二句與第四句相對之對偶，如「群季俊秀，皆為惠連；吾人詠歌，獨慚康樂。」四、長對：指三句以上兩兩相對的修辭法，如「風聲、雨聲、讀書聲，聲聲入耳；家事、國事、天下事，事事關心。」作文時以「單句對」、「隔句對」較常使用，可藉此加強語氣，增加文章的可讀性。

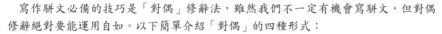

UNIT 4-19
賢人君子自植其身，不可不慎擇所處

元結（723～772），字次山，號漫叟，河南（今河南洛陽）人。少年時荒誕不羈，十七歲始折節讀書，師事元德秀；玄宗天寶十二載（753）進士及第。安史之亂爆發後，他因討賊有功，遷監察御史；後出任道州刺史。他於道州（今湖南道縣）任內，關心民瘼，德惠百姓，頗有政績。終以養親之名，歸隱於樊上，著書自娛。著有《元次山文集》。

元結詩文注重刻劃社會現實、反映民生疾苦：詩作開元白新樂府運動之先河；文章則為韓柳古文運動的先聲。其〈文編序〉云：「優游於林壑，快恨於當世，是以所為之文，可戒可勸，可安可順。」提出文學應揭露現實黑暗，發揮規勸、諷刺作用，以達到國泰民安的目的。他的文學理論比蕭穎士、李華、獨孤及等古文運動先驅之士更強調傳統儒家宗經思想，而在經世教化之上，主張寫實、諷世的文學觀。

〈菊圃記〉一文，作於代宗廣德元年（763），他出任道州刺史期間；後世收入《全唐文》。全文可分為三段：首段感嘆舊時菊圃遭破壞：「舂陵俗不種菊，前時自遠致之，植於前庭牆下。及再來也，菊已無矣。徘徊舊圃，嗟歎久之。」謂舂陵（今湖北棗陽南）當地的風俗不栽植菊花，前陣子作者從遠地獲得數株，將它種在前方院子的牆角下。等到再來時，菊花已不復可見。他在舊菊圃旁流連徘徊，嘆息了許久。

次段為通篇主旨所在，藉由菊花的遭遇，聯想到君子立身處世當慎選處所。他說菊花的好處太多了，不但花美可以供人賞玩，還可製成良藥，也有人用它做成美味佳餚，可說兼具了美觀與實用的功能。接著，針對舊圃被破壞之事，有感而發道：「縱須地趨走，猶宜徙植修養，而忍蹂踐至盡，不愛惜乎？」縱使需要行走的空間，也應該把菊花移植到別處去善加養護，怎麼忍心將它蹂躪踐踏破壞殆盡，而不好好愛惜呢？再引申出為人處世的道理：「賢人君子自植其身，不可不慎擇所處。一旦遭人不愛重如此菊也，悲傷奈何？」賢人君子立身處世，不可以不謹慎選擇處所。一旦不受人愛戴、敬重像這菊花一樣，事後才來悲痛哀傷又有何用？

末段點明作記緣由。於是，他再開闢一片園圃，重新種植菊花。這次將它栽在起居休息室附近、登高瞭望亭旁邊，一般人不會到這裡來，同時也遠離了車馬人群。「縱參歌妓，菊非可惡之草；使有酒徒，菊為助興之物。」對歌妓而言，菊花應該不是討厭的花卉；對飲酒作樂的人來說，菊花還可以為他們助興。所以元結寫下這篇〈菊圃記〉，由於菊花是常見的藥用植物，文章後面還抄錄了《藥經》。

本文雖不乏駢偶句法，然風格簡樸、語言素雅，迥別於雕章琢句、用典隸事之華美駢文，這正是元結散文的特色。以質樸無華的文字，描寫現實人生的課題，亦其對初、盛唐駢儷文之反動，啟迪了韓柳載道文章的興起。

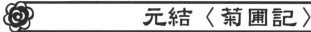

元結〈菊圃記〉

良藥佳蔬愛芳菊

誰不知菊也，芳華可賞，在藥品是良藥，為蔬菜是佳蔬。縱須地趨走，猶宜徙植修養，而忍踐踏至盡，不愛惜乎？於戲！賢人君子自植其身，不可不慎擇所處。一旦遭人不愛重如此菊也，悲傷奈何？

大考停看聽

縱須地趨走：縱使需要空間行走。／踐踏至盡：踩躪踐踏，破壞殆盡。／於戲：通「嗚呼」，文言文句首感慨之辭。／自植其身：立身處世。

誰不了解菊花，花朵可以觀賞，製成藥品是良藥，作為蔬菜是佳餚。縱使需要空間行走，仍應將它移植到別處善加養護，怎麼忍心踐躪踐踏破壞殆盡，不好好愛惜呢？哎呀！賢人君子立身處世，不可以不謹慎選擇處所。一旦不受人愛戴、敬重像這菊花一樣，悲痛哀傷又有何用呢？

1

首段感嘆舊時菊圃遭破壞：由於舂陵（今湖北棗陽南）不栽植菊花，先前作者將它種在前院的牆角下。等到再來時，菊花已不復可見，令他嘆息許久。

2

次段藉由菊花的遭遇，聯想到君子立身處世當慎選處所：「賢人君子自植其身，不可不慎擇所處。一旦遭人不愛重如此菊也，悲傷奈何？」

通篇主旨所在

3

末段點明作記緣由：於是，作者再開闢一片圃圃，重新種植菊花。

· 他將菊花栽在休息室附近、瞭望亭旁邊，一般人不會來，也遠離了車馬人群。

 作文一點靈

思想情意

　　作者原先將菊花栽種在前院的牆角下，不料菊圃竟遭人破壞殆盡；他因此聯想到賢人君子立身處世，不可以不謹慎選擇處所。一旦像這菊花一樣不受人愛戴，事後才來悲痛哀傷又有何用呢？故在惋惜之餘，決定將菊改種到人煙罕至的休息室旁、瞭望亭邊。

　　菊花，一般公認為花中的隱逸之士，以陶淵明為代表。自東晉以來，陶淵明獨愛菊，「采菊東籬下，悠然見南山。」道出他與世無爭的恬淡自得。南宋遺民鄭思肖亦有〈畫菊〉詩：「花開不並百花叢，獨立疏籬趣味濃。寧可枝頭抱香死，何曾吹落北風中？」寫菊花獨自綻放，不屑與繁花爭妍競豔；它寧可含香抱潔枯死枝頭，也不願被北風吹落、玷汙了。如此孤芳自賞、潔身自愛的好品格，何嘗不是詩人內在精神風貌的投射？

　　我愛菊，不只是書本上陶淵明、元結、鄭思肖筆下象徵隱士、賢人、高潔者的菊品，更愛阿嬤親手為我縫製的心形菊花枕、親手為我沖泡的枸杞菊花茶，愛它具有清涼降火、明目醒腦的特殊功能。菊花之於我，宜古宜今，宜身宜心，觀賞、食用皆相宜。孔老夫子有云：「君子不器。」而菊花不僅止於一種用途，若說它是花中的君子，我覺得再合時宜不過了！

UNIT 4-20
坐茂樹以終日，濯清泉以自潔

　　韓愈〈送李愿歸盤谷序〉作於德宗貞元十七年（801），作者三十四歲時。前兩年，他寄身藩鎮，由於節度使董晉、張建封相繼辭世，進而引起汴州、徐州兵士叛變。是年，韓愈從動亂中脫險後，來到長安求仕，聽候調選。友人李愿原在盤谷隱居，曾一度遊歷京師，貞元十七年將返回隱居地；臨別前，韓愈撰此文為他送行。這是一篇典型的「贈序文」，取君子贈人以言之意，是贈別親友，表達推崇、期勉、勸慰等思想情意的文章，與一般闡明創作旨趣的「序跋文」不同。贈序文興於唐代，至韓愈提倡古文運動後才蔚為發展，成為一種正式的文體。

　　本文可分為五段：首段寫李愿歸隱盤谷，並勾勒出盤谷周遭的環境：位於太行山南面，「泉甘而土肥，草木叢茂，居民鮮少。」正因位置幽僻、形勢險阻，草木叢生、茂密，人跡罕至，才是隱居的首選之地。

　　二、三、四段乃以「愿之言」回送李愿，呼應題目的「送」字。分別借李愿之口，描述「得志者」、「不遇者」及「鑽營者」三種人的形象，為全篇的重點所在。

　　次段刻劃一般人眼中的大丈夫，名利雙收，大權在握，平時在朝中，呼風喚雨；出門在外，威風凜凜。公堂上，「喜有賞，怒有刑」，賞罰全憑一時的喜怒，但逢迎拍馬之人，絡繹不絕。私底下，妻妾成群，個個精心妝扮，負氣撒嬌，爭風吃醋，只為博取他們的憐愛。這是得志者的所作所為，李愿說他不是討厭這些而選擇逃避，只因「富貴在天」，無法強求。

　　三段描繪不遇於時的大丈夫，歸隱山林，「坐茂樹以終日，濯清泉以自潔」，閒來無事，坐在茂密的樹林下一整天，時常用清澈的山泉水來洗澡。其實「濯清泉以自潔」，隱藏潔身自愛之意，象徵隱士獨善其身的志節。「與其有譽於前，孰若無毀於其後？與其有樂於身，孰若無憂於其心？」隱者無須擔心讒言毀謗，不必過問天下治亂、官職升降，可以活得無憂無慮，逍遙自在。李愿說他就是這樣失意的大丈夫！

　　四段側寫另一種人，即公卿門下的「走狗」，他們窮盡一生，汲汲營營，追逐那微乎其微的富貴，「足將進而趑趄，口將言而囁嚅，處穢汙而不羞，觸刑辟而誅戮」，生動道出鑽營者為了追求富貴，不惜依附權貴，失去自我，行不由己，言不由衷，地位卑賤，寡廉鮮恥，甚至落得觸犯刑法而慘遭殺身之禍。這種人到底是賢或不肖呢？

　　末段以一首歌辭作結，讚嘆盤谷環境優美，隱居生活愜意，並表達自己亦嚮往這樣的隱逸情懷。「飲則食兮壽而康，無不足兮奚所望？膏吾車兮秣吾馬，從子于盤兮，終吾生以徜徉。」隱居盤谷有吃有喝，可以活得長壽安康，還有什麼不滿足的呢？趕快準備好車馬，想要追隨您一同歸隱，逍遙自在過此生。行文至此，終於點出題目的「序」字，這就是作者寫此贈序文的用意。

韓愈〈送李愿歸盤谷序〉

獨善其身大丈夫

伺候於公卿之門，奔走於形勢之途，足將進而趑趄，口將言而囁嚅，處穢汙而不羞，觸刑辟而誅戮，徼倖於萬一，老死而後止者，其於為人賢不肖何如也？

形勢：地位和權勢。／趑趄：音「資居」，徘徊不前之態。／囁嚅：音「聶如」，欲言又止之貌。／穢汙：骯髒，引申為卑賤的意思。／刑辟：刑法。／徼倖：僥倖也。／不肖：不賢。

大考停看聽

伺候在達官貴人的門下，奔波於追逐權位的路上，腳想前進卻不敢邁出一步，嘴想發言卻不敢吐露一字，身處卑賤的地位而不感到羞恥，甚至觸犯刑法而受到殺害，就想僥倖貪圖那萬分之一的富貴，直到老死才肯罷休，這樣的人到底是賢能、還是不肖呢？

1 ◆首段寫李愿歸隱盤谷，並勾勒出盤谷周遭的環境：

位於太行山南面，正因位置幽僻、形勢險阻，草木叢生、茂密，人跡罕至，才是隱居的首選之地。

2 ◆次段刻劃一般人眼中的大丈夫：

李愿之言

★名利雙收，大權在握，平時在朝中，呼風喚雨。
★出門在外，威風凜凜。　★公堂上，賞罰全憑一時的喜怒，但逢迎拍馬之人，絡繹不絕。　★私底下，妻妾成群，個個精心妝扮，負氣撒嬌，爭風吃醋，只為博取他們的憐愛。

3 ◆三段描繪在當世不受重用的大丈夫：

李愿之言

★歸隱山林，「坐茂樹以終日，濯清泉以自潔。」隱藏潔身自愛之意，象徵隱士獨善其身的志節。　★隱者無須擔心讒言毀謗，不必過問天下治亂、官職升降，活得無憂無慮，逍遙自在。

李愿之言

4 ◆四段側寫奔波於公卿門下的「走狗」：

★他們窮盡一生，汲汲營營，追逐那微乎其微的富貴。
★為了追求富貴，不惜依附權貴，失去自我，地位卑賤，寡廉鮮恥，甚至落得觸犯刑法而慘遭殺身之禍。

5 ◆末段以一首歌辭作結：

讚嘆盤谷環境優美，隱居生活愜意，並表達自己亦嚮往這樣的隱逸情懷。

作文一點靈

評鑑賞析

文中提到三種人形象：有權有勢的大丈夫、隱居山林的大丈夫和公卿門下的附勢者；作者對第一種人是「明褒暗貶」，褒揚第二種人，貶抑第三種人。韓愈由衷想成為第一種人，但他志在兼善天下，絕不貪圖榮華富貴、自身逸樂。

143

UNIT *4-21*
聞道有先後，術業有專攻

子集

圖解大考子集古文：精煉閱讀寫作，探解試題

　　「說」是古代論說文的一體。由於中唐讀書人普遍認為沒有從師問學的必要，故韓愈作〈師說〉，闡明追隨老師學習的重要性。據柳宗元〈答韋中立論師道書〉云：「今之世不聞有師，……獨韓愈奮不顧流俗，犯笑侮，收召後學，作〈師說〉，因抗顏而為師，……以是得狂名。」可見韓愈力抗流俗，試圖樹立正確的教育觀念。

　　全文可分為七段：首段開宗明義，闡述從師問學的重要性：「古之學者必有師。」古代求學的人一定要向老師討教、學習。並點出老師的職責，在於傳習儒道、講授學業（指儒家經典、古文六藝）和解除疑惑。人有了疑惑，如不跟老師請教、學習，疑惑將永遠得不到解答。

　　次段論擇師的標準：「道之所存，師之所存也。」道在誰身上，誰就是我的老師。正因為我要學習的是道理，所以任何人明白那道理都可以成為我的老師，哪裡管此人是富貴、貧賤、年長或年幼呢？

　　三段說明古今之異、聖愚之別，在於從師問道與否。古代聖人已經比一般人賢能許多，還不忘向老師請教，所以聖人就更加聖明了。現今眾人不但比不上聖人的聰明才智，卻反而認為跟老師學習是一件可恥的事，因此愚人只能更加愚昧了。故知「聖人之所以為聖，愚人之所以為愚」，關鍵就在這裡。

　　四段抨擊當時士大夫會為孩子選擇老師來傳授文章斷句的方法，而自身卻恥於從師問學的矛盾心態。「句讀之不知，惑之不解，或師焉，或不（音『否』）焉；小學而大遺，吾未見其明也。」「句讀」，音「句逗」，指文章的斷句。此為錯綜句法：應解作「句讀之不知，或師焉，惑之不解，或不焉」，是說（小孩子）對文章的斷句不明白，會向老師學習，而（士大夫）有了疑惑不能解決，卻不向老師請教。如此求得小知識而遺漏大學問，實在看不出高明在哪裡。一針見血指出時人目光短淺，亟待修正的通病。

　　五段以「巫、醫、樂師、百工之人，不恥相師」，對比出「士大夫之族，曰師、曰弟子云者，則群聚而笑之。」謂社會底層的人不以互相學習為可恥，而士大夫者流只要彼此以師生相稱，大家就聚在一起取笑他們。認為向地位低的人學習，十分可恥；向官職高的人請教，又近於諂媚。作者藉此感慨從師問學之道無法恢復了。

　　六段以孔子為例，強調「聖人無常師」，再度印證次段「無貴、無賤、無長、無少，道之所存，師之所存也」的道理，進而提出學生不一定要比老師差，老師也不一定要比學生賢能，只因「聞道有先後，術業有專攻」，的確，領會道有時間早晚的差別，技術、學業有各自專精的研究，師生之間不過如此而已。

　　末段交代寫作緣起：作者為了嘉許李蟠能遵行古人從師問學的傳統，而作此文以贈之。其實從題目「師說」可知，末段不過借題發揮而已，不可視為「贈序文」。

韓愈〈師說〉

傳道授業解疑惑

生乎吾前，其聞道也，固先乎吾，吾從而師之；生乎吾後，其聞道也，亦先乎吾，吾從而師之。吾師道也，夫庸知其年之先後生於吾乎？是故無貴、無賤、無長、無少，道之所存，師之所存也。

生乎吾前：年紀比我大的人。／生乎吾後：年紀比我小的人。／師之：向他學習。師，作動詞用，學習。／師道：學習道理。／庸：豈、哪裡，表示反問語氣。／無：無論。

大考停看聽

年紀比我大的人，他領悟道理的時間，本來就比我早，我要向他學習；年紀比我小的人，他領悟道理的時間如果比我早，我也應該向他學習。我所要學習的是道理，哪裡管老師的年紀比我大或小呢？因此，任何人無論富貴、貧賤、年長或年幼，道在誰身上，誰就是我的老師。

1
首段開宗明義，闡述從師問學的重要性：「古之學者必有師。」再點出老師的職責，在於「傳道、受業、解惑也」。

2
次段論擇師的標準：「道之所存，師之所存也。」道在誰身上，誰就是我的老師。

3
三段說明古今之異、聖愚之別，在於從師問道與否。

4
四段抨擊當時士大夫會為孩子選擇老師來傳授文章斷句的方法，而自身卻恥於從師問學的矛盾心態。⇨一針見血指出時人目光短淺，亟待修正的通病

5
五段以「巫、醫、樂師、百工之人，不恥相師」，對比出「士大夫之族，曰師、曰弟子云者，則群聚而笑之。」藉此感慨從師問學之道無法恢復。

6
六段以孔子為例，強調「聖人無常師」，再度印證次段「無貴、無賤、無長、無少，道之所存，師之所存也」的觀點。進而闡明「聞道有先後，術業有專攻」的道理。

7
末段交代寫作緣起：作者為了嘉許李蟠能遵行古人從師問學的傳統，而作此文以贈之。

其實從題目「師說」可知，末段不過借題發揮而已，不可視為「贈序文」。

145

UNIT 4-22
世有伯樂，然後有千里馬

子集

圖解大考子集古文：精煉閱讀寫作‧探解試題

　　韓愈〈馬說〉為《雜說》中的一篇，又題為〈雜說四〉，旨在論千里馬與伯樂的關係，暗諷為政者不識人才，讓賢才遭埋沒、棄置，藉以抒發自身懷才不遇的憤慨。文中通篇寫馬，其實以馬為喻，句句說人，故謝枋得《文章軌範》評云：「此篇主意，英雄豪傑，必遇知己者，尊之以高爵，食之以厚祿，任之以重權，其才斯可以展步。」一如千里馬遇伯樂，始能發揮馳騁千里的才能。

　　本文僅一百五十餘字，篇幅短小，借馬喻人，論說精闢，是一篇言簡意長的小品文佳作，格外耐人尋味。何謂「小品文」？「小品」原指佛經的節略本，相較於完整本（「大品」）而言；後來成為短小、精要的文章之專稱。小品文涵蓋了駢文與散文，包括論辨、序跋、書牘、傳狀、雜記等各種體裁，可以用來議論、說理、抒情、記事、寫景……，但以抒發性靈、寄託諷諭為主，故與官場文書無涉，屬於純文學之作。可見小品文是一種文學現象，而非文章之一體。

　　〈馬說〉可分為三段：首段開門見山，直揭主旨：「世有伯樂，然後有千里馬。」因為「千里馬常有，而伯樂不常有。」伯樂，相傳是天上管理馬的神仙，據說名駒見到他會對天長鳴；駿馬會因他的蒞臨而歡喜，因他的離開而悲傷。故《韓詩外傳》云：「使驥不得伯樂，安得千里之足？」春秋時秦國推行富國強兵之策，相馬師孫陽立下汗馬功勞，深得秦穆公賞識，封為「伯樂將軍」。後來他將畢生經驗寫成一部《伯樂相馬經》。韓愈筆鋒一轉說，千里馬如果不遇知音伯樂，而落到不懂牠的牧馬者手中，牠將與普通的馬一起枉死在馬槽、馬廄之間，如何展現致千里的長才？同理，賢士不遇明主，而受辱於官僚胥吏，終將與庸夫一起埋沒荒煙蔓草間，又如何發揮所長，經世濟民，揚名立萬？

　　次段說千里馬的食量驚人，飼馬者如果不能提供牠足夠的食物，「是馬也，雖有千里之能，食不飽，力不足，才美不外見，且欲與常馬等不可得，安求其能千里也？」牠因為吃不飽，力氣不足，一躍千里的才能便無法施展出來。不僅如此，恐怕連與尋常馬相同的表現都辦不到，又怎能奢求牠跑上千里的路程？賢士如果沒有受到重用，衣食無法溫飽，整天為生活奔波，哪有工夫為國效力，實現平生的理想抱負？

　　末段將馴馬者的可笑、千里馬的屈辱推至最高潮。馴馬者駑鈍：「策之不以其道，食之不能盡其材，鳴之而不能通其意」，不能用正確的方法駕馭、餵養、了解千里馬，只會手持鞭子對著千里馬說：「天下無馬！」實在荒謬至極，果真沒有良馬嗎？明明是他自己有眼無珠！好比當權者一面鞭笞賢才，一面又大喊：「天下無賢才！」豈不滑天下之大稽？可見不是沒有賢才，沒有識才的伯樂而已，以此呼應題旨：「世有伯樂，然後有千里馬。」

韓愈〈馬說〉

唯有伯樂識良馬

馬之千里者,一食或盡粟一石。食馬者不知其能千里而食也。是馬也,雖有千里之能,食不飽,力不足,才美不外見,且欲與常馬等不可得,安求其能千里也?

大考停看聽

一食或盡粟一石:一頓有時要吃掉一石小米。/食馬者:餵馬的人。「食」通「飼」,動詞。/才美不外見:美好的才能無法展現出來。「見」通「現」。/與常馬等:和普通的馬有相同的表現。/安求:怎能奢求?

千里馬的食量驚人,一頓有時要吃掉一石小米。養馬的人不知牠能跑千里而未按照牠的食量來餵養。結果,千里馬雖然有馳騁千里的能力,卻因為吃不飽,力氣不夠,美好的才能無法發揮出來,且連想與普通的馬有相同表現都辦不到,怎麼還能奢求牠一躍千里呢?

 1

首段開門見山,直揭主旨:「世有伯樂,然後有千里馬。」筆鋒一轉,說「雖有名馬,只辱於奴隸人之手,駢死於槽櫪之間,不以千里稱也。」

同理,賢士不遇明主,而受辱於官僚胥吏,終將與庸夫一起埋沒荒煙蔓草間,又如何發揮所長,揚名立萬?

 2

次段說千里馬的食量驚人,如果吃不飽,力氣不足,一躍千里的才能便無法施展出來,甚至連與尋常馬相同的表現都辦不到。

賢士如果沒有受到重用,衣食無法溫飽,整天為生活奔波,哪有工夫為國效力,實現平生的理想抱負?

 3

末段馴馬者不能用正確的方法駕馭、餵養、了解千里馬,只會手持鞭子對著千里馬說:「天下無馬!」——果真沒良馬?明明是他自己有眼無珠!

當權者一面鞭笞賢才,一面大喊:「天下無賢才!」可見不是沒有賢才,沒有識才的伯樂而已。

千里馬:賢才 ▶ **伯樂:識才者** ▶ **馴馬者:為政者** ▶ 千里馬屈死槽櫪間:作者懷才不遇之嘆

 作文一點靈

謀篇布局

〈馬說〉這類借物說理、寄託諷諭的寫法,往往言簡意賅,含蘊深遠,足以發人省思。如晚唐羅隱〈說天雞〉一文,藉由狙氏子善養雞,專門飼養一種「天雞」:牠的雞冠、爪子並不突出,羽毛不漂亮,外表看起來無精打采,但強敵壓境時,可以雄冠群雞;每天清晨報曉,也身先雞群。狙氏子辭世後,他的兒子卻一反先人之道,毛羽不美麗、嘴爪不銳利的雞隻就不讓牠住進窩裡,結果養出來的雞每一隻都雄赳赳、氣昂昂地高豎著雞冠,邁開闊步,但只會吃喝而已。

此處以雞為喻,句句寫人事,藉以諷刺晚唐朝廷用人只看外表,不重真才實學。一如狙氏子的兒子盡養一群虛有其表、中看不中用的廢物,這不正是朝中那些「金玉其外,敗絮其中」的權貴的化身嗎?

諸如此類藉由事物來舉例說明的寫法,極適合用在論說文中,不但可以闡明自己的論點,還能讓內容更顯生動活潑,增加文章的說服力和可讀性。——這招一定要學起來喔!

第4章 文集篇

UNIT 4-23
柳侯生能澤其民，死能驚動禍福之

柳宗元是韓愈政界、文壇的摯友，兩人曾一起提倡古文運動，志同道合，情感深厚。穆宗長慶三年（823），亦即柳宗元辭世四年後，五十六歲的韓愈時任吏部侍郎，應柳州官吏之邀，為好友寫下〈柳州羅池廟碑〉一文。由於柳宗元在柳州刺史任內，德惠百姓，政聲卓著，終因積勞成疾，病逝於任上，故柳州人感其恩澤，奉以為當地信仰中心羅池神，為祂立廟祭祀，至今香火不絕。韓愈本文著眼於柳宗元生前政績，暗示柳宗元才大不為世用，卻奉獻畢生心力於柳民，深為故友鳴不平。

通篇可分為五段：首段寫柳宗元出任柳州刺史三年期間，使當地百姓心悅誠服，順從教化，「民業有經，公無負租，流逋四歸，樂生興事。」人民已經得到治理，公家賦稅也沒有虧欠，流亡逃竄者紛紛回來，人人樂於生活，家家發生變化。從此，柳州物阜民康、父慈子孝，政通人和，上下一團和氣。

次段細數柳宗元德政及生前遺言。其政績主要有三：一、幫助窮人擺脫奴隸身分，讓貧苦家庭得以骨肉團聚。「先時民貧，以男女相質，久不得贖，盡沒為隸。我侯之至，按國之故，以傭除本，悉奪歸之。」是他動用公權力還給貧民人身自由權，讓他們用勞力所得報酬償還先前的質押借貸，清償債務後，恢復自由之身，重回原生家庭。二、修繕孔廟，振興教育。三、整治城池，維護街巷，並種植名貴的樹木，以美化環境。據說柳宗元生前曾與部屬飲酒於驛亭，

交代道：「吾棄於時，而寄於此，與若等好也。明年，吾將死，死而為神。後三年，為廟祀我。」說出自己不為時所用，被棄置於柳州，與屬下們交情匪淺，所以告訴他們自己只剩一年的壽命，死後將化身為羅池神。死後三年，希望屬下能立廟祭祀祂。一年之後，他果然辭世了。

三段敘其神蹟。柳宗元死後三年的七月辛卯日，祂降臨在州府後堂，部屬們見狀，紛紛跪地膜拜。當晚祂託夢要求在羅池邊興建廟宇。廟宇落成後，舉行盛大的祭典。後來有個喝醉酒的外地人路過廟前，態度輕薄、鄙視神威，立刻得了病，扶出廟門便暴斃身亡。

四段記撰寫廟碑之緣由。再到第二年春天，柳宗元的舊部屬派人來京師，請韓愈寫作此篇廟碑文。作者有感於「柳侯生能澤其民，死能驚動禍福之，以食其土，可謂靈也已。」柳宗元活著時能澤被柳民，死後還能降福消災，來守護這個地方，真的可以稱作神靈了。

末段簡介柳宗元生平之後，作了一首詩歌將刻在羅池廟的石碑上，供柳民祭祀時吟唱。「千秋萬歲兮侯無我違，福我兮壽我，驅厲鬼兮山之左。」祈願永遠受到柳侯的庇蔭，福澤綿長，長壽安康。

誠如林紓《韓柳文研究法》所評：「此文幽峭頗近柳州。」這正是韓愈高明之處，用近於柳宗元的筆法、風格，來寫作歌頌柳宗元的文章。

韓愈〈柳州羅池廟碑〉

澤被柳民羅池神

先時民貧，以男女相質，久不得贖，盡沒為隸。我侯之至，按國之故，以備除本，悉奪歸之。大修孔子廟。城郭巷道，皆治使端正，樹以名木。柳民既皆悅喜。

相質：即「質押」也，因向人借貸或欠人錢財，而將值錢的東西或自己的子女抵押給別人。／備：備役，此處指出賣勞力所得的報酬。／除：扣除，抵銷。／柳民：柳州百姓。

大考停看聽

從前人民生活貧困，用家中的子女作質押去借貸，久久無法贖回，全都被沒收為奴隸。我們柳侯來了以後，按照國家舊有的慣例，讓他們用勞役來償還本金，還清債務後全將這些奴僕放回家去。又大加修繕孔子廟。城池街巷，都整治得整齊、端正，還種了許多名貴的樹木。柳州百姓都感到十分欣喜。

寫作背景

★長慶三年（823），亦即柳宗元辭世四年後，五十六歲的韓愈時任吏部侍郎，應柳州官吏之邀，寫下〈柳州羅池廟碑〉。

★韓愈本文著眼於柳宗元生前政績，暗示柳宗元才大不為世用，卻奉獻畢生心力於柳民，深為故友鳴不平。

1
◆首段寫柳宗元出任柳州刺史期間，使當地百姓心悅誠服，順從教化，人人安居樂業，政通人和，上下一團和氣。

2
◆次段細數柳宗元德政及生前遺言。

★其政績：1. 幫助窮人擺脫奴隸身分，骨肉團聚。2. 修繕孔廟，振興教育。3. 整治城池，維護街巷，美化環境。

★其遺言：他死後將化身為羅池神；死後三年，希望屬下能立廟祭祀祂。

3
◆三段敘其神蹟。

★柳宗元死後三年，祂託夢要求在羅池邊興建廟宇。

★後來有個喝醉酒的外地人路過廟前，態度輕薄、鄙視神威，立刻得了病，扶出廟門便暴斃身亡。

4
◆四段記撰寫廟碑之緣由。

★再到第二年春天，柳宗元的舊部屬派人來京師，請韓愈寫作此篇廟碑文。

★作者有感於柳宗元活著時能澤被柳民，死後還能降福消災，來守護這個地方，真的可以稱作神靈了。

5
◆末段韓愈簡介柳宗元生平後，作了一首詩歌將刻在羅池廟石碑上，供柳民祭祀時吟唱。

★祈願永遠受到柳侯的庇蔭，福澤綿長，長壽安康。

UNIT 4-24
斯是陋室，惟吾德馨

相傳劉禹錫參與永貞革新失敗後，被貶為和州通判。依規定通判在縣衙裡應住三間三廂的房子，但知縣有意刁難，安排他到城南面江而居。他卻樂得在門上貼出兩句話：「面對大江觀白帆，身在和州思爭辯。」知縣見狀，氣得將他遷到城北，居室縮減成一間半。新居位於德勝河邊，垂柳依依，景色宜人，劉禹錫又在門上寫了兩句話：「垂柳青青江水邊，人在歷陽心在京。」知縣見他自得其樂，又令他遷居城中，且只給一間僅能容下一床、一桌、一椅的小屋。半年內，還強迫他搬了三次家，空間越來越狹小，最後住進一間斗室裡。劉禹錫於是寫下這篇〈陋室銘〉，請人刻上石碑，立在門前，展現主人安貧樂道的襟懷。

陋室，原指簡陋的居室；此為劉禹錫的斗室名，故址在今安徽和縣。銘，古代刻在石碑或器具上的文字，作為歌功頌德或自我警惕之用；後世演變成一種獨立的文體。「銘」通常必須押韻，屬於韻文，以篇幅短小、寓意深遠見稱。據《韓詩外傳》云：「彼大儒者，雖隱居窮巷陋室，無置錐之地，而王公不能與爭名矣。」劉禹錫〈陋室銘〉亦云：「斯是陋室，惟吾德馨。」為全文主旨所在，應受《韓詩外傳》的啟發，而寫成這篇膾炙人口的傳世名作。

開頭：「山不在高，有仙則名；水不在深，有龍則靈。」以山水比喻居室，不高、不深猶言屋室之簡陋；以神仙、蛟龍自況，有名氣、靈氣則暗示「惟吾德馨」。作者刻意以駢偶句法塑造出物與我、外與內的強烈對比，闡明有德者居陋室亦無妨，我的德行能讓陋室依舊馨香四溢，千古流芳。

接著，描寫室中之景：「苔痕上階綠，草色入簾青。」此為對偶句，倒裝，應作「綠苔痕上階，青草色入簾。」摹寫四周景色：碧綠的蘚苔蔓延至臺階上，青翠的芳草映入了窗簾內。綠意盎然，象徵無限生機，也隱含主人心中的興致高昂。而室中之客：「談笑有鴻儒，往來無白丁。」物以類聚，這樣風雅的主人，所往來的對象自然是博學鴻儒、文人雅士，凡夫俗子又豈能登堂入室？室中之事：「可以調素琴，閱金經。無絲竹之亂耳，無案牘之勞形。」在這兒，可以彈彈素琴、讀讀佛經。沒有世俗的繁弦急管來擾亂我的清聽，沒有官場的公文書牘來勞累我的形體，多麼悠閒自在！作者不以陋為意，反而流露出恬淡自得的閒情逸致。

最後，化用典故：「南陽諸葛廬，西蜀子雲亭。孔子云：『何陋之有？』」以南陽諸葛亮（字孔明）隱居的茅屋、成都揚雄（字子雲）安身的草玄堂為陪襯，再用孔子的話作結。由於孔明、子雲都是碩學鴻儒、有德君子，故引用《論語・子罕》：「子欲居九夷。或曰：『陋，如之何？』子曰：『君子居之，何陋之有？』」暗示自己如古聖先賢般品德崇高；既是有德的君子，居陋室又有何妨？

劉禹錫〈陋室銘〉

君子之居有何陋

山不在高，有仙則名；水不在深，有龍則靈。斯是陋室，惟吾德馨。苔痕上階綠，草色入簾青。談笑有鴻儒，往來無白丁。可以調素琴，閱金經。無絲竹之亂耳，無案牘之勞形。南陽諸葛廬，西蜀子雲亭。孔子云：「何陋之有？」

大考停看聽

馨：香氣遠播，作動詞用。／鴻儒：有學問的讀書人。／白丁：平民，這裡指沒知識的俗人。／素琴：未加雕飾的琴。／金經：用泥金書寫的佛經。／絲竹：絲謂琴瑟，竹謂簫管，絲竹則借代為音樂。／案牘：指官府文書。

山不必高，有神仙居住就有名氣；水不必深，有蛟龍潛藏就有靈氣。這是一間簡陋的房子，只有我的德行能使它馨香遠播。碧綠的蘚苔蔓延到臺階上，青翠的芳草也映入窗簾內。在這裡談天說笑的只有飽讀詩書的大儒，出入來往的沒有一個是俗人。可以彈奏那未雕飾的琴，閱讀泥金書寫的佛經。沒有世俗音樂來擾亂我的清聽，也沒有官府文書來勞累我的形體。這兒就像南陽諸葛亮的茅屋，西蜀揚雄的草玄堂。孔子說：「有什麼簡陋的呢？」

第 4 章 文集篇

1

★開頭：「山不在高，有仙則名；水不在深，有龍則靈。」以山水比喻居室，不高、不深猶言屋室之簡陋；以神仙、蛟龍自況，有名氣、靈氣則暗示「惟吾德馨」。

★作者刻意闡明有德者居陋室亦無妨，我的德行能讓陋室依舊馨香四溢，千古流芳。

2

★接著，描寫室中之景：「苔痕上階綠，草色入簾青。」綠意盎然，象徵無限生機，也隱含主人心中的興致高昂。

★室中之客：「談笑有鴻儒，往來無白丁。」物以類聚，這樣風雅的主人，所往來的對象自然是博學鴻儒、文人雅士，凡夫俗子又豈能登堂入室？

（資料來源：故宮典藏圖像資料庫）

★室中之事：「可以調素琴，閱金經。無絲竹之亂耳，無案牘之勞形。」作者不以陋為意，反而流露出恬淡自得的閒情逸致。

3

★最後，化用典故：「南陽諸葛廬，西蜀子雲亭。孔子云：『何陋之有？』」以南陽諸葛亮（字孔明）隱居的茅屋、成都揚雄（字子雲）安身的草玄堂為陪襯，再用孔子的話作結。

★由於孔明、子雲都是碩學鴻儒、有德君子，暗示自己如古聖先賢般品德崇高；既是有德的君子，居陋室又何妨？

作文一點靈

思想情意

關於讀書人的居室，陶淵明有草屋八九間，雖僅是容膝小屋，卻是他歸園田居之後安身立命的一方小天地。陸游〈書巢記〉中，寫到他的書房書滿為患，如鳥巢般既小又亂，甚至造成他行動困難、出入不易，因此他飲食起居、疾痛呻吟、悲憂憤慨未嘗不在其中，自得其樂。鍾理和的書齋就在庭院的木瓜樹下，一張藤椅、一條圓板凳、一塊木板，他還要隨著樹影移動位置，欣賞大自然為他裝潢出四季不同、偉大壯觀的圖畫。

寫作時，如果能把相關的素材一起運用進來，便是用典故。這樣可以增加文章的深度與廣度，同時展現出作者優秀的文學素養。

UNIT **4-25**
雖曰愛之，其實害之

柳宗元〈種樹郭橐駝傳〉作於德宗貞元二十一年（805），時值他投身政治改革期間。文中透過郭橐駝的兩段話，反映出當時吏治繁亂，政令擾民，嚴重影響百姓生活的種種弊端，因此藉由郭橐駝暢談種樹之理，以喻為政之道，並提出「其天者全，而其性得矣」。養民也是如此，唯有順從人民的自然天性，不妨礙他們的日常作息，才能「蕃生（增加生產）」、「安性（安居樂業）」。

通篇可分為五段：首段簡介主人翁「郭橐駝」得名的由來。他因患病而駝背，走起路來背部隆起像駱駝一樣，所以鄉人叫他「橐駝」。他也覺得這名字很貼切，因此自稱「橐駝」。

次段記郭橐駝種樹的技藝高超，沒人比得上。「視駝所種樹，或移徙，無不活，且碩茂，蚤（通『早』）實以蕃。」看他所種的樹，或移植的樹，沒有不活的，並且長得高大茂盛，果實結得又早又多。

三段以虛問實答方式，讓郭橐駝現身說法，闡明「順木之天，以致其性」的種樹之理，為全文的主旨所在。據郭橐駝表示：他種樹的祕訣只是順著樹木生長的規律，讓它的本性充分發揮罷了。種好之後，就不再去動它、擔心它，彷彿拋棄它似的，任它自由發展；唯有這樣，才能保全樹木的自然生長規律，它的本性才能得到發展。他再三強調：「吾不害其長而已，非有能碩而茂之也。」只是不妨礙樹木生長而已，他並沒有能讓樹長得高大、茂盛的祕方。而

別人種樹，不是不懂方法，培土多少拿捏不好；就是「愛之太殷，憂之太勤」，早上去看看，晚上去摸摸，甚至抓破樹皮查驗它的死活，搖動樹根檢視土的鬆緊，如此一來，樹木的本性就受到傷害了。「雖曰愛之，其實害之；雖曰憂之，其實讎之。」別人這樣對待樹木，雖說出於愛護，其實反而害了它；雖說擔憂它，其實像跟它有仇似的。

四段從種樹之理引申出為政治民之道：有人問他：把這種樹的道理，應用到治國治民上，可以行得通嗎？又是一個虛問實答，因而引出郭橐駝的另一番話：我只知道種樹，作官治理百姓不是我的職業。「然吾居鄉，見長人者好煩其令，若甚憐焉，而卒以禍。」不過我住的豐樂鄉，看見作官的喜歡頻繁發布命令，好像愛護百姓，結果卻給百姓帶來災難。一會兒催促耕種、紡織，一會兒叮嚀撫育孩子、飼養雞豬，一會兒又急著召集鄉民，讓大家疲於應付，又怎能增加生產、安居樂業呢？

末段點明撰寫此文的用意。問的人笑著說：真是太好了！我問種樹的方法，卻得到治國理民的良策。所以寫下這篇傳記，作為官吏治民的借鑑。

本文靈活運用「藉賓顯主」技巧：種樹是「賓」，卻以繁筆鋪寫，即所謂的「背面敷粉」；養人為「主」，但用簡筆勾勒，才是「正面點染」。這種明寫種樹、暗喻治民的作法，使本文成為一篇寓言式的傳記，飽含弦外之音。

柳宗元〈種樹郭橐駝傳〉

橐駝種樹有祕訣

橐駝非能使木壽且孳也，能順木之天，以致其性焉爾。凡植木之性，其本欲舒，其培欲平，其土欲故，其築欲密。既然已，勿動勿慮，去不復顧。其蒔也若子，其置也若棄，則其天者全，而其性得矣。

大考停看聽

壽且孳：活得長久，長得茂盛。孳，繁殖也。／天：生長的規律。／其本欲舒：樹根要讓它舒展。／其培欲平：覆蓋泥土要均勻。培，覆蓋根部的泥土。／其土欲故：根部封土要用舊土。／其築欲密：四周的封土要搗實。／既然已：這樣做了之後。／蒔：栽種。

我不能讓樹木活得長久、長得茂盛，只能順著樹生長的規律，讓它的本性充分發揮罷了。凡是種樹的特性，根部要讓它舒展，培土要均勻，封土要用舊土，四周的土要搗實。種好之後，就不要再去動它、擔心它，僅可離開不必管它。種樹時像照顧自己的孩子，種好後就擺在一旁彷彿將它拋棄似的，那麼就能維持它的自然規律，本性也可以得到發展了。

第4章 文集篇

1

◆**首段簡介「郭橐駝」得名的由來。**

★他因患病而駝背，走起路來背部隆起像駱駝一樣，所以鄉人叫他「橐駝」。他也覺得這名字很貼切，因此自稱「橐駝」。

2

◆**次段記郭橐駝種樹技藝高超，沒人能比。**

★看他所種的樹，或移植的樹，沒有不活的，並且長得高大茂盛，果實結得又早又多。

3

◆**三段讓郭橐駝現身說法，闡明種樹之理。**

★郭橐駝種樹的祕訣只是順著樹木生長的規律，讓它的本性充分發揮罷了。

★他再三強調：「吾不害其長而已，非有能碩而茂之也。」

★而別人種樹，就是「愛之太殷，憂之太勤」，如此一來，樹木的本性就受到傷害了。「雖曰愛之，其實害之；雖曰憂之，其實讎之。」

4

◆**四段從種樹之理引申出為政治民之道：**

★郭橐駝說，他只知道種樹，作官治理百姓不是他的職業。

★不過，他看見作官的喜歡頻繁發布命令，一會兒催促耕種、紡織，一會兒叮嚀撫育孩子、飼養雞豬，一會兒又急著召集鄉民，讓大家疲於應付，又怎能增加生產、安居樂業呢？

5

◆**末段點明撰寫此文的用意。**

真是太好了！問種樹的方法，卻得到治國理民的良策。

（資料來源：故宮典藏圖像資料庫）

153

UNIT 4-26
心凝形釋，與萬化冥合

〈始得西山宴遊記〉作於憲宗元和四年（809），同年還有〈鈷鉧（音「古母」，熨斗也）潭記〉、〈鈷鉧潭西小丘記〉、〈至小丘西小石潭記〉；以及作於元和七年的〈袁家渴（音「禾」，水回流的地方）記〉、〈石渠記〉、〈石澗記〉和〈小石城山記〉，合稱《永州八記》。這是作者參與永貞革新失敗後，貶謫永州時期，所寫一系列借山水抒憤的遊記文。八篇既各自獨立，又前後連貫，是柳宗元山水遊記的代表作。〈始得西山宴遊記〉是第一篇。

全文可分為三段：首段敘被貶到永州後，遊覽境內各山的情景。他謫居永州，閒來沒事，「則施施（音『怡怡』，緩慢行走貌）而行，漫漫而遊。日與其徒上高山，入深林，窮迴谿，幽泉怪石，無遠不到。」每天和朋友們登山溯溪、尋幽覽勝，再遠的地方沒有到不了的。到了之後，便席地而坐，傾壺而飲；大夥兒醉了，就相枕而臥，睡醒而回。本以為永州一帶的奇山異水，他都遊覽過了，「而未始知西山之怪特」，卻未曾見識到西山的奇特。

次段寫發現西山的過程，及登臨時的見聞與感受。這年九月二十八日，作者坐在法華寺西亭，遠遠望見西山，突然驚覺它的與眾不同。於是命僕人一起渡過湘江，沿著染溪，大夥兒披荊斬棘，奮力登上山頂。到了山上，大家箕踞（如簸箕般兩腿平伸）而坐，遠眺四方，「則凡數州之土壤，皆在衽席之下。」居高臨下，千里的美景猶如濃縮在眼前尺寸之地，一覽無遺，無所遁形。青山白雲繚繞四周，與遠天相接合，不論從哪個方向望去，景色都一樣。直到此刻，他才發現西山的特出，不屑與那些低矮的小土堆為伍。「悠悠乎與灝氣俱，而莫得其涯；洋洋乎與造物者遊，而不知其所窮。」謂西山歷時久遠，和天地之氣同時生成，而不知它始於何時；西山空間遼闊，和宇宙自然同時存在，無邊無際，看不到它的盡頭。此處描寫西山景致之特出，「不與培塿為類」，隱含作者借山水抒憤的弦外之音：一如其人身負奇才、品行高潔，亦與凡夫俗子、滿朝文武截然不同；他志向遠大、見識廣博，好比天地宇宙之浩瀚無涯，然而，又有誰知道呢？

末段記「始得」西山後的心境變化。他們斟滿酒，喝到頹然醉倒，連太陽下山了也不知道。直到天黑了，還是意猶未盡捨不得離開。「心凝形釋，與萬化冥合。」是說此時只覺得自己心神專注、形體的束縛都解脫了，彷彿與大自然融合為一。從首段云：「自余為僇人（貶謫之人），居是州，恆惴慄（音『墜立』，憂心恐懼也）。」至今謫居已屆第五年，足見其心情之轉變，漸漸學會了隨遇而安，才能發覺西山之美、體會天人合一之妙。「然後知吾嚮（通『向』）之未始遊，遊於是乎始」，所以說真正的遊覽是從這次開始，故將此文命名為〈始得西山宴遊記〉。

柳宗元〈始得西山宴遊記〉

縈青繚白西山景

其高下之勢，岈然洼然，若垤若穴，尺寸千里，攢蹙累積，莫得遯隱。縈青繚白，外與天際，四望如一。然後知是山之特出，不與培塿為類。

岈（音「蝦」）然：隆起貌。／洼（音「哇」）然：凹下貌。／垤：音「蝶」，蟻穴外的小土堆。／尺寸千里：千里遠的景物，如縮聚在眼前尺寸之地。／攢蹙：音ㄘㄨㄢˊ ㄘㄨˋ，密集。／遯隱：隱匿不見。遯通「遁」，逃。／培塿：音ㄆㄡˇ ㄌㄡˇ，小土堆。

大考停看聽

周遭高低不一的地勢，隆起的像土堆，低窪的像洞穴，我們居高臨下，千里之遠的美景，猶如收縮在眼前尺寸之地，緊密聚集、累積成堆，無所遁逃。青山白雲繚繞四周，與遠天相接合，不論從哪個方向望去，景色都是一樣的。直到此刻，我才發現西山的特出，不可與那些低矮的小土堆相提並論。

 1

★**首段敘被貶到永州後，遊覽境內各山的情景。**

★他謫居永州，經常漫無目的地遊蕩，每天和朋友登山溯溪、尋幽覽勝；本以為這一帶的奇山異水都遊覽過了，卻未曾見識到西山的奇特。

借山水抒憤

此處描寫西山景致之特出，「不與培塿為類」，隱含作者借山水抒憤的弦外之音：一如其人身負奇才、品行高潔，亦與凡夫俗子、滿朝文武截然不同；他志向遠大、見識廣博，好比天地宇宙之浩瀚無涯，然而，又有誰知道呢？

 2

★**次段寫發現西山的過程，及登臨時的見聞與感受。**

★九月二十八日，他驚覺西山與眾不同；於是，與大夥兒奮力登頂。

★到了山上，發現千里的美景彷彿濃縮在眼前尺寸之地，一覽無遺。

★此刻，他終於發現了西山的特出，不屑與那些低矮的小土堆為伍。

明寫山水景物
隱含弦外之音
抒發不遇之慨

 **3**

★**末段記「始得」西山後的心境變化。**

★他們喝到頹然醉倒，直到天黑了，仍然捨不得離開。

★作者說此時只覺得：「心凝形釋，與萬化冥合。」

★他才終於明白真正的遊山玩水，是從這一次開始的。

 作文一點靈

評鑑賞析

柳宗元因改革失敗獲罪，被貶為永州司馬。初到永州，其心情「恆惴慄」。加上司馬是一虛銜，並無實際職掌，故鎮日清閒，只能藉遊山玩水自我排遣：「其隟也，則施施而行，漫漫而遊」。由於心情未平復，「而未始知西山之怪特」；直到了第五年，終於擺脫貶謫的陰影，才發現西山之特出，體會到「心凝形釋，與萬化冥合」的天人合一之境。所以他說：「然後知吾嚮之未始遊，遊於是乎始」，可見「始」字為通篇文眼的所在。

UNIT 4-27
以余故，咸以愚辱焉

〈愚溪詩序〉也是柳宗元貶謫永州時期的作品。所謂「愚溪」，正是〈始得西山宴遊記〉中提到的「染溪」，位於瀟水的支流灌水北方。

通篇可分為五段：首段說明愚溪的位置、命名緣由。「灌水之陽有溪焉，東流入於瀟水。」點出這條溪的所在處。「余以愚觸罪，謫瀟水上。愛是溪，入二三里，得其尤絕者家焉。」作者說這條溪當地人叫它「冉溪」或「染溪」，名稱未定，而他這個愚人住在附近，不得不替它改名為「愚溪」。

次段謂溪畔景色雖美，卻因為他的緣故，全被「愚」字給屈辱了。他在愚溪上游買了一座愚丘，又在東北方買下一處愚泉。愚泉的泉水匯合後，形成了愚溝。他又挑土堆石把狹隘處堵住，弄了一個愚池。愚池的東邊有愚堂，南邊有愚亭，池中還有一座愚島。「嘉木異石錯置，皆山水之奇者。以余故，咸以愚辱焉。」因為他這個愚人定居於此，連累當地美景都難逃「愚」名。

三段指出這條溪跟他一樣，「無以利世」，就算被冠以愚名，也不為過。「蓋其流甚下，不可以灌溉；又峻急，多坻石，大舟不可以入也；幽邃淺狹，蛟龍不屑，不能興雲雨，無以利世。」而作者身分卑下、性情耿介、心意幽深不為人所知，又無法濟世。二者即使被「愚」字所屈辱，也是可以的。

四段闡明愚人名愚溪，再恰當不過了。古代甯武子在國家紛亂時，裝出愚笨的樣子；顏回在孔子面前唯唯諾諾，像個呆瓜；他們都是大智若愚之士，不是真正的愚人。「今余遭有道，而違於理，悖於事，故凡為愚者，莫我若也。」他自認生處太平盛世，卻違反事理、悖離人情，世上沒有比他更愚昧的人了。因此，沒有人能和他爭這條溪，他彷彿取得為它命名的專利。

作者善用借山水抒憤的手法：先說這條溪被他這個愚人給玷辱了，接著借愚溪寫愚人，處處指陳愚溪之「無以利世」，實則暗示自身無法濟世的困頓。再借古人之大智若愚，對比出自己的「真愚」；然而，他真的自認是愚人嗎？從「今余遭有道」可知，中唐果真是太平盛世？所以，他真的是天下至愚之人？答案呼之欲出。透過這種迂迴含蓄的寫法，讓滿腔憤慨噴薄而出，進而將這份憤懣之情醞釀得更加醇厚動人。

末段寫愚溪與作者臭味相投，可優遊忘情於其中。愚溪雖「莫利於世」，卻善於映照萬物，風景秀麗，水聲悅耳，能使愚人樂以忘憂。一如作者雖「不合於俗」，卻能寫文章自娛。他擁有一枝健筆，宛若愚溪溪水能洗滌萬物的汙穢、包羅世間的百態，讓世上的一切人、事、物無所遁形。「以愚辭歌愚溪，則茫然而不違，昏然而同歸」，他與愚溪是如此契合，可惜沒人了解他，只好作〈八愚〉詩，刻在溪中的石頭上。故知本文是〈八愚〉詩的序，表面上寫愚溪與愚人，其實隱含著一份政治失意的深沉喟嘆。

柳宗元〈愚溪詩序〉

愚人賦詩歌愚溪 貶謫永州時期的作品

甯武子「邦無道則愚」,智而為愚者也;顏回「終日不違如愚」,睿而為愚者也。皆不得為真愚。今余遭有道,而違於理,悖於事,故凡為愚者,莫我若也。夫然,則天下莫能爭是溪,余得專而名焉。

甯武子:春秋衛大夫甯俞。《論語‧公冶長》:「子曰:『甯武子,邦有道則知,邦無道則愚。』」/顏子:孔子弟子顏回。《論語‧為政》:「子曰:『吾與回言終日,不違,如愚。退而省其私,亦足以發。回也不愚。』」/睿:通達也。

大考停看聽

甯武子在國家政治紛亂時,裝出愚笨的樣子,這是聰明人裝作愚人;顏回整天唯唯諾諾,從來不會和孔子意見相左,像個呆瓜,這是通達的人裝作愚人。他們都不是真正的愚人。如今我生處太平盛世,卻違反事理、悖離人情,所以世上的愚人,沒有一個比我愚昧。既然如此,那麼天下沒有人能和我爭這條溪,我可以獨占它並為它命名了。

❶ 說明「愚溪」命名緣由

★所謂「愚溪」,即〈始得西山宴遊記〉提到的「染溪」,位於瀟水支流灌水的北方。

★「冉溪」:這裡從前住著冉姓人家。⇨「染溪」:溪水可以染東西。⇨柳宗元:他這個人因愚昧獲罪,被貶到瀟水畔,並住在這條溪附近,故改名為「愚溪」。

❷ 美景被「愚」字屈辱了

★他在愚溪上游買了一座愚丘,又在東北方買下一處愚泉。愚泉匯合後彎彎曲曲向南流,便形成愚溝。他挑土堆石把愚溝狹隘處堵住,形成了愚池。

★愚池的東邊是愚堂,南邊是愚亭,池中還有一座愚島。

★奇景「以余故,咸以愚辱焉」。

❸ 活該它被「愚」字屈辱

★由於這條溪:1.地勢低下,不能灌溉;2.水流湍急,大船進不來;3.位置偏僻而遙遠,既淺又狹,不能興雲作雨,毫無用處。

★跟作者一樣,1.身分卑下;2.性情耿介;3.心意幽深不為人所知,又無法濟世。

❹ 愚人名「愚溪」最適當

★古代甯武子、顏回都是大智若愚之士,不是真正的愚人。

★作者生處太平盛世,卻違反事理、悖離人情,是真正的愚人。

★他自認天下沒有人能和他爭這條溪,彷彿取得命名的專利。

❺ 本文是〈八愚〉詩的序

★愚溪雖然「莫利於世」,卻善於映照萬物,風景秀麗,水聲悅耳,能使愚人樂以忘憂。一如作者雖「不合於俗」,卻能寫文章自娛。

★他用愚昧的文字來歌詠愚溪,不知不覺中,毫不相違背,陶陶然中,又十分契合,以臻於清虛靜寂之境,可惜沒人了解他。

借山水抒憤

1. 這條溪被他這個愚人玷辱了。

2. 借愚溪寫愚人,處處指陳愚溪之「無以利世」,實則暗示自身無法濟世的困頓。

3. 再借古人之大智若愚,對比出自己的「真愚」;然而中唐果真是太平盛世?作者果真是天下至愚之人?答案當然都是否定的。

UNIT **4-28**
清取利遠，遠故大

子集

圖解大考子集古文：精煉閱讀寫作，探解試題

柳宗元〈宋清傳〉作於謫居永州期間。順宗永貞元年（805）十一月，他以待罪之身調任永州司馬，在這蠻荒之地一待就是十年。他看盡了官場黑暗、世態炎涼，故藉由為賣藥商人宋清作傳，寄寓了自己的身世之慨。文中敘宋清目光遠大、經營有術，不但所售藥材貨真價實，療效極好，且無論富貴、貧賤、得志、失勢者他皆能真誠相待，因而生意興隆，獲利可觀。正因為宋清不貪圖小利、近利，他「取利遠，遠故大」，與一般士大夫「炎而附，寒而棄」的處世態度，不可同日而語。作者稱這種趨炎附勢、嫌貧愛富的待人接物方式為「市道交（純粹講利害關係如同做買賣般的交情）」，而讚揚宋清「居市不為市之道」，其經營頭腦遠勝過那些短視近利的大、小官吏，故文末得出「然則清非獨異於市人也」的結論，足見此人之與眾不同。

本文可分為四段：首段記宋清對人施以善藥，卻不求回報。他善待藥農，收購了許多上好的藥材，因此療效顯著，醫家、病患都樂於向他買藥。他堅持只賣好藥，即使身無分文的人上門也一樣，因此不久便「積券如山」，被欠下一堆藥錢。到了年終，他索性將債券焚毀，不再追討了。別人笑他是傻瓜。有人問他：「清其有道者歟？」他說：「清逐利以活妻子耳，非有道也，然謂我蚩妄者亦謬。」他只想獲取利潤養家活口罷了，不是什麼有道之士，當然也不是

傻瓜。然而，宋清到底何許人也，行文至此，戛然而止，引起懸念。

次段闡明宋清賣藥致富的原因。他經商四十年，焚毀的債券不計其數，受過幫助的人，有的後來發達了，奉上重金厚禮來答謝；有的還沒還清債務，有的已經過世無力償還了，但這些一點兒都不影響宋清成為大富翁。為什麼呢？「清取利遠，遠故大。」正因他目光遠大，不計較眼前微利，故能謀取長遠的巨利。不像一般小生意人，一次沒收到藥錢便勃然大怒，甚至破口大罵，真是唯利是圖、心胸狹隘！宋清始終誠信不欺，所賣皆良藥，故商譽佳，生意好。他更秉持以誠待人的原則：「或斥棄沉廢，親與交，視之落然者；清不以怠，遇其人，必與善藥如故。」無論遇到遭貶失勢的官員、窮困潦倒的病人，他都一視同仁，誠心相待，提供最好的藥品。這是宋清與其他商人不同之處。

三段則作者現身說法，將致富有道的宋清與時下士大夫對比。明揭「炎而附，寒而棄」的達官顯宦雖居四民之首，所為不過「市道交」而已；然宋清雖為市井小民，他濟貧扶困，使「天下之窮困廢辱得不死者眾矣」，其間優劣立判，不言而喻。

末段仿史傳「論贊」的寫法，以「柳先生曰」數語作收。感慨宋清是商人卻「不為市之道」，而朝中官吏、鄉里仕紳自稱士大夫，卻反為之不已，實在可悲啊！兩相比較，嘲諷之意盡在其中。

柳宗元〈宋清傳〉

宋清不為市道交

宋清，長安西部藥市人也。居善藥，有自山澤來者，必歸宋清氏，清優主之。長安醫工得清藥，輔其方，輒易讎，咸譽清。疾病疕瘍者，亦皆樂就清求藥，冀速已。清皆樂然響應，雖不持錢者，皆與善藥。積券如山，未嘗詣取直。

大考停看聽

宋清是在長安商街西部賣藥的生意人，收購了許多上等藥材。有從山地、沼澤來的藥農，一定把藥材送去賣給宋清，宋清對他們十分優厚。長安的醫生用宋清的藥材製成自己的藥方，很容易就賣出去，所以都很稱讚宋清。有生病長瘡的人，也喜歡去向宋清買藥，希望能儘速痊癒。宋清總是熱情招呼客人，即使沒帶錢，他也會把良藥賒給他們。儘管家中欠錢的債券堆積如山，他也不曾上門去索討藥錢。

居善藥：收購了許多上等藥材。／優主之：對他們十分優厚。優主，動詞，猶言善待。／讎：售也。／疕瘍：音「比揚」，頭瘡也。／冀速已：希望能儘快痊癒。／券：債券。／詣取直：上門討債。直，通「值」，藥錢。

★首段記宋清對人施以善藥，卻不求回報。
- 他只賣好藥，對人一律施以善藥。
- 被欠下一堆藥錢，他從不去追討。
- 他既不是傻瓜，也不是有道之士。

★次段闡明宋清賣藥致富的原因。
- 經商四十年，焚毀的債券不計其數，都不影響他成為大富翁。
- 正因為他目光遠大，不計較眼前微利，故能謀取長遠的巨利。
- 無論遇到失勢的官員、潦倒的病人，他都只提供最好的藥品。

★三段則將致富有道的宋清與時下士大夫對比。
明揭「炎而附，寒而棄」的達官顯宦雖居四民之首，所為不過「市道交」而已；然宋清雖為市井小民，他濟貧扶困，使「天下之窮困廢辱得不死者眾矣」，其間優劣立判，不言而喻。

★末段仿史傳「論贊」的寫法，以「柳先生曰」數語作收。
感慨宋清是商人卻「不為市之道」，而朝中官吏、鄉里仕紳自稱士大夫，卻反為之不已，實在可悲啊！

作者以待罪之身調任永州司馬，在蠻荒之地一待十年。看盡官場黑暗、世態炎涼，故藉由為藥商宋清作傳，寄寓其身世之慨。

作文一點靈

名言佳句

和經商相關的名言金句，諸如：1.「取利遠，遠故大。」是說做生意的目光遠大，才能獲得長遠的利益。也就是俗話說：「放長線，釣大魚」的意思。

2.俗諺云：「買賣不成，仁義在。」是說商人應該時時與人為善，和氣生財，如果今天這筆買賣做不成，也絕對不要因此惡言相向，反正以後多的是成交的機會。這也是眼光長遠的作法，是永續經營的概念。

UNIT 4-29
小娘子愛才，鄙夫重色

唐人傳奇為文士自覺創作小說的開端，象徵著我國小說的成熟。初唐傳奇，在六朝志怪的基礎上繼續發展，如王度〈古鏡記〉，寫一面古鏡伏妖降魔的靈異事跡。至中唐，在經濟繁榮都市興起、儒釋道思想蓬勃、古文運動力倡用古代散文從事文學創作、科舉考試「溫卷」風氣盛行等條件推波助瀾之下，造成傳奇小說蔚為發展，盛況空前。其中以愛情類傳奇最引人注目，如元稹〈會真記〉、白行簡〈李娃傳〉、蔣防〈霍小玉傳〉等，都是家喻戶曉的名篇。到了晚唐，儘管韓柳古文銷聲匿跡，但用散文寫成的傳奇小說卻方興未艾，又以俠義類為代表，如袁郊〈紅線傳〉、裴鉶〈崑崙奴〉等，傳達出時局動盪，人們寄望於英雄豪俠的出現。

蔣防〈霍小玉傳〉是典型的中唐愛情類傳奇，寫進士與妓女間刻骨銘心的愛情故事。男主角李益，或說影射「大曆十才子」之一的詩人李益，同為隴西人，都是大曆年間進士。據說詩人李益生性多疑，對家中妻妾猜忌甚切，時時加以偵察防範。

故事裡的李益二十歲考中進士，在長安等待拔萃選官。他自負才情風流，廣求名妓為偶，經媒婆鮑十一娘引薦，結識了美若天仙、格調高雅的霍小玉。「小娘子愛才，鄙夫重色。」兩人一拍即合。此後朝夕相隨，如膠似漆，度過兩年甜蜜幸福的美好時光。

當李益考中書判拔萃科，被任命為鄭縣主簿。赴任前，擬先返家探親。小玉有預感，以李益的才華、門第、名

聲，父母一定會為他安排良緣，昔日的山盟海誓，極可能落空。於是，小玉提出八年之約：兩人再廝守八年，等到李益三十歲時，再讓他娶名門千金為妻；小玉則削髮為尼，長伴青燈古佛旁。

儘管李益臨去前信誓旦旦，表明此情至死不渝；但一回到家，便依從母命與高門結親，從此音訊杳然。痴心的小玉，為了尋人，不惜典當財物，求神問卜，就是不見郎君蹤影，終至憂恨成疾，臥病不起。

李益的負心絕情，引來眾怒，終於有個黃衫客挾持他來見小玉。此時小玉已病入膏肓，命在旦夕，她含怒凝視李益，並舉起酒杯與他訣別：「我為女子，薄命如斯！君是丈夫，負心若此！……徵痛黃泉，皆君所致。李君李君，今當永訣！我死之後，必為厲鬼，使君妻妾，終日不安！」說自己之所以含恨而終，都是李益造成的；她死後將化為厲鬼，使李益的妻妾不得安寧。隨即，小玉氣絕身亡。

雖然李益為小玉穿了喪服，早晚哭泣，十分悲傷；但不久便與名門女成婚。婚後，李益猜疑成性，時常毒打妻子，鬧到對簿公堂而休妻。之後他對侍婢姬妾施暴、殺害之事，時有所聞。三次娶妻，結局都一樣，果真應驗了小玉臨終誓言：要他婚姻始終不諧。

本篇敘寫閨閣情事，描摹細膩，文辭精美，饒富韻致，故胡應麟《少室山房筆叢》評為「唐人最精彩動人之傳奇」，所言甚是！

蔣防〈霍小玉傳〉

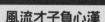

風流才子負心漢

　　玉曰:「妾年始十八,君纔二十有二,迨君壯室之秋,猶有八歲。一生歡愛,願畢此期。然後妙選高門,以諧秦晉,亦未為晚。妾便捨棄人事,剪髮披緇,凤昔之願,於此足矣。」

大考停看聽

壯室之秋:三十歲之時。古人以男子三十歲為壯,即適婚之年齡。秋,年歲。/秦晉:春秋時秦、晉二國彼此聯姻,世代交好;故後世用以借代締結婚約之意。/剪髮披緇:指出家為尼。緇,緇衣,早期僧尼多著黑色袈裟故云。

　　霍小玉說:「我今年剛十八歲,你才二十二歲,離你三十歲時,還有八年。我希望這八年期間,可以跟你享盡一輩子歡愉的愛情。然後你再挑選名門世家的淑女,締結婚約,也不算太晚。我就看破紅塵,剃度出家為尼,也算完成了我的平生心願。」

★李益在長安等待拔萃選官,自負才情風流,經媒婆鮑十一娘引薦,結識了才貌雙全的霍小玉。

★「小娘子愛才,鄙夫重色。」此後兩人朝夕相隨,度過兩年甜蜜幸福的美好時光。

★當李益考中書判拔萃科,赴任鄭縣主簿前,擬先返家探親。

★小玉有預感,李益將會另結良緣,昔日山盟海誓可能落空。

★李益臨去前信誓旦旦,但一回到家,便依從母命與高門結親,從此音訊杳然。

★痴心的小玉,苦尋不著李益的蹤影,終至憂恨成疾,臥病不起。

★李益的負心絕情,引來眾怒,終於有個黃衫客挾持他來見小玉。

★小玉已病入膏肓,她舉起酒杯與李益訣別,並誓言死後將化為厲鬼,使李益婚姻不諧。

★小玉死後,雖然李益為她守喪,十分悲傷;但不久他便與名門女成婚。

★婚後,李益猜疑成性,時常毒打妻子,鬧到對簿公堂而休妻。之後他對侍婢姬妾施暴、殺害之事,時有所聞,終於應驗了小玉臨終的誓言。

作文一點靈

名言佳句

　　關於愛情的經典名句,如:

　　1.「小娘子愛才,鄙夫重色。」道出「才子佳人」是公認美好愛情的組合。

　　2.張愛玲說:「人生就像一場舞會,教會你最初舞步的人未必能陪你走到散場。」那又何妨?至少曾經共舞一曲,已經夠讓人回味許久、許久了。

　　3.徐志摩說:「我將在茫茫人海中尋訪我唯一之靈魂伴侶。得之,我幸;不得,我命。」愛情之所以美,往往美在它虛無縹緲,也許沒得到的,永遠最美!

UNIT **4-30**
楚人一炬，可憐焦土

據李曰剛《辭賦流變史》云：「散賦之遠祖為屈原之〈卜居〉、〈漁父〉，宋玉之〈風賦〉、〈高唐〉，近祖為晚唐杜牧之〈阿房宮賦〉。……正式倡導者為宋之歐陽脩，繼續光大者為蘇軾。」是知杜牧〈阿房宮賦〉遙繼屈宋之作，開宋代散賦之先河，在我國辭賦發展史上具有承先啟後的地位。

杜牧〈阿房宮賦〉寫於敬宗寶曆元年（825），作者時年二十三歲。據其〈上知己文章啟〉云：「寶曆大起宮室，廣聲色，故作〈阿房宮賦〉。」按：唐敬宗自十六歲即位起，昏瞶失德，荒淫無度，造成朝野民心動盪。於是杜牧寫作此賦，試圖藉由阿房宮的成毀與秦帝國的興衰，借古喻今，針砭時政，冀人主之一悟。

全文可分為五段：首段從空間上描寫秦朝宮殿的巍峨壯麗。由遠及近：「二川溶溶，流入宮牆。」自外而內：「五步一樓，十步一閣；……一日之內，一宮之間，而氣候不齊。」從宏觀的鳥瞰：「長橋臥波，未雲何龍？複道行空，不霽何虹？」橫臥水面的長橋，明明沒有雲，怎麼卻有龍呢？凌空而過的複道，明明不是雨後，怎麼卻有彩虹呢？細微的刻劃：「盤盤（盤結）焉，囷囷（迴旋）焉，蜂房水渦，矗不知乎幾千萬落。」建築群或盤結交錯如蜂房，或迴旋曲折如水渦，高聳矗立，不知有幾千幾萬個院落。

接著，從描繪靜態的建築，轉入摹寫活動於其中的人物。次段重現當年極盡奢華的秦宮歲月。先交代六朝妃嬪、

王孫「辭樓下殿，輦來於秦」。再敘其奢靡成性：「渭流漲膩，棄脂水也。」光是倒棄的洗臉水中所含脂粉，就足以讓渭水浮起一層油膩。她們天天「縵立遠視，而望幸焉」，等待天子寵幸是生活唯一的重心，但有人終其一生都未見到秦天子的尊容。

三段明揭阿房宮不僅竭盡天下之物、悉納六國之人，且斂聚人間之財。「幾世幾年，剽掠其人，倚疊如山。」「鼎鐺玉石，金塊珠礫，棄擲邐迤。」痛陳秦朝糟蹋人才、浪費財物，搜刮世間之人力、物力以為己用，卻不知加以珍惜。

四段轉入議論，以「秦愛紛奢」為其覆亡之主因。指責其「取之盡錙銖，用之如泥沙」，再用六個「多於」對比出阿房宮的奢華與百姓備受剝削：「負棟之柱，多於南畝之農夫，架梁之椽，多於機上之工女；釘頭磷磷，多於在庾之粟粒；瓦縫參差，多於周身之帛縷；直欄橫檻，多於九土之城郭；管絃嘔啞，多於市人之言語。」如此專制的獨夫，「使天下之人，不敢言而敢怒。」於是，「戍卒叫，函谷舉，楚人一炬，可憐焦土。」終至民怨沸騰，函谷關失守，楚國人一把火，可憐啊，阿房宮化為一片焦土！

末段闡發歷史教訓，一針見血指出六國、秦朝之亡皆歸因於「不愛其人」，不愛惜人才、不愛護人民，勢必自取滅亡。最後用四個「哀」字告誡後人，當引以為鑑，切莫步此後塵！

杜牧〈阿房宮賦〉

渭流漲膩棄脂水

妃嬪媵嬙，王子皇孫，辭樓下殿，輦來於秦。朝歌夜絃，為秦宮人。明星熒熒，開妝鏡也；綠雲擾擾，梳曉鬟也；渭流漲膩，棄脂水也；煙斜霧橫，焚椒蘭也；雷霆乍驚，宮車過也；轆轆遠聽，杳不知其所之也。

妃嬪媵嬙：指六國的宮眷、貴族。媵，音「映」，陪嫁的人。／輦：音「拈」，以人力拉的車；此作動詞，載也。／綠雲：烏雲。／鬟：髻也。／轆轆：車行聲。／杳：音「咬」，幽寂。

大考停看聽

六國的宮眷和貴族，王子皇孫，辭別故國的宮殿，乘坐輦車來到秦國。他們早上唱歌，夜晚奏樂，成為秦國的宮人。如星光般閃爍，那是宮人打開了梳妝的鏡子；如烏雲般紛擾，那是她們正梳理晨妝的髮髻；渭水彷彿漲起了一層油膩，那是她們倒棄的脂粉水；如煙霧般瀰漫，那是她們正在焚製香料；如雷霆般突然響起，那是宮車經過；車聲轆轆，漸行漸遠，以至無影無蹤，不知停在什麼地方。

 ★首段從空間上描寫秦朝宮殿的巍峨壯麗

· 涇、渭二水，浩浩蕩蕩，流入宮牆。五步一座樓，十步一座閣，……建築群或盤結交錯如蜂房，或迴旋曲折如水渦，高聳矗立，不知有幾千幾萬個院落。

· 「歌臺暖響，春光融融；舞殿冷袖，風雨淒淒。」一天之中，一宮之內，氣氛不相同。

 ★次段重現當年奢華無度的秦宮歲月

· 六朝妃嬪、王孫「辭樓下殿，輦來於秦」。

· 他們奢靡成性，「渭流漲膩，棄脂水也。」

· 他們天天久立遠望，期待秦天子的寵幸。

 ★三段明揭阿房宮竭盡天下之物、悉納六國之人，且斂聚人間之財

· 痛陳秦朝糟蹋人才、浪費財物，搜刮世間之人力、物力以為己用，卻不知加以珍惜。

 ★四段轉入議論，以「秦愛紛奢」為其覆亡之主因

· 指責秦人揮霍無度，再用六個「多於」對比出阿房宮的奢華與百姓備受剝削，如此專制的獨夫，「使天下之人，不敢言而敢怒。」

· 於是，「戍卒叫，函谷舉，楚人一炬，可憐焦土。」

 ★末段闡發歷史教訓，一針見血指出「不愛其人」，不愛惜人才、不愛護人民，勢必自取滅亡

· 最後，用四個「哀」字：「秦人不暇自哀，而後人哀之；後人哀之，而不鑑之，亦使後人而復哀後人也。」告誡後人，當引以為鑑，切莫步此後塵！

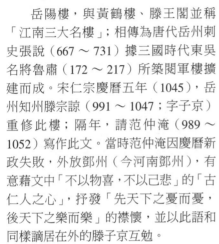

UNIT *4-31*
先天下之憂而憂，後天下之樂而樂

子集 — 圖解大考子集古文：精練閱讀寫作，探解試題

岳陽樓，與黃鶴樓、滕王閣並稱「江南三大名樓」；相傳為唐代岳州刺史張說（667～731）據三國時代東吳名將魯肅（172～217）所築閱軍樓擴建而成。宋仁宗慶曆五年（1045），岳州知州滕宗諒（991～1047；字子京）重修此樓；隔年，請范仲淹（989～1052）寫作此文。當時范仲淹因慶曆新政失敗，外放鄧州（今河南鄧州），有意藉文中「不以物喜，不以己悲」的「古仁人之心」，抒發「先天下之憂而憂，後天下之樂而樂」的襟懷，並以此語和同樣謫居在外的滕子京互勉。

本文可分為五段：首段說明作記緣由。慶曆四年滕宗諒謫居此地，隔年，「政通人和，百廢具興，乃重修岳陽樓」，交代了友人治理岳州的政績，因為重修名樓，故有請託作記之舉。

次段描寫洞庭湖風光：「銜遠山，吞長江，浩浩湯湯，橫無際涯；朝暉夕陰，氣象萬千。」說站在岳陽樓上，可將洞庭勝景盡收眼底，看它彷彿含著遠方的君山，吸納長江的流水，水勢浩大，寬廣無邊；從早到晚，晴陰變化，景色豐富多樣。由於這裡位處水路交通要塞，故遷客（遠謫他鄉的官吏）騷人（多愁善感的詩人）多聚集於此。「覽物之情，得無異乎」二句，具承先啟後之作用，至此筆鋒一轉，開展出下文情景交融的新天地。

三段敘面對雨景之悲情：說到陰雨綿綿，連月不晴的日子裡，冷風颼颼，濁浪滔滔，太陽星星掩蔽了光芒，山岳河川隱藏了形跡；商人和旅客都無法通行，船隻被風吹得東倒西歪；傍晚時天色昏暗，只聽見老虎的狂嘯、猿猴的哀啼。這時登上岳陽樓的，「則有去國懷鄉，憂讒畏譏，滿目蕭然，感極而悲者矣。」以視覺、聽覺摹寫，鋪陳出失意政客觸景傷情的滿懷惆悵。

四段述面對晴光的喜樂：至於春光明媚，波平浪靜，水天一色，碧綠無垠。沙鷗自在地飛翔，魚兒悠哉地戲水；白芷和蘭草，一片欣欣向榮。——描繪日景。有時雲煙消散，皓月當空，一望無際；有時月映水面，金光浮動，如璧玉之下沉；加上漁人此起彼落的歌聲，這等快樂哪有窮盡啊？——為夜景。這時登上岳陽樓的，「則有心曠神怡，寵辱皆忘，把酒臨風，其喜洋洋者矣。」採相同手法，渲染出騷人墨客美景當前、忘懷得失的欣喜之情。

末段抒發仁人志士「先憂後樂」的襟抱：作者先說他曾探求古仁人的胸懷，有和前述因雨而悲、因晴而喜的遷客騷人不同。他們「不以物喜，不以己悲」，不會因為外在環境或自身遭遇而感到悲喜。進而據《孟子・梁惠王下》「樂以天下，憂以天下」一語，拈出「先天下之憂而憂，後天下之樂而樂」的警句，成為通篇主旨所在。「微斯人，吾誰與歸？」在感嘆中收束全文，傳達了范仲淹憂國憂民的心聲，亦藉以期勉同年登科、同遭貶謫的知音好友滕子京。最後，註明寫作時間是「（慶曆）六年九月十五日」。

范仲淹〈岳陽樓記〉

朝暉夕陰岳陽樓

嗟夫！予嘗求古仁人之心，或異二者之為，何哉？不以物喜，不以己悲。居廟堂之高，則憂其民；處江湖之遠，則憂其君。是進亦憂，退亦憂，然則何時而樂耶？其必曰「先天下之憂而憂，後天下之樂而樂」歟！噫，微斯人，吾誰與歸？

大考停看聽

二者之為：遷客騷人的表現，即遇雨而悲、遇晴而喜。／居廟堂：在朝為官。廟堂，指朝廷。／處江湖：退居在野。江湖，指民間。／微斯人：沒有這種仁人志士。／吾誰與歸：為「吾歸與誰」之倒裝，我將歸附何人呢？

哎呀！我曾探求古仁人的胸襟，有和遷客騷人雨悲晴喜的表現不同，那是什麼呢？他們不會因為外在環境或自身遭遇而感到悲喜。在朝為官，就擔憂百姓生計；退居在野，就掛心君主社稷。像這樣在位時憂慮，不在位時也要憂慮，那麼什麼時候才能快樂呢？他們一定會說「在天下人還未憂慮以前，就先憂慮；在天下人都得到快樂之後，才享受快樂」！唉，如果沒有這樣的志士仁人，我將歸附誰呢？

> ★三國時代東吳名將魯肅所築閱軍樓
> ★唐代岳州刺史張說擴建而成岳陽樓
> ★北宋時岳州知州滕宗諒重修岳陽樓
> ★慶曆六年范仲淹撰寫〈岳陽樓記〉

★首段說明作記緣由

慶曆四年滕宗諒謫居此地，隔年，「政通人和，百廢具興，乃重修岳陽樓」，故請託他作記。

★次段描寫洞庭湖風光

· 「銜遠山，吞長江，浩浩湯湯，橫無際涯；朝暉夕陰，氣象萬千。」故遷客騷人多聚集於此。

· 「覽物之情，得無異乎」具承先啟後之作用，至此筆鋒一轉，開展出下文情景交融的新天地。

★三段敘面對雨景之悲情

· 淫雨霏霏，陰風怒號，檣傾楫摧，虎嘯猿啼，令失意政客觸景傷情，滿懷惆悵。

· 這時登上岳陽樓的，「則有去國懷鄉，憂讒畏譏，滿目蕭然，感極而悲者矣。」

★四段述面對晴光的喜樂

· 春和景明，一碧萬頃，漁歌互答，此樂何極！渲染出美景當前、忘懷得失的欣喜之情。

· 這時登上岳陽樓的騷人墨客，「則有心曠神怡，寵辱皆忘，把酒臨風，其喜洋洋者矣。」

★末段抒發仁人志士的襟抱

＊「不以物喜，不以己悲」，不會因為外在環境或自身遭遇而感到悲喜。

＊進而拈出「先天下之憂而憂，後天下之樂而樂」，成為通篇主旨所在。

＊「微斯人，吾誰與歸？」范仲淹以此與知音好友滕子京（宗諒）共勉之。

UNIT **4-32**
醉翁之意不在酒，在乎山水之間也

慶曆新政失敗後，歐陽脩成為守舊人士的眼中釘，仁宗慶曆五年（1045）他被羅織罪名，外放滁州（今安徽滁縣）。隔年，四十歲自號「醉翁」。至慶曆八年，又徙知揚州。可見〈醉翁亭記〉一文作於慶曆六年或七年，他在滁州太守任上。此時，他還有一首〈題滁州醉翁亭〉詩：「四十未為老，醉翁偶題篇。醉中遺萬物，豈復記吾年？但愛亭下水，來從亂峰間。……所以屢攜酒，遠步就潺湲。野鳥窺我醉，溪雲留我眠。山花徒發笑，不解與我言。惟有巖風來，吹我還醒然。」流露出政治失意的閒散與頹放，只能借詩酒自娛，寄情於山水之間。

本文記述醉翁亭的景致，抒寫遊宴之樂。通篇可分為四段：首段介紹醉翁亭的位置、由來，並點出「醉翁之意不在酒，在乎山水之間也」的主旨。據朱熹《語類》記載：歐公原稿以「滁州四面有山」等數十個字開頭，後來刪到僅剩「環滁皆山也」五字，言簡意賅，足見其文字之精煉。接著，從「其西南諸峰，林壑尤美。」寫到蔚然（草木茂盛）深秀（幽深秀麗）的琅琊山，再托出步行六七里遠水聲潺潺、從兩山間傾瀉而出的釀泉，層層遞進，最後聚焦在「峰迴路轉，有亭翼然，臨於泉上者，醉翁亭也。」勾勒出醉翁亭的外觀，像鳥兒展翅般高踞在釀泉之上。然後由「亭」及「人」，說明建亭的是山裡的和尚智僊，命名的是太守，正是作者本人。因為太守自號醉翁，「醉翁之意不在酒，

在乎山水之間也。」道出他對山水的樂趣，是從心靈上獲得而寄託於酒中！

次段描繪醉翁亭四時朝暮景色的不同，而歸結到「樂亦無窮也」。「日出而林霏開，雲歸而巖穴暝」，謂太陽出來時，林間霧氣消散；雲霧瀰漫之際，巖穴備顯昏暗。這種光線明暗的變化，是山中早晨、傍晚的景致。「野芳發而幽香，佳木秀而繁陰，風霜高潔，水落而石出者，山間之四時也。」從春花綻放、夏木繁茂、秋霜潔白、冬日水淺溪石顯露，刻劃山中四季的風光。他們早上上山，黃昏回來，隨著四時風景不同，其中的樂趣更是無窮無盡啊！

三段寫滁人遊宴之樂。大夥兒呼朋引伴，扶老攜幼，與太守一起出遊。宴會上，陳列著從溪中釣來的肥魚、取泉水釀成的美酒、各種山間的野味和蔬菜。此時不用絲竹管絃，只見投壺、下棋、行酒令的人，無拘無束，大聲喧嘩，賓主盡歡。一位蒼顏白髮的長者，昏昏沉沉醉倒在眾人之間，那是太守，他喝醉了。

末段記遊罷歸來，並抒發情懷。從「遊人去而禽鳥樂也」，進一步闡明「然而禽鳥知山林之樂，而不知人之樂；人知從太守遊而樂，而不知太守之樂其樂也。」禽鳥之樂是源於自然的山林之樂，人之樂是生活安定的遊宴之樂，而太守之樂則涵蓋了此二樂，既是「與民同樂」，更是一種「民吾同胞，物吾與也」的人間至樂。

歐陽脩〈醉翁亭記〉

與民同樂―醉翁

已而夕陽在山，人影散亂，太守歸而賓客從也。樹林陰翳，鳴聲上下，遊人去而禽鳥樂也。然而禽鳥知山林之樂，而不知人之樂；人知從太守遊而樂，而不知太守之樂其樂也。

一會兒夕陽落在山間，人影三三兩兩，散亂不堪，太守要回去而賓客跟著走了。樹林茂密，遮蔽成陰，鳥兒飛上飛下，高聲鳴叫，這是遊人離開後禽鳥的快樂啊。然而禽鳥只知道山林的快樂，卻不知道人間的快樂；人們只知道跟著太守出遊的快樂，卻不知道太守以能與大夥兒同樂為快樂。

陰翳：樹木枝葉茂密，遮蔽成陰。翳，音「意」，遮蔽。／太守之樂其樂：太守以能與禽鳥、滁人同樂為快樂。前一「樂」字作動詞用，與……同樂之意；後一「樂」字為名詞，快樂也。其，指禽鳥和滁人。

1 ★**首段介紹醉翁亭的位置、由來，並點出「醉翁之意不在酒，在乎山水之間也」的主旨**

· 剝筍法：「環滁皆山也。」➡「其西南諸峰，林壑尤美。」➡「望之蔚然而深秀者，琅琊也。」➡「山行六七里，……釀泉也。」➡「有亭翼然，臨於泉上者，醉翁亭也。」➡作亭者：山之僧智僊也 ➡名亭者：太守歐陽脩也。

2 ★**次段描繪醉翁亭四時朝暮景色的不同，而歸結到「樂亦無窮也」**

· 「日出而林霏開，雲歸而巖穴暝」，是山中朝暮之景致。

· 「野芳發而幽香，佳木秀而繁陰，風霜高潔，水落而石出者，山間之四時也。」刻劃山中四季的風光。

3 ★**三段寫滁人遊宴之樂**

· 滁人與太守一起出遊，「前者呼，後者應，傴僂提攜」，絡繹不絕。

· 太守的宴會上，臨溪而漁，釀泉為酒，山肴野蔌，雜然陳列於前。

· 宴飲之樂，「射者中，弈者勝，觥籌交錯」，起坐諠譁，賓主盡歡。

4 ★**末段記遊罷歸來，並抒發情懷**

禽鳥知山林之樂➡人知從太守遊之樂（生活安定的遊宴之樂）➡太守之樂其樂也（a.自然的山林之樂；b.政通人和，與民同樂）

 作文一點靈

評鑑賞析

　　我們常說寫作時儘量不要使用重複的字、詞，但這也不盡然。如歐陽脩〈醉翁亭記〉中，全文共出現九次「太守」，巧妙運用了二十五個「而」字、二十一個「也」字，不但不會讓人感到累贅、拖沓，反而形成一種相互呼應、迴環往復的藝術效果。使人讀來文氣更加紆徐舒緩，彷彿押韻般的節奏感，兼具文情與聲情之美，進而營造出悠閒自適的快樂氣氛。

　　本文的文眼在一個「樂」字，末段以層遞法寫出禽鳥的山林之樂➡滁人的遊宴之樂➡太守的與民同樂，而以太守之樂為最高層次，因為其中包含了與萬物同樂、與百姓同樂，是一種「民胞物與」的人間至樂。

UNIT 4-33
其受之天也，賢於材人遠矣

　　王安石〈傷仲永〉選自《臨川先生文集》，藉由小神童方仲永從天才淪落為常人的經過，闡明天賦聰明不足恃、後天教育與學習不可少的道理。

　　全文可分為三段：首段敘天才兒童方仲永無師自通，能作詩；方父帶著他四處應酬，寫詩賺錢，不讓他好好學習。方家世代務農，仲永從小不曾見過文具，更別說讀書識字了。五歲時，他忽然哭著吵要寫字。方父向鄰居借來文具。他一拿到紙筆，立刻寫出四句詩來，隨即簽署自己的姓名。「其詩以養父母、收族為意，傳一鄉秀才觀之。」大家無不嘖嘖稱奇。從此，隨便指定一個名目，仲永便馬上完成一首詩，而且文句通順，條理明暢，頗有可觀。「邑人奇之，稍稍賓客其父，或以錢幣乞之。」鄉紳因此以賓客之禮對待方父，甚至有人還花錢想收藏仲永的詩。「父利其然也，日扳仲永環謁於邑人，不使學。」方父認為有利可圖，天天帶他拜訪鄉里仕紳，不讓他學習。

　　次段說後來作者見到仲永，發現他的詩與先前名聲不相吻合；七年後，又聽說他變成普通人了。仁宗明道年間，作者隨父親返鄉，曾在舅舅家見到這位小神童，當時仲永已經十二、三歲了。「令作詩，不能稱（ㄔㄥ、，符合）前時之聞（音『問』，名聲）。」讓仲永當場作詩，內容平庸，乏善可陳，與先前名聲不相吻合。又過了七年，作者再到舅舅家，向人打聽仲永的消息，得到的答案竟是：「泯然眾人矣！」仲永的天縱英明消失了，此時的他跟一般人沒什麼兩樣。

　　末段透過「王子曰」闡明作者對此事的看法；「王子」乃王安石之自稱，一如蘇軾文中每每自稱「蘇子」。「仲永之通悟，受之天也。其受之天也，賢於材人遠矣；卒之為眾人，則其受於人者不至也。」是說仲永資質聰穎、領悟力高，是先天條件優越。讓他得天獨厚，比一般有才幹的人要強得多，成為人人稱羨的天才兒童；但最後卻因為後天的教育、個人的努力無法配合，而使英才淪為凡夫。「彼其受之天也，如此其賢也，不受之人，且為眾人。今夫不受之天，固眾人；又不受之人，得為眾人而已邪？」具有天賦異稟的小神童，因為沒有受到後天的教育與栽培，尚且淪為常人。何況那些不具特殊天賦、本來才能平庸的普通人，如果再沒有受到良好的教養，恐怕連當個普通人都辦不到！

　　本文一、二段以見聞錄的方式，敘述了方仲永事例，先「聞」後「見」，再因「聞」其「泯然眾人矣」，而於末段點出「傷之」之意，以呼應題旨。「傷」字含有三層意義：一、惋惜仲永辜負天賦異能，而淪為常人；二、為仲永的父親感到可悲，大人怎麼可以為了自己的短視近利，平白剝奪孩子受教育、學習的機會？三、更可悲的是，那些才能不如仲永的人，如果還步上不努力學習的後塵，最後可能連凡人都當不成了！

王安石〈傷仲永〉

天資聰穎不足恃

大考停看聽

金谿民方仲永,世隸耕。仲永生五年,未嘗識書具,忽啼求之。父異焉,借旁近與之,即書詩四句,并自為其名。其詩以養父母、收族為意,傳一鄉秀才觀之。自是指物作詩立就,其文理皆有可觀者。

書具:紙、筆等書寫工具。/啼求:哭著要求。/自為其名:寫出自己的姓名。/收族:使家族親人和睦、團結。/秀才:指有學問的讀書人。/立就:立刻完成。

江西省金谿縣民方仲永,家中世代以耕種為生。仲永到了五歲,不曾見過紙、筆等書寫工具,忽然哭著要文具寫字。他的父親覺得奇怪,向人借來給他,他立即寫出四句詩,並能自署姓名。這首詩以孝養父母、和睦族人為主旨,之後讓全鄉的讀書人傳閱、觀看。從此隨便指定一個名目,他就能立刻完成一首詩,而且文理通暢,頗有可觀。

★「傷」字的含意:
1. 惋惜仲永辜負天賦異能,而淪為常人。　2. 為方父未能好好教養兒子,感到可悲。
3. 更可悲的是,平庸卻不知力學的凡人。

1 首段敘天才兒童方仲永無師自通,能作詩;方父便帶著他四處應酬,寫詩賺錢,從不讓他好好學習。

2 次段說後來作者見到仲永,發現他的詩與先前名聲不相吻合;七年後,又聽說他變成普通人了。

3

★末段透過「王子曰」闡明作者的看法:「彼其受之天也,如此其賢也,不受之人,且為眾人。今夫不受之天,固眾人;又不受之人,得為眾人而已邪?」

- 小神童:沒受到後天的教育與栽培⇒淪為常人。
- 普通人:沒受到後天良好的教養⇒連當個普通人都辦不到!

💡 **作文一點靈**

名言佳句

關於先天天賦才能與後天努力學習的格言,不勝枚舉,諸如:
1. 愛迪生說:「成功是一分天才,加上九十九分的努力。」
2. 臺語俗諺云:「三分天注定,七分靠打拚。」
3. 俗諺云:「天下無難事,只怕有心人。」
4. 彭端淑〈為學一首示子姪〉云:「是故聰與敏,可恃而不可恃也,自恃其聰與敏而不學,自敗者也;昏與庸,可限而不可限也,不自限其昏與庸而力學不倦,自立者也。」想靠著天資聰穎,不去努力向學,最後就跟方仲永一樣淪為普通人;反之,如不受限於自身資質愚鈍,抱著「駑馬十駕,功在不舍」的精神,人一之我十之、百之,勤勤懇懇,孜孜不倦,「皇天不負苦心人」,終將學有所成。

UNIT 4-34
世之奇偉瑰怪非常之觀，常在於險遠

王安石〈遊褒禪山記〉寫於仁宗至和元年（1054），是作者三十四歲時辭舒州通判，返家途中，與四弟安國、幼弟安上及兩位友人同遊褒禪山（今安徽含山城北）；三個月後，有感而發之作。

全文可分為六段：首段介紹褒禪山的歷史與景色。褒禪山原名「華（通『花』）山」，後來因為唐代慧褒禪師生前住在這裡，死後也葬在這裡，所以改名為「褒禪山」。現今的慧空禪院，就是慧褒的屋舍和墳墓所在地。禪院東方五里，有一座華（花）陽洞，因位在華山南面而得名。洞口有一塊石碑倒在路邊，碑上只剩「花山」二字依稀可以辨識。山洞下方，平坦空曠，在洞壁上題字留念的人很多，這兒正是所謂的「前洞」。往上走五六里，有個幽暗深邃的巖洞，至今無人能走到盡頭，那裡便是「後洞」。

次段記遊華陽洞的經過：作者一行人打著火把進入後洞。「入之愈深，其進愈難，而其見愈奇。」越往洞裡走，前進越困難，但景致越奇絕。其中有人累了想出去，便說：「不出，火且盡。」大家就跟著他一起出來。

三段後悔不能深入洞內窮盡遊玩的樂趣。作者事後檢討：自己體力還可以勝任，火把也足夠照明，可惜不能堅持到底，故「不得極乎遊之樂也」。同行者都怪罪於嚷著要出來的那個人。

四段抒發此遊的心得：一、「世之奇偉瑰怪非常之觀，常在於險遠，而人之所罕至焉，故非有志者不能至也。」

世間奇麗、不尋常的景觀，通常位在危險偏遠、人跡罕至的地方，所以不是意志堅定的人就無法到達。二、除了堅定的意志，還要體力與照明設備（火把）相輔助，才能得償所願。三、「然力足以至焉而不至，於人為可譏，而在己為有悔。盡吾志也，而不能至者，可以無悔矣，其孰能譏之乎？」如果體力可以負荷卻半途而廢，旁人會譏笑，自己更是後悔不堪。一旦竭盡意志、體力，還是無法到達目的地，自己可以毫無悔恨，誰又能取笑他呢？

五段藉由路旁仆碑，感慨故實考證之困難：「悲夫古書之不存，後世之謬其傳而莫能名者，何可勝道也哉？」悲傷古書之不能保存，後代傳聞錯誤而無法弄清真相，這種事情還說得完嗎？以此提醒求學的人不可以不深思熟慮、審慎抉擇啊！

末段載同遊者姓名及寫作時間。

本文雖為一篇遊記，卻迥異於一般記遊之作。作者藉遊褒禪山後洞，抒發個人感慨，最後歸結到做事、治學應該竭盡所能、堅持到底，不可半途而廢的人生哲理上，別出心裁，立意不俗，且巧妙熔敘事、寫景、抒情、議論於一爐，不愧是荊公（王安石晚年封荊國公）古文中的極品！故吳楚材《古文觀止》評云：「借遊華山洞，發揮道學，或敘事，或詮解，或摹寫，或道故，意之所至，筆亦隨之，逸興滿眼；餘音不絕，可謂極文章之樂。」

王安石〈遊褒禪山記〉

盡力而為方不悔

蓋予所至，比好遊者尚不能十一，然視其左右，來而記之者已少。蓋其又深，則其至又加少矣。方是時，予之力尚足以入，火尚足以明也。既其出，則或咎其欲出者，而予亦悔其隨之而不得極乎遊之樂也。

不能十一：不及十分之一。／記之者：留下題字的人。／咎：歸罪。

大考停看聽

大概我所到的地方，比起好遊之士不及他們的十分之一，但看看山洞兩旁，能來到此處且留下題字的人已經很少了。大約進入洞內越深，能到達的人就越少。正當這時候，我的體力還能夠再深入洞中，火把也還足夠照明。出來之後，便有人歸罪於要出來的那個人，我也後悔跟著大家出來，因而不能窮盡遊玩的樂趣。

---

1 ★首段介紹褒禪山的歷史與景色

- 褒禪山原名「華山」，因為唐代慧褒禪師住於此，後也葬於此，故改為今名。
- 慧空禪院東方五里，有一座華陽洞，因位在華山南面而得名。
- 華陽洞下方，平坦空曠，在洞壁上題字留念的人很多，這兒是所謂的「前洞」。
- 往上走五、六里，有個幽暗深邃的巖洞，至今無人能走到盡頭，那裡是「後洞」。

2 ★次段記遊華陽洞的經過

- 作者一行人打著火把進入後洞。「入之愈深，其進愈難，而其見愈奇。」
- 有人累了想出去，便說：「不出去，火把快燒完了。」大家就跟著出來。

3 ★三段後悔不能深入洞內窮盡遊玩的樂趣

- 作者事後檢討：自己體力還可以勝任，火把也足夠照明，可惜不能堅持到底，故「不得極乎遊之樂」。

4 ★四段抒發此遊的心得

1. 奇偉、瑰怪的景觀常在險遠之處，人煙罕至，故非有志者不能至也。
2. 除了具有堅定的意志，還要體力與照明設備相輔助，才能得償所願。
3. 竭盡意志與體力，還是無法到達，自己才能無悔，別人也不會笑他。

5 ★五段藉由路旁仆碑，感慨故實考證之困難

- 「悲夫古書之不存，後世之謬其傳而莫能名者，何可勝道也哉？」以此提醒求學的人不可以不深思熟慮、審慎抉擇啊！

6 ★末段載同遊者姓名及寫作時間

- 仁宗至和元年(1054)，作者與四弟安國、幼弟安上及兩位友人同遊褒禪山。
- 三個月後，有感而發，寫作此文。

本文雖為遊記，卻迥異於一般記遊之作。作者藉遊褒禪山後洞，抒發個人感慨，最後歸結到做事、治學應該竭盡所能、堅持到底，不可半途而廢的人生哲理上，別出心裁，立意不俗，且巧妙熔敘事、寫景、抒情、議論於一爐，不愧是荊公古文的極品！

UNIT 4-35
知安而不知危，能逸而不能勞

蘇軾〈教戰守策〉作於仁宗嘉祐六年（1061），是他參加制科考試時所進二十五篇策論之一。本文原題〈教戰守〉，「策」字為後人據文體名而加。唐宋時，朝廷設題考試，讓應試者對答，稱「策問」；應試者的對答，稱「對策」。北宋建國之初積貧積弱，到了嘉祐年間，國內各種矛盾衝突日漸浮出檯面，外有遼人、西夏屢屢來犯，而朝野上下苟安，一片歌舞昇平。作者對此憂心忡忡，故而寫下這篇名垂不朽的「策論」。

通篇可分為六段：首段闡述「當今生民之患，……在於知安而不知危，能逸而不能勞」的論點。一針見血指出時弊所在，在於人民只知安樂卻不知有危難，能享受安逸卻不能勞累吃苦。作者認為現在如不及時想辦法，將來恐怕後果不堪設想。

次段引古為例，申論教民戰守的好處及沉湎於逸樂的下場。正面立說：古代帝王知道軍備不可以放棄，所以即使太平盛世，仍利用秋冬農閒時召集人民，教大家習慣軍事號令、加強作戰訓練；如此一來，就算有盜賊出沒，民眾也不至於驚慌失措，潰亂四散。再從反面切入，「後世用迂儒之議，以去兵為王者之盛節，天下既定，則卷甲而藏之。」結果呢？如唐代時，一個小小的安祿山一旦乘機作亂，「四方之民，獸奔鳥竄，乞為囚虜之不暇；天下分裂，而唐室固以微矣。」竟演變至藩鎮割據，天下四分五裂的局面，大唐帝國因此走向衰敗之途。

三段闡明「能逸而不能勞」的危險。由「天下之勢，譬如一身」展開論述：說農夫小民「終歲勤苦而未嘗告病」，王公貴人「畏之太甚而養之太過」，一不小心便傷風感冒或遇熱中暑。同理，如今百姓習慣於太平時日，變得像婦人孺子般驕惰脆弱，「論戰鬥之事，則縮頸而股慄；聞盜賊之名，則掩耳而不願聽。」一般士大夫也不談論戰爭，「以為生事擾民，漸不可長」。——這不也是「畏之太甚而養之太過」嗎？

四段披露西、北邊疆戰事一觸即發，既然無法避免兵戎相見，那麼教民戰守勢在必行，刻不容緩。因此，他不得不再度強調「天下之民知安而不知危，能逸而不能勞，此臣所謂大患也。」

五段提出教民戰守的具體措施，並反駁可能出現的反對論點。首先，讓士大夫「尊尚武勇，講習兵法」；平民、壯丁則教會他們布置陣勢的規則、撲擊刺殺的方法。其次，每年年底就集合在府城裡，進行演習和測試，「有勝負，有賞罰」，讓大家漸漸習慣行伍征戰之事。雖然有人會認為這麼做太擾民了，但一旦戰爭爆發了，「以不教之民而驅之戰」，陷民眾於危險之境，比起平日聚集人民習武的小怨，孰輕孰重，不言而喻。

末段再論教民戰守的另一個好處，可用以節制「屯聚之兵」，使駐紮各地的正規軍不再驕橫、多怨言，欺壓老百姓。如果人人都懂得戰略之事，正好挫挫那些士卒的驕氣。

蘇軾〈教戰守策〉

居安思危教戰守

惟其民安於太平之樂，酣豢於遊戲酒食之間；其剛心勇氣，銷耗鈍眊，瘻蹶而不復振。是以區區之祿山一出而乘之，四方之民，獸奔鳥竄，乞為囚虜不暇；天下分裂，而唐室固以微矣。

剛心：指剛強的意志。／酣豢：沉醉。豢，音「換」。／銷耗鈍眊：指勇氣消耗殆盡，以致動作遲鈍、眼睛失神。眊，音「茂」，眼睛失神。／瘻蹶：音「委絕」，因肢體麻痺而跌倒。／獸奔鳥竄：百姓受到驚擾，四處逃散的樣子。

大考停看聽

正因為人民習慣了太平生活的安逸，沉醉於吃喝玩樂之中；那堅強的意志、勇氣消耗殆盡，以致動作遲鈍、眼睛失神，肌肉萎縮僵化而振作不起來。因此小小的安祿山一旦乘機作亂，四方百姓像鳥獸奔竄般到處逃散，求作囚犯、俘虜還來不及；天下從此四分五裂，唐王朝當然就這樣衰弱了。

1

◆首段闡述「當今生民之患，在於知安而不知危，能逸而不能勞」的論點。

· 一針見血指出時弊所在，作者認為現在如不及時想辦法，將來恐怕後果不堪設想。

2

◆次段引古為例，申論教民戰守的好處及沉湎於逸樂的下場。

· 正面立說：古代即使太平盛世，仍利用秋冬農閒時召集人民，教大家習慣軍事號令、加強作戰訓練；如此一來，就算有盜賊出沒，民眾也不至於驚慌失措，潰亂四散。

· 再從反面切入：「後世用迂儒之議，以去兵為王者之盛節，天下既定，則卷甲而藏之。」如唐代安祿山乘機作亂，竟演變至藩鎮割據，天下四分五裂，國家因此衰敗。

3

◆三段闡明百姓「能逸而不能勞」的危險。由「天下之勢，譬如一身」展開論述：

· 農夫小民「終歲勤苦而未嘗告病」，王公貴人「畏之甚甚而養之太過」，一不小心便傷風感冒或遇熱中暑。

· 同理，如今百姓「論戰鬥之事，則縮頸而股慄；聞盜賊之名，則掩耳而不願聽。」士大夫也不談論戰爭，「以為生事擾民，漸不可長」。

4

◆四段披露西、北邊疆戰事一觸即發，既然無法避免兵戎相見，那麼教民戰守勢在必行，刻不容緩。

· 再度強調「天下之民知安而不知危，能逸而不能勞，此臣所謂大患也。」

5

◆五段提出教民戰守的具體措施，並反駁可能出現的反對論點。

1. 讓士大夫「尊尚武勇，講習兵法」；平民、壯丁則教會他們布置陣勢的規則、撲擊刺殺的方法。

2. 每年年底集合在府城裡，進行演習和測試，「有勝負，有賞罰」，讓大家漸漸習慣行伍征戰之事。⇨雖然這麼做擾民，但比起「以不教之民而驅之戰」，陷民眾於危險之境，孰輕孰重，不言而喻。

6

◆末段再論教民戰守，還可以節制「屯聚之兵」，使各地正規軍不再驕橫、多怨言，欺壓百姓。

UNIT *4-36*
今之學者有書而不讀，為可惜也

蘇軾〈李氏山房藏書記〉作於神宗熙寧元年（1076），時年四十歲，出任密州知州。李氏，即李常，字公擇，南昌軍建昌（今江西南城）人，曾任齊州知州。李常乃黃庭堅舅父，與東坡過從甚密，他早年在廬山讀書，後來將所有藏書留在廬山寺廟裡，供後生晚輩研讀、學習。作者應李常之請，寫下此篇藏書記，一方面對李氏的無私之舉深受感動，一方面批評時下士子「束書不觀，游談無根」的不良風氣，並強調認真讀書的必要性。

全文可分為五段：首段採對比法，點出書籍既具欣賞價值，又有實用功能，是取之不盡、用之不竭的知識寶藏。不像奇珍異寶炫人耳目，卻中看不中用；亦非絲麻五穀雖然實用，卻有竭盡的時候；唯有書，「才分不同，而求無不獲者」，只要肯讀，無論資質好壞，都不會沒有收穫。

次段論古人得書之難，但學術修養反而為後世君子所望塵莫及。他說自孔子以來，人們學習都從讀書開始。上古學者能讀到《六經》的人大概沒幾個，他們做學問的環境非常艱困。「而皆習於禮樂，深於道德，非後世君子所及。」然而他們都熟習禮制和音樂，具有深厚的道德修養，不是後代讀書人所能比得上。

三段言當今書籍繁多，取得容易，士子卻束書不觀，游談無根，道德文章反而遠不如古人。用他所見過老儒先生求學嚴苛的條件、勤勉的精神：「其少時，欲求《史記》、《漢書》而不可得，

幸而得之，皆手自書，日夜誦讀，惟恐不及。」對比出時下學子書籍又多又易取得，卻不肯好好讀書，一天到晚東拉西扯、言談空洞，無足為觀。作者想到後學有書不讀，草率、馬虎的學習態度，真是令人痛心！

四段盛讚李常藏書之多、讀書之勤、成就之高，以及將書籍遺愛來者的作風，皆堪為世人之典範。李氏年輕時曾在廬山僧舍中讀書，後來他離開了，山中人思念他，便把他從前讀書的地方取名為「李氏山房」。屋內藏書共九千多卷，李氏熟讀書中內容，玩味咀嚼之後，將其奧義化為己有；對書本而言，毫無損失。「將以遺來者，供其無窮之求，而各足其才分之所當得。」又將這些書留傳給後人，供他們無限的求知欲，從而滿足各自的才能和天分得到應得的知識。因此，李氏的書不藏於自家，而藏於從前住過的僧舍，這是仁者的苦心啊！

末段以自己「既病且衰」，仍渴望讀書作結。東坡感慨自己年老多病，對社會已無多大用處了，只希望能有幾年閒暇，遍讀山房中沒看過的書。最後，重申「使來者知昔之君子見書之難，而今之學者有書而不讀，為可惜也。」痛陳當今學子不認真讀書的通病。

本文以敘議結合手法寫成，先議後敘，把書之珍貴、求書之難、士子不重視讀書之現象闡發殆盡後，再寫李氏藏書之意義。茅坤《唐宋八大家文鈔》評云：「題雖小，而文旨特放而遠之。」良有以也！

蘇軾〈李氏山房藏書記〉

束書不觀誠可悲

近歲，市人轉相摹刻諸子百家之書，日傳萬紙。學者之於書，多且易致如此。其文詞學術，當倍蓰於昔人。而後生科舉之士，皆束書不觀，游談無根，此又何也？

市人：指出版商或書商。／轉相摹刻：輾轉翻印也。／倍蓰：超出一倍或五倍。倍，一倍。蓰，音「洗」，五倍。／游談無根：空洞無物的言論，沒有學問作為根柢。

大考停看聽

近年來，各地書商輾轉相互翻刻刊印書籍，諸子百家的著述，每天都有成千上萬冊流傳。對讀書人來說，當今書籍是這樣多又如此容易得到。按常理他們的文章辭采和學術造詣，應該比古人好上許多倍。但現今參加科舉考試的年輕士子，全都將書本捆起來不去閱讀，言論空洞無物，漫無根柢，這又是為什麼呢？

李氏，即李常，字公擇，南昌軍建昌（今江西南城）人，曾任齊州知州。李常乃黃庭堅舅父，與東坡過從甚密，他早年在廬山讀書，後來將所有藏書留在廬山寺廟裡，供後生晚輩研讀、學習。

★首段點出書籍既具欣賞價值，又有實用功能，是取之不盡、用之不竭的知識寶藏

- 「才分不同，而求無不獲者」，只要人肯讀書，無論資質好壞，都不會沒有收穫。

★次段論古人得書之難，但學術修養反而為後世君子所不及

- 古人做學問的環境非常艱困，但他們都熟習禮制和音樂，具有深厚的道德修養。

★三段言當今書籍繁多，取得容易，士子卻束書不觀，游談無根，道德文章反而遠不如古人

- 用老儒先生求學嚴苛的條件、勤勉的精神，對比出時下學子書籍又多又易取得，卻不肯好好讀書，一天到晚東拉西扯、言談空洞，令人痛心！

★四段盛讚李常藏書之多、讀書之勤、成就之高，以及將書籍遺愛來者的作風，皆堪為世人之典範

- 李氏年輕時曾在廬山僧舍中讀書，後來山中人思念他，便把他讀書的地方取名為「李氏山房」。
- 屋內藏書共九千多卷，李氏熟讀書中內容，玩味咀嚼之後，將其奧義化為己有。又將這些書留傳給後人，李氏的書藏於從前住過的僧舍，這是仁者的苦心啊！

★末段作者以自己「既病且衰」，仍渴望讀書作結

- 最後，重申「使來者知昔之君子見書之難，而今之學者有書而不讀，為可惜也。」痛陳當今學子不認真讀書的通病。

UNIT 4-37
自其不變者而觀之，則物與我皆無盡也

歷來有「武赤壁」和「文赤壁」之分：前者指三國時赤壁之戰的古戰場，是孫、劉聯軍打敗曹操的赤壁（今湖北赤壁），即「周郎赤壁」；後者為黃州的赤鼻磯，是蘇軾作〈赤壁賦〉、〈念奴嬌・赤壁懷古〉的赤壁（今湖北黃岡），即「東坡赤壁」。本篇作於神宗元豐五年（1082）農曆八月十六日，為〈前赤壁賦〉，是蘇軾與客泛舟遊黃州赤壁，由飲酒縱歌之樂，興起人生如寄之悲，進而悟出超然物外、曠達自適之喜，透過主客問答寫成的「散文賦」。

文分五段：首段寫月夜泛舟暢遊赤壁，飲酒賦詩，忘懷得失，而有馮虛御風之感、羽化登仙之樂。先點明時間、人物、地點，再帶出江、風、水、月，為下文抒情、議論預埋伏筆。

次段記泛舟江心，飲酒放歌的情景；其中「望美人兮天一方」，隱含對君主的思慕，象徵作者對於美好政治寄予厚望。隨即，樂極生悲，從客的洞簫聲嗚嗚然，「如怨如慕，如泣如訴，餘音嫋嫋，不絕如縷」，謂簫聲極具感染力，足以使深谷裡的蛟龍聞之起舞，讓孤舟中的寡婦為之悲泣。

三段借主客問答，引出客人弔古傷今，對生命短促、渺小的感慨：歷史上的曹操、周瑜，千古風流人物，一世英雄豪傑，而今安在哉？何況平凡如我輩，「寄蜉蝣於天地，渺滄海之一粟。」人生苦短，如蜉蝣寄生在天地之間，朝生而暮死；個人渺小，如茫茫大海中的一粒粟米般，微不足道。悲嘆個人生命

的短暫，羨慕長江的無窮無盡，真希望能與神仙一起遨遊，與明月永遠長存。客人因為知道這願望不能立即實現，只好把心情寄託於簫聲中，隨著悲涼的秋風飄送。

四段為通篇主旨所在，蘇子以水、月為喻，闡發「變」與「不變」的哲理，並歸結到順應自然、超然物外的人生體悟。世間的事物就像流水不斷地奔流，卻不曾真正流逝；又像那月亮雖有圓有缺，卻終究沒有增減。「蓋將自其變者而觀之，則天地曾不能以一瞬；自其不變者而觀之，則物與我皆無盡也，而又何羨乎？」如果從變化的角度來看，那麼天地沒有一刻不在變化；如果從不變的角度來看，那麼萬物和我們人一樣都是無窮無盡的，又有什麼好羨慕的呢？接著，以超然物外的眼光，將個人生命融入大自然中，進而尋求精神上的寄託與滿足：況且萬物各有其主，倘若不是我該擁有的，即使一絲一毫也不敢取用。只有江上的清風，耳朵聽到便成為美妙的音樂；山間的明月，眼睛看見便成為優美的景色。清風明月，可以自由取用，既無人干涉，更不虞匱乏，這是大自然賜予的無限寶藏，隨時歡迎我們一起享用。

末段敘客人隨即轉悲為喜，肯定作者曠達自適的人生觀。大家洗淨酒杯，重新斟酒。直到菜餚吃盡，杯盤散亂，大家才在船中相枕而睡，不知不覺間東方的天空已經微露曙光。以此呼應首段之泛舟夜遊赤壁。

蘇軾〈前赤壁賦〉

清風明月任享用　本文作於元豐五年(1082)農曆八月十六日,為〈前赤壁賦〉

　　且夫天地之間,物各有主;苟非吾之所有,雖一毫而莫取。惟江上之清風,與山間之明月,耳得之而為聲,目遇之而成色,取之無禁,用之不竭,是造物者之無盡藏也,而吾與子之所共適。

造物者:指大自然。/無盡藏:無窮盡的寶藏。藏,音「葬」。/共適:一起享用。按:東坡手書本作「共食」,化用佛經「目以色為食,耳以聲為食」之典故。但明代以後的通行本多作「共適」。

大考停看聽

　　況且天地之間,萬物都有它的主人,假如不是我該擁有的,即使一絲一毫也不敢取用。只有那江上的清風和山間的明月,耳朵聽到了便成為動人的音樂,眼睛看見了便成為美麗的景色,取它既無人干涉,用它也不愁匱乏,這正是大自然所恩賜無窮盡的寶藏,也是我和您可以一起享用的。

★**首段寫月夜泛舟暢遊赤壁,飲酒賦詩,忘懷得失,而有馮虛御風之感、羽化登仙之樂。**
・先點明時間、人物、地點,再帶出江、風、水、月,為下文抒情、議論預埋伏筆。

★**次段記泛舟江心,飲酒放歌的情景。**
・「望美人兮天一方」,象徵作者對美好政治寄予厚望。
・隨即,樂極生悲,從客的洞簫聲嗚嗚然,使人悲從中來。

★**三段借主客問答,引出客人弔古傷今,對生命短促、渺小的感慨:**
・歷史上的曹操、周瑜,千古風流人物,一世英雄豪傑,而今安在哉?何況平凡如我輩,「寄蜉蝣於天地,渺滄海之一粟。」人生苦短,個人渺小,微不足道。

★**四段為通篇主旨所在,蘇子以水、月為喻,闡發「變」與「不變」的哲理,並歸結到順應自然、超然物外的人生體悟。**
・「蓋將自其變者而觀之,則天地曾不能以一瞬;自其不變者而觀之,則物與我皆無盡也,而又何羨乎?」
・接著,以超然物外的眼光,將個人生命融入大自然,進而尋求精神上的寄託與滿足;江上清風明月的佳景,隨時歡迎享用。

★**末段敘客人隨即轉悲為喜,肯定作者曠達自適的人生觀。**
・大家重新斟酒,痛飲一番,最後在船中相枕而睡,不知不覺間東方的天空已經微露曙光。

💡 **作文一點靈**

思想情意

　　「蓋將自其變者而觀之,則天地曾不能以一瞬;自其不變者而觀之,則物與我皆無盡也,而又何羨乎?」如果從「變」的角度看,世間萬物無時無刻莫不處於變動的狀態,唯一永恆不變的是「變」的事實;倘若以「不變」的眼光觀之,則日升月落、春去秋來、花開花謝、緣起緣滅……不過是一個有規律的循環罷了,個人的生命雖然短暫而渺小,但整體人類的生生不息,卻足以與大自然同時並存,永恆長久。

UNIT 4-38
赤壁之遊，樂乎？

　　蘇軾於神宗元豐五年（1082）七月初遊黃州赤壁，寫下膾炙人口的〈前赤壁賦〉。三個月後，舊地重遊，又寫下這篇〈後赤壁賦〉。據清人金聖歎《天下才子必讀書》評云：「若無後賦，前賦不明；若無前賦，後賦無謂。」可見二賦相輔相成，相得益彰。兩篇同為散文賦，一摹秋景，一敘冬景，一樣風月，卻是兩種境界，各具特色。

　　〈後赤壁賦〉可分為四段：首段點出重遊赤壁的時間是元豐五年十月十五日，「二客從予」可見同遊人物是東坡和兩位好朋友。此時霜露已降，樹葉全脫落了，人影映在地面，抬頭望見一輪明月。由於初冬清虛寂靜的夜景太令人陶醉了，所以他們邊走邊唱歌。

　　次段敘出遊前的準備：作者率先感嘆：「有客無酒，有酒無肴，月白風清，如此良夜何？」為了不辜負此良辰佳景，客人說：「傍晚剛捕獲一條狀似松江的鱸魚，可以充當下酒菜，但是上哪裡找酒呢？」東坡回家跟妻子商量，原來妻子早備有一斗酒，等待他隨時需要取用。於是帶著酒和魚，他們再度到赤壁之下遊玩。

　　三段記舊地重遊，可細分為三小節：一、描寫赤壁的夜景：「山高月小，水落石出。」感覺山高了些，月小了些，水位低了，石頭露出來了。並感慨離上次來遊才過了多少時日，江山景色竟教人認不得了！接著，寫作者攝衣上岸，獨自攀登巉巖，兩位客人卻不能跟著他了。二、作者因為一聲破空而來的

長嘯，草木震動，山谷共鳴，不禁黯然悲傷、悚然恐懼，察覺此地淒清不宜久留。於是返回舟中，聽任船隻在江心隨波漂流。三、摹寫「翅如車輪，玄裳縞（音『稿』）衣」的孤鶴，「戛（音『頰』）然長鳴」，掠舟而過的情景。由於鶴鳥的羽毛潔白，羽尾帶有黑色，故形容牠彷彿穿著白色絲織上衣（縞衣），搭配黑色的裙子（玄裳）。戛然，形容尖銳的鶴鳴聲。

　　末段載遊罷歸來，客人也回去了，作者入睡，夢見一位「羽衣蹁仙」的道士，拱手作揖問道：「赤壁之遊，樂乎？」羽衣，鳥羽所製之衣，為道士所服。蹁仙，或作「蹁躚」，音「骿賢」，輕快飄舉之貌。問他叫什麼名字，俯而不答。作者一眼認出他來：「昨晚又飛又叫地掠過我船邊的，不就是你嗎？」道士回顧而笑，作者也從夢中驚醒。他起身打開門看，卻不見道士的蹤影。

　　綜觀〈前赤壁賦〉，東坡因秋夜泛舟，見到那月白風清的美景而生發議論，表現出曠達自適的人生觀。而〈後赤壁賦〉，在「霜露既降，木葉盡脫」的冬景中，他利用虛幻的夢境，傳達出超塵絕俗、尋求解脫的思想。故《三蘇文範》引元人虞集評語：「陸士衡云：『賦體物而瀏亮』，坡公〈前赤壁賦〉已曲盡其妙，〈後賦〉尤精於體物，如『山高月小，水落石出』，皆天然句法。末用道士仙鶴之事，尤出人意表。」所言甚是！

蘇軾〈後赤壁賦〉

玄裳縞衣化道士

是歲十月之望，步自雪堂，將歸於臨皋。二客從予，過黃泥之坂。霜露既降，木葉盡脫，人影在地，仰見明月。顧而樂之，行歌相答。

是歲：這一年，即宋神宗元豐五年（1082）。／雪堂：蘇軾謫居黃州，元豐五年春，在東坡建屋五間，由於落成於大雪中，且屋內四壁繪有雪景，故自書「東坡雪堂」四字於堂上，故稱。／臨皋：即臨皋亭。東坡初至黃州，始寄寓於定惠禪寺，後遷居臨皋亭。／黃泥之坂：即黃泥坂，山坡名；是從雪堂至臨皋亭的必經之路。

大考停看聽

這一年十月十五日，我從雪堂步行出發，要回臨皋亭去。兩位客人跟隨我，一起走過黃泥坂。此時霜露已降，樹葉全脫落了，人影映在地面，抬頭望見一輪明月。環顧四周的夜景，真是快樂極了，我們邊走邊唱歌。

★首段點出元豐五年十月十五日，東坡和友人重遊黃州赤壁。
- 此時為初冬，夜景清虛寂靜，他們邊走邊唱著歌。

★次段敘出遊前的準備：
- 東坡感嘆：「有客無酒，有酒無肴，月白風清，如此良夜何？」
- 客人拿出傍晚剛捕獲的魚充當下酒菜，東坡回家跟妻子拿酒。
- 於是帶著酒和魚，乘著夜色，他們再度到赤壁之下遊山玩水去。

★三段記舊地重遊：
1. 描寫赤壁的夜景：「山高月小，水落石出。」東坡攝衣上岸，獨自攀登巉巖。
2. 東坡有感於此地淒清不宜久留，於是返回舟中，聽任船隻在江心隨波漂流。
3. 寫夜裡泛舟，「翅如車輪，玄裳縞衣」的孤鶴，戛然長鳴，掠舟而過的情景。

★末段載遊罷歸來，東坡夢見孤鶴化為「羽衣蹁躚」的道士，象徵對仙壽遐齡、長生不死寄予希望。

作文一點靈

謀篇布局

　　一篇出色的遊記該如何謀篇布局呢？「虛實相生」法保證管用。因為遊記一定要敘事、寫景或抒發當下的感受，這是「實寫」；就像山水畫白描景物固然重要，更重要的是透過留白、渲染、皴筆等技巧，勾勒出一個更宏偉、靈動的視覺空間。寫作也必須運用「虛筆」，延伸出思想情意、議論說理等，引發讀者的想像與共鳴。

　　如本文前半寫「無」到「有」，從無酒無肴到有酒有肴，從歸家到漫遊，又巧遇橫江之孤鶴，使東坡內心由樂轉悲，這都是「實寫」。後半再轉實為虛，酒、肴、悲、喜及各種遊歷皆如過眼雲煙般，因而有所領悟，最後藉由夢見孤鶴化身道士，昇華至虛幻之境，寄託了超然物外的言外之意，也成就一篇空靈奇幻的絕妙好文。

UNIT 4-39
悲哉世也！豈獨一琴哉？

〈工之僑為琴〉選自劉基《郁離子》，是作者見元末朝政腐敗，棄官歸隱於青田山，用以諷世的寓言故事。工之僑，虛構人物；為琴，虛構事件；全出自作者的憑空捏造，旨在諷刺只重表面工夫，不重真才實學的時代風氣，寓意十分鮮明。

通篇可分為三段：首段敘工之僑第一次獻琴，因為不懂得裝飾外表，而遭退貨。「工之僑得良桐焉，斲而為琴，絃而鼓之，金聲而玉應。自以為天下之美也。」工之僑得到一塊上好的桐木，將它砍來做琴，裝上琴絃後，彈奏起來發出如金玉撞擊般悅耳的聲音，他自認這是天下最好的琴了。於是，將它獻給主管音樂的太常之官；太常之官讓國內優秀的樂師來鑑定，都說：「弗古。」明明是一把好琴，材質、音質俱佳，卻因為它不是古琴，慘遭退還。嘲諷之意，盡在其中。

次段寫工之僑得到了教訓，想盡辦法將琴偽裝得古色古香；果不出所料，被視為稀世珍寶，賣了個好價錢。工之僑「謀諸漆公，作斷紋焉；又謀諸篆工，作古窾焉；匣而埋諸土。朞年出之，抱以適市。」在琴身塗上殘斷的紋路，在琴面刻上古代的篆字，再將琴裝進匣中、埋入土裡。放滿一年後，把琴挖出來，抱到市集上展示。恰巧有達官貴人路過，一眼相中這把造假的古琴，花一百兩黃金買下，然後把它獻給朝廷。樂官們爭相傳遞觀賞，都稱讚：「希世之珍也！」被視為稀世珍品。故事發展

到這兒，令人啼笑皆非，不是同一把琴嗎？當它表裡如一，由工之僑進獻時，遭人退貨；而仿古、作假的琴，改由貴人進獻，竟得到樂官們一致的青睞。借琴喻人，在這「只敬衣冠不敬人」的世風之下，擁有滿腹經綸何用，不如裝扮出一副好皮囊，實在可悲、可嘆！

末段交代故事結局，並闡明寓意。工之僑聽到這種情況後，感慨道：「悲哉世也！豈獨一琴哉？莫不然矣！而不早圖之，其與亡矣。」這個社會真可悲！難道僅僅是一把琴嗎？如果不早點做打算，就要和這個國家一起滅亡了啊！於是，他離開了，去了宕冥附近的深山，最後不知所終。文章至此戛然而止，工之僑飄然遠去，留下無限深意，令人咀嚼再三，餘味無窮。這正是寓言小品的魅力所在，不作長篇大論，不必正面說教，透過一則言簡意賅、意味深長的小故事，就把所要傳達的意思闡述得淋漓盡致。

劉基另有〈賣柑者言〉一文，同樣諷刺那些虛偽膚淺的在上位者。文云：「今夫佩虎符、坐皋比者，⋯⋯盜起而不知禦，民困而不知救，吏奸而不知禁，法斁而不知理，坐糜廩粟而不知恥。觀其坐高堂、騎大馬、醉醇醴而飫肥鮮者，孰不巍巍乎可畏，赫赫乎可象也？又何往而不金玉其外、敗絮其中也哉？今子是之不察，而以察吾柑。」藉虛有其表的爛柑橘，揶揄朝中坐享富貴、庸碌無能的文武百官，文筆犀利，發人省思。

劉基〈工之僑為琴〉

不是古琴不稀罕

大考停看聽

工之僑以歸，謀諸漆工，作斷紋焉；又謀諸篆工，作古窾焉；匣而埋諸土。朞年出之，抱以適市。貴人過而見之，易之以百金，獻諸朝。樂官傳視，皆曰：「希世之珍也！」

篆工：刻字的工匠。／古窾：古代的款式。窾，通「款」。／匣而埋諸土：裝進匣內，然後埋入土中。／朞年：到了第二年，即滿一年的意思。朞，通「期」，音「積」。／適：到、去。／易：交易，此作「買下」解。

工之僑帶著琴回去，跟漆匠商量，在琴身塗上殘斷的花紋；找工匠幫忙，在琴面刻上古代的款式；再把琴裝進匣內，並埋入土中。到第二年將琴挖出來，抱到市集上去。達官貴人路過見到這把琴，用一百兩黃金將它買下，並將它獻給朝廷。樂官們爭相傳遞觀賞，都說：「這琴是世上少有的珍品啊！」

★首段敘工之僑第一次獻琴，因為不懂得裝飾外表，而慘遭退貨
- 工之僑用上好的桐木製成一把天下最好的琴，將它獻給太常。
- 太常請樂師來鑑定，都說：「這不是古琴！」被退還了回來。

> 又不是古琴！

★次段寫工之僑想盡辦法將它偽裝成古琴，結果被視為稀世珍寶
- 工之僑請人塗上斷紋、刻上篆字，再將琴裝進匣中、埋入土裡。
- 一年後，挖出琴來，工之僑抱到市集展示；果然賣了個好價錢。
- 買琴的達官貴人把它獻給朝廷，人人稱讚是一把珍貴的古琴！

★末段交代故事的結局，並闡明其中寓意
- 工之僑聽到這把琴的遭遇後，毅然決然歸隱深山，不知所終。

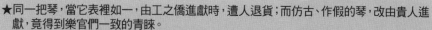

★同一把琴，當它表裡如一，由工之僑進獻時，遭人退貨；而仿古、作假的琴，改由貴人進獻，竟得到樂官們一致的青睞。

★借琴喻人：擁有滿腹經綸何用？不如裝扮出一副好皮囊，因為世人「只敬衣冠不敬人」！

作文一點靈

名言佳句

與「虛有其表」相關的諺語，諸如：

1.「金玉其外，敗絮其中。」形容外表好看，內容空洞，只能拿來裝飾，不具實用功能。

2. 臺語俗諺云：「膨風水雞刣無肉。」用來比喻一個虛有其表的人，好像把肚皮吹得鼓鼓的青蛙一樣，剖開來其實沒有多少肉，真是中看不中用！

3. 臺語俗語說：「遠看白波波，近看就沒膏。」還是虛有其表的意思，乍看之下彷彿「金玉其外」，感覺很棒；但仔細一瞧，不過是隻吹脹肚皮的青蛙，內在空洞得很，根本不具真材實料！

UNIT 4-40
爾安爾居兮，無為厲於茲墟兮

　　王守仁〈瘞旅文〉，作於武宗正德四年（1509）秋，他聽聞吏目、其子和其僕先後死於蜈蚣坡下，代為收埋屍骨，並撰此文祭告三人在天之靈。之前他因上疏救戴銑、薄彥徽等二十多人，得罪了宦官劉瑾，被廷杖四十，謫為貴州龍場驛丞，而來到這裡。「同是天涯淪落人，相逢何必曾相識？」由於同樣離鄉背井，見到吏目一家的遭遇，他格外能感同身受，悲憫之情，油然而生。

　　通篇可分為五段：首段記正德四年農曆七月初三，有一位從京城來的吏目（明代各州負責收發文書的僚佐之官，猶今掌管文書的基層公務員），帶著他的兒子和僕人投宿在當地苗人家中，作者本想前去打聽北方的消息，但天黑又下雨，所以沒去成。隔天，發現他們走了。接近中午時，聽說有個老人死在蜈蚣坡下，作者猜一定是吏目死了。到了黃昏，又有人來說，山坡下死了兩個人，他一問才知吏目的兒子也死了。次日，又有坡下陳屍三具的傳聞，他斷定那僕人也一命歸陰，真悲慘！

　　次段敘王守仁不忍心吏目等三人暴屍荒野，於是帶兩名童僕前往掩埋。童僕本來不願意去，作者說：「嘻！吾與爾猶彼也。」指出他們和吏目三人的處境一樣。童僕才答應同去。他們主僕在山腳下就地為吏目等人收屍，並以一隻雞、三碗飯祭拜亡靈。

　　三段為祭文的內容：作者悲痛地問吏目：「爾烏為乎來為茲山之鬼乎？……聞爾官，吏目耳，俸不能五斗，爾率妻子躬耕可有也，烏為乎以五斗而易爾七尺之軀？又不足，而益以爾子與僕乎？」你到底為什麼來做這座山的野鬼？聽說你的官職，不過是個吏目，俸米不及五斗，你帶著老婆、孩子親自耕種就可以賺得了，為什麼為了五斗米要用一條命來交換呢？還不夠，又加上你的兒子和僕人？作者說自己離開父母、家鄉來到這兒，已經兩年了，遭遇瘴毒的侵襲還能勉強活命，是因為他沒有一天憂愁過，現在也不該再為死者悲傷了。他要唱歌給亡靈聽。

　　四段即所唱之歌詞：「連峰際天兮，飛鳥不通。遊子懷鄉兮，莫知西東。……魂兮魂兮，無以悲恫（音『通』，痛也）！」旨在告慰亡魂，雖然山川阻隔，魂斷異鄉，但總在四海之中，要能隨遇而安，切莫悲傷哀痛！

　　末段再唱一首歌來安慰亡靈：「吾苟死於茲兮，率爾子僕來從予兮！……吾苟獲生歸兮，爾子爾僕尚爾隨兮，無以無侶悲兮！……爾安爾居兮，無為厲於茲墟兮！」是說如果將來我（王守仁）死在這裡，你就帶著兒子和僕人來跟我一起嘍！……我如果還能活著回故鄉，你的兒子和僕人還是跟隨著你，你不要因為沒有同伴而悲傷嘍！……你要安心地住下來，千萬不要成為這荒野裡的惡鬼嘍！

　　文中一連串追問，看似哀悼吏目，實則意在借他人酒杯澆胸中塊壘，委婉道出自身因罪獲貶，「去父母鄉國」，卻又故作曠達的難言之隱。

王守仁〈瘞旅文〉

同病相憐祭亡靈

念其暴骨無主，將二童子持畚鍤往瘞之。二童子有難色然。予曰：「嘻！吾與爾猶彼也。」二童憫然涕下，請往。就其傍山麓為三坎，埋之。又以隻雞，飯三盂，嗟吁涕洟而告之。

暴骨：暴露屍骨。／將：平聲，帶領。／畚鍤：音「本茶」，指畚箕和鐵鍬。／瘞：音「意」，掩埋。／憫然：哀憐貌。／坎：地穴。／盂：音「于」，裝食物的器具。／涕洟：眼淚和鼻涕，此皆作動詞用。

大考停看聽

我想到他們的屍骨暴露荒野，無人收埋，就帶兩個童僕拿著畚箕和鐵鍬去掩埋他們。兩個童僕面露為難的表情。我說：「唉！我和你們的處境，就像他們一樣啊。」兩個童僕同情地流下淚來，答應前往收屍。於是，我們在屍體旁的山腳下挖了三個坑，把他們給埋了。又準備了一隻雞、三碗飯，十分感慨、涕泗縱橫地祭告亡靈。

第4章 文集篇

★正德四年（1509）秋，作者聽聞吏目、其子和其僕先後死於蜈蚣坡下，代為收埋屍骨，並撰此文祭告亡靈。

★之前王守仁因上疏救戴銑、薄彥徽等二十多人，得罪了宦官劉瑾，被廷杖四十，謫為貴州龍場驛丞。

★首段記吏目三人陸續死亡的噩耗：
- 京城來的吏目帶著兒子、僕人投宿在當地苗人家中。
- 作者本想去打聽北方消息，但天黑又下雨，沒去成。
- 隔天近中午時，聽說吏目死了；黃昏，得知他兒子也死了。次日，傳聞那僕人又死了。

★次段作者不忍心吏目三人暴屍荒野，帶兩名童僕前往掩埋。
- 作者主僕在山腳下就地為吏目等人收屍，並以一隻雞、三碗飯祭拜亡靈。

★三段作者撰寫祭文祭弔亡靈：
- 他悲痛地問吏目：為何要來做這座山的野鬼？為了不滿五斗的俸祿，平白犧牲三條寶貴的性命？

- 作者說他離開父母、家鄉已經兩年了，還能勉強活命，是因為他沒有憂愁過，現在也不該再為死者悲傷了。

★四段作者作歌唱給死者聽：
- 告慰亡魂，雖然山川阻隔，魂斷異鄉，但總在四海之中，要能隨遇而安，切莫悲傷哀痛！

★末段再唱一首歌安慰亡靈：
- 是說如果他死在這裡，請吏目帶著兒子和僕人來跟他一起遨遊；如果他活著回故鄉，請吏目不要因為沒有同伴而悲傷。
- 勉勵吏目要安心地住下來，千萬不要成為這荒野裡的惡鬼。

UNIT 4-41
憑得片時，害卻一生

屠本畯（1542～1622），字田叔，號由叟，明代浙江鄞縣（今寧波）人。其父屠大山，為「東海三司馬」之一。他以父蔭入仕，官至辰州知府。神宗萬曆二十九年（1601），辭官歸里。鄉居二十餘年。晚號憨先生、鷗叟。著有《憨子雜俎》、《艾子外語》等書。《艾子外語》在體例上模仿舊題蘇軾所作《艾子雜說》，全書由二十二則寓言故事組成，詼諧幽默之餘，寄寓了深刻的諷刺意義。主角艾子為一虛構人物，相傳是齊宣王時人，以滑稽搞笑聞名；作者用他來貫串首尾，是書中的靈魂人物。

屠本畯〈蛇虎告語〉一文，選自《艾子外語》。通篇可分為四段：首段敘故事之緣起。東蒙山中傳來陣陣喧嘩聲：「虎來了！」「虎來了！」這時，艾子正在山上採茶，嚇得他躲到軍壘後偷偷觀看。

次段敘蛇、虎結伴同行。艾子聽見路過軍壘下方的蛇對虎說：「君出而人民辟易，禽獸奔駭，勢煊赫哉！余出而免人踐踏，已為厚幸。欲憑藉寵靈，光輝山岳，何道而可？」蛇說老虎先生您一出來人們都嚇得躲起來，禽獸也紛紛害怕四散，實在太威風了！而我（蛇）出來只要不被人踩到，已經是萬幸了。於是，蛇提出想憑藉虎的威靈，在山中逞逞威風，該怎麼做呢？虎一聽，立刻說：「憑余軀以行，可耳。」虎答應讓蛇依附在他身上行走。於是，蛇就依附著虎，一起威風地向前走。

三段敘蛇為虎所殺之事，為故事發展的高潮。蛇依附在虎身上，走不到幾里路，蛇便不安分了，惡毒本性顯露無疑。他竟用身體將虎緊緊纏住，纏得虎快窒息了。虎在情急之下，「負隅聳躍」，憑藉地勢險要，從高處往下一跳，霎時間，蛇的身體斷成了兩截，看他還能耍什麼花樣？蛇眼看自己身首異處，怒曰：「憑得片時，害卻一生，冤哉！」蛇氣得破口大罵：不過依附一下子，卻害了自己一生，真冤枉啊！虎淡淡地說：「不如是，幾被纏殺！」如果不這麼做，差點兒被蛇緊纏而死。

末段艾子現身闡明寓意之所在。艾子曰：「倚勢作威，榮施一時，終獲後災，戒之！」像故事中的蛇一樣，依附權勢作威作福的人，雖然可以得到一時的榮耀、威風，但終究會惹禍上身，如蛇之一命嗚呼，人們應引以為戒啊！

文中的蛇真是個忘恩負義的傢伙，當他依附在虎身上，享受「光輝山岳」的榮耀，不知心存感恩便罷，居然恩將仇報，試圖「纏死」虎，卑鄙行徑，令人不齒。所幸虎也不是省油的燈，當機立斷，從高處往下一躍，馬上讓蛇嚐到咎由自取的滋味，真是大快人心！對於那些「倚勢作威」卻又妄圖反噬的小人，此寓言無疑給了狠狠的一記當頭棒喝，否則像蛇一樣血淋淋的下場便會在他們身上重現。

另《戰國策・楚策》中「狐假虎威」的故事，狐狸雖假借老虎名義，四處耀武揚威，但他並無害虎之心，縱使狡猾奸詐，卻不像本文的蛇陰險狠毒，所以狐狸頂多為自己招來罵名而已。

屠本畯〈蛇虎告語〉

倚勢作威終罹禍

蛇於是憑虎行。未數里，蛇性不馴。虎被緊纏，負隅鄰躍，蛇分二段。蛇怒曰：「憑得片時，害卻一生，冤哉！」虎曰：「不如是，幾被纏殺！」艾子曰：「倚勢作威，榮施一時，終獲後災，戒之！」

憑：依附。／負隅鄰躍：憑藉險要的地勢，從高處往下跳。／害卻：害了。／纏殺：纏死。／榮施一時：獲得短暫的榮耀。

大考停看聽

蛇於是依附在虎身上，一起往前走。沒走幾里路，蛇便顯露出惡毒的本性。虎被緊緊纏住，於是從高處往下跳，蛇斷成兩截。蛇生氣地說：「只是依附一下子，卻害了我一生，我死得真冤枉啊！」虎說：「我如果不這麼做，險些被你活活纏死！」艾子說：「依附權勢作威作福的人，雖然可以得到短暫的榮耀，終究會招來災禍，人們該以此為戒！」

 ★首段敘故事之緣起
- 「虎來了！」「虎來了！」東蒙山中傳來陣陣喧嘩聲。
- 正在山上採茶的艾子嚇得躲到軍壘後，偷偷從旁觀看。

 ★次段敘蛇、虎結伴同行
- 蛇向虎表示，想憑藉虎的威靈，在山中逞逞威風。
- 虎爽快地答應讓蛇依附在他的身上，一起往前走。

 ★三段敘蛇為虎所殺的結局
- 蛇依附在虎身上，竟用身體纏得虎幾乎快窒息了。
- 情急下，虎從高處往下一跳，蛇體瞬間斷成兩截。
- 蛇氣得大罵：「不過依附一下子，我死得真冤枉！」
- 虎淡定道：「如果我不這麼做，差點被你纏死了！」

 ★末段艾子現身闡明其中寓意
- 「倚勢作威，榮施一時，終獲後災，戒之！」

★《艾子外語》仿舊題蘇軾《艾子雜說》的體例，全書由二十二則寓言組成，詼諧幽默之餘，寄寓了深刻的諷刺意義。

★主角「艾子」為一虛構人物，相傳此人生於齊宣王時，以滑稽搞笑聞名；作者用他來貫串首尾，是書中的靈魂人物。

作文一點靈

名言佳句

與「趨炎附勢」相關的例句，如：

★《朱子治家格言》云：「見富貴而生諂容者，最可恥；遇貧窮而作驕態者，賤莫甚。」是說見到有錢有勢的人就去巴結奉承，最可恥了；遇到貧窮失勢的人就做出驕縱傲慢的樣子，沒人比他更卑賤了。

與「忘恩負義」相關的格言，如：

1. 英國諺語云：「那些忘恩的人，落在困難之中，是不能得救的。」
2. 莎士比亞說：「一個忘恩負義的孩子，比毒蛇的牙齒更令人痛心疾首！」
3. 雨果的名言：「卑鄙小人總是忘恩負義的；忘恩負義原本就是卑鄙的一部分。」

UNIT **4-42**
良辰美景奈何天，賞心樂事誰家院？

子集

圖解大考子集古文：精煉閱讀寫作‧探解試題

湯顯祖《牡丹亭》，敘杜麗娘慕色還魂的故事，一名《還魂記》。是明傳奇臨川派（文辭派）的代表作，亦湯顯祖「玉茗堂四夢」（《紫釵記》、《還魂記》、《邯鄲記》、《南柯記》）之一。如卷首題辭所言：「情不知所起，一往而深。生者可以死，死可以生。生而不可與死，死而不可復生者，皆非情之至也。」全劇凡五十五齣，描寫南安太守千金杜麗娘傷春之餘，於夢中與一書生歡合，醒來後相思成疾，遂葬身梅花庵。三年後，書生柳夢梅赴考途中借宿庵內，麗娘的魂魄前來相會，幾經周折，得以死而復生，有情人終成眷屬。

該劇以〈驚夢〉一齣最膾炙人口，先寫麗娘在小丫鬟春香的慫恿下，第一次步出香閨，偷偷來到自家後花園，見到春光爛漫，花團錦簇，美不勝收，惜春傷逝之情，不覺油然而生。如〔皂羅袍〕唱道：「原來姹紫嫣紅開遍，似這般都付與斷井頹垣。良辰美景奈何天，賞心樂事誰家院？」她感傷姹紫嫣紅的花朵卻開在斷井頹垣邊，一如人世間良辰、美景、賞心、樂事四者難以兼具。

再看那燕兒、蝶兒雙雙對對，想到自己形單影隻，不由得悲從中來，感慨萬千。〔好姐姐〕唱道：「牡丹雖好，他春歸怎占的先！」而自己一如那牡丹，雖然天香國色，卻到春末夏初才綻放，白白辜負了這大好春光。〔山坡羊〕唱道：「則為俺生小嬋娟，揀名門一例、一例裡神仙眷。甚良緣，把青春拋的遠！」父母為了她的終生幸福，一例例

為她挑選如意郎君，再這樣下去，她的青春將悄悄流逝，怎不令她愁眉深鎖？

遊園歸來，略感疲倦，她伏案小憩，夢見重回後花園，巧遇一手持柳枝的俊俏書生，他唱〔山桃紅〕道：「則為你如花美眷，似水流年，是答兒（到處）閒尋遍。在幽閨自憐。」兩人一見傾心，便在芍藥欄前、湖山石邊翻雲覆雨，享盡魚水之歡。「杜小姐游春感傷，致使柳秀才入夢。咱花神專掌惜玉憐香，竟來保護他，要他雲雨十分歡幸也。」由於男、女主角在夢中歡合，同時驚動了花神，也來入夢，錦上添花，要使他倆男歡女愛，美滿愉悅。此處採浪漫主義手法，藉由夢境去顛覆傳統的禮教思想。

終因慈母前來關懷，驚醒了麗娘的美夢，「秀才，秀才，你去了也？」是她在酣睡中的囈語，與那人兩情繾綣，難分難捨。然而春夢了無痕，更讓她心神恍惚，悵然若失。「孩兒，這後花園中冷靜，少去閒行。」母親叮囑兩句後，離開閨房。「女孩兒長成，自有許多情態，且自由他。」杜夫人道出愛女心切的心情。

麗娘再三回味方才夢境，「真箇是千般愛惜，萬種溫存。」想著那夢兒還去不遠，索性再度入睡尋夢去。此齣俗稱〈遊園驚夢〉，前半部鋪陳遊園之情景，後半部才是名副其實的〈驚夢〉，是全劇最關鍵之處，也是《牡丹亭》傳奇極出名的片段。

湯顯祖〈驚夢〉

遊園驚夢傷春心

　　原來姹紫嫣紅開遍，似這般都付與斷井頹垣。良辰美景奈何天，賞心樂事誰家院？……朝飛暮捲，雲霞翠軒；雨絲風片，煙波畫船──錦屏人忒看的這韶光賤！

大考停看聽

良辰美景奈何天，賞心樂事誰家院：用謝靈運〈擬魏太子鄴中集詩序〉之典：「天下良辰美景賞心樂事，四者難并。」／朝飛暮捲：出自王勃〈滕王閣詩〉：「畫棟朝飛南浦雲，朱簾暮捲西山雨。」／錦屏人：錦屏中人，指深閨裡的女子。／忒：太過。

　　原來後花園萬紫千紅的花朵開遍了，像這樣都開在斷折的井欄邊、斑駁的院牆旁。美好的時光、美麗的景致皆出自上天的安排教人莫可奈何，愉悅的心境、快樂的事情到底在誰家庭院裡？……早晨的雲霞在空中飛舞，黃昏時捲起翠樓上的朱簾；伴隨著雨絲風片，在煙波中輕搖著畫船──只可惜深閨女子太把這大好春光看輕了。

遊園

早茶時了，小姐（杜麗娘）和春香（丫鬟）盛裝打扮，這是小姐生平第一次踏出閨房，主僕二人欲前往自家後花園遊春。

↓

「畫廊金粉半零星，池館蒼苔一片青。踏草怕泥新繡襪，惜花疼煞小金鈴。」

描寫往後花園途中所見景色，及閨閣小姐第一次步出香閨的雀躍之情。

★小姐看到園中姹紫嫣紅的花朵，卻開在斷井頹垣邊，不禁悲從中來。

★又因繁花開遍，牡丹尚未綻放，感慨自己如牡丹般豔冠群芳，卻尚未成就美滿姻緣，辜負這大好春光。

驚夢

★遊園歸來，春香去瞧老夫人（杜麗娘母親），留下小姐略感疲倦，在房中倚著几案小憩。

↓

「則為你如花美眷，似水流年，是答兒閒尋遍。在幽閨自憐。……轉過芍藥欄前，緊靠著湖山石邊。……則待你忍耐溫存一晌眠。」

夢中，一書生（柳夢梅）向小姐大膽示愛、求歡。

★在花神的保護下，小姐與書生於夢境裡翻雲覆雨，享受魚水之歡。

★老夫人來探視寶貝女兒，無意間驚醒了小姐的無邊春夢。

★小姐喊著「秀才」，幽幽從夢中醒來。

★老夫人叮囑女兒：「這後花園中冷靜，少去閒行。」隨即便離開。

★小姐回味方才夢境，「兩情和合，真箇是千般愛惜，萬種溫存。」

★夢兒還去不遠，小姐不等春香薰好被窩，急著再度入睡尋夢去。

UNIT 4-43
羅紈之盛，多於堤畔之草

袁宏道（1568～1610），晚明公安派代表人物，與兄宗道、弟中道並稱「公安三袁」。他主張一代有一代之文學，反對前、後七子「文必秦漢，詩必盛唐」的擬古思想，提出「獨抒性靈，不拘格套」的創作觀點，因而帶動了描寫閒情逸趣、歌詠山水美景的小品文蓬勃發展，彷彿為暮氣沉沉的明代文壇注入一股清新活力。

〈晚遊六橋待月記〉為其性靈小品的上乘之作，是作者於神宗萬曆二十五年（1597）辭去吳縣知縣，是年春天，乘興漫遊蘇、杭一帶，所寫下十六篇西湖遊記的其中一篇，收入《袁宏道集》。

本文著重於描繪西湖六橋一帶美麗的春景與月色。通篇可分為四段：首段總寫西湖之美，他別出心裁地點明：「西湖最盛，為春、為月」，「一日之盛，為朝煙，為夕嵐」，精準地指出西湖美景，以春光、月色為最；而晨昏之際的煙霧、山嵐，又是當地一天中最美的時刻。

二、三段分述西湖的春景：二段先說今年春天特別寒冷，大雪紛飛，導致梅花延後綻開，形成與杏花、桃花相繼怒放，爭妍比美的奇特景致。可惜自己當時迷戀上了桃花，竟一刻也捨不得離開，所以沒把好友陶望齡的話聽進去，連傅金吾園中名貴的梅花都未前往觀賞。文中形容「梅花為寒所『勒（約束）』」、「余時為桃花所『戀（迷戀）』」，善用擬人手法，道出梅花晚開、自己不忍「移情別戀」的原因，皆寄寓了他對山水景物強烈的情感，字裡行間，不時流露出作者的真性情。

三段再寫美景當前，遊人如織的盛況。「湖上由斷橋至蘇堤一帶，綠煙紅霧，瀰漫二十餘里。」簡筆勾勒「蘇堤春曉」的勝景，每到春日，放眼遍地柳綠桃紅，美不勝收，綿延二十餘里，難怪被譽為「西湖十景」之首，果然名不虛傳！「歌吹為風，粉汗為雨，羅紈之盛，多於堤畔之草，豔冶極矣。」遊客的笙歌隨風飄散，粉汗揮落如雨，衣著精緻的仕女遊人三五成群，多過於堤畔上的青草，形成一片極濃豔的景觀。此段既承上文摹寫桃花之美，又為下文刻劃月景做鋪墊，具承先啟後之作用。

末段分述月景，以呼應題目「待月」二字。他說杭州人遊西湖僅止於午、未、申三個時辰，但是「湖光染翠之工，山嵐設色之妙，皆在朝日始出，夕舂未下，始極其濃媚。」可見前文所寫眾多的紅男綠女都是在上午十一點至下午五點之間來遊湖，他們是湊熱鬧的俗士。西湖最美的時分當在早晨太陽剛出來、黃昏夕陽未落下之際，那般湖光山色、煙嵐雲霧的畫面，才真是嫵媚至極！作者進一步用擬人法點染出妙不可言的西湖月景：「花態柳情，山容水意，別是一種趣味。」彷彿在月光下，春花展露嬌態，弱柳含情脈脈，青山容光煥發，碧水情意悠悠，別有一番風味。然而，這種雅趣只能留給山裡的僧徒和識趣的遊客靜靜享用，又怎能向那些凡夫俗子訴說呢？

袁宏道〈晚遊六橋待月記〉

花態柳情山水境

然杭人遊湖，止午、未、申三時，其實湖光染翠之工，山嵐設色之妙，皆在朝日始出，夕春未下，始極其濃媚。月景尤不可言，花態柳情，山容水意，別是一種趣味。此樂留與山僧、遊客受用，安可為俗士道哉？

午、未、申三時：午時指上午十一點至下午一點。未時指下午一點至三點。申時指下午三點至五點。／夕春：夕陽也。春，音「衝」。

大考停看聽

但是杭州人遊西湖，只在上午十一時至下午五時，其實湖面倒映綠蔭的精巧，山氣呈現色彩的美妙，都在早晨太陽剛出來、黃昏夕陽未落下之際，才極其濃豔嫵媚。月光下的景致尤其難以言喻，花的姿態、柳的情韻、山的容顏、水的意境，真是別具一番滋味。這種樂趣留給山中的僧侶和遊客享受，哪裡可以跟凡夫俗子訴說呢？

第4章 文集篇

1

★首段總寫西湖之美：「西湖最盛，為春、為月」，「一日之盛，為朝煙，為夕嵐」。

2

★次段敘今年春天梅花與杏花、桃花相繼怒放的奇特景致。

· 可惜他迷戀上桃花，所以沒去欣賞傅金吾園中名貴的梅花。

3　　承先啟後

★三段再寫美景當前，遊人如織的盛況。

· 簡筆勾勒「蘇堤春曉」的勝景：「湖上由斷橋至蘇堤一帶，綠煙紅霧，瀰漫二十餘里。」
· 寫遊客笙歌的熱鬧：「歌吹為風，粉汗為雨，羅紈之盛，多於堤畔之草，豔冶極矣。」

此段既承上文摹寫桃花之美，又為下文刻劃月景做鋪墊，具承先啟後之作用。

2、3段分述西湖的春景

4

★末段分述月景，呼應題目「待月」二字。

· 杭州人遊西湖僅止於午、未、申三個時辰，即上午十一時至下午五時之間。
· 但「湖光染翠之工，山嵐設色之妙，皆在朝日始出，夕春未下，始極其濃媚。」
· 進一步點染妙不可言的西湖月景：「花態柳情，山容水意，別是一種趣味。」

💡 **作文一點靈**

修辭絕技

「轉化」修辭，包括擬人法、擬物法和形象化三種，都是非常實用的寫作技巧。

如文中「余時為桃花所戀，竟不忍去。」把桃花視為心上人，說自己深深迷戀，竟不忍離她而去，更遑論移情別戀那古梅。——為擬人法。而「羅紈之盛，多於堤畔之草」是擬物法，謂遊湖的紅男綠女絡繹於途，比那堤畔綿延、蔓生的青草還多許多，用青草之盛以狀遊人眾多。又「歌吹為風，粉汗為雨」則為形象化，因為歌聲被吹入春風中，仕女遊人施脂抹粉，汗如雨下，把抽象的歌聲、粉汗用具體的動詞「吹」、具象的名詞「雨」加以形容。

UNIT **4-44**
一人飛昇，仙及雞犬

子集

圖解大考子集古文：精煉閱讀寫作，探解試題

〈促織〉一文，選自蒲松齡《聊齋志異》。他平生科場失意，費時二十年，嘔心瀝血，完成一部專記仙狐妖鬼的怪聞錄，收入四百九十餘篇傳奇體文言短篇小說。《聊齋》故事精彩絕倫，連當時文壇領袖王士禎都愛不釋手，曾題詩云：「姑妄言之姑聽之，豆棚瓜架雨如絲。料應厭作人間語，愛聽秋墳鬼唱詩。」相傳王士禎一度出高價想買下蒲松齡手稿，但始終沒能如願。

促織，蟋蟀的別名。話說明代宣德年間皇室流行鬥蟋蟀，每年要向民間徵收大量的蟋蟀。有個華陰縣縣官為了巴結上司，主動延攬了這差事，交給下屬去辦。鄉里的差役向來狡猾，藉機讓百姓分攤買蟋蟀的費用，好幾戶人家因此而破產。

老實的成名讀書多年，但一直沒考中秀才，竟被刁詐的小吏盯上了，派他擔任里正，負責徵收蟋蟀。成名不敢勒索鄉民，家產又都賠光了，就是交不出蟋蟀，挨了上百板子，痛苦得只想尋死。妻子只好求神問卜，寄望能尋得一線生機。果然，在女巫的協助下，他們得到一張蟋蟀藏身圖。成名依照圖上指示，順利捉到一隻「巨身修尾」的極品大蟋蟀。

九歲的兒子趁成名不在家，偷玩那隻大蟋蟀，一個不小心竟將牠弄死了。被母親罵了幾句，他也自知大禍臨頭，哭哭啼啼跑出去。成名回來後，簡直氣瘋了，急著向兒子興師問罪。夫妻倆到處找兒子，終於發現兒子倒臥在井邊，這下兩人轉怒為悲，聲聲呼喚兒子，希望他能醒過來。於是，將兒子抱回家中，不知該如何是好。半夜，兒子甦醒了，雖然神情呆滯、昏昏欲睡，但活著就好，他們總算稍稍放心。

天剛亮，成名聽到蟋蟀的叫聲，衝出門外，看見一隻小蟋蟀。個頭太小了，讓他有些失望。沒想到小蟋蟀居然自動跳落他的襟袖之間，也好，就捉牠交差吧！村中少年聽聞成名捉到大蟋蟀，帶著自己的蟋蟀上門來要求一決高下。成名只好硬著頭皮讓小蟋蟀上場，少年見狀，差點兒笑掉大牙；孰料小蟋蟀神勇無比，戰鬥力十足，博得滿堂彩。牠甚至有從雞爪死裡逃生的本領，太不可思議了！

成名把小蟋蟀交給官府，起初難免遭到一頓訓斥，終因小蟋蟀戰無不勝，他也跟著沾光，得到無數賞賜，縣官還吩咐主考官讓他考中秀才，真是「一人飛昇，仙及雞犬」！一年後，兒子也完全清醒了，說還好情急下化身為蟋蟀，才能幫助家裡度過難關。從此，成名一家買田地、蓋樓房，車馬衣裘，過得比官宦之家還闊綽。

本文鋪寫明代宮中鬥蟋蟀之事，實為借古喻今，揭露清代王公貴族鬥雞走馬的荒唐。成名屢試不第，卻因一隻蟋蟀，投其所好，瞬間功名富貴都有了，隱含對國家用人制度的諷刺。縣官為了邀功，攬上鬥蟋蟀一事，層層交辦下去，竟任由差役魚肉百姓；善良的成名更淪為刁吏欺壓的對象，足見當時吏治腐敗，民不聊生。

蒲松齡〈促織〉

功名富貴靠蟋蟀

異史氏曰:「……獨是成氏子以蠹貧,以促織富,裘馬揚揚。當其為里正,受扑責時,豈意其至此哉!天將以酬長厚者,遂使撫臣、令尹並受促織恩蔭。聞之『一人飛昇,仙及雞犬』,信夫!」

異史氏:作者之自稱。異史,因《聊齋志異》所記多奇事怪聞,故云。/獨是:唯獨這個。/以蠹貧:因受到胥吏侵害而貧困。蠹,蛀蟲;此處借指專門蝕耗他人財物的胥吏。/恩蔭:得到恩惠庇蔭。

大考停看聽

蒲松齡說:「……唯獨這個成名因為官吏的侵陵而貧窮,又因進貢蟋蟀而致富,穿皮衣、騎寶馬,得意洋洋。當他充當里正,受到鞭打的時候,哪裡想到日後會有這樣的際遇?上天要這樣酬報那些老實忠厚的人,就連巡撫、縣官都受到蟋蟀的恩惠了。聽說『一人得道,雞犬升天。』這話一點兒也不假!」

★「宮中尚促織之戲,歲征民間。」皇室向民間徵收蟋蟀。

★「有華陰令欲媚上官,……因責常供。」縣官主動延攬此差事。

★「每責一頭,輒傾數家之產。」因為蟋蟀,使百姓破產。

★老實的成名,一直沒考中秀才,竟被指派為里正,負責徵收蟋蟀。

★成名不敢勒索鄉民,賠光家產,挨了板子,交不出蟋蟀只想尋死。

★妻子只好求神問卜;終於在女巫的協助下,捉到一隻大蟋蟀。

★九歲的兒子偷玩大蟋蟀,不小心竟將牠弄死了,哭著跑出去。

★成名夫婦發現兒子倒臥井邊,身體冰冷,兩人瞬間轉怒為悲。

★半夜,兒子甦醒了,神情呆滯、昏昏欲睡,但總算是還活著。

★天剛亮,一隻小蟋蟀自動跳落成名的襟袖之間,索性就捉牠交差吧!

★小蟋蟀神勇無比,戰勝村中少年所飼眾蟋蟀,還能從雞爪死裡逃生。

★成名把小蟋蟀交給官府,得到無數賞賜,縣官還吩咐主考官讓他考中秀才。

★一年後,兒子完全清醒了,說還好情急下化身為蟋蟀,幫助家裡度過難關。

作文一點靈

評鑑賞析

　　本文鋪寫明代宮中鬥蟋蟀之事,實為借古喻今,作者刻意藉此揭露清代王公貴族鬥雞走馬的荒唐行徑。成名屢試不第,卻因為一隻蟋蟀,投其所好,瞬間功名富貴一應俱全;此處隱含對國家用人制度的諷刺,朝廷不是選拔賢才為民服務,而是重用逢迎拍馬、乖巧聽話的「奴才」。

　　華陰縣官為了邀功,攬上徵收蟋蟀事宜,結果層層交辦下去,竟任由差役魚肉百姓;可見當時官場的黑暗,官員只問自身利益、前途,無暇顧及民間疾苦。善良的成名屢試不第,淪為刁吏欺壓的對象,但他仍不與之同流合汙,寧可自己去死,也不願剝削百姓。

　　終於「好人有好報」,兒子情急之下,化身為蟋蟀,不但解決了眼前難題,還因禍得福,讓家裡擺脫了貧窮、卑賤,從此揚眉吐氣,光耀門楣。但,這一切要具有「化身」的超能力才辦得到,嘲諷之意,盡在其中。

UNIT 4-45
能閒世人之所忙者，方能忙世人之所閒

子集

圖解大考子集古文：精煉閱讀寫作，探解試題

張潮（1650～1707），字山來，一字心齋，號仲子，自稱「三在道人」，清代安徽歙縣人。出身官宦之家，少與名士冒襄、孔雲亭、陳維崧等詩文論交，為人灑脫，交遊廣闊。然不喜八股文，苦讀不第，後補官，僅至翰林院孔目。平生著作等身，有《幽夢影》、《虞初新志》、《花影詞》、《心齋詩集》、《飲中八仙令》等傳世。他在文學創作上強調「真」，以為只要表達真情真意，《四書》、《五經》和小品隨筆同樣具有價值。

張潮《幽夢影》一書，乃幽人隱士對如夢似影的人生之感悟，以語錄體格言式小品文寫成，是一部「發前人所未發」的奇書。書中共收錄二百十三則精煉短語，內容豐美，除了論閒情逸趣、才子佳人、書與讀書、人與人生之外，從處世之道乃至花鳥蟲魚，無所不談。作者一方面品味情趣人生，一方面禮讚自然佳景，獨抒性靈，清新雋永，不拘俗套，妙趣橫生。其思想言論，如知堂先生所云：「是那樣的舊，又是這樣的新。」不愧是明、清性靈小品中的上乘之作！

《幽夢影・論閒情逸趣》第一則：「天下無書則已，有則必當讀；無酒則已，有則必當飲；無名山則已，有則必當遊；無花月則已，有則必當賞玩；無才子佳人則已，有則必當愛慕憐惜。」從讀書、飲酒、遊名山、賞花月、才子佳人相互傾慕，談生活中的閒情逸趣。一如第十三則云：

人莫樂於閒，非無所事事之謂也。閒則能讀書，閒則能遊名勝，閒則能交益友，閒則能飲酒，閒則能著書。天下之樂，孰大於是？

的確，有閒情方能生出逸趣，但「閒」不是窮極無聊、無事可做，而是擁有屬於自己的時間，暫時拋下沉重的壓力、人情的包袱、煩心的俗事等，可以單純地與自己相處，真誠地與心靈展開對話，無拘無束，逍遙自在。唯有處在悠閒之境，才能使身心靈獲得絕對的自由，才能體會人生真正的況味。所以無論讀書、遊覽、交友、飲酒、著述，甚或上則所述賞花月、談戀愛等，都需要有閒情逸致，須花時間、費心思去優遊涵詠、沉浸醞釀，絕無速成的方法。

故第十四則云：「能閒世人之所忙者，方能忙世人之所閒。」人生不過數十寒暑，同樣一年三百六十五天，一天二十四小時，有人汲汲營營追名逐利，有人老老實實養家活口，有人孜孜矻矻埋首書堆，有人心心念念風花雪月……，其實人生無所謂好壞對錯，端視個人的選擇不同而已。如大畫家、大詩人、大科學家等，他們能在世人忙於營生餬口之際，清空名利的欲望、閒置溫飽的念頭，才能義無反顧地投入創作或研究之列。他們不是無所事事，而是忙於世人認為不能當飯吃、閒暇時才會從事的活動。或許詩詞書畫、科學實驗在世人眼中虛幻至極，但依他們看卻是生活的重心、最真實的存在。

張潮《幽夢影・論閒情逸趣》

閒情逸趣樂無窮

a. 因雪想高士,因花想美人,因酒想俠客,因月想好友,因山水想得意詩文。

a. 因為皚皚白雪,聯想到品格清高的讀書人;因為春花嬌媚,聯想到天香國色的大美人;因為一壺好酒,聯想到肝膽相照的大俠客;因為一輪明月,聯想到相隔兩地的好朋友;因為明山秀水,聯想到平生得意的詩文作品。

大考停看聽

b. 人莫樂於閒,非無所事事之謂也。閒則能讀書,閒則能遊名勝,閒則能交益友,閒則能飲酒,閒則能著書。天下之樂,孰大於是?

b. 人生沒有比悠閒更快樂的事,但不是無事可做的那種。悠閒就可以讀書,悠閒就可以遊覽知名景點,悠閒就可以結交好友,悠閒就可以喝個酒,悠閒就可以著書立說。天下最快樂的事,還有什麼可以勝過悠閒呢?

《幽夢影・論閒情逸趣》第一則:「天下無書則已,有則必當讀;無酒則已,有則必當飲;無名山則已,有則必當遊;無花月則已,有則必當賞玩;無才子佳人則已,有則必當愛慕憐惜。」

從讀書、飲酒、遊名山、賞花月、才子佳人相互傾慕,談生活中的閒情逸趣。

《幽夢影・論閒情逸趣》第十四則:「能閒世人之所忙者,方能忙世人之所閒。」

《幽夢影・論閒情逸趣》第十三則:「人莫樂於閒,非無所事事之謂也。閒則能讀書,閒則能遊名勝,閒則能交益友,閒則能飲酒,閒則能著書。天下之樂,孰大於是?」

唯有處在悠閒之境,才能使身心靈獲得絕對的自由,才能體會人生真正的況味。無論讀書、遊覽、交友、飲酒、著述,甚或賞花月、談戀愛等,都需要有閒情逸致,須花時間、費心思去優遊涵咏、沉浸醞釀,絕無速成的方法。

 作文一點靈

名言佳句

古今中外有關「閒適」的嘉言名句,諸如:

1. 李涉〈題鶴林寺僧舍〉:「因過竹院逢僧話,偷得浮生半日閒。」

2. 古人云:「山花山月無恒主,得閒便是主。」

3. 周國平《風中的紙屑》云:「金錢終究是身外之物,閒適卻使我感到自己是生命的主人。」

4. 托霍布斯說:「閒適是哲學之母。」

5. 喬治・波阿斯說:「閒適是一個人滿足自己可能有的任何欲望的一種機會。」

6. 拉斐爾・德莫斯說:「閒適是一個空杯子,它完全依賴於我們往它裡面倒入什麼東西。」

UNIT 4-46
吾師肺肝，皆鐵石所鑄造也！

子集

圖解大考子集古文：精煉閱讀寫作，探解試題

清代素有「天下文章在桐城」之說，桐城古文聲名遠播，方苞、劉大櫆、姚鼐並稱為「桐城三祖」。方苞是桐城派的開山祖師，他為學宗法宋儒，曾以「學行繼程朱之後，文章介韓歐之間」一語與同道友人互勉。在論文方面，提倡古文義法：「義」指文章的內容，強調言之有物；「法」即文章的形式，貴在言之有序。他一面建立義理、詞章、考據三者並重的古文理論，一面付諸實踐寫出以「雅潔」著稱的古文創作，〈左忠毅公軼事〉便是其代表作。

左忠毅公，即明末左光斗，字遺直，與方苞同為安徽桐城人。他為官正直，曾與楊漣一同輔佐幼主即位。孰料熹宗寵信宦官，太監首領魏忠賢權勢日益坐大，他因彈劾閹黨不成，反被誣陷下獄，受盡酷刑，慘死獄中。南明福王時，追諡為「忠毅」。軼事，或作「逸事」，指史傳沒記載的事跡。文中關於左公、史公之事皆出自作者父親方仲舒轉述，故云。

本文可分為五段：首段記左公識才，拔擢史公的經過。當年左公微服出巡，「視學京畿（視察京師地區的教育事務）」，大雪天，來到一座古寺，巧遇「文方成草」，伏案而眠的史公。他一看那草稿，「即解貂覆生，為掩戶」，愛才之心，展露無遺。後來考場再相遇，當史公呈上試卷時，左公「即面署第一」，因為他認定「他日繼吾志事，惟此生耳。」

次段敘左公被構陷入獄，史公冒死探監，左公反曉以國家大義，用心良苦。史公聽說左公被處以炮烙的酷刑，命在旦夕，不得不冒險賄賂獄卒，進入監牢探視。當天，獄卒讓他裝扮成清潔工，帶他進去，暗指左公的所在：左公「面額焦爛不可辨，左膝以下，筋骨盡脫矣。」史公向前跪下，低聲哭泣。左公聽出他的聲音，但眼睛睜不開，於是奮力舉起手臂用手指撥開眼眶，目光如炬，罵道：「國家之事，糜爛至此，老夫已矣，汝復輕身而昧大義，天下事誰可支拄者？」告誡史公應為國珍重。事後，史公常流著淚對人說：「吾師肺肝，皆鐵石所鑄造也！」足見左公對史公的看重與期許。

三段側寫史公以身許國，奉命討賊期間，經常「數月不就寢」，使將士輪番休息，自己則坐在帳幕外，靠在兩名輪班的士卒背上小憩。一切都是受到左公的精神感召。

四段再側寫史公與左公間的師生情誼，不因左公辭世而中斷。史公率兵打仗，經過桐城時，一定親自登門拜訪左公的家人。

末段交代資料來源，作者說他的族祖方塗山是左公的女婿。左公獄中那番大義凜然的話，是史公親口對方塗山說起；方塗山後來又講給作者的父親聽。用來呼應開頭「先君子嘗言」，前呼後應，首尾圓合。

通篇以左公為主、史公為賓，一、二段正面描繪左公形象；三、四段則側面刻劃史公言行，採「藉賓顯主」筆法，將左公的精神面貌烘托得更加栩栩如生，躍然紙上。

方苞〈左忠毅公軼事〉

左公史公師生情

及左公下廠獄，史朝夕窺獄門外。逆閹防伺甚嚴，雖家僕不得近。久之，聞左公被炮烙，旦夕且死。持五十金，涕泣謀於禁卒，卒感焉。一日，使史更敝衣草屨，背筐，手長鑱，為除不潔者；引入，微指左公處。

大考停看聽

下廠獄：關進東廠的監獄。／逆閹：違法亂紀的宦官。／防伺：防範偵察。伺，暗中察看。／炮烙：音「袍落」，一種酷刑，將烤紅的鐵具烙印到犯人身上。／屨：音「具」，鞋子。／鑱：音「禪」，挖土用的鐵器。／為除不潔者：偽裝成打掃的人。為，通「偽」。

至左公被關進東廠的監獄時，史公一天到晚在監獄門外觀望。那些違法亂紀的宦官防範十分嚴密，即使是左家的僕人也不得接近。過了好一陣子，聽說左公被處以炮烙的酷刑，早晚將死。史公帶著五十兩銀子，哭著跟獄卒商量，獄卒深受感動。一天，讓史公換上舊衣、草鞋，背著竹筐，手拿長柄的鏟子，偽裝成清潔人員。然後引領他進入監獄，暗中指點左公的所在之處。

1 ★首段記左公識才，拔擢史公的經過。

· 左公微服出巡，視學京畿，大雪天，在古寺中，巧遇文方成草、伏案而眠的史公。

· 左公基於愛才，「即解貂覆生，為掩戶」。考場相遇，左公即面署史公試卷為第一。

· 左公讓史公拜見夫人，因為他認定將來繼承自己平生志向和事業的，只有此生了！

2 ★次段敘左公被構陷入獄，史公冒死探監，左公反曉以國家大義的苦心。

· 史公扮成清潔工，見左公已被折騰得不成人形，面額焦爛，筋骨盡脫。

· 左公目光如炬，正氣凜然地要史公為國珍重，不該為師生情誼而傷懷。

· 史公日後憶及此事常流著淚，對人說：「吾師肺肝，皆鐵石所鑄造也！」

3 ★三段側寫史公受到左公的精神感召，以身許國。

· 奉命討賊期間，使將士輪番休息，自己則靠在兩名輪班的士卒背上小憩。

4 ★四段再側寫史公與左公間的師生情誼，不因左公辭世而中斷。

· 史公率兵打仗，經過桐城時，一定親自登門拜訪左公的家人。

5 ★末段交代資料來源：

· 作者說左公獄中的那番話，是史公親口對方塗山說起；方塗山又講給作者的父親聽。

左公即明末左光斗，曾與楊漣一同輔佐幼主即位。後因彈劾閹黨不成，反被誣陷下獄，受盡酷刑，慘死獄中。

史公即史可法，左光斗的門生，亦明末死守揚州城的抗清大將。

UNIT 4-47
冤冤相報，吾慮禍不止此也

紀昀（1724～1805），字曉嵐，晚號石雲，河北獻縣人。自幼聰穎過人，為乾隆朝知名的大學者，一生致力於《四庫提要》及《總目》的編纂，又受命為《四庫全書》總修官。晚年所作《灤陽消夏錄》、《如是我聞》、《槐西雜志》、《姑妄聽之》及《灤陽續錄》，門人盛時彥合刊五書，題為《閱微草堂筆記五種》。《閱微草堂筆記》堪與蒲松齡《聊齋志異》並駕，為清代文言短篇小說之雙璧。據盛時彥《姑妄聽之‧跋》評云：《聊齋志異》是「才子之筆」，而《閱微草堂筆記》乃學者的「著書之筆」，可謂各具特色。

紀昀〈狐化老儒〉一文，選自《閱微草堂筆記》。全文可分為四段：首段敘塾生平日裡調皮搗蛋，對狐妖大不敬之事。「一老儒訓蒙鄉塾，塾側有積柴，狐所居也。鄉人莫敢犯，而學徒頑劣，乃時穢汙之。」是說學童們生性頑皮，經常惡作劇，故意在狐妖住的柴堆上大、小便。

次段敘塾生淘氣，遭到老師嚴懲。「一日，老儒往會葬，約明日返。諸兒因累几為臺，塗朱墨演劇。」老儒生要出門參加喪禮，說好隔天才回來。孩子們樂壞了，趁老師不在，把課桌椅堆疊成戲臺樣子，肆無忌憚地粉墨登場演起戲來。「老儒突返，各撻之流血，恨恨復去。」不知為什麼，老儒生突然回來，見到此情狀，氣得將孩子們抓來痛打一頓，打到鼻青臉腫，甚至都流血了，這才憤恨地離開。

三段揭示狐妖報復之舉，使人豁然開朗。「眾以為諸兒大者十一、二，小者七、八歲耳，皆怪師太嚴。」事後，大家都認為學童們畢竟年紀小，不懂事，大的不過十一、二歲，小的才七、八歲而已，紛紛責怪塾師管教太過嚴厲。「次日，老儒返，云昨實未歸，乃知狐報怨也。」隔天，老儒生回來了，他說昨天並未中途折返，眾人才明白原來是狐妖化成老儒生藉機報復！

末段以如何處理此事作結。「有欲訟諸土神者，有議除積柴者，有欲往詬詈（音『立』，罵也）者。」有人想去跟土地神告狀，有人提議移除那堆柴草，有人打算前往痛罵那妖怪。其中一位村人說：這群孩童實在太無禮了，被打一頓也不為過，只是下手未免太過狠毒！「吾聞勝妖當以德，以力相角，終無勝理。冤冤相報，吾慮禍不止此也。」聽說想制伏妖魔必須用德行，如果憑氣力相搏，人永遠不可能占上風。假若冤冤相報，擔心災禍不僅止於此。眾人覺得有道理，因此決定息事寧人，不予追究。最後，作者對此事的評論：「此人可謂平心，亦可謂遠慮矣。」認為這個人因為遇事能平心靜氣，仔細分析前因後果、利害關係，不像其他人心浮氣躁，意氣用事，真是一個深謀遠慮、有智慧的人啊！

紀昀《閱微草堂筆記》旨在追錄見聞，雖為晚年遣興之作，但全書立法謹嚴，敘事簡要，寫作態度之認真，充分展現出他實事求是的治學精神。

紀昀〈狐化老儒〉

粉墨登場惡作劇

一日，老儒往會葬，約明日返。諸兒因累几為臺，塗朱墨演劇。老儒突返，各撻之流血，恨恨復去。眾以為諸兒大者十一、二，小者七、八歲耳，皆怪師太嚴。

會葬：送葬。／累几為臺：把課桌椅堆疊成戲臺的樣子。／塗朱墨演劇：在臉上塗以粉墨演起戲來。純屬塾生之惡作劇。／撻：音「踏」，打也。／恨恨：心中憤恨難平。

大考停看聽

有一天，老儒生出門參加喪禮，說好隔天回來。孩子們趁機將課桌椅堆疊成戲臺的樣子，並在臉上塗滿粉墨演起戲來。老儒生突然回來，將孩子們痛打一頓，打到都流血了，心中憤恨難平地又離開。大家認為那些孩子大的才十一、二歲，小的才七、八歲而已，都責怪塾師管教太過嚴厲。

★首段敘塾生平日裡調皮搗蛋，對狐妖大不敬之事

・「一老儒訓蒙鄉塾，塾側有積柴，狐所居也。……學徒頑劣，乃時穢汙之。」學童經常在狐妖藏身處大、小便。

★次段敘塾生淘氣，遭到老師嚴懲

・「一日，老儒往會葬，約明日返。諸兒因累几為臺，塗朱墨演劇。」塾生們趁老師不在時，粉墨登場演起戲來。

・「老儒突返，各撻之流血，恨恨復去。」老儒生突然回來，痛毆惡作劇的孩子。

★三段揭示狐妖報復之舉，使人豁然開朗

・「眾以為諸兒大者十一、二，小者七、八歲耳，皆怪師太嚴。」大家都責怪老師下手太重。

・「次日，老儒返，云昨實未歸，乃知狐報怨也。」老師說未曾中途折返，證實打人的老儒生是狐妖所化身。

★末段以如何處理此事作結

・「有欲訟諸土神者，有議除積柴者，有欲往詬詈者。」眾人想去討公道。

・其中一位村人提議息事寧人，不要老想著報復，畢竟「冤冤相報何時了」。

・作者對此事的評論：「此人可謂平心，亦可謂遠慮矣。」肯定此村人的深謀遠慮。

作文一點靈

名言佳句

與寬宥、忍讓相關的格言，如：

1. 《尚書》云：「有容，德乃大。」
2. 毛澤東說：「意志堅如鐵，度量大似海。」
3. 馬克吐溫說：「紫羅蘭把香氣留在那踩扁它的腳踝上，這就是寬恕。」
4. 俗話說：「得饒人處且饒人。」
5. 「忍一時風平浪靜，退一步海闊天空。」
6. 臺語俗諺云：「忍氣求財，激氣相刣。」勉勵我們凡事與人為善，和氣生財；人與人之間，千萬不要彼此嘔氣，互看不順眼，否則終將釀成暴力衝突的流血事件。

UNIT 4-48
吾求吾失且不暇，何暇論人哉？

予集

圖解大考子集古文：精煉閱讀寫作‧探解試題

錢大昕（音「新」）（1728～1804），字曉徵，一字辛楣，號竹汀，晚號潛研老人，江蘇嘉定人，清代著名學者。高宗乾隆十九年（1754）進士，歷任翰林院庶吉士、侍講學士、提督廣東學政等職，先後逢父、母之喪，又因病淡出官場。其人好讀書，亦善治學，平生未嘗一日廢書。曾於鍾山、婁東、紫陽等書院講學多年，作育英才無數，堪稱桃李滿天下。

錢大昕〈弈喻〉一文，選自《潛研堂詩文集》。通篇以弈（下棋）為喻，闡明為人處世、修身治學之道；可分為三段：首段緊扣「弈」字，記敘曾經與人對弈的經驗。有一回，作者在朋友家看人下棋，一位客人連輸好幾盤。作者一眼看出那位客人的疏失，並取笑他，真想替他重新布局，認為他的棋藝比不上自己。「頃之，客請與予對局」，作者以為自己勝券在握。結果呢？「竟局數之，客勝予十三子。予赧甚，不能出一言。」真是羞愧！

次段闡述「喻」字，借弈棋之事，以寄寓人生哲理。這是人們為學、做人的通病，往往只看見別人的毛病，卻看不見自己的問題，進而提出深刻的見解：「人固不能無失，然誠易地以處，平心而度之，吾果無一失乎？吾能知人之失，而不能見吾之失；吾能指人之小失，而不能見吾之大失。吾求吾失且不暇，何暇論人哉？」的確如此！人本來就不可能完全沒有任何失誤，然而試著易地而處、換個立場來審視，平心靜氣、冷靜下來思考，自己真的沒有一丁點兒過錯嗎？人總能知道別人的缺點，卻看不見自己的過失；人總能指出別人的小缺失，卻看不見自己的大錯誤。人就是太沒有自知之明了；否則，檢討自己的疏漏都來不及了，哪裡還有閒工夫去議論別人的謬誤呢？

末段重新檢視是非對錯的標準，到底怎樣為「是」為「對」？怎樣為「非」為「錯」呢？畢竟世事紛擾繁雜，不像下棋具有一套客觀的準則，輸贏對錯，一目了然，無從抵賴。「理之所在，各是其所是，各非其所非，世無孔子，誰能定是非之真？然則人之失者，未必非得也；吾之無失者，未必非大失也。」正因為世事繁複，缺乏絕對客觀、公正的權衡，所以人人都贊成自己認為正確的，而反對自己認為不正確的。如此一來，世間沒有出現像孔子那樣的聖人，誰能斷定真正的是非對錯呢？那麼別人的失誤，未必不是有所得；而自己的沒有疏失，也未必真的沒有大失誤。作者以此批評世人總喜歡互相嘲笑、譏諷，簡直連下棋的人都不如！

有道是：「觀棋不語真君子。」觀棋不語容易做到，但不對別人的人生亂下指導棋卻不易辦到。因為人們總自以為高明，「各是其所是，各非其所非」，胡亂以自己認定的主觀標準去指點別人，結果「所是」未必為「真是」，自然「所非」亦未必為「真非」，終至是非錯亂、黑白混淆，也就愈來愈說不清楚了。

錢大昕〈弈喻〉

與人對弈悟真理

人固不能無失，然試易地以處，平心而度之，吾果無一失乎？吾能知人之失，而不能見吾之失；吾能指人之小失，而不能見吾之大失。吾求吾失且不暇，何暇論人哉？

固：本來。／易地：彼此交換立場。／平心而度：心平氣和地推測。度，音「剁」，推測、估計。／不暇：沒時間。

人本來就不可能沒有過失，然而試著換個立場來看，平心靜氣地想一想，我自己真的沒有一點兒過錯嗎？我能知道別人的缺失，卻看不見自己的錯誤；我能指出別人的小缺點，卻看不見自己的大失誤。我檢討自己的錯誤都來不及了，哪有空去議論別人的缺失呢？

1

★首段緊扣「弈」字，記敘曾經與人對弈的經驗

· 作者看人下棋，一位客人連輸好幾盤。
· 作者一眼看出那人的疏失，並取笑他。
· 客人邀作者對弈，作者竟輸了十三子。

2

★次段闡述「喻」字，借弈棋之事，以寄寓人生哲理

· 人們總能知道別人的缺點，卻看不見自己的過失。

3

★末段重新檢視是非對錯的標準

· 「然則人之失者，未必非得也；吾之無失者，未必非大失也。」那麼別人的失誤，未必不是有所得；而自己的沒有疏失，也未必真的沒有大失誤。

人們總自以為高明，「各是其所是，各非其所非」，胡亂以自己認定的主觀標準去指點別人，結果終至是非錯亂、黑白混淆，愈來愈說不清楚了。

作文一點靈

思想情意

本文以下棋為喻，闡明為人處世、修身治學的道理。我們總是自我感覺良好，認為自己比別人行，喜歡對他人任意下指導棋。然而，我們真的比人家優秀嗎？未必！一如文中作者觀弈，看到客人老是輸棋，認定此人棋藝不精，急得從旁指點、提醒。結果呢？兩人真正對弈一盤，作者竟輸掉十三子。這給了他一記當頭棒喝：做人要有自知之明，千萬別過度自我膨脹，驕傲足以蒙蔽雙眼，自滿終將畫地自限，輕敵者必然嘗到慘敗的苦果。

「世事如棋局局新」，每個人都是自己生命的主宰，自己的事情只有自己最清楚，自己的問題只有自己才能去面對、解決，因此，我們實在不必急著替別人妄下指導棋，自然也不需要等著他人來對我們的人生任意指指點點。

甘受詬厲，闢病梅之館以貯之

子集

圖解大考子集古文：精煉閱讀寫作，探解試題

龔自珍（1792～1841），字璱人，號定盦（音「安」），浙江仁和（今杭州）人。清宣宗道光九年（1829）進士，歷任內閣中書、宗人府主事、禮部主事祠祭司行走等職；四十八歲，辭官歸里。五十歲時，暴卒於江蘇的雲陽書院。〈病梅館記〉一文，又題作〈療梅說〉，作於道光十九年，是龔自珍回杭州後，替自己新闢的梅園命名為「病梅館」，有感而發所寫下的散文小品。

通篇可分為三段：首段剖析產生病梅的根由，實肇因於文士畫客獨特的鑑賞觀點：「梅以曲為美，直則無姿；以欹為美，正則無景；以疏為美，密則無態。」認為梅樹以彎曲為美，枝幹筆直就沒有風姿；以傾斜為美，枝椏端正就沒有景致；以稀疏為美，枝葉茂密就沒有韻態。於是，有人偷偷把這樣的審美標準告訴那些種梅、賣梅的人家。生意人為了賺錢，紛紛投其所好，「斫其正，養其旁條；刪其密，夭其稚枝；鋤其直，遏其生氣。以求重價，而江浙之梅皆病。」他們不惜砍掉梅樹端正的主幹，培養傾斜的旁枝；除去繁密的枝葉，摧折其嫩枝；鋤掉筆直的枝幹，遏止它的生機。用這種方法來謀求高價，從此江蘇、浙江一帶放眼所見無一不是病梅。作者忍不住感慨道：「文人畫士之禍之烈，至此哉！」

次段記敘自己療梅之舉。他一口氣買下三百盆病梅，不捨地為它們哭了好幾天，然後發誓要治好梅的病態。「縱之順之，毀其盆，悉埋於地，解其棕縛；以五年為期，必復之全之。」他決定放開梅樹，使它們順其自然地生長，並毀掉那些盆子，把梅全部種到地裡，再解開捆綁的棕繩；以五年為期限，一定要恢復它們的生機，保全它們原來的樣子。他說為了拯救這些病梅，「甘受詬厲，闢病梅之館以貯之」，寧願犯眾怒被大家辱罵，也要開設一座病梅館來安置它們。

末段抒發自己療梅之苦心。「嗚呼！安得使予多暇日，又多閒田，以廣貯江寧、杭州、蘇州之病梅，窮予生之光陰以療梅也哉！」哎呀，如何才能讓他挪出更多的閒暇，擁有更多的空地，用來大量收留江寧、杭州、蘇州一帶的病梅，他多麼想窮盡一生的時間來治療這些病梅！足見其用心良苦。

其實本文並非單純地記病梅，敘療梅之心路歷程而已。「病梅」亦隱含清廷八股文取士，對文人士子的戕害，何嘗不也是「斫其正，養其旁條；刪其密，夭其稚枝；鋤其直，遏其生氣」？使天下讀書人莫不專治舉業而無真才實學，培養出一群不具治事本領的病態朝臣。如此對人才的桎梏、迫害，與病梅之舉何異？文中以梅喻人，借病梅託諷，曲筆抨擊統治者思想迂腐、禁錮人才，應如其〈己亥雜詩〉之一百二十五：「九州生氣恃風雷，萬馬齊喑究可哀。我勸天公重抖擻，不拘一格降人才。」有感於新時代的來臨，不可再墨守成規，必須多方栽培新人才，始能開創新局。

龔自珍〈病梅館記〉

病梅療梅託諷諭

梅之欹、之疏、之曲，又非蠢蠢求錢之民，能以其智力為也。有以文人畫士孤癖之隱，明告鬻梅者，斫其正，養其旁條；刪其密，夭其稚枝；鋤其直，遏其生氣。以求重價，而江浙之梅皆病。

欹：音「漆」，傾斜。／蠢蠢：無知貌。／智力：智慧、能力。／孤癖之隱：獨特、與眾不同的嗜好。隱，隱衷，心中隱藏的偏好。／鬻梅者：賣梅的人。鬻，音「育」，賣也。／斫：音「卓」，砍削。／旁條：旁逸斜出的枝條。／遏：音「餓」，制止。／重價：高價。

大考停看聽

梅樹的枝幹傾斜、枝葉稀疏、枝椏彎曲，又不是那些忙於賺錢的無知之人憑藉他們的智慧、能力所能辦到。有人把文人畫士隱藏心中的特殊嗜好，明白地告訴賣梅的人，讓他們砍掉端正的主幹，培養傾斜的旁枝；除去繁密的枝葉，摧折它的嫩枝；鋤掉筆直的枝幹，遏止梅樹的生機。用這種方法來謀求高價，於是江蘇、浙江一帶的梅樹呈現出一副病懨懨的模樣。

★首段剖析產生病梅的根由

1

- 文士畫客認為：梅以彎曲、傾斜、稀疏為美。
- 種梅、賣梅人家投其所好：砍掉梅樹端正的主幹，除去繁密的枝葉，鋤掉筆直的枝幹。
- 從此，江蘇、浙江一帶放眼所見無一不是病梅。──這些文人畫士，實在害梅不淺啊！

★次段記敘自己療梅之舉

2

- 作者買下三百盆病梅，發誓要治好梅的病態。
- 他決定以五年為期，一定要恢復梅樹的生機。
- 他寧願犯眾怒，也要開設病梅館來安置梅樹。

★末段抒發自己療梅之苦心

3

- 他還想大量收留江寧、杭州、蘇州一帶的病梅，窮盡一生的時間來治療它們。

作文一點靈

評鑑賞析

　　龔自珍〈病梅館記〉是一篇針砭時弊的散文小品，以託物取譬的手法，曲折表達出自己的思想、見解。文中表面上句句說梅，實則以梅喻人，字字譏諷時政，寓意十分深刻。

　　作者借文人畫士不愛自然健康的梅，獨鍾病態的梅，致使梅樹飽受摧殘。影射清廷對讀書人施行思想禁錮，摧殘人才，迫害有能力、想作為、具傲骨的賢士；而拔擢、重用那些缺乏才識與主見，一味聽話、順從、逢迎拍馬的「奴才」。

　　因此，他決心療梅、救梅，使梅樹得以自然發展，一方面表達對被摧殘、迫害之士深切的同情，一方面展現出急於突破傳統窠臼、迂腐思維的渴望。

UNIT **4-50**
有境界則自成高格,自有名句

予集

圖解大考子集古文：精煉閱讀寫作，探解試題

　　王國維早年致力於詞曲研究,著有《人間詞話》、《宋元戲曲史》二書,為後世熱衷詞曲者必讀之文獻。晚年轉而鑽研經、史、古文字之學,他舊學根柢深厚,又接受西洋哲學、美學、倫理學、心理學等的薰陶,融貫中西文化,成為近代學術界的「大師鉅子」。

　　《人間詞話》最早於德宗光緒三十四年(1908)十月至隔年元月分三期刊登於《國粹學報》,共六十四則,是王國維三十二、三歲時的作品。雖然日後偶有補遺、刪訂,但其「境界說」已初具雛形。

　　何謂「境界說」?第一則開宗明義云:「詞以境界為最上。有境界則自成高格,自有名句。」有時「境界」也作「意境」,如〈人間詞乙稿序〉云:「文學之事,其內足以攄己,而外足以感人者,意與境二者而已。……文學之工不工,亦視其意境之有無,與其深淺而已。」「境界」是王國維文學批評的基本準則,他認為詞之優劣,文學好壞,取決於「境界」之有無。又云:「境界,本也;氣質、格律、神韻,末也。有境界而三者隨之矣。」他有意用「境界」來涵蓋嚴羽的「興趣」、王士禎的「神韻」等詩詞理論,可惜並未替「境界」二字做出明確的定義。

　　第六則云:「境非獨謂景物也。喜怒哀樂,亦人心中之一境界。故能寫真景物、真感情者,謂之有境界。否則謂之無境界。」可見所謂「境界」,應該包括外界客觀的景物,即「物境」;以及人內在主觀的情感,即「情境」。無論物境或情境在文學作品中重現,都必須取材自真實,因為唯有真景物、真情感才足以感動人心。

　　至於「境界」的創作方法,第二則云:「有造境,有寫境,此理想與寫實二派之所由分。然二者頗難分別。因大詩人所造之境,必合乎自然,所寫之境,亦必鄰於理想故也。」在創作上,他突破傳統「賦、比、興」手法,受到西方浪漫主義、寫實主義的啟發,而提出抒發主觀情感,近於心中理想的「造境」,及描述客觀事物,反映現實人生的「寫境」。但他認為二者又無法截然分開,因為大作家刻劃「造境」,無論多荒謬離奇,必合乎自然法則;描繪「寫境」,亦必經過提煉、加工,使之近於理想。

　　關於「寫境」的類型,他區分為「有我之境」和「無我之境」二種:前者即「以我觀物,故物皆著我之色彩」,如「淚眼問花花不語,亂紅飛過秋千去」,把自己的主觀情感融入景物之中;後者即「以物觀物,故不知何者為我,何者為物」,如「採菊東籬下,悠然見南山」,將自己融入客觀景物中,物我一體,渾然無別。

　　此外,他認為「無我之境」營造出的美學效果是「優美」,因為消融了主、客關係,故為一種純然的賞玩;而「有我之境」塑造出的美學氛圍是「壯美」,因為建立在主、客衝突對立之上,所以往往具有一種悲劇美。此觀點顯然受到西方美學的影響。

王國維《人間詞話》

人間詞話境界說

古今之成大事業、大學問者，必經過三種之境界：「昨夜西風凋碧樹。獨上高樓，望盡天涯路」，此第一境也。「衣帶漸寬終不悔，為伊消得人憔悴」，此第二境也。「眾裡尋他千百度，回頭驀見，那人正在燈火闌珊處」，此第三境也。

境界：此處為「階段」之意。與其「境界說」之「境界」不同。／「眾裡尋他千百度」三句：引文有誤，應作「眾裡尋他千百度，驀然回首，那人卻在燈火闌珊處」。闌珊，零星也。

大考停看聽

古往今來，凡是成就大事業、大學問的人，必定要經過三個階段：如晏殊〈蝶戀花〉詞，昨夜秋風吹落一樹的綠葉，獨自登上高樓，望盡茫茫天涯路。這是第一階段面臨挫敗，不知該何去何從。如柳永〈鳳棲梧〉詞，為了追求美好的理想，就算人為此而消瘦、憔悴，也在所不惜。這是第二階段勇往直前，無怨無悔的付出。又如辛棄疾〈青玉案・元夕〉詞，苦苦尋覓了千遍、百遍，突然回頭時，發現目標卻在某個燈火零星的角落。這是第三階段盡了一切努力，成功乍現的驚喜。

第 4 章 文集篇

境界說

內容涵意

物境 ｜ 情境

外界客觀的景物 ｜ 人內在主觀的情感

「為景物也」 ｜ 「喜怒哀樂，亦人心中之一境界」

「故能寫真景物、真感情者，謂之有境界。否則謂之無境界。」

創作方法

寫境 ｜ 造境

客觀：寫實 ｜ 主觀：理想

「因大詩人所造之境，必合乎自然；所寫之境，亦必鄰於理想故也。」

指描述客觀事物，反映現實人生的「寫境」 ｜ 指抒發主觀情感，近於心中理想的「造境」

要接近理想境地／寫實主義 ｜ 必合乎自然法則／浪漫主義

寫境

有我之境	「以我觀物，故物皆著我之色彩。」	歐陽脩〈蝶戀花〉：「淚眼問花花不語，亂紅飛過秋千去。」	壯美
無我之境	「以物觀物，故不知何者為我，何者為物。」	陶淵明〈飲酒〉二十之五：「採菊東籬下，悠然見南山。」	優美

附錄一：近年大考精選題【諸子篇】

1. 作文：《管子・權修》說：「一年之計，莫如樹穀；十年之計，莫如樹木；終身之計，莫如樹人。」樹穀、樹木、樹人實為民生國計的重大課題，時至今日，更與環境保護、社會永續發展密不可分。請以**樹穀、樹木、樹人**為題，作文一篇，闡論其旨，並申己見。【105 外交／民航／國際商務高考】

2.【C】下列的白話翻譯，何者正確？【105 臺北國中教甄】

> 景公射鳥，野人駭之。公怒，令吏誅之。晏子曰：「野人不知也。臣聞賞無功謂之亂，罪不知謂之虐。兩者，先王之禁也；以飛鳥犯先王之禁，不可！今君不明先王之制，而無仁義之心，是以從欲而輕誅。夫鳥獸，固人之養也，野人駭之，不亦宜乎！」公曰：「善！自今已後，弛鳥獸之禁，無以苛民也。」（選自《晏子春秋・內篇諫上》）

（甲）「景公射鳥，野人駭之」翻譯為「齊景公正要射鳥，然後有一個鄉野之人被嚇到了」

（乙）「臣聞賞無功謂之亂，罪不知謂之虐」翻譯為「臣下聽說獎賞沒有功勞的人稱之為亂，不讓人民知道犯罪的規定稱之為虐」

（丙）「今君不明先王之制，而無仁義之心，是以從欲而輕誅」翻譯為「今君王不明白過去君王立下的制度，而缺乏仁義百姓的心懷，這是放縱私慾而輕率進行誅殺之刑」

（丁）「自今已後，弛鳥獸之禁，無以苛民也」翻譯為「從今天以後，放

寬對於鳥獸的禁令，不讓這禁令來苛待百姓了」
(A)甲乙 (B)乙丙 (C)丙丁 (D)乙丁。

3.【C】根據下文，何者敘述正確？【大學生中文能力檢測模擬題】

> 晏子使楚。楚人以晏子短，為小門於大門之側而延晏子。晏子不入，曰：「使狗國者，從狗門入；今臣使楚，不當從此門入。」儐者更道，從大門入。（《晏子春秋・晏子使楚》）

(A)「楚人以晏子短」的「以」，解作「以為」 (B)「延晏子」的「延」，意指「拖延」 (C)「為小門於大門之側」的「為」，意即「開啟」 (D)儐者，指陪伴的賓客。

按：(A)「以」：因為 (B)「延」：延請 (C)正確 (D)儐者：負責接待賓客的人。

4.【D】下列關於先秦典籍的敘述，最適當的是：(A)《荀子》文字風格簡淨，宛如格言 (B)《老子》多長篇大論，善用譬喻說理 (C)《墨子》文章華美，深具辭采，獨樹一格 (D)《莊子》想像力豐富，善以寓言傳達哲思 【108 指考】

按：(A)《荀子》多長篇大論，善用譬喻說理 (B)《老子》文字風格簡淨，宛如格言 (C)《墨子》文章質樸，不深具辭采，獨樹一格 (D)正確

5.【A】下列文句皆出於《老子》一書，何者最適合用來闡述政令不宜繁苛？【107 警察／鐵路佐級】

(A) 治大國，若烹小鮮 (B) 治人，事天，莫若嗇 (C) 大道廢，有仁義；智慧出，有大偽 (D) 古之善為道者，非以明民，將以愚之。

按：(A) 出自《老子・第六十章》；主張為政者做好該做的事，不要過度干預人民的生活（像煎小魚一樣，不要時常翻動它）(B) 出自《老子・第五十九章》；強調愛惜精神比治理人民、修養身心更重要 (C) 出自《老子・第十八章》；反對一切人為的造作 (D) 出自《老子・第六十五章》；認為善為政者，當教老百姓淳厚樸實，而非智巧偽詐。

6. 作文：請詳細閱讀下列文章之後，請以「**損有餘，補不足**」為題，作文一篇，闡述「有餘者損之，不足者補之」的道理。【104 會計師／不動產估價師／專利師高考】

> 「天之道，其猶張弓與？高者抑之，下者舉之；有餘者損之，不足者補之。天之道，損有餘而補不足；人之道，則不然，損不足以奉有餘。孰能有餘以奉天下？唯有道者。是以聖人為而不恃，功成而不處，其不欲見賢。」（《老子・第七十七章》）

7. 翻譯：夫未戰而廟算勝者，得算多也；未戰而廟算不勝者，得算少也。多算勝，少算不勝，而況於無算乎？吾以此觀之，勝負見矣。（《孫子兵法・始計》）【中醫師／護理師／社會工作師高考模擬題】

答：參考本書〈3-7 兵者，國之大事〉

8. 【D】依下文之意，可知孫子主張：【大學生中文能力檢測模擬題】

> 凡用兵之法，全國為上，破國次之；全軍為上，破軍次之；全旅為上，破旅次之；全卒為上，破卒次之；全伍為上，破伍次之。（《孫子兵法・謀攻》）

(A) 興兵的目的在於以戰止戰 (B) 遠交近攻不失為最佳戰略 (C) 完全殲滅敵軍是戰爭的終極目標 (D) 善戰者以謀屈敵而非攻城掠地。

9. 【C】某校為弘揚儒家、墨家思想，特將新建的兩棟大樓命名為「歸仁樓」、「兼愛樓」，若欲彰顯命名宗旨，則川堂懸掛的字幅依序應是：【106 學測】

(A) 士不可以不弘毅，任重而道遠／仁者，人也，親親為大 (B) 愛人利人以得福，惡人賊人以得禍／人不獨親其親，不獨子其子 (C) 非禮勿視，非禮勿聽，非禮勿言，非禮勿動／視人之國若視其國，視人之家若視其家，視人之身若視其身 (D) 己欲立而立人，己欲達而達人／人之於身也，兼所愛；兼所愛，則兼所養也。無尺寸之膚不愛焉，則無尺寸之膚不養也。

按：(A) 出自《論語・泰伯》，下句：「仁以為己任」，為儒家思想／出自《中庸・第二十章》，談及「仁」、「親親」，亦為儒家思想 (B) 出自《墨子・兼愛上》，「愛人利人」，為墨家思想／出自《禮記・禮運・大同與小康》，為儒家思想 (C) 出自《論語・顏淵》，強調「禮」，故為儒家思想／出自《墨子・兼愛中》，為墨家思想 (D) 出自《論語・雍也》，為儒家思想／出自《孟子・告子上》，強調人要愛惜、保養自己的身體，為儒家思想。

10.【A】閱讀下文，根據墨子的看法，飾攻戰者所犯錯誤最可能是：【102指考】

> 飾攻戰者言曰：「南則荊、吳之王，北則齊、晉之君，始封於天下之時，其土地之方，未至有數百里也；人徒之眾，未至有數十萬人也。以攻戰之故，土地之博，至有數千里也；人徒之眾，至有數百萬人。故當攻戰而不可為也。」子墨子言曰：「雖四五國則得利焉，猶謂之非行道也。譬若醫之藥人之有病者然。今有醫於此，和合其祝藥之於天下之有病者而藥之，萬人食此，若醫四五人得利焉，猶謂之非行藥也。」
> （《墨子‧非攻中》）

(A) 以偏概全 (B) 損人利己 (C) 貪得無厭 (D) 顧此失彼。

11.【C】「子墨子言曰古者有語曰君子不鏡於水而鏡於人鏡於水見面之容鏡於人則知吉與凶」（《墨子‧非攻中》）上列文字，以現代標點符號斷句，最正確的選項是：【106新竹東興國中教甄】

(A) 子墨子言曰，古者有語曰，君子不鏡於水而鏡於人，鏡於水見面之容，鏡於人則知吉與凶。 (B) 子墨子言曰：「古者有語曰，君子不鏡於水，而鏡於人。鏡於水，見面之容，鏡於人，則知吉與凶。」 (C) 子墨子言曰：「古者有語曰：『君子不鏡於水，而鏡於人。鏡於水，見面之容；鏡於人，則知吉與凶。』」 (D) 子墨子言曰：「古者有語曰：『君子不鏡於水而鏡於人。鏡於水，見面之容。鏡於人，則知吉與凶。』」

12.【C】「公輸盤為楚造雲梯之械，成，將以攻宋。子墨子聞之，起於齊，裂裳裹足，日夜不休。行十日十夜而至於郢，見公輸盤。公輸盤曰：『夫子何命焉為？』子墨子曰：『北方有侮臣，願藉子殺之。』公輸盤不說。子墨子曰：『請獻十金。』公輸盤曰：『吾義固不殺人。』子墨子起，再拜曰：『請說之。吾從北方，聞子為梯，將以攻宋，宋何罪之有？荊國有餘於地，而不足於民，殺所不足，而爭所有餘，不可謂智。宋無罪而攻之，不可謂仁。知而不爭，不可謂忠。爭而不得，不可謂強。義不殺少而殺眾，不可謂知類。』公輸盤服。」（《墨子‧公輸篇》）依上文所述，墨子採用何種談辯技巧，達到屈服對手的目的？【105地方公務員】

(A) 義正詞嚴，斥責公輸盤行為之非 (B) 諄諄教誨，以利害關係勸公輸盤 (C) 巧妙設喻，以激發對方類推反思 (D) 氣急敗壞，指責對方於道德有虧。

13.【B】「海上之人有好漚鳥者，每旦之海上，從漚鳥游，漚鳥之至者百住而不止。其父曰：『吾聞漚鳥皆從汝游，汝取來，吾玩之。』明日之海上，漚鳥舞而不下也。故曰：至言去言，至為無為。齊智之所知，則淺矣。」（《列子‧黃帝》）關於此文意涵，下列敘述何者正確？【106司法／調查／海巡高考】

(A) 漚鳥之特性，不喜與不熟識之人接近 (B) 漚鳥因為察覺人的機心而不願飛下來 (C) 人與動物之間本

有隔閡，應順時隨緣，不必強求 (D) 其父欲與漚鳥接近，應先學習「至言去言」的策略。

14.【C】文中所謂「不獲所命」是何意思?【大學生中文能力檢測模擬題】

> 　　楊子之鄰人亡羊，既率其黨，又請楊子之豎追之。楊子曰：「嘻！亡一羊，何追者之眾？」鄰人曰：「多歧路。」既反，問：「獲羊乎？」曰：「亡之矣。」曰：「奚亡之?」曰：「歧路之中又有歧焉，吾不知所之，所以反也。」楊子戚然變容，不言者移時，不笑者竟日。門人怪之，請曰：「羊，賤畜；又非夫子之有，而損言笑者，何哉？」楊子不答。門人不獲所命。弟子孟孫陽出以告心都子。……心都子曰：「大道以多歧亡羊，學者以多方喪生。學非本不同，非本不一，而末異若是。唯歸同反一，為亡得喪。子長先生之門，習先生之道，而不達先生之況也，哀哉！」(《列子‧歧路亡羊》)

(A) 沒獲得老師的首肯 (B) 沒獲得老師的命令 (C) 想不通老師的想法 (D) 想不到命運如此。

15. 翻譯：藐姑射之山，有神人居焉。肌膚若冰雪，綽約若處子。不食五穀，吸風飲露。乘雲氣，御飛龍，而遊乎四海之外。其神凝，使物不疵癘而年穀熟。(《莊子‧逍遙遊》)【102 中醫師／護理師／社會工作師高考】

答：參考本書〈3-15 小知不及大知，小年不及大年〉

☆填充：《莊子‧逍遙遊》云：「_____，_____，小年不及大年。」【2019 大

陸高考模擬題】

解答：小知不及大知

16.【B】「惠子（施）謂莊子曰：『魏王貽我大瓠之種，我樹之成而實五石。以盛水漿，其堅不能自舉也；剖之以為瓢，則瓠落無所容。非不呺然大也，吾為其無用而掊之。』莊子曰：『夫子固拙於用大矣……今子有五石之瓠，何不慮以為大樽而浮乎江湖，而憂其瓠落無所容？則夫子猶有蓬之心也夫！』」(《莊子‧逍遙遊》) 惠施之所以掊壞大瓠，原因在於：【107 公務員初等】
(A) 大瓠無法順利製作成為容器 (B) 大瓠採收後因體積太大而無法使用 (C) 大瓠製作而成的大樽無處能夠容納 (D) 大瓠的中心已被蓬草充填而無法使用。

17. 申論：《莊子‧齊物論》中之「罔兩問景曰：『曩子行，今子止；曩子坐，今子起。何其無特操與？』景曰：『吾有待而然者邪？吾所待又有待而然者邪？吾待蛇蚹蜩翼邪？惡識所以然？惡識所以不然？』」試申其義。【106 臺北大學轉學考】

答：參考本書〈3-17 不知周之夢為胡蝶與？胡蝶之夢為周與？〉

18.【B】《莊子‧養生主》云：「吾生也有涯，而知也無涯。以有涯隨無涯，殆已。已而為知者，殆而已矣。為善無近名，為惡無近刑，緣督以為經。可以保身，可以全生，可以養親，可以盡年。」以下敘述何者正確?【104 國中教甄模擬題】

(A) 生命有時而盡，要認真追求新知 (B) 依循中道而行，可以養生 (C) 順著經督二脈練氣，可以養生 (D) 為善不欲人知，為惡不畏刑罰。

19.【B】〈養生主〉：「老聃死，秦失弔之，三號而出。弟子曰：『非夫子之友邪？』曰：『然。』『然則弔焉若此，可乎？』曰：『然。始也，吾以為其人也，而今非也。向吾入而弔焉，有老者哭之，如哭其子；少者哭之，如哭其母。彼其所以會之，必有不蘄言而言，不蘄哭而哭者；是遁天倍情，忘其所受，古者謂之遁天之刑。適來，夫子時也；適去，夫子順也。安時而處順，哀樂不能入也，古者謂是帝之懸解。』」下列敘述，何者正確？【105 地方公務員】

(A) 秦失認為根本不必為老聃辦喪禮 (B) 秦失認為老聃之死是順應天命，故不必過度傷心 (C) 秦失不了解老聃，所以不是真心為老聃之死感到難過 (D) 秦失認為參加弔喪儀式，應哀痛哭泣，以表達對死者之感情。

20.【C】下列何者符合惠子、莊子二人對有情無情的看法？【107 學測】

> 惠子謂莊子曰：「人故无情乎？」莊子曰：「然。」惠子曰：「人而无情，何以謂之人？」莊子曰：「道與之貌，天與之形，惡得不謂之人？」惠子曰：「既謂之人，惡得无情？」莊子曰：「是非吾所謂情也。吾所謂无情者，言人之不以好惡內傷其身，常因自然而不益生也。」（《莊子·德充符》）

(A) 惠子：人的形貌乃根源於無情
(B) 惠子：人既可無情亦可以有情
(C) 莊子：不因情傷天性是謂無情
(D) 莊子：順自然而無情不利養生。

21.【B】「去！汝鄙人也，何問之不豫也？予方將與造物者為人，厭，則又乘夫莽眇之鳥，以出六極之外，而遊無何有之鄉，以處壙垺之野。」依據上文所述，最接近哪一家思想？【107 公務員初等】

(A) 儒家 (B) 道家 (C) 墨家 (D) 農家。

22.【A.C.D】複選：閱讀下列二則寓言，選出敘述正確的選項：【104 學測】

> 甲、夫鵷鶵，發於南海而飛於北海，非梧桐不止，非練實不食，非醴泉不飲。於是鴟得腐鼠，鵷鶵過之，仰而視之曰：「嚇！」（《莊子·秋水》）
> 乙、梟逢鳩。鳩曰：「子將安之？」梟曰：「我將東徙。」鳩曰：「何故？」梟曰：「鄉人皆惡我鳴，以故東徙。」鳩曰：「子能更鳴可矣，不能更鳴，東徙猶惡子之聲。」（劉向《說苑·說叢》）

(A) 甲用南海、北海、梧桐、練實、醴泉等意象來襯寫鵷鶵的襟懷和堅持 (B) 乙的梟將東徙，是因為曲高和寡，不被濁世所容，所以打算遠離塵網 (C) 甲以行為描述來呈現禽鳥的心理，乙則藉對話內容來表達禽鳥的想法 (D) 二寓言皆以禽鳥間的互動為故事主軸，寄寓作者對人世的觀察及諷諭 (E) 鴟和鳩皆目光短淺之徒，不能理解鵷鶵和梟，猶如燕雀難知鴻鵠之志。

子集

圖解大考子集古文：精煉閱讀寫作·探解試題

23. 作文:《莊子‧山木》中,大樹因為
「無所可用」,得以終其天年;主
人家的鵝卻因為「不能鳴」,而淪
為盤中飧。試以「有用與無用」為
題,作文一篇,闡述己見。【公職模
擬題】

24.【D】下文中匠石無法為宋元君示範
「堊鼻運斤」的絕技,原因是下列
哪一選項?【103 教師資格檢定】

> 莊子送葬,過惠子之墓,顧謂
> 從者曰:「郢人堊漫其鼻端若蠅翼,
> 使匠石斲之。匠石運斤成風,聽而
> 斲之,盡堊而鼻不傷,郢人立不失
> 容。宋元君聞之,召匠石曰:『嘗試
> 為寡人為之。』匠石曰:『臣則嘗能
> 斲之。雖然,臣之質死久矣。』自
> 夫子之死也,吾無以為質矣,吾無
> 與言之矣。」(《莊子‧徐无鬼》)

(A) 缺乏卓越的技巧 (B) 缺乏足夠
的賞賜 (C) 缺乏明確的質的 (D) 缺
乏有默契的對手。

25.【A】語言和它所指稱的內容,可視
為名和實的關係。下列有關先秦諸
子名實關係的論述,依儒家、道家、
法家、名家的順序排列,正確的選
項是:【104 指考】

甲、得意忘言 乙、正名定分 丙、
循名責實 丁、白馬非馬
(A) 乙甲丙丁 (B) 乙丁甲丙 (C) 丙甲
乙丁 (D) 丙丁乙甲。

26.【D】閱讀下文,並推論何者是它「隱
含的要旨」?【96 四技/二專統測】

> 西方有木焉,名曰「射干」,莖
> 長四寸,生於高山之上,而臨百仞
> 之淵。木莖非能長也,所立者然也。
> (《荀子‧勸學》)

(A) 真知灼見,才能引領風騷 (B)
虛懷若谷,才可日進有功 (C) 立身
高潔,方能洞悉真相 (D) 從師問學,
方可提升視野。

27. 翻譯:治氣養心之術:血氣剛強,
則柔之以調和;知慮漸深,則一之
以易良;勇膽猛戾,則輔之以道順;
齊給便利,則節之以動止;狹隘褊
小,則廓之以廣大;卑溼重遲貪利,
則抗之以高志;庸眾駑散,則劫之
以師友;怠慢僄棄,則炤之以禍災;
愚款端愨,則合之以禮樂,通之以
思索。凡治氣養心之術,莫徑由禮,
莫要得師,莫神一好。夫是之謂治
氣養心之術也。(《荀子‧修身》)
【103 中醫師/護理師/社會工作
師高考】

答:參考本書〈3-27 凡治氣養心之
術,莫徑由禮〉

28.【A】《荀子‧禮論》:「芻豢稻粱，五味調香，所以養□也;椒蘭芬苾，所以養□也;雕琢刻鏤，黼黻文章，所以養□也;鍾鼓管磬，琴瑟竽笙，所以養□也;疏房檖貌，越席床笫几筵，所以養□也。」空格內應填入:【105 臺師大轉學考】(A)口、鼻、目、耳、體 (B)口、耳、體、鼻、目 (C)鼻、體、目、口、耳 (D)鼻、目、口、耳、體。

29.【A.B.C】複選:依據下文，關於法家國君治術的敘述，適當的是:【107 指考】

> 人主之道，靜退以為寶。不自操事而知拙與巧，不自計慮而知福與咎。是以不言而善應，不約而善增。言已應則執其契，事已增則操其符。符契之所合，賞罰之所生也。故群臣陳其言，君以其言授其事，事以責其功。功當其事，事當其言，則賞;功不當其事，事不當其言，則誅。明君之道，臣不得陳言而不當。是故明君之行賞也，曖乎如時雨，百姓利其澤;其行罰也，畏乎如雷霆，神聖不能解也。故明君無偷賞，無赦罰。賞偷則功臣墮其業，赦罰則奸臣易為非。是故誠有功則雖疏賤必賞，誠有過則雖近愛必誅。疏賤必賞，近愛必誅，則疏賤者不怠，而近愛者不驕也。(《韓非子‧主道》)

(A) 不自操事、不自計慮，顯示法家的治術也重虛靜無為 (B) 行時雨之賞、雷霆之罰，根於法家趨利避害的人性論 (C) 因臣子之言而授其事、責其功，循名責實以施行賞罰 (D) 嚴罰以防奸，偷賞以勵善，建構恩威並施的管理方法 (E) 賞疏賤、誅近愛，令疏賤者自戒不驕，近愛勤勉不怠。

30.【A】下列「」中的解釋，錯誤的是哪一選項?【104 教師資格檢定】

> 管仲、隰朋從於桓公而伐孤竹，春往冬反，迷惑失道，管仲曰:「老馬之智可用也。」乃放老馬而隨之，遂得道。行山中無水，隰朋曰:「蟻冬居山之陽，夏居山之陰，蟻壤一寸而仞有水。」乃掘地，遂得水。以管仲之聖，而隰朋之智，至其所不知，不難師於老馬與蟻，今人不知以其愚心而師聖人之智，不亦過乎!(《韓非子‧說林上》)

(A) 遂得「道」:方法 (B)「從」於桓公:跟隨 (C) 不亦「過」乎:錯誤 (D) 山之「陽」:指山的南面。

按:(A) 道:路也。

31.【D】先秦學院舉辦諸子講座，邀請學者依照各自學說配合時事演講，以下演講的題目與諸子思想的搭配何者最適宜?【108 二技統測】(A) 韓非:現代桃花源──人民當家，與民同樂 (B) 蘇秦:簡單‧節約‧愛地球──環保自然葬 (C) 墨子:貨出去，人進來──跨國經濟合作的經營 (D) 莊子:預約一場心靈 SPA──擁抱逍遙自在的人生

按:(A) 孟軻:現代桃花源──人民當家，與民同樂 (《孟子‧梁惠王下》:與民同樂) (B) 墨翟:簡單‧節約‧愛地球──環保自然葬 (《墨子》:節用、薄葬) (C) 蘇秦:貨出去，人進來──跨國經濟合作的經營 (蘇秦:六國「合縱」) (D) 正確

32.【D】以下何者是這篇文章的主旨？
【107 屏東國小／幼兒園教甄】

> 　　鄭人有欲買履者，先自度其足，而置之其坐。至之市，而忘操之。已得履，乃曰：「吾忘持度！」反歸取之。及反，市罷，遂不得履。人曰：「何不試之以足？」曰：「寧信度，無自信也。」（《韓非子‧外儲說左上》）

(A) 做事情要事先規劃 (B) 要相信
自己做得到 (C) 人要有原則不苟且
(D) 遇事要能懂得變通。

33. 寫作題：(1) 請說明公儀休為何「夫
唯嗜魚，故不受也」？請依據下文
提示，闡釋個人的看法。(2) 就文
中所述，請推斷公儀休為官的原則
是什麼？說明之後請加以簡要評論
之。【學測模擬題】

> 　　公儀休相魯，而嗜魚。一國盡爭買魚而獻之，公儀子不受。……曰：「夫唯嗜魚，故不受也。夫即受魚，必有下人之色。有下人之色，則枉於法。枉於法，則免於相。免於相，此不必能致我魚，我又不能自給魚。即無受魚，而不免於相，雖嗜魚，我能長自給魚。」此明夫恃人不如自恃也；明於人之為己者，不如己之自為也。（《韓非子‧外儲說右下‧公儀休相魯》）

答：(1) 公儀休認為如果接受別人的
饋贈就容易做出違法的事。一旦違
法，很可能要離職；到時不但沒人送
他魚，他丟了工作也沒錢自己買魚
吃。(2) 公儀休的原則：a. 清廉守法，
不接受賄賂，即使是小東西（魚）
也不行。b. 因為堅決不受賄，所以可
以維持自己的立場，凡事秉公處理。

c. 靠別人不如靠自己，想吃魚，自己
買最實際！

34. 翻譯：今有法曰：「斬首者，令為醫、
匠。」則屋不成而病不已。夫匠者，
手巧也；醫者，齊藥也。而以斬首
之功為之，則不當其能。今治官者，
智能也；今斬首者，勇力之所加也。
以勇力之所加，而治智能之官，是
以斬首之功為醫、匠也。（《韓非
子‧定法》）【107 中醫師／護理師／
社會工作師高考】

答：參考本書〈3-34 君無術則弊於
上，臣無法則亂於下〉

35.【C】「越人三世殺其君，王子搜患
之，逃乎丹穴。越國無君，求王子
搜而不得，從之丹穴。王子搜不肯
出，越人薰之以艾，乘之以王輿，
王子搜援綏登車，仰天而呼曰：『君
乎，獨不可以舍我乎！』王子搜非
惡為君也，惡為君之患也。若王子
搜者，可謂不以國傷其生矣，此固
越人之所欲得而為君也。」下列對
於王子搜的敘述，何者最能符合上
文之意？【107 外交／民航／國際商
務高考】

(A) 是唯一合法繼承人 (B) 其王位
是君權天授 (C) 為求保命寧棄王位
(D) 想要煉丹得道成仙。

36.【B】依據下文，符合全文旨意的選
項是：【106 指考】

> 　　彊令之笑不樂；彊令之哭不悲；彊令之為道也，可以成小，而不可以成大。岳醢黃，蚋聚之，有酸，

徒水則必不可。以貍致鼠，以冰致蠅，雖工，不能。以茹魚去蠅，蠅愈至，不可禁，以致之之道去之也。桀、紂以去之之道致之也，罰雖重，刑雖嚴，何益？（《呂氏春秋‧仲春紀‧功名》）

茹魚：腐臭的魚。

(A) 興衰成敗有數，不可力強而致
(B) 治國悖離民心，如同為淵驅魚
(C) 大材不宜小用，割雞焉用牛刀
(D) 國君用人之術，務在明賞慎罰。

37.【B】《呂氏春秋‧季春紀》：「內則用六戚四隱，外則用八觀六驗，人之情偽貪鄙美惡，無所失矣。」關於「八觀」、「六驗」、「六戚」、「四隱」的說法，下列何者正確？【公職模擬題】

(A)「六戚」、「四隱」是用來修養自身的基本法則 (B)「八觀」「六驗」可以用來檢視一個人出仕後的所作所為 (C)「六戚」指父親、兄弟、族人 (D)「四隱」指隱居、隱退、隱身、隱名。

38.【B】依據下文，「善相人者」所以能提出研判，係因掌握人際互動的何種特質？【105 四技／二專統測】

荊有善相人者，所言無遺策，聞於國，莊王見而問焉。對曰：「臣非能相人也，能觀人之友也。」（《呂氏春秋‧不苟論‧貴當》）

(A) 人云亦云 (B) 物以類聚 (C) 樹大招風 (D) 趨利避害。

39.【D】閱讀本文，下列選項何者為非？【大學生中文能力檢測模擬題】

往古之時，四極廢，九州裂，天不兼覆，地不周載。火爁炎而不滅，水浩洋而不息，猛獸食顓民，鷙鳥攫老弱。於是女媧煉五色石以補蒼天，斷鼇足以立四極，殺黑龍以濟冀州，積蘆灰以止淫水。蒼天補，四極正，淫水涸，冀州平，狡龍死，顓民生。（劉安《淮南子‧覽冥訓》）

(A) 這是一則與母系社會相關的神話 (B)「淫水涸」意指氾濫的洪水乾涸了 (C)「顓民生」指善良的人民存活下來 (D) 此即「女媧補天」的傳說。

按：(D)「女媧補天」是神話。

40.【B】下列敘述，何者符合文中人物的形象？【102 臺北大學進修學士班入學考】

解扁為東封，上計而入三倍，有司請賞之。文侯曰：「吾土地非益廣也，人民非益眾也，入何以三倍？」對曰：「以冬伐木而積之，於春浮之河而鬻之。」文侯曰：「民春以力耕，夏以強耘，秋以收斂，冬間無事，又伐林而積之，負輈林浮之河，是用民不得休息也。民以弊矣，雖有三倍之入，將焉用之？」此有而可罪者。（《淮南子‧人間訓》）

(A) 解扁：具經濟長才，能使國富民安 (B) 文侯：愛惜民力，使國家長治久安 (C) 解扁：有功於國，卻被誤會而遭罰 (D) 文侯：難免有私心，無法賞罰分明。

41.【D】依據甲圖、乙文，下列敘述何者正確？【107 四技／二專統測】

【甲】

（宓子賤為單父宰）

陽晝：有釣道二焉，請以送子。

宓子賤：釣道奈何？

迎而吸之者，「陽橋」也，其為魚，薄而不美。若食若不食者，「魴」也，其為魚，博而厚味。

善。

陽橋者至矣。

（未至單父，冠蓋迎之者交接於道）

請者老尊賢者共治單父。

者老尊賢者

【乙】宓子賤治單父，彈鳴琴，身不下堂而單父治。巫馬期亦治單父，以星出，以星入，日夜不出，以身親之，而單父亦治。巫馬期問其故於宓子賤，宓子賤曰：「我之謂任人，子之謂任力。任力者固勞，任人者固佚。」（劉向《說苑・政理・宓子賤為單父宰》）

(A) 宓子賤因治理單父頗有窒礙，遂向陽晝請益 (B) 宓子賤得陽晝建議，先往陽橋學習釣魚之道 (C) 巫馬期樂於以自身的經驗，傳授宓子賤治理訣竅 (D) 就發生時間而言，乙文的對話應晚於甲圖的對話。

42.【D】下列成語，何者最符合畫底線處虞、芮之君的表現？【106 四技／二專統測】

　　虞、芮二國爭田而訟，連年不決。乃相謂曰：「西伯，仁人也。盍往質之？」入其境，則耕者讓畔，行者讓路；入其邑，男女異路，斑白不提挈；入其朝，士讓為大夫，大夫讓為卿。虞、芮之君曰：「嘻！吾儕小人也，不可以履君子之庭。」遂自相與而退，咸以所爭之田為閒田矣。（《孔子家語・好生》）

(A) 不自量力 (B) 妄自菲薄 (C) 畫地自限 (D) 反躬自責。

43.【C】關於子思「不能事君」的原因，下列敘述錯誤的選項是：【106 學測】

　　子思見老萊子，老萊子聞穆公將相子思，老萊子曰：「若子事君，將何以為乎？」子思曰：「順吾性情，以道輔之，無死亡焉。」老萊子曰：「不可順子之性也，子性剛而傲不肖，又且無所死亡，非人臣也。」子思曰：「不肖，故人之所傲也。夫事君，道行言聽，則何所死亡？道不行，言不聽，則亦不能事君，所謂無死亡也。」老萊子曰：「子不見夫齒乎？雖堅剛，卒盡相摩；舌柔順，終以不弊。」子思曰：「吾不能為舌，故不能事君。」（《孔叢子・抗志》）

(A) 不能順己性情 (B) 不願愚忠枉死 (C) 無法為民喉舌 (D) 難以道行言聽。

44.【A】本文旨在譏諷世人：【大學生中文能力檢測模擬題】

> 世人多蔽，貴耳賤目，重遙輕近。少長周旋，如有賢哲，每相狎侮，不加禮敬；他鄉異縣，微藉風聲，延頸企踵，甚於飢渴。校其長短，覈其精麤，或彼不能如此矣。所以魯人謂孔子為東家丘，昔虞國宮之奇，少長於君，君狎之，不納其諫，以至亡國，不可不留心也。（顏之推《顏氏家訓・慕賢》）

(A) 貴遠賤近 (B) 貴古賤今 (C) 貴長賤少 (D) 貴虛賤實

45. 寫作：《論語・憲問》記載：「子曰：古之學者為己，今之學者為人。」孔子將古今的「學者」，分為「為己」、「為人」兩類。顏之推《顏氏家訓・勉學》又載：「古之學者為己，以補不足也；今之學者為人，但能說之也。古之學者為人，行道以利世也；今之學者為己，脩身以求進也。」可見古今「學者」究竟是「為己」或「為人」，詮釋不同，未必能一概定之。但這些論述，其實共同朝向知識分子讀書治學的動機和意義議題。爰此，請以「學者的為己與為人」為題，寫一篇議論性的短文；文長三百字以內。【107政大碩班入學考】

46.【A】依據引文，下列選項最符合文意的是：【107公務員高等】

> 夫養生者先須慮禍，全身保性，有此生然後養之，勿徒養其無生也。單豹養於內而喪外，張毅養於外而喪內，前賢所戒也。嵇康著養生之論，而以傲物受刑；石崇冀服餌之徵，而以貪溺取禍，往世之所迷也。（顏之推《顏氏家訓・養生》）

(A) 養生應先躲避禍患，否則談養生皆屬徒然 (B) 單豹張毅完全不知養生，所以為前賢所戒 (C) 嵇康因過於精通養生之理，反而招來災禍 (D) 石崇過分耽溺於服用藥石，反而傷害身體。

47.【D】「漫浪誦讀，絕不能記，記亦不能久也。」為何這種讀書方式，記不住書本上的知識呢？【大學生中文能力檢測模擬題】

> 凡讀書，須整頓几案，令潔淨端正，將書冊整齊頓放，正身體，對書冊，詳緩看字，仔細分明讀之。須要讀得字字響亮，不可誤一字，不可少一字，不可多一字，不可倒一字，不可牽強暗記，只是要多誦數遍，自然上口，久遠不忘。古人云：「讀書千遍，其義自現。」謂讀得熟，則不待解說，自曉其義也。
>
> 余嘗謂：「讀書有三到，謂心到、眼到、口到。」心不在此，則眼不看仔細，心眼既不專一，卻只漫浪誦讀，絕不能記，記亦不能久也。三到之中，心到最急。心既到矣，眼口豈不到乎？（宋・黎靖德《朱子語類》卷十）

(A) 桌面太過凌亂 (B) 誦讀的次數太少 (C) 不能融會貫通 (D) 心眼不夠專一。

48.【C】下文朱熹以「吃糖」為喻，目

（甲）近日學者病在好高，讀《論語》，未問「學而時習」，便說「一貫」；《孟子》，未言「梁王問利」，便說「盡心」。
（乙）或問：「孟子說『仁』字，義甚分明，孔子都不曾分曉說，是如何？」曰：「孔子未嘗不說，只是公自不會看耳。譬如今沙糖，孟子但說糖味甜耳。孔子雖不如此說，卻只將那糖與人吃。人若肯吃，則其味之甜，自不待說而知也。」

(A) 在教學方法上，孔子的身教優於孟子的言教 (B) 孔子說理直截了當，語重心長；孟子辯才無礙，得理不饒人 (C) 孔子雖少講理論，實教人透過生活實踐以體悟道理 (D)「仁」因孟子的解釋分曉，才得以確立為儒家學說的核心。

49. 翻譯：黃宗羲《明夷待訪錄・原君》：「有生之初，人各自私也，人各自利也；天下有公利而莫或興之，有公害而莫或除之。有仁者出，不以一己之利為利，而使天下受其利，不以一己之害為害，而使天下釋其害。此其人之勤勞，必千萬於天下人。夫以千萬倍之勤勞，而己又不享其利，必非天下之人情所欲居也。」【中醫師／護理師／社會工作師高考模擬題】

答：參考本書〈3-49 古者以天下為主，君為客〉

50.【D】朱柏廬《朱子治家格言》：「黎明即起，灑掃庭除，要內外整潔。既昏便息，關鎖門戶，必親自檢點。

一粥一飯，當思來處不易；半絲半縷，恆念物力維艱。宜未雨而綢繆，毋臨渴而掘井。自奉必須儉約，宴客切勿留連。器具質而潔，瓦缶勝金玉；飲食約而精，園蔬勝珍饈。勿營華屋，勿謀良田。」下列哪一個選項，不是作者所揭櫫的生活要點？【105 新北國中教甄】
(A) 早起 (B) 節約 (C) 整潔 (D) 豁達。

附錄二：近年大考精選題【文集篇】

1.【D】孔子自衛反魯，過隱谷之中，見薌蘭獨茂，喟然嘆曰：「夫蘭當為王者香，今乃獨茂，與眾草為伍，譬猶賢者不逢時，與鄙夫為倫也。」本文借物託寓，其主旨為：【107 公務員初等】
(A) 蘭花落難，如人落井下石 (B) 蘭花獨開，如人孤芳自賞 (C) 蘭與草木雜生，如人與世浮沉 (D) 蘭與群草為伍，如人不用於世。

2.【C.D.E】複選：〈馮諼客孟嘗君〉：「孟嘗君客我」，「客」是名詞當動詞使用。下列文句「」內的詞，也將名詞當動詞使用的是：
(A) 眾人皆醉，何不「餔」其糟而歠其醨 (B) 載舟覆舟，所宜深慎，奔車朽「索」，其可忽乎 (C) 又謀諸篆工，作古窾焉；「匣」而埋諸土，朞年出之 (D) 使史公更敝衣草屨，背筐，「手」長鑱，為除不潔者 (E) 雖無絲竹管絃之盛，一「觴」一詠，亦足以暢敘幽情【108 指考】
按：(A)「餔」，動詞，吃 (B)「索」，名詞，繩索 (C)「匣」，名詞→動詞，放入盒中 (D)「手」，名詞→動詞，拿 (E)「觴」，名詞→動詞，以酒杯飲酒

3. 作文：王粲〈登樓賦〉：「覽斯宇之所處兮，實顯敞而寡仇。挾清漳之通浦兮，倚曲沮之長洲。背墳衍之廣陸兮，臨皋隰之沃流。北彌陶牧，西接昭丘。華實蔽野，黍稷盈疇。雖信美而非吾土兮，曾何足以少留？」此乃作者滯留荊州時，登襄陽城樓的思鄉之作。描寫荊襄風景雖好，但終非故土，因而引起無限鄉關之思。請以「登樓」為題，作文一篇，暢述您的所見所聞、所思所感。【公職模擬題】

4.【A】針對以下引文，哪一個選項的說明正確？【106 臺北國中教甄】

> 南宋謝枋得《文章軌範》引安子順之說：「讀〈出師表〉不哭者不忠，讀〈陳情表〉不哭者不孝，讀〈祭十二郎文〉不哭者不慈」，此三文遂被並稱為抒情佳篇而傳誦於世。

(A)《文章軌範》是一本文選評集，入選韓愈的文章最多，蘇軾文章其次 (B)〈出師表〉三國諸葛亮作，是寫給劉禪的書信，力主「親賢臣，遠小人」 (C)〈陳情表〉東晉李密作，是寫給晉武帝的奏章，敘述祖母撫育自己的大恩 (D)〈祭十二郎文〉唐代韓愈作，是悼念堂弟老成的文章，提到自己身體狀況。

按：(A) 正確 (B) 表：古代臣子向君王陳述事理、闡發主張或提出請求的公文。〈出師表〉不是書信 (C) 李密（224～?）是西晉人；敘祖母撫育之大恩，及他欲奉養祖母之孝心 (D) 韓老成是韓愈的姪子。

☆填充：諸葛亮〈出師表〉云：「親賢臣，遠小人，＿＿＿＿＿＿＿＿；親小人，遠賢臣，＿＿＿＿＿＿＿＿。」【2018 大陸高考模擬題】

解答：此先漢所以興隆也／此後漢所以傾頹也

5. 問答：為何人可以透過書寫而不朽？請依據下文提示，闡釋曹丕的看法？【104 學測】

> 蓋文章，經國之大業，不朽之盛事。年壽有時而盡，榮樂止乎其身，二者必至之常期，未若文章之無窮。是以古之作者，寄身於翰墨，見意於篇籍，不假良史之辭，不託飛馳之勢，而聲名自傳於後。（曹丕〈典論論文〉）

答：人的壽命有窮盡之時，人生的尊榮、逸樂也僅止於有生之年，這些都有一定的期限，只有把個人的思想、情感寄託在文章中，才能長久流傳，永垂不朽。

6. 【B】「鴟梟鳴衡軛，豺狼當路衢。蒼蠅間白黑，讒巧令親疏。」（曹植〈贈白馬王彪〉）上文意旨與下列何者最相近？【公務員高等模擬題】
(A) 虺蜴為心，豺狼成性 (B) 狐狸夾兩轅，豺狼當路立 (C) 出門無人聲，豺狼號且吠 (D) 豺狼在邑龍在野，王孫善保千金軀。

按：曹植〈贈白馬王彪〉以「鴟梟」、「豺狼」、「蒼蠅」比喻進讒言巧語、竊據要津、混淆黑白、挑撥離間，而使人骨肉疏離的小人。(A) 出自駱賓王〈討武曌檄〉；是說武則天心腸狠毒、性情殘暴 (B) 出自潘尼〈迎大駕〉（此詩作於「八王之亂」時，西征途中）；化用《漢書》「豺狼當道，何問狐狸」之典，用狐狸比佞臣、豺狼喻諸王，指惡人把持朝政之意 (C) 出自蔡琰〈悲憤詩〉；寫她從南匈奴歸來，家園歷經戰禍，人去樓空，豺狼出沒，一片蕭條景象 (D) 出自杜甫〈哀王孫〉；以豺狼比安、史叛軍，龍則借喻為大唐天子。

7. 作文：嵇康〈答難養生論〉云：「養生有五難：名利不滅，此一難也；喜怒不除，此二難也；聲色不去，此三難也；滋味不絕，此四難也；神慮消散，此五難也。」請就此議題，撰文一篇，闡述你的觀點。【106 中醫師／護理師／社會工作師高考】

8. 【A】下文中「一死生」和「齊彭殤」意謂「視死和生為一，視長壽和短命相齊」，「一」和「齊」均活用為動詞，相當於白話文「把～當成～」之意。下列文句「」內，何者也有相同的用法？【105 四技／二專統測】

> 每覽昔人興感之由，若合一契，未嘗不臨文嗟悼，不能喻之於懷。固知一死生為虛誕，齊彭殤為妄作。（王羲之〈蘭亭集序〉）

(A) 漁樵於江渚之上，「侶」魚蝦而友麋鹿 (B) 蓋君子審己以「度」人，故能免於斯累 (C) 君家所寡有者以義耳！竊以為君「市」義 (D) 史公「治」兵，往來桐城，必躬造左公第。

按：(A) 出自蘇軾〈前赤壁賦〉；「侶」：轉品，名詞作動詞用，以～為伴侶 (B) 出自曹丕〈典論論文〉；「度」：音「剁」，衡量 (C) 出自《戰國策・齊策・馮諼客孟嘗君》；「市」：買也 (D) 出自方苞〈左忠毅公軼事〉；「治」：動詞，率領。

☆簡答：王羲之〈蘭亭集序〉中，用哪兩句來說明人生命長短隨造化的安排，最後都難免一死？_____，_____。【2015 大陸高考模擬題】

解答：況脩短隨化／終期於盡

9.【A】陶淵明〈歸去來兮辭〉:「歸去來兮,請息交以絕游。世與我而相違,復駕言兮焉求?悅親戚之情話,樂琴書以消憂。農人告余以春及,將有事於西疇。」本文旨意為:【106司法/調查/海巡高考】

(A) 宣示遠離塵俗回歸田園自然 (B) 提醒別人從此不再跟他往來 (C) 昭告天下從此隱逸與世隔絕 (D) 思考農人為何甘於平淡生活。

☆填充:陶淵明〈歸去來兮辭〉云:「＿＿＿＿＿非吾願,＿＿＿＿＿不可期。懷良辰以孤往,或植杖而耘耔。登東皐以＿＿＿＿＿,臨清流而＿＿＿＿＿。」【2015大陸高考模擬題】

解答:富貴/帝鄉/舒嘯/賦詩

10.【A】下列各組「」內的詞,何者意義相同?【103四技/二專統測】

(A)「寄」蜉蝣於天地/到台北以後,學校宿舍成為我的「寄」身之處 (B) 男女衣著,「悉」如外人/同學們得「悉」此事,都感到十分訝異 (C) 遷客「騷」人,多會於此/公司即將裁員的消息引起一陣「騷」動 (D) 引氣不齊,巧拙有「素」/領國家俸祿的公務員豈能尸位「素」餐。

按:(A) 出自蘇軾〈前赤壁賦〉;寄居、暫時託身/暫時託身 (B) 出自陶淵明〈桃花源記〉;全、都/知道 (C) 出自范仲淹〈岳陽樓記〉;憂愁 (因屈原作〈離騷〉,敘述自身遭遇憂愁,故後世稱詩人或失意的文人為「騷人」) /擾動 (D) 出自曹丕〈典論論文〉;素,為本質,指人的性情/尸位素餐:占著職位領著俸祿卻不做事。

☆填充:陶淵明〈桃花源記〉云:「土地平曠,＿＿＿＿＿＿＿＿,有良田、美池、桑、竹之屬,＿＿＿＿＿＿＿＿,＿＿＿＿＿＿＿＿。」【2016大陸高考模擬題】

解答:屋舍儼然/阡陌交通/雞犬相聞

11.【B】根據引文,下列選項正確的是:【107公務員初等】

華歆、王朗俱乘船避難,有一人欲依附,歆輒難之。朗曰:「幸尚寬,何為不可?」後賊追至,王欲舍所攜人。歆曰:「本所以疑,正為此耳。既已納其自託,寧可以急相棄邪?」遂攜拯如初。世以此定華、王之優劣。(《世說新語‧德行》)

(A) 華歆不輕諾,前倨後恭 (B) 王朗輕諾寡信,為德不卒 (C) 王朗見義勇為,善始善終 (D) 華歆遇難救人,始終如一。

12.【B】下列有關《世說新語》的敘述,何者為非?【107中區國小教甄】

(A) 對後世的筆記小說,影響很大 (B) 專記六朝的政經軼事 (C) 有德行、言語、文學、政事等門類 (D) 劉義慶編撰,劉孝標作注。

按:(B) 劉義慶《世說新語》,專記漢末至魏晉間知識分子在時代動亂下的言行、思想、無奈與悲哀。

13.翻譯:王戎弱冠詣阮籍,時劉公榮在坐。阮謂王曰:「偶有二斗美酒,當與君共飲;彼公榮者無預焉。」二人交觴酬酢,公榮遂不得一桮;而言語談戲,三人無異。或有問之者,阮答曰:「勝公榮者,不得不與

飲酒；不如公榮者，不可不與飲酒；唯公榮，可與飲酒。」（《世說新語·簡傲》）【105 中醫師／護理師／社會工作師高考】

答：參考本書〈4-13 唯公榮，可不與飲酒〉

14. 改錯：今功臣名將，雁行有序，佩紫懷黃，贊帷幄之謀；乘軺建節，奉疆場之任。（丘遲〈與陳伯之書〉）【107 政大碩班入學考】

解答：疆「場」→場

15.【D】〈與宋元思書〉是吳均寫給宋元思的一封信，如果我們要幫這封信加上問候語，則應使用下列何者？【107 臺南國小／幼兒園教甄】
(A) 叩請　福安 (B) 恭請　誨安 (C) 敬請　鈞安 (D) 順頌　時綏。

按：(A) 適用於尊親 (B) 適用於師長 (C) 適用於長輩 (D) 適用於平輩。

16. 填充：「（　　　）相逢，盡是他鄉之客。」（王勃〈滕王閣序〉）【105 東吳大學碩班入學考】

解答：萍水

☆填充：王勃〈滕王閣序〉云：「勃三尺微命，＿＿＿＿＿＿＿。無路請纓，＿＿＿＿；＿＿＿＿，慕宗愨之長風。」【2017 大陸高考模擬題】

解答：一介書生／等終軍之弱冠／有懷投筆

附錄

17.【C】余光中：「自從那年賀知章眼花了／認你做謫仙，便更加佯狂／用一隻中了魔咒的小酒壺／把自己藏起，連太太都尋不到你」，從這節詩句中，可以得知所描寫的人物是哪一位？【104 臺綜大轉學考】
(A) 屈原 (B) 杜甫 (C) 李白 (D) 孟浩然。

按：出自余光中〈尋李白〉（新詩）。

18.【B】下列「」內的字義，何者兩兩不同？【102 二技統測】
(A) 諸侯以禮相「與」（《禮記·禮運》）／失其所「與」（《左傳·燭之武退秦師》）(B) 大塊「假」我以文章（李白〈春夜宴從弟桃花園序〉）／「假」輿馬者，非利足也，而致千里（荀子〈勸學〉）(C)「信」可樂也（王羲之〈蘭亭集序〉）／「信」非吾罪而棄逐兮（屈原〈哀郢〉）(D) 雲鬢半偏新睡「覺」（白居易〈長恨歌〉）／睡「覺」寒燈裡（陸游〈夜遊宮〉）。

按：(A) 親近 (B) 借／憑藉、利用 (C) 的確、實在 (D) 醒來。

19.【A】作者藉由種植菊花而感悟處世之理，下列敘述最適當的是：【107 學測】

春陵俗不種菊，前時自遠致之，植於前庭牆下。及再來也，菊已無矣。徘徊舊圃，嗟歎久之。誰不知菊也，芳華可賞，在藥品是良藥，為蔬菜是佳蔬。縱須地蹂走，猶宜徙植修養，而忍蹂踐至盡，不愛惜乎！於戲！賢人君子自植其身，不可不慎擇所處。一旦遭人不愛重如此菊也，悲傷奈何？於是更為之圃，

重畦植之。其地近宴息之堂，吏人
不此奔走；近登望之亭，旌旄不此
行列。縱參歌妓，菊非可惡之草；
使有酒徒，菊為助興之物。為之作
記，以託後人；並錄藥經，列於記後。
（元結〈菊圃記〉）

(A) 立身處世應具良禽擇木而棲的
智慧 (B) 順境僅成就平凡而逆境可
造就不凡 (C) 具備多元能力，可在
競爭時代勝出 (D) 正直友可礪品
格，酒肉交將招災禍。

20. 問答：韓愈藉由李愿之口描述了「大
丈夫」、「不遇於時者」、「伺候公卿、
奔走形勢者」三種角色，試從文中
所述將此三種人生形態加以評述。
【107 臺南大學碩班入學考】

　　愿之言曰：「人之稱大丈夫者，
我知之矣。利澤施於人，名聲昭於
時，坐於廟朝，進退百官，而佐天
子出令。其在外，則樹旗旄，羅弓
矢，武夫前呵，從者塞途，供給之
人，各執其物，夾道而疾馳。喜有
賞，怒有刑。才俊滿前，道古今而
譽盛德，入耳而不煩。曲眉豐頰，
清聲而便體，秀外而慧中，飄輕裾，
翳長袖，粉白黛綠者，列屋而閒居，
妒寵而負恃，爭妍而取憐。大丈夫
之遇知於天子，用力於當世者之所
為也。吾非惡此而逃之，是有命焉，
不可幸而致也。窮居而野處，升高
而望遠，坐茂樹以終日，濯清泉以
自潔。採於山，美可茹；釣於水，
鮮可食。起居無時，惟適之安。與
其有譽於前，孰若無毀於其後？與
其有樂於身，孰若無憂於其心。車
服不維，刀鋸不加，理亂不知，黜
陟不聞。大丈夫不遇於時者之所為
也，我則行之。伺候於公卿之門，
奔走於形勢之途，足將進而趑趄，
口將言而囁嚅，處穢汙而不羞，觸

刑辟而誅戮，徼倖於萬一，老死而
後止者，其於為人賢而不肖何如
也？」（節錄唐・韓愈〈送李愿歸盤
谷序〉）

21.【D】關於韓愈〈師說〉，下列何者
最符合韓愈對「學習」的看法？
【107 學測】

　　古之學者必有師。師者，所以傳
道、受業、解惑也。人非生而知之
者，孰能無惑？惑而不從師，其為惑
也終不解矣！生乎吾前，其聞道也，
固先乎吾，吾從而師之；生乎吾後，
其聞道也，亦先乎吾，吾從而師之。
吾師道也，夫庸知其年之先後生於吾
乎？是故無貴、無賤、無長、無少，
道之所存，師之所存也。

(A) 只要有心一定能聞道，學習永
遠不嫌遲 (B) 智愚之別會影響學
習，故聞道有先有後 (C) 學無止境，
自少至長都應該精進地學習 (D) 尊
重專業，擇師學習不需計較身分與
年齡。

☆填充：韓愈〈師說〉云：「六藝經傳，
皆通習之。」其中「六藝」指＿＿＿＿。
【2017 大陸高考模擬題】

解答：《詩》、《書》、《禮》、《樂》、《易》、
《春秋》。

22. 翻譯：馬之千里者，一食或盡粟一
石。食馬者不知其能千里而食也。
是馬也，雖有千里之能，食不飽，
力不足，才美不外見，且欲與常馬
等不可得，安求其能千里也？（韓
愈〈馬說〉）【106 中醫師／護理師／
社會工作師高考】

答：參考本書〈4-22 世有伯樂，然後有千里馬〉

23.【A】韓愈〈柳州羅池廟碑〉：「先時民貧，以男女相質，久不得贖，盡沒為隸，我侯之至，按國之故，以傭除本，悉奪歸之。」文中提到「以傭除本」所指為何？【106 公務員特考】

(A) 以勞力抵銷原先所借的金錢 (B) 以應得工資去除以勞力價格 (C) 以勞力價格再加上合理利息 (D) 以應得工資再加上合理利息。

24.【D】〈陋室銘〉中「南陽諸葛廬，西蜀子雲亭。」一句的意旨為何？【106 新北國中教甄】

(A) 論證貧窮並不可恥 (B) 強調為民服務的精神 (C) 效法前人認真求學的執著 (D) 以前賢比況自己的遠大抱負。

☆填充：劉禹錫〈陋室銘〉：「＿＿＿＿＿，＿＿＿＿＿＿。孔子云：『何陋之有？』」【2017 大陸高考模擬卷】

解答：南陽諸葛廬／西蜀子雲亭

25. 翻譯：凡植木之性，其本欲舒，其培欲平，其土欲故，其築欲密。既然已，勿動勿慮，去不復顧。其蒔也若子，其置也若棄，則其天者全，而其性得矣。（柳宗元〈種樹郭橐駝傳〉）【105 中醫師／護理師／社會工作師高考】

答：參考本書〈4-25 雖曰愛之，其實害之〉

26.【D】下列有關「記」的敘述，正確的選項是：【101 指考】

(A) 陶淵明〈桃花源記〉採倒敘手法，從漁人的角度追憶自我無意中發現美好世界的過程 (B) 柳宗元〈始得西山宴遊記〉以「始得」二字凸顯主旨，首段開門見山，細數宴遊見聞 (C) 范仲淹〈岳陽樓記〉旨在刻劃滕子京浮沉宦海、修葺岳陽樓之原委始末，雖名為樓記，實為史傳 (D) 歐陽脩〈醉翁亭記〉首段採用「由景而人」的手法，勾連了山、水、亭、人物，終而拈出一個「樂」字。

按：(A) 採順序法，從第三者的角度來敘寫漁人發現桃花源的過程 (B) 首段並沒有細數宴遊見聞 (C) 旨在表達「先天下之憂而憂，後天下之樂而樂」的仁者襟懷 (D) 正確。

27.【C】「甯武子『邦無道則愚』，智而為愚者也；顏子『終日不違如愚』，睿而為愚者也。皆不得為真愚。今余遭有道，而違於理，悖於事，故凡為愚者，莫我若也。夫然，則天下莫能爭是溪，余得專而名焉。」（柳宗元〈愚溪詩序〉）根據上文，下列選項敘述正確的是：【106 司法／調查／海巡高考】

(A) 甯武子「邦無道則愚」，是指甯武子仿效伯夷、叔齊兄弟二人隱居避禍，明哲保身，所以「不得為真愚」 (B) 顏回「終日不違如愚」，是因堅守一簞食、一瓢飲，不為利誘，以顯其情操之高貴，故「不得為真愚」 (C)「天下莫能爭是溪，余得專而名焉」，蘊含柳宗元遭受

貶謫以後挫折的心理表露，委婉的以愚溪之命名來自況 (D) 柳宗元強調「真愚」，是因為「遭有道，而違於理，悖於事」，暗嘲自己識人未明，受有道之士非難排擠所致。

28. 翻譯：宋清，長安西部藥市人也。居善藥，有自山澤來者，必歸宋清氏，清優主之。長安醫工得清藥，輔其方，輒易讎，咸譽清。疾病疕瘍者，亦皆樂就清求藥，冀速已。清皆樂然響應，雖不持錢者，皆與善藥。積券如山，未嘗詣取直。（柳宗元〈宋清傳〉）【107 中醫師／護理師／社會工作師高考】

答：參考本書〈4-28 清取利遠，遠故大〉

29. 【C】蔣防〈霍小玉傳〉：「一生歡愛，願畢此期。然後妙選高門，以諧秦晉。」文句中所謂「秦晉」所指為何？【104 中區國中教甄】
(A) 世交之誼 (B) 喬梓之情 (C) 聯姻之緣 (D) 同寅之交。

按：(A) 指雙方家人有兩代以上的交情 (B) 父子之情 (C) 正確 (D) 同事交誼。

30. 【C】關於杜牧〈阿房宮賦〉的賞析，下列敘述何者正確？【106 新竹東興國中教甄】
(A)「長橋臥波，未雲何龍？複道行空，不霽何虹」，乃暗諷秦皇非「飛龍在天」的明君 (B)「歌臺暖響，春光融融；舞殿冷袖，風雨淒淒」，乃以季節交替暗諷秦朝之盛極而衰 (C)「明星熒熒，開妝鏡也；綠雲擾擾，梳曉鬟也」，乃以宮女妝飾之盛凸顯秦宮生活之驕奢 (D)「一肌一容，盡態極妍，縵立遠視，而望幸焉」，乃以宮女望幸暗喻百姓之盼望太平。

按：(A) 描寫阿房宮外觀宏偉的景致 (B) 描寫阿房宮各殿內氣氛的不同 (C) 正確 (D) 描寫宮人等待秦天子的寵幸。

☆填充：杜牧〈阿房宮賦〉云：「嗟夫！＿＿＿＿＿＿＿，則足以拒秦；＿＿＿＿＿＿＿，則遞三世可至萬世而為君，誰得而族滅也？」【2017 大陸高考模擬卷】

解答：使六國各愛其人／秦復愛六國之人

31. 翻譯：嗟夫！予嘗求古仁人之心，或異二者之為，何哉？不以物喜，不以己悲。居廟堂之高，則憂其民；處江湖之遠，則憂其君。是進亦憂，退亦憂，然則何時而樂耶？其必曰「先天下之憂而憂，後天下之樂而樂」歟！噫，微斯人，吾誰與歸？（范仲淹〈岳陽樓記〉）【中醫師／護理師／社會工作師高考模擬題】

答：參考本書〈4-31 先天下之憂而憂，後天下之樂而樂〉

☆填充：范仲淹〈岳陽樓記〉云：「然則北通巫峽，南極瀟湘，＿＿＿＿＿，多會於此，＿＿＿＿＿，得無異乎？」【2018 大陸高考模擬卷】

解答：遷客騷人／覽物之情

32.【A.C.D】複選：〈醉翁亭記〉：「已而夕陽在山，人影散亂，太守歸而賓客從也。」句中「賓客」所「從」有其對象（即「太守」），故相當於「太守歸而賓客從『之』也。」下列文句畫底線的動詞之後，也省略對象的是：【107 指考】

(A) 左右以君賤之也，食以草具 (B) 及期，入太原候之，相見大喜 (C) 呈卷，即面署第一；召入，使拜夫人 (D) 見漁人，乃大驚，問所從來，具答之，便要還家 (E) 一道士坐蒲團上，素髮垂領，而神觀爽邁。叩而與語，理甚玄妙。

33.【D】「借代」是指借用其他名稱或詞語，來代替經常使用的名稱或詞語的修辭手法。下列使用借代的是哪一選項？【103 教師資格檢定】

(A)「草木」無情，有時飄零（歐陽脩〈秋聲賦〉） (B) 壚邊人似月，皓腕凝「霜雪」（韋莊〈菩薩蠻〉） (C) 仲永生五年，未嘗識「書具」（王安石〈傷仲永〉） (D) 三五明月滿，四五「蟾兔」缺（〈古詩十九首・孟冬寒氣至〉）。

34.【D】轉品，是一種一個字詞在文句中改變了它原來的詞性的修辭。如〈遊褒禪山記〉云：「予之力尚足以入，火尚足以『明』也。」下列何者轉品變化與上句同？【106 臺北國中教甄】

(A)〈傷仲永〉：「邑人奇之，稍稍『賓客』其父。」 (B)〈蜃說〉：「三門嵯峨，鐘鼓樓『翼』其左右。」 (C)〈赤壁賦〉：「飄飄乎如遺世獨立，『羽』化而登仙。」 (D)〈鈷鉧潭西小丘記〉：「伐去惡木，『烈』火而焚之。」

35. 改錯：惟其民安於太平之樂，酣豢於遊戲酒食之間；其剛心勇氣，銷耗鈍痯，痿蹶而不復振。（蘇軾〈教戰守策〉）【107 政大碩班入學考】

36. 翻譯：近歲，市人轉相摹刻諸子百家之書，日傳萬紙。學者之於書，多且易致如此。其文詞學術，當倍蓰於昔人。而後生科舉之士，皆束書不觀，游談無根，此又何也？（蘇軾〈李氏山房藏書記〉）【105 中醫師／護理師／社會工作師高考】

37.【A.B.D】複選：蘇軾〈赤壁賦〉：「惟江上之清風，與山間之明月，耳得之而為聲，目遇之而成色」，此四句的文意可理解為：「江上之清風，

耳得之而為聲；山間之明月，目遇之而成色」，但作者改變句子的銜接順序，故閱讀時，宜就文意調節對應關係。下列文句，與此表達方式相似的選項是：【103 學測】
(A)「句讀之不知，惑之不解；或師焉，或不焉」 (B)「西伯幽而演《易》，周旦顯而制《禮》；不以隱約而弗務，不以康樂而加思」 (C)「禽鳥知山林之樂，而不知人之樂；人知從太守遊而樂，而不知太守之樂其樂」 (D)「牠們曾交錯湧疊，也曾高速接近船舷又敏捷地側翻；如在表演水中疊羅漢，如流星一樣劃一道弧線拋射離去」 (E)「老和尚竟哽咽起來，掉了幾滴眼淚，他趕緊用袈裟的寬袖子，搵了一搵眼睛；秦義方也掏出手帕，狠狠擤了一下鼻子」。

按：「錯綜」修辭之「交換語次」：故意將詞、語、句的次序安排得前後參差不同。(A) 應作：「句讀之不知，或師焉；惑之不解，或不焉」 (B) 應作：「西伯幽而演《易》，不以隱約而弗務；周旦顯而制《禮》，不以康樂而加思」 (C) 未使用此修辭法 (D) 應作：「牠們曾交錯湧疊，如在表演水中疊羅漢；也曾高速接近船舷又敏捷地側翻，如流星一樣劃一道弧線拋射離去」 (E) 未使用此修辭法。

☆填充：蘇軾〈前赤壁賦〉云：「＿＿＿＿＿，而不知其所止。＿＿＿＿＿＿＿，羽化而登仙。」【2017 大陸高考模擬卷】

解答：浩浩乎如馮虛御風／飄飄乎如遺世獨立

38. 翻譯：是歲十月之望，步自雪堂，將歸於臨皋，二客從予，過黃泥之坂。霜露既降，木葉盡脫，人影在地，仰見明月，顧而樂之。（蘇軾〈後赤壁賦〉）【104 中醫師／護理師／社會工作師高考】

答：參考本書〈4-38 赤壁之遊，樂乎？〉

39. 問答：請簡要地闡述下文所欲表達的主旨。【105 臺綜大轉學考】

　　工之僑得良桐焉，斲而為琴，絃而鼓之，金聲而玉應，自以為天下之美也。獻之太常，使國工視之，曰：「弗古」，還之。
　　工之僑以歸，謀諸漆工，作斷紋焉；又謀諸篆工，作古窾焉；匣而埋諸土。朞年出之，抱以適市。貴人過而見之，易之以百金，獻諸朝。樂官傳視，皆曰：「希世之珍也！」
　　工之僑聞之，歎曰：「悲哉，世也！豈獨一琴哉？莫不然矣！而不早圖之，其與亡矣。」遂去，入於宕冥之山，不知其所終。（劉基〈工之僑為琴〉）

答：參考本書〈4-39 悲哉世也！豈獨一琴哉？〉

40.【C】王守仁〈瘞旅文〉云：「念其暴骨無主，將二童子持畚鍤往瘞之，二童子有難色然。予曰：『嘻！吾與爾猶彼也。』二童憫然涕下，請往。」文中沒有傳達出人類的何種心思？【大學生中文能力檢測模擬題】
(A) 同情心 (B) 同理心 (C) 公德心 (D) 悲憫心。

41.【B.E】複選：閱讀下文，選出符合文意的選項：【102 學測】

> 　　東蒙山中人喧傳虎來。艾子采茗，從壁上觀。聞蛇告虎曰：「君出而人民辟易，禽獸奔駭，勢煊赫哉！余出而免人踐踏，已為厚幸。欲憑藉寵靈，光輝山岳，何道而可？」虎曰：「憑余軀以行，可耳。」蛇於是憑虎行。未數里，蛇性不馴。虎被緊纏，負隅聳躍，蛇分二段。蛇怒曰：「憑得片時，害卻一生，冤哉！」虎曰：「不如是，幾被纏殺！」艾子曰：「倚勢作威，榮施一時，終獲後災，戒之！」（屠本畯《艾子外語‧蛇虎告語》）

(A) 艾子世居東蒙山，平日以觀蛇虎相鬥為樂 (B) 憑虎而行的蛇，本性難移，因而對虎不利 (C) 虎置蛇於死地，是因虎性陰狠，事先布局 (D) 本文可用「為虎作倀」形容蛇與虎的關係 (E) 本文旨在告誡世人：藉勢逞威，禍害必至。

42.【D】「春日百花之中，只有花瓣繁複碩大的牡丹花開得最晚，非要等到穀雨才開，因此牡丹才有穀雨花的別稱。牡丹雖晚開，卻也顯出牡丹的貴氣與獨樹一格，就像大明星都要壓軸演出一般。當年在長安，傳說武則天舉辦長安花博會，命令百花要同時在春分盛開，只有牡丹不從，才被貶抑到洛陽。年輕時讀湯顯祖的《牡丹亭》，並未察覺此劇用牡丹花命名之意，年紀稍長後才領悟牡丹花正是整齣劇的隱喻，柳夢梅和杜麗娘的情愛並未曾開得正時，是遲到的愛、遲來的團圓，只有牡丹才能代表這份遲，才象徵出兩人別具一格之情愛。」

根據上文，作者認為湯顯祖以牡丹命名劇作的原因是什麼：【107 警察升等】

(A) 故事發生於牡丹盛開的洛陽城 (B) 牡丹為富貴之花以比喻杜麗娘為富家千金 (C) 故事發生於穀雨之日，而牡丹別名為穀雨花 (D) 杜麗娘的愛情經過波折之後方才成就，如同牡丹較百花開遲。

43.【B】下列關於柳宗元〈始得西山宴遊記〉與袁宏道〈晚遊六橋待月記〉二文寫景的敘述，何者正確？【103 四技／二專統測】

(A) 柳文的「縈青繚白」形容山嵐；袁文的「綠煙紅霧」形容湖水 (B) 柳文的西山樣貌帶有個人遭遇的投射；袁文的西湖風姿多為景色直覺的感受 (C) 柳、袁二文皆敘述夜景之動人，故前者於日落後「猶不欲歸」，後者謂月色「別是一種趣味」 (D) 柳文以「尺寸千里」的角度敘寫沿途美景；袁文以「瀰漫二十餘里」的視野歷數環湖名勝。

> 按：(A)「縈青繚白」：指青山白雲；「綠煙紅霧」：指柳綠桃紅 (B) 正確 (C)〈始得西山宴遊記〉重點不在夜景 (D)〈始得西山宴遊記〉敘登高望遠所見美景；〈晚遊六橋待月記〉沒有歷數環湖名勝。

44.【B】王士禎詩：「姑妄言之姑聽之，豆棚瓜架雨如絲；料應厭作人間語，愛聽秋墳鬼唱詩。」這首詩最合乎下列哪一本書的意旨？【104 臺師大轉學考】

(A)《儒林外史》(B)《聊齋志異》(C)《三國演義》(D)《水滸傳》。

45.【B】「因雪想高士，因花想美人，因酒想俠客，因月想好友。」張潮文章中「因月想好友」這句話的感悟與下列何者相近？【107 科學園區實驗高中國小部教甄】

(A) 可憐明月如潑水，夜半清光翻我室 (B) 海上生明月，天涯共此時 (C) 舉杯邀明月，對影成三人 (D) 月上柳梢頭，人約黃昏後。

按：(A) 出自蘇軾〈次韻孔毅甫久旱已而甚雨三首〉；寫月夜美景 (B) 出自張九齡〈望月懷遠〉；對著一輪明月，懷念遠方親友 (C) 出自李白〈月下獨酌〉；詩人於月下獨酌，不甘寂寞，故邀明月、影子與自己（三人）共飲 (D) 出自歐陽脩〈生查子〉（詞）；描寫去年元夜（元宵節）與人相約賞明月、觀花燈的情景。

46.【A】下列畫底線的四個句子，何者省略的「主語」是「史公（史可法）」？【103 四技／二專統測】

　　及左公下廠獄，史朝夕窺獄門外。逆閹防伺甚嚴，雖家僕不得近。久之，①聞左公被炮烙，旦夕且死。②持五十金，涕泣謀於禁卒，卒感焉。一日，③使史更敝衣草屨，背筐，手長鑱，為除不潔者。④引入，微指左公處。

(A)①② (B)①④ (C)②③ (D)③④

47.【B】下列文句的解釋，正確的選項是：【105 指考】

　　一老儒訓蒙鄉塾，塾側有積柴，狐所居也。鄉人莫敢犯，而學徒頑劣，乃時穢汙之。一日，老儒往會葬，約明日返。諸兒因累几為臺，塗

朱墨演劇。老儒突返，各撻之流血，恨恨復去。眾以為諸兒大者十一、二，小者七、八歲耳，皆怪師太嚴。次日，老儒返，云昨實未歸，乃知狐報怨也。有欲訟諸土神者，有議除積柴者，有欲往詬詈者。中一人曰：「諸兒實無禮，撻不為過，但太毒耳。吾聞勝妖當以德，以力相角，終無勝理。冤冤相報，吾慮禍不止此也。」眾乃已。此人可謂平心，亦可謂遠慮矣。（紀昀《閱微草堂筆記‧狐化老儒》）

(A)「乃時穢汙之」指學童無理取鬧，常出惡言汙辱老儒 (B)「塗朱墨演劇」指學童趁老師不在時，粉墨登場演戲 (C)「有欲往詬詈者」指有人責怪老儒太嚴厲，想前去痛罵他 (D)「諸兒實無禮，撻不為過」指學童過於無禮，笞打也沒用。

48. 作文：清代錢大昕〈弈喻〉一文提及：曾在朋友家觀棋，見一客人總是輸棋，遂自認客人的棋藝不如自己，並且不斷建議客人改變布局。後來，客人邀他下棋，結果自己反而輸了十三子，錢大昕羞愧之餘，因此悟出人生處世的道理，他說：「人固不能無失，然試易地以處，平心而度之，吾果無一失乎？吾能知人之失，而不能見吾之失；吾能指人之小失，而不能見吾之大失。」請就上引錢大昕原文的意涵，以「易地以處，平心而度之」為題，作文一篇，加以闡論。【105 司法官三等】

49.【C】下列有關江浙多病梅的「成因」
說明，何者為正確？【105 臺北國中
教甄】

> 　　江寧之龍蟠，蘇州之鄧尉，杭
> 州之西溪，皆產梅。或曰：梅以曲
> 為美，直則無姿；以欹為美，正則
> 無景；以疏為美，密則無態，固也。
> 此文人畫士，心知其意，未可明詔
> 大號，以繩天下之梅也。又不可以
> 使天下之民斫直、刪密、鋤正，以
> 夭梅、病梅為業以求錢也。梅之欹、
> 之疏、之曲，又非蠢蠢求錢之民，
> 能以其智力為也。有以文人畫士孤
> 癖之隱，明告鬻梅者，斫其正，養
> 其旁條；刪其密，夭其稚枝；鋤其直，
> 遏其生氣，以求重價，而江浙之梅
> 皆病。文人畫士之禍之烈至此哉！
> （節選自龔自珍〈病梅館記〉）【注
> 釋：1. 欹：傾斜。2. 繩：衡量。】

　（A）文人畫士提倡特殊的癖好→
形成以病梅為美的風潮→梅樹被
人為砍削以製造出曲斜稀疏的姿
態 （B）文人畫士了解一般人喜歡
病梅→文人畫士告知賣梅者使梅病
殘的方法→一般人爭相以高價購買
（C）文人畫士自有特殊的審美觀
→有人刻意將之告訴賣梅者→為求
利益，賣梅者以人為的方式摧殘梅
樹 （D）文人畫士對培育病梅的方
法密而不宣→賣梅者以重價求之於
隱士→賣梅者因而學會了刪密鋤直
的育法。

50.【C】王氏境界說，下列敘述何者正
確？【106 外交／民航／稅務高考】

> 　　王國維《人間詞話》：古今之成
> 大事業、大學問者，必經過三種之
> 境界：「昨夜西風凋碧樹。獨上高樓，
> 望盡天涯路」，此第一境也。「衣帶
> 漸寬終不悔，為伊消得人憔悴」，此
> 第二境也。「眾裡尋他千百度，回頭
> 驀見，那人正在燈火闌珊處」，此第
> 三境也。此等語皆非大詞人不能道。
> 然遽以此意解釋諸詞，恐為晏、歐
> 諸公所不許也。

　（A）三種境界各有指涉，應無分高
下，亦無分先後 (B) 第一境界，表
現出對理想目標的茫然無緒，不知
所從 (C) 第二境界，表現追尋過程
中，專一執著獻身無悔的精神 (D)
第三境界，表現出長久追尋，求得
知己佳人的驚喜之情。

按：(A) 三種境界有先後之分 (B) 第一境
界是追求理想遇到挫敗，孤獨無依不知
該何去何從 (C) 正確 (D) 第三境界是經
過熱切的追尋，一旦成功時的驚喜。

附錄三：近年子集範文出題概況

【諸子篇】

	篇名	出題概況
1	《管子・權修》	**教師甄試** 95 臺中忠明高中、中區國中教甄；97 南臺灣國中教甄 **公職考試** 100 會計師／不動產估價師／專利師高考；105 外交／民航／國際商務高考
2	《晏子春秋・內篇諫上》	**教師甄試** 104 中區國小／幼兒園教甄；105 臺北國中教甄 **公職考試** 97 土地銀行五至九職等人員甄試；104 中醫師／護理師／社會工作師高考
3	《晏子春秋・內篇雜下》	**升學考試** 101 二技統測 **檢定考試** 大學生中文能力檢測模擬題 **教師甄試** 97 金門國中教甄；106 新北國中、高雄國小教甄
4	《老子・第八章》	**升學考試** 108 指考；100 臺藝大進修學士班入學考；100 高師大師培中心招考 **教師甄試** 97 南臺灣國中教甄；100 新竹成德高中教甄 **公職考試** 100 國軍志願役預備軍／士官班；101 公務員初等
5	《老子・第六十章》	**升學考試** 101 彰師大教育學程甄試 **檢定考試** 大學生中文能力檢測模擬題 **教師甄試** 96 南區國中教甄；97 北縣高中職聯合教甄；99 中區國小教甄（身心障礙組） **公職考試** 107 警察／鐵路佐級
6	《老子・第七十七章》	**公職考試** 103 公務員初等；104 會計師／不動產估價師／專利師高考
7	《孫子兵法・始計》	**公職考試** 100、101 國軍志願役預備軍／士官班；102 地方特考；中醫師／護理師／社會工作師高考模擬題；高考模擬題
8	《孫子兵法・謀攻》	**升學考試** 108 指考 **教師甄試** 106 科學園區實驗高中國小部教甄；107 臺南國小／幼兒園教甄

子集
圖解大考子集古文：精煉閱讀寫作・探解試題

	篇名	出題概況
		公職考試 102 國軍志願役預備軍／士官班；104 會計師／不動產估價師／專利師高考
9	《墨子・兼愛中》	**升學考試** 106 學測；105 統測 **教師甄試** 98 金門國小／幼兒園教甄；99 桃園國小／幼兒園教甄；106 科學園區實驗高中國小部教甄
10	《墨子・非攻中》	**升學考試** 102 指考 **公職考試** 101 遠東商銀基層行員招考
11	《墨子・非攻下》	**檢定考試** 97 教師資格檢定；98 臺南大學國語文能力檢測 **教師甄試** 96 臺東國中教甄；106 新竹東興國中教甄
12	《墨子・公輸》	**教師甄試** 98 科學園區實驗高中教甄 **公職考試** 99 建築師／不動產經紀人／記帳士高考；105 地方公務員
13	《列子・黃帝》	**教師甄試** 99 北縣高中職聯合教甄 **公職考試** 98 司法人員普考；101、106 司法／調查／海巡三等
14	《列子・說符》	**檢定考試** 大學生中文能力檢測模擬題 **教師甄試** 95 金門國小／幼兒園教甄 **公職考試** 99 身障普考；公職模擬題
15	《莊子・逍遙遊》	**升學考試** 105 東吳碩班入學考 **教師甄試** 106 臺北國中教甄 **公職考試** 102 中醫師／護理師／社會工作師高考；104 建築師／不動產經紀人／記帳士高考
16	《莊子・逍遙遊》	**檢定考試** 大學生中文能力檢測模擬題 **公職考試** 102 中醫師／護理師／社會工作師高考；104 會計師／不動產估價師／專利師高考；107 公務員初等 **大陸高考** 2015 海南卷；2016 山東卷；2017 全國卷二、江蘇卷；2019 全國卷

	篇名	出題概況
17	《莊子・齊物論》	**升學考試** 106 臺北大學轉學考；98 中國醫藥大學學士後中醫招考 **教師甄試** 102 新北國中教甄 **公職考試** 104、106 公務員初等；公職模擬題
18	《莊子・養生主》	**升學考試** 108 指考 **檢定考試** 大學生中文能力檢測模擬題；102 教師資格檢定 **教師甄試** 104 臺北國中教甄；106 屏東國小／幼兒園、科學園區實驗高中國小部教甄
19	《莊子・養生主》	**升學考試** 98、102 二技統測 **教師甄試** 95 金門國小／幼兒園教甄 **公職考試** 101 國軍志願役預備軍／士官班；104 會計師／不動產估價師／專利師高考；105 地方公務員
20	《莊子・德充符》	**升學考試** 107 學測 **公職考試** 100 國軍志願役預備軍／士官班；104 公務員初等；105 警察、郵政人員升等考
21	《莊子・應帝王》	**教師甄試** 98 桃園國中教甄 **公職考試** 101 地方特考；107 公務員初等
22	《莊子・秋水》	**升學考試** 104 學測 **教師甄試** 105 中科實中教甄；107 科學園區實驗高中國小部教甄 **公職考試** 103 關務特考；104 建築師／不動產經紀人／記帳士高考 **大陸高考** 2017 山東卷
23	《莊子・山木》	**升學考試** 105 臺北大學轉學考 **教師甄試** 96 科學園區實驗高中教甄；100 臺南幼兒園代理教師甄試 **公職考試** 96、98 公務員三等；104 警察／鐵路佐級；公職模擬題
24	《莊子・徐无鬼》	**升學考試** 108 統測 **檢定考試** 103 教師資格檢定

	篇名	出題概況
		教師甄試 97 南區國小／幼兒園教甄；98 高雄國小／幼兒園教甄；106 高雄國小教甄 **公職考試** 100 地方特考
25	《莊子・外物》	**升學考試** 104 指考；106 臺中教大碩班入學考 **教師甄試** 99 基隆國小教甄 **公職考試** 99 司法五等；98 原住民普考；103 中醫師／護理師／社會工作師高考
26	《荀子・勸學》	**升學考試** 98、99、100、101、102、103、108 指考；108 學測；96、99、100、101、104、108 統測；108 二技統測；103 臺北大學進修學士班入學考；106 警大碩班入學考；104 中山大學師培中心招考 **檢定考試** 大學生中文能力檢測模擬題；103、105 教師資格檢定 **教師甄試** 105 臺北國中教甄；106 桃園國小／幼兒園教甄、臺南國小／幼兒園教甄；107 金門國小／幼兒園教甄、科學園區實驗高中國小部教甄 **公職考試** 103 中醫師／護理師／社會工作師高考；104 會計師／不動產估價師／專利師高考 **大陸高考** 2016 全國卷、浙江卷；2017 全國卷三；2018 全國卷三、江蘇卷
27	《荀子・修身》	**教師甄試** 96 桃園國中教甄；105 臺北國小／幼兒園教甄 **公職考試** 103 中醫師／護理師／社會工作師高考
28	《荀子・禮論》	**升學考試** 105 臺師大轉學考；106 慈濟大學學士後中醫招考 **教師甄試** 98 金門國中教甄；101 中區國小／幼兒園教甄 **公職考試** 101 身障三等；102 身障四等
29	《韓非子・主道》	**升學考試** 107 指考；95、102 私醫聯招 **公職考試** 96 公務員初等
30	《韓非子・說林上》	**檢定考試** 大學生中文能力檢測模擬題；104 教師資格檢定 **公職考試** 99、101、103 中醫師／護理師／社會工作師高考；105 警察／郵政人員升等考；106 公務員初等

	篇名	出題概況
31	《韓非子・說林下》	**升學考試** 108 二技統測；100、104 中國醫藥大學學士後中醫招考 **教師甄試** 104 中區國中教甄 **公職考試** 96、98 公務員三等；104 警察／鐵路佐級
32	《韓非子・外儲說左上》	**升學考試** 100 私醫聯招 **教師甄試** 107 屏東國小／幼兒園教甄 **公職考試** 97 合作金庫／銀行事務員升等甄試；99 身障五等、公務員三等；104 建築師／不動產經紀人／記帳士高考
33	《韓非子・外儲說右下》	**升學考試** 100 中國醫藥大學學士後中醫招考；學測模擬題 **檢定考試** 97 臺南大學國語文能力檢測 **公職考試** 公職模擬題
34	《韓非子・定法》	**升學考試** 98 私醫聯招 **教師甄試** 99 南臺灣國中教甄；104 臺北國中教甄 **公職考試** 99、102、107 中醫師／護理師／社會工作師高考
35	呂不韋《呂氏春秋・仲春紀・貴生》	**升學考試** 104 臺師大教育學程甄試 **公職考試** 106 公務員初等；107 外交／民航／國際商務高考
36	呂不韋《呂氏春秋・仲春紀・功名》	**升學考試** 106 指考 **公職考試** 98 警察／鐵路四等
37	呂不韋《呂氏春秋・季春紀・論人》	**升學考試** 96 私醫聯招 **檢定考試** 大學生中文能力檢測模擬題 **公職考試** 104 關務／身障三等；公職模擬題
38	呂不韋《呂氏春秋・不苟論・貴當》	**升學考試** 105 統測 **公職考試** 103 地政士普考
39	劉安《淮南子・覽冥訓》	**檢定考試** 大學生中文能力檢測模擬題 **教師甄試** 99 桃園國中新進教師甄試；104 中區國小／幼兒園教甄

子集

圖解大考子集古文：精煉閱讀寫作，探解試題

	篇名	出題概況
		公職考試 98 司法五等；103 中醫師／護理師／社會工作師高考；公職模擬題
40	劉安《淮南子・人間訓》	**升學考試** 108 指考；96 統測；102 臺北大學進修學士班入學考 **教師甄試** 105 澎湖國小／幼兒園教甄
41	劉向《說苑・政理・宓子賤為單父宰》	**升學考試** 107 統測 **公職考試** 99 司法普考；101 地方特考；102 律師高考
42	《孔子家語・好生》	**升學考試** 106 統測；100 指考模擬題 **教師甄試** 97 新竹科學園區國小教甄
43	《孔叢子・抗志》	**升學考試** 106 學測 **公職考試** 103 關務／身障三等
44	顏之推《顏氏家訓・慕賢》	**教師甄試** 96 員林商職教甄；104 中區國中教甄 **公職考試** 100 公務員初等、警察／鐵路二等；104 會計師／不動產估價師／專利師高考；105 原住民五等
45	顏之推《顏氏家訓・勉學》	**升學考試** 107 政大碩班入學考 **教師甄試** 100 臺南幼兒園教甄 **公職考試** 100 地政士普考；105 地方特考三等
46	顏之推《顏氏家訓・養生》	**公職考試** 103、107 中醫師／護理師／社會工作師高考；107 公務員高等
47	黎靖德《朱子語類》卷十	**檢定考試** 大學生中文能力檢測模擬題 **教師甄試** 107 屏東國小／幼兒園教甄 **公職考試** 100 中醫師／護理師／社會工作師高考；102 警察／鐵路佐級
48	黎靖德《朱子語類・論孟綱領》	**升學考試** 104 二技統測 **教師甄試** 95 桃園國小／幼兒園教甄；106 新竹東興國中教甄 **公職考試** 99 身障四等；101 公務員初等

	篇名	出題概況
49	黃宗羲《明夷待訪錄・原君》	**升學考試** 100 指考；97 高師大教育學程招考 **公職考試** 90 公務員高考三級；101 地方特考；中醫師／護理師／社會工作師高考模擬題
50	朱柏廬《朱子治家格言》	**教師甄試** 98 南臺灣國中教甄； 105 新北國中教甄 **公職考試** 100 中華郵政內／外勤；101 陽信商銀新進人員甄試

子集

圖解大考子集古文：精煉閱讀寫作，探解試題

【文集篇】

	篇名	出題概況
1	孔子〈猗蘭操〉	**公職考試** 99 中醫師／護理師／社會工作師高考；106 警察／鐵路特考；107 公務員初等
2	屈原〈漁父〉	**升學考試** 98、101、102、104、107、108 指考；108 學測；99、100、101、102、105、108 統測；99、100 二技統測；102 臺北大學進修學士班入學考 **教師甄試** 102 新北高中職聯合教甄；104 新北國中教甄；106 中科實中教甄、科學園區實驗高中國小部教甄；107 中區國小教甄
3	王粲〈登樓賦〉	**升學考試** 98 指考、二技統測 **教師甄試** 97 臺南國小代理教師甄試；97 南區、98 中區國小／幼兒園教甄；98 新竹國中教甄；99 新竹教大實小教甄 **公職考試** 101 公務員初等；100、101 國軍志願役預備軍／士官班；公職模擬題
4	諸葛亮〈出師表〉	**升學考試** 97、98、99、101、102、103、104、105、107、108 指考；98、99、100、102、103、104、105、106、108 學 測；96、99、101、103、105、108 統測；108 二技統測；103 臺北大學進修學士班入學考；106 臺綜大轉學考 **檢定考試** 大學生中文能力檢測模擬題；105 教師資格檢定 **教師甄試** 104 中區國中、嘉義國中教甄；106 臺北國中、科學園區實驗高中國小部教甄 **大陸高考** 2016 全國卷、江蘇卷；2018 全國卷三
5	曹丕〈典論論文〉	**升學考試** 98、99、102、103、104、105、106、107、108 指考；99、103、104、105、106、107 學測；100、102、103 統測；103 臺北大學進修學士班入學考；105 中山大學師培中心招考 **教師甄試** 104 中區國中教甄；106 臺南國小／幼兒園教甄；107 桃園國小／幼兒園、科學園區實驗高中國小部教甄
6	曹植〈贈白馬王彪〉	**檢定考試** 大學生中文能力檢測模擬題 **教師甄試** 97 桃園國中教甄；99 北縣、花蓮國中教甄；102 臺師大附中教甄 **公職考試** 104 地方特考；高考模擬題

	篇名	出題概況
7	嵇康〈答難養生論〉	**公職考試** 102、106 中醫師／護理師／社會工作師高考
8	王羲之〈蘭亭集序〉	**升學考試** 100、101、102、104、105、107、108 指考；103、108 學測；101、104、105、107、108 統測；108 二技統測；103 臺北大學進修學士班入學考 **教師甄試** 102 竹北高中教甄；103 新竹成德高中教甄；106 臺北松山工農教甄 **大陸高考** 2015 湖南卷
9	陶淵明〈歸去來兮辭並序〉	**升學考試** 98、105 指考；97 二技統測 **教師甄試** 99 桃園國中新進教師甄試；100 臺南幼兒園、高師大附中教甄 **公職考試** 106 司法／調查／海巡高考 **大陸高考** 2015 山東卷、重慶卷；2016 天津卷
10	陶淵明〈桃花源記〉	**升學考試** 99、101、107、108 指考；98、99、101、104、105 學測；95、99、100、101、103、104、105、107 統測；108 二技統測；102 臺北大學進修學士班入學考；107 臺聯大轉學考 **教師甄試** 105 新北國中教甄；106 屏東國小／幼兒園教甄；107 科學園區實驗高中國小部教甄 **大陸高考** 2016 北京卷、江蘇卷
11	劉義慶《世說新語‧德行》	**教師甄試** 95 臺北國小教甄；97 國小代理教師甄試 **公職考試** 99、101 司法五等；101 普考；107 公務員初等
12	劉義慶《世說新語‧任誕》	**升學考試** 101 統測；103 私醫聯招 **教師甄試** 98 北縣國中教甄；107 中區國小教甄 **公職考試** 104 警察／鐵路佐級
13	劉義慶《世說新語‧簡傲》	**檢定考試** 大學生中文能力檢測模擬題；96 教師資格檢定 **公職考試** 104 桃園捷運甄試；105 中醫師／護理師／社會工作師高考
14	丘遲〈與陳伯之書〉	**升學考試** 97、104、108 指考；108 學測；96 統測；97、98 二技統測；104 臺師大轉學考；107 臺聯大轉學考；107 政大碩班入學考 **教師甄試** 102 臺師大附中教甄；107 中區國小教甄

	篇名	出題概況
15	吳均〈與宋元思書〉	**教師甄試** 98 南臺灣國中教甄；104 臺北國中教甄；107 臺南國小／幼兒園教甄
16	王勃〈滕王閣序〉	**升學考試** 105 東吳碩班入學考 **檢定考試** 大學生中文能力檢測模擬題；105 教師資格檢定 **教師甄試** 98 桃園國小／幼兒園教甄；106 南科實中教甄 **大陸高考** 2015 四川卷；2017 北京卷；2019 天津卷
17	李白〈與韓荊州書〉	**升學考試** 104 臺綜大轉學考 **公職考試** 95 地方特考四等；100 民航／外交五等；101 普考；103 警察／鐵路佐級；高考模擬題
18	李白〈春夜宴從弟桃花園序〉	**升學考試** 101 學測；102 二技統測；103 臺北大學進修學士班入學考 **教師甄試** 106 中區國小教甄、臺南國小／幼兒園教甄、科學園區實驗高中國小部教甄
19	元結〈菊圃記〉	**升學考試** 107 學測
20	韓愈〈送李愿歸盤谷序〉	**升學考試** 104 中國醫藥大學學士後中醫招考；107 臺南大學碩班入學考 **教師甄試** 99 澎湖國中教甄；100 澎湖國小／幼兒園教甄 **公職考試** 91 司法特考三等；105 地方特考；公職模擬題
21	韓愈〈師說〉	**升學考試** 99、102、104、105、107 指考；98、99、100、101、103、104、105、106、107 學測；99、100、102、103、105 統測；108 二技統測；103 臺北大學進修學士班入學考 **教師甄試** 106 中區國小教甄；107 臺南國小／幼兒園教甄 **大陸高考** 2015 江蘇卷、福建卷；2017 天津卷；2018 全國卷一
22	韓愈〈馬說〉	**升學考試** 95 學測 **教師甄試** 105 新北國中教甄 **公職考試** 104 合作金庫／銀行甄試；106 中醫師／護理師／社會工作師高考

圖解大考子集古文：精煉閱讀寫作，探解試題

	篇名	出題概況
23	韓愈〈柳州羅池廟碑〉	**公職考試** 101 中醫師／護理師／社會工作師高考；106 公務員特考、關務三等；身障三等
24	劉禹錫〈陋室銘〉	**升學考試** 102 指考 **教師甄試** 103、107 臺南國小／幼兒園教甄；106 新北國中教甄 **大陸高考** 2017 全國卷二
25	柳宗元〈種樹郭橐駝傳〉	**教師甄試** 96 新竹國中教甄；98 桃園國中新進教師甄試；99 臺北、基隆國小／幼兒園教甄；100 新竹成德高中教甄；106 臺南國小／幼兒園教甄 **公職考試** 102 地方特考；105 中醫師／護理師／社會工作師高考
26	柳宗元〈始得西山宴遊記〉	**升學考試** 98、99、100、101、102、108 指考；95、96、97、98、102、105、106、108 學測；99、100、103、104、105、106、107、108 統測；108 二技統測；106 臺綜大轉學考 **教師甄試** 99 金門國中教甄；100 臺師大附中教甄；103 教育部公立高中教甄；106 科學園區實驗高中國小部教甄
27	柳宗元〈愚溪詩序〉	**教師甄試** 102 臺南國小／幼兒園教甄；104 科學園區實驗高中國小部教甄 **公職考試** 101 地方特考；106 身障特考五等、司法／調查／海巡高考
28	柳宗元〈宋清傳〉	**升學考試** 97 高師大教育學程招考；99 私醫聯招 **教師甄試** 102 新竹成德高中教甄 **公職考試** 107 中醫師／護理師／社會工作師高考
29	蔣防〈霍小玉傳〉	**教師甄試** 95 臺東國中教甄；96 南區國中教甄；97 南區國小／幼兒園教甄；104 中區國中教甄
30	杜牧〈阿房宮賦〉	**教師甄試** 95 臺南國中教甄；96 新竹教大實小教甄；98 教育部國立高中教甄；101 中區國小／幼兒園教甄；103 臺北國中教甄；106 新竹東興國中教甄 **大陸高考** 2015 重慶卷；2016 全國卷；2017 天津卷、全國卷一；2018 江蘇卷；2019 陝西卷
31	范仲淹〈岳陽樓記〉	**升學考試** 98、99、100、101、102、103、104、107 指考；97、98、104、105、106、108 學測；99、100、101、103、104、105、107、108 統測；103 臺北大學進修學士班入學考

	篇名	出題概況
		檢定考試 大學生中文能力檢測模擬題;102 教師資格檢定 **教師甄試** 104 國中教甄;106 南科實中教甄;107 科學園區實驗高中國小部教甄 **公職考試** 中醫師／護理師／社會工作師高考模擬題 **大陸高考** 2018 江蘇卷
32	歐陽脩〈醉翁亭記〉	**升學考試** 101、105、107、108 指考;97、98、99、103、104、105、106、108 學測;97、98、99、100、103、105、106 統測;108 二技統測 **教師甄試** 104 臺北國中、新北國中、嘉義國中教甄;106 科學園區實驗高中國小部教甄;107 科學園區實驗高中國小部教甄
33	王安石〈傷仲永〉	**升學考試** 104 統測;103 中山大學師培中心招考 **檢定考試** 103 教師資格檢定 **教師甄試** 106 臺北國中、科學園區實驗高中國小部教甄
34	王安石〈遊褒禪山記〉	**升學考試** 108 二技統測 **教師甄試** 96 新竹科園國小／幼兒園教甄;98 和美實驗學校教甄;102 新竹成德高中教甄;106 臺北國中教甄
35	蘇軾〈教戰守策〉	**升學考試** 100 學測;107 政大碩班入學考 **教師甄試** 97 北縣國中教甄;99 金門國中教甄
36	蘇軾〈李氏山房藏書記〉	**教師甄試** 99 桃園國中新進教師甄試 **公職考試** 99、105 中醫師／護理師／社會工作師高考;101 調查五等
37	蘇軾〈前赤壁賦〉	**升學考試** 98、99、100、102、103、105、107 指考;95、97、98、99、100、103、104、105、106、108 學測;98、99、100、101、102、103、106、108 統測;108 二技統測;102 臺北大學進修學士班入學考 **教師甄試** 104 嘉義國中教甄;106 臺北國中、科學園區實驗高中國小部教甄 **公職考試** 104 建築師／不動產經紀人／記帳士高考 **大陸高考** 2015 江蘇卷;2016 全國卷、浙江卷;2017 江蘇卷;2018 全國卷二;2019 陝西卷

	篇名	出題概況
38	蘇軾〈後赤壁賦〉	**升學考試** 100 臺藝大進修學士班入學考 **教師甄試** 97 桃園、中區國小／幼兒園教甄；101 中區國中教甄；106 金門國小／幼兒園教甄 **公職考試** 104 中醫師／護理師／社會工作師高考
39	劉基〈工之僑為琴〉	**升學考試** 108 指考；105、107、108 學測；106 統測；105 臺綜大轉學考 **教師甄試** 104 嘉義國中教甄；106 臺南國小／幼兒園、金門國小／幼兒園教甄；107 科學園區實驗高中國小部教甄
40	王守仁〈瘞旅文〉	**升學考試** 103 二技統測 **教師甄試** 95 高高屏南國中教甄；99 臺南國小／幼兒園教甄；98 科學園區實驗高中教甄；104 臺北國中教甄
41	屠本畯〈蛇虎告語〉	**升學考試** 102 學測
42	湯顯祖〈驚夢〉	**升學考試** 108 學測 **教師甄試** 98 南投高商教甄；99 臺北國小、新竹成德高中教甄；107 屏東國小／幼兒園教甄 **公職考試** 107 警察升等
43	袁宏道〈晚遊六橋待月記〉	**升學考試** 99、104、107 指考；99、104、108 學測；99、100、101、103、106、107、108 統測；108 二技統測 **教師甄試** 104 臺北國中教甄
44	蒲松齡〈促織〉	**升學考試** 107 學測；104 臺師大轉學考 **教師甄試** 99 臺北國中教甄 **公職考試** 98 國軍志願役預備軍／士官班
45	張潮《幽夢影・論閒情逸趣》	**教師甄試** 105 臺北國中教甄；106 臺北國中、新竹東興國中、桃園國小／幼兒園、臺南國小／幼兒園教甄；107 科學園區實驗高中國小部教甄 **公職考試** 107 警察／鐵路四等
46	方苞〈左忠毅公軼事〉	**升學考試** 99、100、101、103、104、105、106、107、108 指考；98、101、102、104、105、106、107、108 學測；98、99、100、103、104、

	篇名	出題概況
		107 統測;103 臺北大學進修學士班入學考
		教師甄試
		104 嘉義國中教甄;105 中科實中教甄
47	紀昀〈狐化老儒〉	**升學考試**
		105 指考;100 二技統測
48	錢大昕〈弈喻〉	**升學考試**
		106 臺聯大轉學考
		公職考試
		104 中醫師／護理師／社會工作師高考;105 司法官三等
49	龔自珍〈病梅館記〉	**教師甄試**
		99 桃園國中新進教師甄試;100 桃園高中新進教師甄試;105 臺北國中教甄
		公職考試
		101 關務特考三等
50	王國維《人間詞話》	**升學考試**
		107 臺綜大轉學考;106 臺師大碩班入學考
		檢定考試
		大學生中文能力檢測模擬題;103 教師資格檢定
		公職考試
		106 外交／民航／稅務高考

附
錄

附錄四：子集範文之出處

【諸子篇】

	篇名	出處
1	《管子‧權修》	《管子》
2	《晏子春秋‧內篇諫上》	《晏子春秋》
3	《晏子春秋‧內篇雜下》	《晏子春秋》
4	《老子‧第八章》	《老子》
5	《老子‧第六十章》	《老子》
6	《老子‧第七十七章》	《老子》
7	《孫子兵法‧始計》	《孫子兵法》
8	《孫子兵法‧謀攻》	《孫子兵法》
9	《墨子‧兼愛中》	《墨子》
10	《墨子‧非攻中》	《墨子》
11	《墨子‧非攻下》	《墨子》
12	《墨子‧公輸》	《墨子》
13	《列子‧黃帝》	《列子》
14	《列子‧說符》	《列子》
15	《莊子‧逍遙遊》	《莊子》
16	《莊子‧逍遙遊》	《莊子》
17	《莊子‧齊物論》	《莊子》
18	《莊子‧養生主》	《莊子》
19	《莊子‧養生主》	《莊子》
20	《莊子‧德充符》	《莊子》
21	《莊子‧應帝王》	《莊子》
22	《莊子‧秋水》	《莊子》
23	《莊子‧山木》	《莊子》
24	《莊子‧徐无鬼》	《莊子》
25	《莊子‧外物》	《莊子》
26	《荀子‧勸學》	《荀子》
27	《荀子‧修身》	《荀子》
28	《荀子‧禮論》	《荀子》
29	《韓非子‧主道》	《韓非子》
30	《韓非子‧說林上》	《韓非子》

	篇名	出處
31	《韓非子‧說林下》	《韓非子》
32	《韓非子‧外儲說左上》	《韓非子》
33	《韓非子‧外儲說右下》	《韓非子》
34	《韓非子‧定法》	《韓非子》
35	《呂氏春秋‧仲春紀‧貴生》	《呂氏春秋》
36	《呂氏春秋‧仲春紀‧功名》	《呂氏春秋》
37	《呂氏春秋‧季春紀‧論人》	《呂氏春秋》
38	《呂氏春秋‧不苟論‧貴當》	《呂氏春秋》
39	《淮南子‧覽冥訓》	《淮南子》
40	《淮南子‧人間訓》	《淮南子》
41	劉向《說苑‧政理‧宓子賤為單父宰》	《說苑》
42	《孔子家語‧好生》	《孔子家語》
43	《孔叢子‧抗志》	《孔叢子》
44	《顏氏家訓‧慕賢》	《顏氏家訓》
45	《顏氏家訓‧勉學》	《顏氏家訓》
46	《顏氏家訓‧養生》	《顏氏家訓》
47	《朱子語類》卷十	《朱子語類》
48	《朱子語類‧論孟綱領》	《朱子語類》
49	《明夷待訪錄‧原君》	《明夷待訪錄》
50	《朱子治家格言》	《朱子治家格言》

【文集篇】

	篇名	出處
1	孔子〈猗蘭操〉	蔡邕《琴操》（子部），由於後世將原屬藝術類的歌曲歸為文學類詩歌，本書暫納入「文集篇」。
2	屈原〈漁父〉	《楚辭》
3	王粲〈登樓賦〉	《昭明文選》
4	諸葛亮〈出師表〉	《昭明文選》
5	曹丕〈典論論文〉	《昭明文選》
6	曹植〈贈白馬王彪〉	《昭明文選》
7	嵇康〈答難養生論〉	《嵇中散集》
8	王羲之〈蘭亭集序〉	《王右軍集》
9	陶淵明〈歸去來兮辭並序〉	《陶淵明集》
10	陶淵明〈桃花源記〉	《陶淵明集》
11	劉義慶《世說新語·德行》	《世說新語》（子部），由於後世將筆記小說歸為文學類，本書暫納入「文集篇」。
12	劉義慶《世說新語·任誕》	《世說新語》（子部），由於後世將筆記小說歸為文學類，本書暫納入「文集篇」。
13	劉義慶《世說新語·簡傲》	《世說新語》（子部），由於後世將筆記小說歸為文學類，本書暫納入「文集篇」。
14	丘遲〈與陳伯之書〉	《昭明文選》
15	吳均〈與宋元思書〉	《藝文類聚》（子部），由於這是吳均的遊記文，故本書暫納入「文集篇」。
16	王勃〈滕王閣序〉	《王子安集》
17	李白〈與韓荊州書〉	《李太白全集》
18	李白〈春夜宴從弟桃花園序〉	《李太白全集》
19	元結〈菊圃記〉	《全唐文》
20	韓愈〈送李愿歸盤谷序〉	《昌黎先生集》
21	韓愈〈師說〉	《昌黎先生集》

	篇名	出處
22	韓愈〈馬說〉	《昌黎先生集》
23	韓愈〈柳州羅池廟碑〉	《昌黎先生集》
24	劉禹錫〈陋室銘〉	《劉夢得文集》
25	柳宗元〈種樹郭橐駝傳〉	《柳河東集》
26	柳宗元〈始得西山宴遊記〉	《柳河東集》
27	柳宗元〈愚溪詩序〉	《柳河東集》
28	柳宗元〈宋清傳〉	《柳河東集》
29	蔣防〈霍小玉傳〉	《太平廣記》（子部），由於後世將唐人傳奇小說歸為文學類，本書暫納入「文集篇」。
30	杜牧〈阿房宮賦〉	《樊川文集》
31	范仲淹〈岳陽樓記〉	《范文正公集》
32	歐陽脩〈醉翁亭記〉	《歐陽文忠公全集》
33	王安石〈傷仲永〉	《臨川先生文集》
34	王安石〈遊褒禪山記〉	《臨川先生文集》
35	蘇軾〈教戰守策〉	《東坡全集》
36	蘇軾〈李氏山房藏書記〉	《東坡全集》
37	蘇軾〈前赤壁賦〉	《東坡全集》
38	蘇軾〈後赤壁賦〉	《東坡全集》
39	劉基〈工之僑為琴〉	《郁離子》（子部），由於後世將寓言故事歸為文學類，本書暫納入「文集篇」。
40	王守仁〈瘞旅文〉	《王文成公全書》
41	屠本畯〈蛇虎告語〉	《艾子外語》（子部），由於後世將寓言故事歸為文學類，本書暫納入「文集篇」。
42	湯顯祖〈驚夢〉	《牡丹亭》傳奇
43	袁宏道〈晚遊六橋待月記〉	《袁中郎集》
44	蒲松齡〈促織〉	《聊齋志異》（子部），由於後世將筆記小說歸為文學類，本書暫納入「文集篇」。

	篇名	出處
45	張潮《幽夢影・論閒情逸趣》	《幽夢影》
46	方苞〈左忠毅公軼事〉	《方望溪先生全集》
47	紀昀〈狐化老儒〉	《閱微草堂筆記》（子部），由於後世將筆記小說歸為文學類，本書暫納入「文集篇」。
48	錢大昕〈弈喻〉	《潛研堂詩文集》
49	龔自珍〈病梅館記〉	《龔自珍全集》
50	王國維《人間詞話》	《人間詞話》

子集

圖解大考子集古文：精煉閱讀寫作，探解試題

附錄五：經史子集分類法

經、史、子、集，又名「四部分類法」，是用來分類中國古代典籍的方法。

據清代錢大昕《元史·藝文志序》云：「晉荀勖撰《中經簿》，始分甲、乙、丙、丁四部，而子猶先於史。至李充為著作郎，重分四部：《五經》為甲部，《史記》為乙部，諸子為丙部，詩賦為丁部，而經、史、子、集之次始定。」唐初李延壽等人奉敕修纂《隋書·經籍志》，始正式以經、史、子、集為類名囊括我國古代所有的圖書。從此，歷代圖書目錄皆以經、史、子、集為名。直到清代乾隆年間由紀昀等百餘位學者合編的《四庫全書總目》將傳統四部分類法發展到極致。隨後，官修《四庫全書》亦按經、史、子、集分類編輯。

時至今日，縱使西學傳入，一般圖書館多以美國「杜威十進分類法」為基礎加以改良的圖書分類法；但各大圖書館收藏國學典籍時，仍使用傳統四部分類法。因此，關於經、史、子、集的定義與範疇，是現代學子不可不知的一門功課。

經：主要指儒家典籍，如十三經：《周易》、《尚書》、《詩經》、《周禮》、《儀禮》、《禮記》、《春秋公羊傳》、《春秋穀梁傳》、《左傳》、《論語》、《孟子》、《孝經》、《爾雅》。以及專門研究古代經典的學問，也成為經學，如五經總義（《廣雅》、《方言》、《六藝論》）、經解（《謚法》、《白虎通義》）、小學（《千字文》、《說文》、《玉篇》、《聲韻》）、緯書（《河圖洛書》）等。

史：包含各種歷史、地理和典章制度相關的著作。如正史（《二十四史》）、編年史（《資治通鑑》）、別史（《東觀漢記》）、雜史（《戰國策》）、政書（《文獻通考》）、地理（《水經注》、《徐霞客遊記》）、傳記（《列女傳》）、目錄（《崇文總目》）、載記（《吳越春秋》）、職官（《唐六典》）等。

子：包括諸子百家及佛教、道教的著作。如儒家（《荀子》、《朱子語類》）、道家（《老子》、《莊子》）、法家（《管子》、《韓非子》）、墨家（《墨子》）、雜家（《呂氏春秋》）、小說家（《世說新語》、《太平廣記》）、醫家（《脈經》、《本草綱目》）、兵家（《孫子兵法》）、曆數（《九章算數》）等。

集：指各類文學作品，詩歌、詞曲、辭賦、文章之個人專集或多人合集。集部之下，又細分為楚辭、別集（個人專集，如《東坡全集》）、總集（多人合集，如《昭明文選》）、詩文評論（《文心雕龍》）、詞曲（《樂章集》、《小山樂府》）五類。

按：由於傳統將小說家列入子部，但今日視詩、詞、曲、賦、文章、小說為文學作品，往往出現歧義；本書姑且將六朝筆記小說、唐代傳奇小說歸為文集篇，特此說明，千萬不可混淆！此外，清人《四庫全書總目》不收錄戲曲之作，如元雜劇（馬致遠《漢宮秋》）、明傳奇（梁辰魚《浣紗記》、湯顯祖《牡丹亭》）等，應屬於集部的著作。

圖解大考子集古文：精煉閱讀寫作，探解試題

子集

	正例	特例
經	**★儒家經典：**《詩經》、《尚書》、《禮記》、《易傳》、《穀梁傳》、《左傳》、《論語》、《孟子》、〈大學〉、〈中庸〉	
史	**★正史：**《史記》、《後漢書》、《三國志》、《晉書》、《南史》、《新五代史》、《宋史》 **★雜史：**《國語》、《戰國策》、《貞觀政要》 **★別史：**《東觀漢記》 **★其他：**《臺灣通史》	**☆歷史小說：**《三國演義》，原屬於子部 **☆詠史詩詞：**白居易〈長恨歌〉、李煜〈破陣子〉、丘逢甲〈憶臺雜詠〉，原屬於集部 **☆史論文：**蘇洵〈六國論〉、王安石〈讀孟嘗君傳〉、方孝孺〈豫讓論〉、唐順之〈信陵君救趙論〉等，原屬於集部 **☆歷史劇：**馬致遠《漢宮秋》雜劇、梁辰魚《浣紗記》傳奇，《四庫全書總目》未收錄 **☆其他：**駱賓王〈討武曌檄〉、范仲淹〈桐廬郡嚴先生祠堂記〉、蘇軾〈潮州韓文公廟碑〉等，原屬於古代應用文
子	**★儒家：**《晏子春秋》、《荀子》、《說苑》、《孔子家語》、《孔叢子》、《朱子語類》等 **★道家：**《老子》、《列子》、《莊子》 **★法家：**《管子》、《韓非子》 **★墨家：**《墨子》 **★雜家：**《呂氏春秋》、《淮南子》、《顏氏家訓》 **★兵家：**《孫子兵法》 （按：小說家，如《世說新語》、《太平廣記》等，後世歸為文學類）	
集	**★文學總集：**《楚辭》、《昭明文選》、《全唐文》 **★文學別集：**《陶淵明集》、《李太白全集》、《昌黎先生集》、《柳河東集》、《范文正公集》、《歐陽文忠公全集》、《臨川先生文集》、《東坡全集》、《王文成公全書》、《袁中郎集》、《方望溪先生全集》、《龔自珍全集》等	**☆藝術類：**《琴操》，原屬於子部 **☆小說集：**《世說新語》、《藝文類聚》、《太平廣記》、《聊齋志異》、《閱微草堂筆記》，原屬於子部 **☆寓言集：**《郁離子》、《艾子外語》，原屬於子部 **☆戲曲類：**湯顯祖《牡丹亭》傳奇，《四庫全書總目》未收錄 **☆隨筆類：**《幽夢影》、《人間詞話》，《四庫全書總目》未收錄

主要參考書目

（按：標註底色的書目表示原屬於該部，但本書出於權宜之計，暫時歸為其他部，特此說明。）

經部（依朝代順序排列）

1. 《詩經》臺北：藝文印書館《十三經注疏》本 2001 年據清阮元校本影印
2. 《尚書》臺北：藝文印書館《十三經注疏》本 2001 年據清阮元校本影印
3. 《禮記》臺北：藝文印書館《十三經注疏》本 2001 年據清阮元校本影印
4. 〔漢〕京房撰《易傳》臺北：大化書局《嚴靈峰無求備齋諸子文庫》本 1983 年
5. 《穀梁傳》臺北：藝文印書館《十三經注疏》本 2001 年據清阮元校本影印
6. 《左傳》臺北：藝文印書館《十三經注疏》本 2001 年據清阮元校本影印
7. 《論語》臺北：藝文印書館《十三經注疏》本 2001 年據清阮元校本影印
8. 《孟子》臺北：藝文印書館《十三經注疏》本 2001 年據清阮元校本影印
9. 〔宋〕朱熹撰《四書集注》臺北：中華書局《四部備要》本 1983 年

史部（依朝代順序排列）

1. 〔吳〕韋昭註《國語》臺北：藝文印書館 1959 年據清嘉慶庚申（1800）黃氏讀未見書齋本影印
2. 〔漢〕司馬遷撰《史記》臺北：七略出版社 2003 年據清乾隆武英殿刊本影印
3. 〔漢〕劉向編《戰國策》臺北：藝文印書館 1959 年據清嘉慶八年（1803）吳門黃氏讀未見書齋重刻宋剡川姚氏本影印
4. 〔漢〕劉珍等撰《東觀漢記》臺北：藝文印書館 1969 年
5. 〔南北朝〕范曄撰《後漢書》臺北：藝文印書館《二十五史》本 1982 年據清乾隆武英殿刊本影印
6. 〔晉〕陳壽撰《三國志》臺北：臺灣商務印書館《百衲本二十四史》本 2010 年
7. 〔唐〕房喬等撰《晉書》臺北：臺灣商務印書館《百衲本二十四史》本 1988 年
8. 〔唐〕吳兢撰《貞觀政要》臺北：世界書局《景印摛藻堂四庫全書薈要》本 2012 年
9. 〔唐〕李延壽撰《南史》臺北：臺灣商務印書館《百衲本二十四史》本 2010 年據元大德刊本影印
10. 〔宋〕歐陽脩撰《新五代史》北京：中華書局《點校本二十四史》修訂本 2016 年
11. 〔元〕脫脫等修《宋史》臺北：藝文印書館《二十五史》本 1982 年據清乾隆武英殿刊本景印
12. 〔民國〕連橫撰《臺灣通史》臺北：五南書局《五南文庫》本 2017 年

子部（依朝代順序排列）

1. 《管子》上海：中華書局《嚴靈峰無求備齋諸子文庫》本 1930 年
2. 〔春秋〕晏嬰撰《晏子春秋》上海：涵芬樓《嚴靈峰無求備齋諸子文庫》本 1919 年

3. 〔春秋〕老聃撰，〔曹魏〕王弼注《老子道德經》臺北：文史哲出版社 1979 年

4. 〔春秋〕孫武撰《孫子兵法》日本東京：龍西書舍《嚴靈峰無求備齋諸子文庫》本 1976 年

5. 〔戰國〕墨翟撰《墨子》上海：上海古籍出版社《諸子百家叢書》本 1989 年

6. 〔戰國〕列禦寇撰《列子》上海：大通書局《嚴靈峰無求備齋諸子文庫》本 1911 年

7. 〔戰國〕莊周撰，〔晉〕郭象註《莊子》臺北：藝文印書館 2000 年

8. 〔戰國〕荀況撰《荀子》清光緒末至民國初年上海會文堂石印本

9. 〔戰國〕韓非撰《韓非子》臺北：藝文印書館《嚴靈峰無求備齋諸子文庫》本 1962 年

10. 〔秦〕呂不韋撰《呂氏春秋》南京：鳳凰出版社 2013 年

11. 〔漢〕劉安撰，〔東漢〕高誘注《淮南子》臺北：臺灣中華書局 1983 年據武進莊氏本校刊

12. 〔漢〕劉向撰《說苑》上海：涵芬樓《嚴靈峰無求備齋諸子文庫》本 1925 年

13. 漢儒撰，〔魏〕王肅注《孔子家語》臺北：世界書局《四部刊要》本 1957 年

14. 〔漢〕孔鮒撰《孔叢子》上海：涵芬樓《嚴靈峰無求備齋諸子文庫》本 1925 年

15. 〔漢〕蔡邕撰《琴操》上海：上海古籍出版社《續修四庫全書》本 2002 年據華東師範大學圖書館藏清嘉慶十一年（1806）刻平津館叢書本影印

16. 〔南朝宋〕劉義慶編《世說新語》上海：中華書局《四部備要》本 1926 年據明嘉趣堂刊本排印

17. 〔北齊〕顏之推撰《顏氏家訓》上海：涵芬樓《嚴靈峰無求備齋諸子文庫》本 1925 年

18. 〔唐〕歐陽詢等奉敕撰《藝文類聚》臺北：臺灣商務印書館景印《文淵閣四庫全書》本 1983 年據國立故宮博物院藏本影印

19. 〔宋〕李昉撰《太平廣記》臺北：新文豐出版公司《叢書集成》本 1996 年

20. 〔宋〕黎靖德編《朱子語類》日本京都：中文出版社 1979 年景明成化九年（1473）江西藩司覆刻宋咸淳六年（1270）導江黎氏本

21. 〔明〕劉基撰《郁離子》（電子資源）臺北：國立臺灣師範大學出版中心 2012 年

22. 〔明〕羅貫中撰《三國演義》臺北：五南書局 2016 年

23. 〔明〕屠本畯撰《艾子外語》（電子資源）臺北：國家圖書館轉製 2011 年

24. 〔清〕黃宗羲撰《明夷待訪錄》臺北：藝文印書館《百部叢書集成》本 1968 年

25. 〔清〕朱用純撰《朱子治家格言》臺南：世峰出版社 1998 年

26. 〔清〕蒲松齡撰足本《聊齋志異》臺北：世界書局 2002 年

27. 〔清〕紀昀撰《閱微草堂筆記》新北：廣文書局 2017 年

集部（依朝代順序排列）

1. 〔漢〕王逸章句《楚辭》臺北：世界書局《四部刊要》排印本 1956 年

2. 〔魏〕嵇康撰，魯迅輯校《嵇中散集》上海：上海古籍出版社《魯迅輯校古籍手稿》本 1986 年

3. 〔晉〕王羲之撰《晉王右軍集》清光緒十八年（1892）善化章經濟堂刊本

4. 〔晉〕陶潛撰《陶淵明集》北京：北京圖書館出版社《中華再造善本》本 2003 年據中國國家圖書館藏宋刻遞修本影印

5. 〔南朝梁〕蕭統編，〔唐〕李善注《文選》臺北：藝文印書館 2003 年據宋淳熙本重雕鄱陽胡氏臧版影印

6. 〔唐〕駱賓王撰，〔清〕陳熙晉箋注《駱臨海集箋注》上海：上海古籍出版社 1985 年

7. 〔唐〕王勃撰《王子安集》臺北：臺灣商務印書館《萬有文庫薈要》本 1965 年

8. 〔唐〕李白撰《李太白全集》上海：中華書局 2015 年據上海中華書局據王注原刻本校刊影印

9. 〔唐〕韓愈撰《昌黎先生集》清同治八年（1869）江蘇書局刊本

10. 〔唐〕劉禹錫撰《劉夢得文集》上海：上海古籍出版社《宋蜀刻本唐人集叢刊》本 1994 年據北京圖書館藏宋蜀刻本影印

11. 〔唐〕白居易撰《白氏長慶集》臺北：世界書局《景印摛藻堂四庫全書薈要》本 1987 年

12. 〔唐〕柳宗元撰《柳河東集》臺北：中華書局《四部備要》影印本 1965-1966 年據三徑藏書本校刊

13. 〔唐〕杜牧撰《樊川文集》新北：漢京文化出版公司《四部備要》本 2004 年

14. 〔南唐〕李璟・李煜撰《南唐二主詞》臺北：新文豐出版公司《叢書集成》本 1989 年

15. 〔宋〕范仲淹撰《范文正公集》民國商務印書館《四部叢刊》影印明翻元刊本

16. 〔宋〕歐陽脩撰《歐陽文忠公全集》清嘉慶二十四年（1819）廬陵歐陽衡刊本

17. 〔宋〕蘇洵撰《嘉祐集》北京：線裝書局《宋集珍本叢刊》本 2004 年據宋刻本影印

18. 〔宋〕王安石撰《臨川先生文集》北京：線裝書局《宋集珍本叢刊》本 2004 年據宋刻、元明遞修本影印

19. 〔宋〕蘇軾撰《東坡全集》臺北：世界書局《景印摛藻堂四庫全書薈要》本 1987 年

20. 〔元〕馬致遠撰《漢宮秋》臺北：三民書局《中國古典名著》本 2015 年

21. 〔明〕方孝孺撰《方正學先生集》臺北：藝文印書館《百部叢書集成》本 1969 年

22. 〔明〕王守仁撰《王文成公全書》臺北：臺灣商務印書館《四部叢刊正編》本 1979 年據上海涵芬樓景印明隆慶刊本景印

23. 〔明〕唐順之撰《荊川先生文集》臺北：臺灣商務印書館《四部叢刊正編》本 1979 年據上海涵芬樓明萬曆刊本景印

24. 〔明〕梁辰魚撰《浣紗記》民國四十四年（1955）北京文學古籍刊行社排印本

25. 〔明〕湯顯祖撰《牡丹亭五十五齣》臺北：里仁書局 1986 年

26. 〔明〕袁宏道撰《袁中郎集》明末（1567-1644）繡水周應麐刊本

27.〔清〕張潮撰《幽夢影》上海：上海古籍出版社《禪境叢書》本 2016 年

28.〔清〕方苞撰《方望溪先生全集》臺北：臺灣商務印書館《四部叢刊正編》本 1979 年據上海涵芬樓咸豐元年戴鈞衡刊本景印

29.〔清〕錢大昕撰《潛研堂文集》民國商務印書館《四部叢刊》影印清嘉慶刊本

30.〔清〕董誥等編《全唐文》太原：山西教育出版社 2002 年

31.〔清〕龔自珍撰《龔自珍全集》上海：上海古籍出版社 1999 年

32.〔民國〕丘逢甲撰《嶺雲海日樓詩鈔》上海：上海古籍出版社 2002 年據復旦大學圖書館藏民國鉛印本影印

33.〔民國〕王國維撰《人間詞話》（電子資源）臺北：南港山文史工作室 2017 年

子
集

圖解大考子集古文：精煉閱讀寫作・探解試題

國家圖書館出版品預行編目資料

圖解大考子集古文：精煉閱讀寫作，探解
試題／簡彥姈著. -- 初版. -- 臺北市：五
南，2020.10
　　面；　公分
　ISBN 978-986-522-236-9(平裝)

1.漢語　2.讀本

802.8　　　　　　　　　　　109012990

1XHJ

圖解大考子集古文：
精煉閱讀寫作，探解試題

作　　者 — 簡彥姈（403.4）

發 行 人 — 楊榮川

總 經 理 — 楊士清

總 編 輯 — 楊秀麗

副總編輯 — 黃文瓊

責任編輯 — 吳雨潔

封面設計 — 姚孝慈

美術設計 — 劉好音

出 版 者 — 五南圖書出版股份有限公司

地　　址：106台北市大安區和平東路二段339號4樓

電　　話：(02)2705-5066　　傳　　真：(02)2706-6100

網　　址：http://www.wunan.com.tw

電子郵件：wunan@wunan.com.tw

劃撥帳號：01068953

戶　　名：五南圖書出版股份有限公司

法律顧問　林勝安律師事務所　林勝安律師

出版日期　2020年10月初版一刷

定　　價　新臺幣380元

經典永恆・名著常在

五十週年的獻禮 —— 經典名著文庫

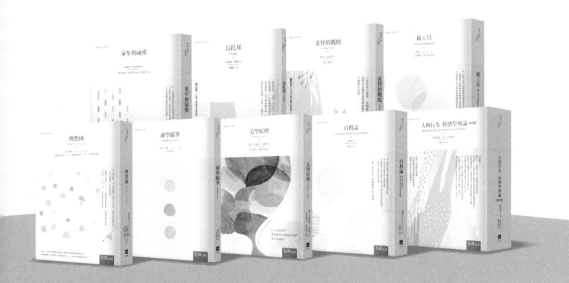

五南，五十年了，半個世紀，人生旅程的一大半，走過來了。

思索著，邁向百年的未來歷程，能為知識界、文化學術界作些什麼？

在速食文化的生態下，有什麼值得讓人雋永品味的？

歷代經典・當今名著，經過時間的洗禮，千錘百鍊，流傳至今，光芒耀人；

不僅使我們能領悟前人的智慧，同時也增深加廣我們思考的深度與視野。

我們決心投入巨資，有計畫的系統梳選，成立「經典名著文庫」，

希望收入古今中外思想性的、充滿睿智與獨見的經典、名著。

這是一項理想性的、永續性的巨大出版工程。

不在意讀者的眾寡，只考慮它的學術價值，力求完整展現先哲思想的軌跡；

為知識界開啟一片智慧之窗，營造一座百花綻放的世界文明公園，

任君遨遊、取菁吸蜜、嘉惠學子！